阅读越美丽

开卷好心情

我在泉水等你

wo zai
quanshui
deng ni

总攻
大人 著

百花洲文艺出版社

图书在版编目（CIP）数据

我在泉水等你 / 总攻大人著 . — 南昌：百花洲文艺
出版社，2019.9
ISBN 978-7-5500-3371-9

Ⅰ．①我… Ⅱ．①总… Ⅲ．①长篇小说－中国－当代
Ⅳ．① I247.5

中国版本图书馆 CIP 数据核字 (2019) 第 202891 号

我在泉水等你
Wo Zai Quanshui Deng Ni
总攻大人 著

责任编辑　郝玮刚　蔡央扬
选题策划　石　颖　李璐君
特约编辑　李璐君
版权支持　汪海英　徐建玲　周婷婷
封面设计　熊　婉
出版发行　百花洲文艺出版社
社　　址　南昌市红谷滩新区世贸路 898 号博能中心 A 座 20 楼
邮　　编　330038
经　　销　全国新华书店
印　　刷　湖南凌宇纸品有限公司
开　　本　710mm×1000mm　　1/16　　印张 20
版　　次　2020 年 4 月第 1 版第 1 次印刷
字　　数　307 千字
书　　号　ISBN 978-7-5500-3371-9
定　　价　39.80 元

赣版权登字　05-2019-241

网址 http://www.bhzwy.com
图书若有印装错误，影响阅读，可向承印厂联系调换。

目录

C O N T E N T S

第一章
直播初相遇

微博：

《英雄联盟》司念：今天下午五点，好玩TV准时开播，各位观众老爷不见不散。

微博发出去的第一时间，就有人评论来要"海景房"。

司念一条条评论看下来，瞄着电脑右下角的时间，在五点钟的时候准时开启了自己的直播。

司念一边调整摄像头，一边打开网页版直播页面，看到屏幕上出现自己的脸，一串串弹幕飘过去，里面无可避免地提到了两位名字是三个字的男士，她在心里爆了一句粗，但面上还是笑嘻嘻的，装作什么都没看见，盯着屏幕一边登录游戏一边道："今天我们不打王者局了，打白金局，稳一点。"

语毕，她已经登录游戏，选择单双排，开始单排。

自从重新出现在《英雄联盟》玩家的视野里，司念就一直是单排。

她曾是LPL（《英雄联盟》的职业比赛League of Legends Pro League的简称）赛史中唯一的一位女选手，以PU战队辅助选手的身份拿到过多次MVP（全场最佳表现选手），在当年可谓名扬整个电子竞技圈，比现在那些刚火起来的游戏女主播不知道厉害多少。

可自从被当时的男友——同战队的ADC（远程物理输出型的英雄）选手陈星航分手之后，她便退出战队，从此销声匿迹。

到如今已经三年了，她再次现身后，居然摇身一变成了好玩 TV 的主播，不过这样的结果既是意料之外，也是情理之中。

当下不少退役的职业选手在离开职业赛场之后选择进入主播行业，一来这一行是热门，二来嘛，总要养家糊口，既然不想放弃自己热爱的游戏，做主播当然是完美的选择了。

司念这边匹配了两分钟左右，终于排到一局，正在选英雄的时候，无意间瞥了一眼弹幕，就发现带节奏的大军又来了。

仔细看了这次的节奏是什么后，原本一脸无所谓的司念突然面如菜色。只见屏幕上一串又一串的弹幕跑过："'叶家军'到此一游。"

除了这些，还有人在刷："叶蜇声来查房了。"

叶家军，呵呵；叶蜇声，呵呵。

司念做了很长时间的心理建设，才拦住自己想要砸掉键盘的手。

她为什么这么讨厌叶蜇声？两人见都没见过，这家伙怎么那么招她恨呢？

事情要从昨天晚上说起。昨晚司念准时开播，用的是大号，王者局，当时在线观看的人数高达一百万。前几局她打得非常顺利，每一局都是 MVP，直到她遇见了此生的噩梦。

谁能想到新加入 PU 战队的全球知名中单选手叶蜇声会闲得没事来打国服，还打 ADC 位置呢？

当时，司念完全不知道跟自己对线的那个 ADC，也就是玩大嘴（深渊巨口克格莫）的人是谁，她非常认真地在补兵，补着补着就发觉不太对劲，喃喃道："这家伙打得有点凶哦，怕是没挨过打。"

话音刚落，她这边女警加风女（两个英雄的昵称）的组合抢先到了二级，按理说该比对面前期对线比较弱势、等级还停留在一级的大嘴加璐璐（两个英雄的昵称）的组合强一点，但她抢前到了二级，上去准备消耗对方一轮，对方完全不怕，直接往她身上贴，好像巴不得死掉一样。司念一边说着"你头很铁啊"，一边在脚下放下夹子，后退一下，第四枪打在对方身上，直接爆头，对方应该死的，可是……

大嘴在关键时刻升级了，璐璐也升级了，蓝还刚好够放一个"E"（游戏中英雄的第三技能）。只见大嘴身上套了一个盾，直接开了"W"（英雄的第二技能）疯狂点她，司念急忙开治疗，嘴里不断地喊着"风女，E 啊 E 啊 E 啊"，可风女到底还是晚了一步，在风女施放护盾之前，司念就被大嘴点死了。

司念目瞪口呆地看着屏幕上躺着的尸体，弹幕上都在刷着"厉害了，我的小姐姐"，她嘴角狠狠一抽，故作淡定地道："刚才失误了，看我下一次操作，问题不大。"

弹幕继续刷："基地爆炸，问题不大。"

问题是真的不大。

司念面不改色地复活，回到线上，继续和对方对线。这回她没轻敌，对面的大嘴就是一个自杀型选手，仗着自己死后的被动，使劲朝她身上压，她玩个女警，居然被人家把线压到了塔下，真丢人。

"这下他完了，我塔下战斗力一万，呵呵。"

司念阴恻恻一笑，标记对方之后便开始反推。

一拨兵线清完，对面大嘴后退几步似乎想走，司念也有点失了理智，想扳回一局，直接冲上去想留人，风女这次倒是跟上了，可是……对面的打野螳螂从天而降，直接将两人压在地上，由大嘴把人头收入囊中，拿到了双杀。

司念："……"

3/0（人头数/死亡次数）的大嘴起飞了，使对线的司念很快就陷入被动。

她强撑着打到中期，不仅被队友骂，还要面对弹幕的嘲笑，心态直接爆炸，战绩很快就变成了0/5。

弹幕："一顿操作猛如虎，一看战绩0/5。"

司念捂住脸沉默了一会儿，在泉水复活之后，直接开始打字。

"对面的大嘴，我已经把B键（回城键）抠了，来决一死战吧！"

她眼神坚决，卖掉了攻速鞋，出了一双护甲鞋，重回线上，此时对方已经拆掉了一血塔。

她站在二塔下面摆满了夹子，就等大嘴来战，这时候那大嘴来了一句——

"你把B键抠了，那怎么打的'把'这个字？这个字可是要用B字母的。"

司念直接爆粗口："去你的。"

语毕，她杀红了眼，推了兵线就往上走，一边走还一边抽空打字："有本事别叫辅助和打野（在野区依靠消灭野怪获得经验升级并游走抓人的位置）。"

对面大嘴："好，我不用破败，不穿鞋。"

司念一怔，翻开计分板一看，那家伙果然把攻速鞋给卖了："这是瞧不起我啊。"

司念杀心已定，直接跑到河道蟹旁和对方约架。对方的四个队友好像也没见过这阵仗，全都站在河道对面围观。司念这边的队友也都聚集在小龙坑的位置，盯着他们俩单挑。

生死荣辱，就在这一战了。

司念放下鼠标，擦了擦手心里的汗，盯着游戏界面上出现的深渊巨口，看着对方仿若扑棱蛾子一样的皮肤，一边冷笑一边开始操作。

她刚要A（普通攻击）对方一下，就看到对方又发言了。

"你先摆满夹子，我给你展示一下我的走A（在普通攻击间隔移动，需要一定操作技巧）。"

司念："……"

绝对不能摆，摆了就丢死人了！他已经把鞋子卖了，是有多看不起她，现在还让她摆夹子，她还要不要在圈子里混了？这要是输了，就删游戏吧！

司念在心里怒吼，也不摆夹子，直接开始攻击对方，打算使用W、Q、A（W、Q均代表技能）接E再A，然后闪现拉开一段距离，最后使用R（绝招）收掉对方的人头——这是理想。

现实是……她的操作只进行了一半，就被对面的"走A怪"给点死了。

司念的眼泪瞬间涌了出来，哀号道："这游戏太难玩了！不玩了不玩儿，今天下播了！"语毕，她直接退出游戏，下直播。

当天晚上她打算苦练大嘴，想在第二天用虐她千百遍的英雄一雪前耻。然而，她刚打开电脑，就看到了热搜。

司念直播王者局排位赛被对面ADC打哭

一顿操作猛如虎，一看战绩0/15，司念被打哭

这就是司念在今天开播之前发所生的事情。

想到之前发生的一切，再看眼前叶家军的刷屏弹幕以及一些看热闹不嫌事大的人说叶萤声来查房了，司念都不信，直接微笑着说道："我们的房管呢？把那些带节奏的人的账号封一封吧，证明你们价值的时候到了。"语毕，她直接切出游戏，开始禁言刷屏的人。

就在她目不转睛地进行着禁言活动的时候，系统又提示了。

PU叶萤声在本直播间赠送给主播宇宙飞船×10。

司念揉了揉眼睛，错愕地盯着屏幕上收到礼物的消息，且这条消息还在重复——叶蜚声直接给她刷了三十个宇宙飞船！

一个宇宙飞船要花人民币一千元，三十个是多少钱？司念掰着手指头算。

三万元！

司念顿时喜笑颜开："原来真的是大魔王来了啊，我还以为是有人带节奏呢。大魔王您好，大魔王您再送我十个宇宙飞船呗！"

几秒钟后，系统又提示："PU叶蜚声在本直播间赠送给主播宇宙飞船×10。"

司念用抱枕挡住脸，笑得不能自己。这都是钱啊！

如今是直播行业最火爆的时期，主播们的签约金都非常高，而打游戏的主播如果还有点名气和粉丝，签约金就更高了，更不要提司念这种在《英雄联盟》游戏中首屈一指的女玩家了。

她和好玩TV签约后直播的第一天，观看人数便高达两百多万，可以说是在开播第一天便荣升为好玩TV的一姐。

一姐的签约金自然不会低，签约三年，签约金额上千万，按理说她是不缺钱的，但看着屏幕上的礼物，司念相信只要是个正常人肯定都无法拒绝。

没人会嫌自己的钱太多，司念也是。

从陈星航背叛她、背叛了他们的梦想开始，她就知道钱永远比男人可靠，所以她喜欢钱。

哪怕送礼物的人是当初把她气得大哭的叶蜚声也没关系，甚至于她对叶蜚声都不那么讨厌了。

司念欢天喜地地下直播后，看着礼物列表里的宇宙飞船，美滋滋地数了一下，决定明天去买一台好电脑。现在她的电脑打《英雄联盟》是够了，"吃鸡"（指某射击游戏）却还不够。现在很多主播都直播"吃鸡"，她得跟上潮流，哪怕有点菜，也得混一混。

以前的司念是绝对不会考虑这些的，不因为别的，只因为她那时候满脑子都是她和陈星航的梦想。

那时候的陈星航说，他希望有一天自己不仅能成为LPL最强ADC，也能成为世界最强的ADC，站在全球总决赛的赛场上打败其他对手，为国家也为自己的荣耀而战。

司念作为他的女朋友，两人有的不仅是比赛中的默契，还有着心灵上的契合，有着同样的梦想。陈星航想成为世界最强的ADC，司念则希望让全世界的人都知道，女人也可以站在国际赛场上，职业选手不只有男性。

可惜，在他们实现了这一切的那一天，她遭到了陈星航的背叛。

从领奖台上下来，司念就收到了匿名邮件，里面是陈星航和网红任烟雨的亲密照片，照片里两人一起出入酒店，拥抱甚至当众接吻，似乎丝毫没把她这个女朋友放在眼里。

任烟雨是谁？一个长得比司念还好看的女人，以颜值走红，拥有一票颜粉，前男友也是《英雄联盟》职业选手。听说那位退役之后他们就分手了，理由嘛，似乎是对方不能再像过去那样带给她曝光度。

想到那些可笑的过往，司念就有点想笑。在以为他们的梦想已经实现，可以继续为了更高的使命而战的时候，她却得知在她没日没夜训练时，陈星航居然在和别的女人卿卿我我，还有比这更可笑的吗？

看着镜子里自己绿色的头发，三年了，司念一直没有换过发色，因为她不仅要提醒自己曾遭遇过什么样的背叛，也要告诫自己永远不要再相信男人。

坚守自己，司念这样告诉自己。

几秒后，响起了手机铃声。司念拿起手机看了看，是夏冰淇，她为数不多的朋友。自从离开 PU 战队、和陈星航分手后，除了夏冰淇，她便再也不和过去那些朋友联络了。要想和过去彻底告别，就得彻底切断联系。

夏冰淇是 PU 战队的经理助理，她们曾经是竞争对手，却在陈星航和任烟雨的事情闹得尽人皆知之后成为朋友。很可笑。

电话一接通，夏冰淇的声音就立马传了过来："小姐，你知道吗，现在圈子里已经传遍了，叶蜇声给你送了三万元的礼物。"

司念闻言一笑，不以为意地道："送就送了呗，还不是把我虐了心里有愧才送的。我收了，改天拿来请你吃好吃的。"

夏冰淇笑了一下说："你是这样认为的？可有的人不这样认为。"

司念没说话，夏冰淇继续道："叶蜇声给你送礼物的时候就在俱乐部训练室，你都不知道他做完这一切之后，陈星航的表情有多难看。"

听到陈星航的名字，司念的脸色冷了下来，漠然地道："他和我没关系。三年了，他和任烟雨孩子都快有了吧。"

夏冰淇笑着说："是啊，我们都在问他什么时候和任烟雨结婚，但他一直不回应，就那么拖着。说起来，你和叶蜇声的事情我也很好奇啊，这事怎么看都没那么简单，你们以前真不认识吗？"

司念无语道："认识？怎么可能？要是真认识，他也不会把我打得那么惨，让我在一百万人面前下不来台吧！"

夏冰淇觉得也是，但她又提到一点："不过你们俩有一点很类似。"

司念不解："哪一点？"

夏冰淇说："叶蜇声和陈星航也很不对付。自从叶蜇声加入PU以来，每天都在挤对陈星航，两人几乎势不两立。但叶蜇声毕竟是战队花高价签进来的，在国际上的名气比陈星航大多了，陈星航只能忍气吞声。"

司念缄默不语，显然不想谈陈星航。夏冰淇开玩笑道："也许他是和你同仇敌忾，毕竟敌人的敌人就是朋友嘛。"

"你没别的事我就挂电话了，已经很晚了，我很困。"司念打算结束这个话题。

夏冰淇沉默了一会儿说："好吧，那你好好休息。其实我说这些也没别的意思，只是希望你这次……不要再重复过去的悲剧。陈星航是一个前例，叶蜇声这些年一直在韩国队，现在才回国。我们对他都不了解，你小心点。"

司念无奈道："你想太多了，冰淇。我见都没见过叶蜇声，怎么可能和他有什么。好了，就这样，你也早点休息，别胡思乱想了。"语毕，她直接挂断电话，觉得这一切都是无稽之谈。

可惜，不单单是夏冰淇觉得他们有什么，连其他人也开始胡思乱想了。

第二天，司念一起床打开微博，就看到了评论里的"提亲大军"。

看着一个个叶家军来"提亲"，还制作了叶蜇声的表情包，男人不苟言笑的脸下面写着一行白字："我叶蜇声劝你赶紧嫁给我。"看得她"扑哧"一声笑了出来，差点将刚喝下去的牛奶喷到手机屏幕上。

她一边笑一边自言自语："哈哈，估计叶蜇声也在苦恼吧，这些粉丝真是他带过的最差的一届粉丝。"

司念在替叶蜇声苦恼，可实际上叶蜇声是完全不苦恼的。

PU战队早餐时间。俱乐部餐厅里，陈星航就坐在叶蜇声对面。他看着手机里的微博热门，又看着自己微博底下的评论，见个个都在说："去和叶蜚声打一架吧，这男人抢你的前女友。"

其实，这些可能都是带节奏的人罢了，知道他三年前出轨的新闻，来恶心他。他本来不该放在心上，可到嘴里的饭菜此刻好像没了味道，一抬头看见对面的叶蜚声，陈星航更郁闷了。

"你到底想干什么？"陈星航放下筷子压低声音问。

叶蜚声慢慢抬起头。他的五官虽然称不上极为英俊，却也十分清俊，虽不能和明星比，但在电竞选手中是极为出色的。因为常常宅着训练，他的肤色十分苍白，身上也没什么肌肉，可坐在那儿吃饭的姿态异常挺拔优雅，和其他人形成鲜明对比。

由于他出生后大部分时间都在韩国，近几个月才正式回国发展，他的普通话还有些蹩脚。

"我想干什么有必要告诉你吗？手下败将。"叶蜚声用带着口音的中文说完，放下筷子直接走人。

陈星航愤怒地看着他的背影。有人坐到他身边安慰他，是PU战队的打野选手谢源。

"好了，都过去这么久的事，你还放不下吗？"谢源低声道，"司念都和你分手那么久了。这期间战队里的人也都换了一拨，叶蜚声和她怎么样你都没立场指责了，想想烟雨吧。"

陈星航深呼吸了一下，盯着桌子上的盘子道："我也不想管，可这些事情不断出现在我眼前，我很难不去关注。"

谢源这厢还没说话，那边叶蜚声突然折了回来："手下败将，不如我们再来打一局吧。"

他站在那儿俯视陈星航，虽然面无表情，在陈星航眼里却充满挑衅。

"你想怎么打？"陈星航也希望有个机会可以一雪前耻，把"手下败将"这个名号洗掉。叶蜚声刚进战队的时候，两人暗地里进行了争夺一哥之位的Solo（单挑）赛，结果陈星航输给了叶蜚声，之后这四个字便一直洗刷不掉，导致他在战队里也有点抬不起头，实在是……

见他这么感兴趣，叶蜚声低下头，盯着他的脸一字一顿地道："我们这次不在游戏里面打。"

陈星航迷惑地道："那你要在哪里打？"

叶蜇声微笑，本就俊朗的五官笑起来更鲜活了："我们来打个赌，看我能不能追到你的前女友，把她拉回战队，来替换我们队里目前技术最差劲的辅助选手。"

谢源在一边听到不由得惊呼道："叶蜇声，你的普通话不是不好吗？怎么说得这么顺溜？"

瞟了一眼愤怒得想和自己打架的谢源，叶蜇声淡淡地用标准普通话道："我的普通话好坏是分人的。"

谢源噎住，尴尬地看了看陈星航。陈星航眯起眼："你觉得司念愿意成为这个赌注吗？"

叶蜇声耸耸肩："你怂了？"

陈星航成功被他激到了，站起来和叶蜇声四目相对："好，我跟你赌。"

辅助选手郑宇愤怒地说："喂！你们问过我的意见没有啊？我到底哪里差劲啊？"

谢源抬手摸了摸鼻子道："差不差劲，你心里没点数吗？"

郑宇差点掀桌。

一大早，PU 电子竞技俱乐部里面便弥漫着火药味，司念这边就完全相反了。

她下午五点才开始直播，白天有充足的时间休息以及处理自己的事情，于是吃了早饭后，司念便出门购置电脑。

在电脑城低着头认真挑选电脑时，她下意识地指着一款询问道："这个'吃鸡'没问题吧？"

问完后，司念觉得气氛沉默了一会儿，才等到回答："我觉得你还是打好《英雄联盟》比较重要，你的技术退步了。"完全陌生的声音，说的却是很熟悉的话题。

司念倏地抬头望去，看到了一个不能称之为不认识的人，至少，她在自己的微博评论中看到过对方的照片，是叶蜇声。

"你好，很高兴认识你，昨天给你刷了四十个宇宙飞船，可以请我喝杯咖啡吗？我是叶蜇声。"男人朝她伸出手，白皙的手上几乎可以看清楚青蓝色的血管。

就是他啊，那位世界知名的中单大魔王。

司念怔在原地，她从来没想过会在这样的情况下见到叶蜇声。

她想过两人迟早会碰面，但那一定是在相关的游戏活动上，再不济也应该是在参加平台活动的时候碰面。毕竟，他们在同一个直播平台直播。她根本没想过在电脑城买个电脑能遇见叶蛰声。不是说这位大魔王回国之后，除了训练，大门不出二门不迈，哪儿也不去吗？

见司念不和自己说话，叶蛰声也不着急，而是开始专注地研究她看中的电脑。

"你要买这台？"他淡淡地问，目光不离机器配置表。

司念后知后觉道："是啊，怎么了？"

叶蛰声这才抬眼瞧她。他其实不算是特别英俊的男人，不，确切地说他还是男生，因为看上去很年轻。

"你要是按照这个价格买了这台电脑，那我的钱就算是浪费了。"

他这么一句话把司念拉回现实，这家伙哪怕不算顶好看，可那魔王的气场、不苟言笑的面容、干净清澈的眼睛和白皙的肌肤，结合起来仿佛有魔力一样，让她移不开视线。

难怪人家都说叶蛰声是圈子里难得一见的帅哥，把他拿来跟那些平平无奇的选手相比，的确可以称之为"难得一见"了。

司念回神，对于自己盯着叶蛰声发呆这件事感到有些羞耻，但还是平静地回答道："怎么算是你的钱呢？你打赏给我了，那钱可就是我的了。孩子打赏的才可以在特定情况下追回，你明显已经超过十八岁了嘛。"

见司念狡辩，叶蛰声却一点也不生气，凝视着她，过了一会儿眨眨眼，眼底浮现几分笑意。

这其实很难得，真的很难得。

自从回国加入 PU 战队以来，叶蛰声都是以棺材脸示人，接受采访的时候回答的内容也绝对不超过十个字，每次采访他的主持人都忍不住在魔王强大的气场下瑟瑟发抖。所以叶蛰声刚刚略带笑意的眼神让司念除了受宠若惊外还十分惶恐。

"我来帮你。"他只说了这么四个字，便开始给她挑选电脑，司念全程处在状况外。

电脑城的小哥显然是叶蛰声的粉丝，对他格外热情，还用很八卦的眼神看着司念。司念很想解释自己和叶蛰声真的什么关系都没有，可等他们坐在咖啡馆喝咖啡的时候，司念微博上已经收到了无数消息提醒，大家都在讨论她和叶蛰声的八卦。

看着手机屏幕上的内容，司念抬眼盯着叶蛰声道："这下你完了。"

叶蛰声头也不抬地皱着眉头喝咖啡，似乎咖啡很难喝的样子。他随口问了句："怎么了？"

司念把手机递给他，他一怔，顺势接过去，麻利地在手机上存上了自己的电话，随后把手机还给了司念。

司念一脸蒙地看着自己的手机通讯录上出现的"叶蜇声"，半晌才无语道："我是让你看微博，不是跟你要电话。"

叶蜇声眨眨眼，再次朝她伸出手，司念无奈地把手机递过去。叶蜇声这次接过去，看了她的微博，然后拿出自己的手机，照着微博账号搜索到，点了关注，旋即发现自己是单向关注，还很不满意地用司念的手机回了粉。

做完这一切，他再次把手机还给司念，平平淡淡地道："互关了。"

司念无语地望着对方，良久才说道："我也不是要和你互相关注，只是想让你看看新闻，你和我在电脑城的照片被人家拍下来发到微博上了。"

她头疼地扶额，叶蜇声却丝毫不为所动地继续喝了口咖啡，淡淡地道："哦，那你不说清楚，这怪不了我。"

司念觉得叶蜇声肯定是故意的，她可不认为一个在游戏里呼风唤雨的人在现实里会这么呆。

猜到叶蜇声可能有图谋，司念快速喝完了自己的咖啡，站起来说："我会付账的，谢谢你昨天的打赏和今天的帮助，以后有机会的话我们再见面。"说完这句话她就转身离开了，留下叶蜇声一个人坐在座位上。

叶蜇声看着司念的背影，仿佛看见了三年前在新闻上出现的那个女孩。她一定不知道当年她打比赛的时候，他也是观众之一。

叶蜇声低下头，将手边的苦咖啡喝完后，也起身离开，准备回战队。

与此同时，PU战队里热闹得不行，大家都围坐在一起等一个人，而这个人就是叶蜇声。

叶蜇声进门的时候，就瞧见以陈星航为首的人围在一起看着他。

他看了他们一眼，直接关上门，打算回自己的房间。结果陈星航按捺不住，直接起身上前拉住了他的手腕。叶蜇声却好像被咬了一样直接甩开陈星航的手，然后眯着眼说："抱歉，我对男人没兴趣。"

夏冰淇没忍住笑出了声，看到陈星航看过来，赶紧敛起笑容道："教练找我有事，我先过去一下。"语毕，她赶紧溜了。

训练室里的其他成员见此也纷纷开溜，有的说要去吃饭，有的说要去直播，反正都找各种各样的理由离开了训练室，只留下叶蛰声和陈星航。

四目相对良久，陈星航终于开口道："你今天和司念见面了？"

叶蛰声早就知道他要说这个，直接道："你问这些做什么，这和你有什么关系？"

陈星航怒道："当然有关系了！我怎么说也是她的前男友，不能让她被你当作赌注来要挟我！"

叶蛰声微微勾起嘴角，却不是在笑，浑身透着冷意："哦，那又怎么了？你这么有正义感的人，当初为什么会劈腿呢？"陈星航被噎住，半晌说不出一个字，叶蛰声接着道，"把你自己的事处理干净了再跟我说话吧。陈星航，你现在什么状态自己不清楚吗？需要我提醒你吗？夏季赛马上要开打了，之前的辅助已经走了，到时候可没人再替你这个无能的ADC背锅。"叶蛰声说完就走了，独留下怔住的陈星航在训练室里。

陈星航想起司念走后换上来的辅助，两人训练的时候就各种不默契，比赛的时候更是状况百出。后来，还是辅助背了锅，主动退役，才保住他曾经的知名ADC选手的称号。想起叶蛰声离开前那个讽刺的表情，陈星航握紧双拳，愤愤不平，连手机上不断打来的电话都没接。看着手机屏幕上显示的"任烟雨"，他脑子里就不自觉地想到司念，三年了，还是改不掉，这并不好。

是的，这的确不好。司念也觉得不好。

叶蛰声那家伙动不动就来她的直播间查房，出去吃饭挂机的时候也要挂在她的直播间，看到她打哪个区就自己也找个号跑过去，不断加她好友，非要和她双排。

而自从和叶蛰声有了瓜葛之后，她的直播间人气大涨，可她一点也不想要这样的人气。

眼见弹幕上不断飘出"和他双排、和他双排"这样的字眼，司念决定忍耐，忍耐，再忍耐……可她没忍住，她感觉叶蛰声彻底入侵了自己的生活，于是决定给叶蛰声一个教训，让他明白她的圈子不是这么好被入侵的。

下定决心之后，司念当着百万观众的面主动加了叶蛰声好友，甚至还在直播间主动邀请他连麦。而正坐在俱乐部训练室里的叶蛰声很快点了接受。当叶蛰声的直播画面显示他身后正站着和别人说话的陈星航时，直播间彻底炸锅了。

陈星航、司念和任烟雨的三角关系无人不知无人不晓，如今他们的八卦还挂在各个论坛顶端，现在还要加上一个叶蛰声……这四角关系真是太刺激了。

偏偏身为当事人的叶蜇声似乎一点都没发觉，就那么当着陈星航的面和司念连麦，懒洋洋地说道："你好，司念。我们不是初次见面，就不和你客气了，帮我打辅助吧，你愿意吗？"

陈星航就站在叶蜇声身后，本来正和别人说话，却被叶蜇声这么一句话直接抽走了心神。

他诧异地上前一步，微微弯腰看着叶蜇声的电脑，就看见直播软件上司念的脸，那个他朝思暮想难以忘记的司念、那个说过再也不为任何人打辅助的司念。紧接着，他就看见电脑那边的司念看了他们这边的摄像头一眼，最后在两人双排时选择的征召位置——次选是下路，首选是……辅助。

她居然同意了，居然给叶蜇声打辅助了！

在和叶蜇声连麦双排之后，司念的直播间人气直接飙升到了三百多万。

在好玩 TV，除了《英雄联盟》官方赛事热门战队比赛的时候，其他直播间很少有这样的高人气。

看着直播间飙升的人气，司念非常淡定地活动了一下手腕，对着摄像头微笑了一下，调整好摄像头，把自己的键盘和手也纳入画面中，免得被人家说是代打。毕竟这个社会对女主播不是很宽容，玩得不好要被喷打得很菜，玩得太好要被喷是代打，司念也是心累。

"虽然是在和叶大神双排，但我的房管们也该出来做点正事了，把这些带节奏喊着'打起来，打起来'的坏人都封二十四小时好吗？"

司念勾着嘴角笑，尽管摄像头没开美颜，却依旧不影响她的美丽。

她算不上顶尖美女，却胜在气质清纯，就是那种所有"直男"心里的白月光该有的长相。

叶蜇声将视线缓缓从游戏界面上移到直播界面上，盯着司念的模样看了好一会儿，本来动着的人忽然转变成了一幅静止图片，别说是观众了，连司念本人都察觉到了。

"叶大神，游戏排到了，麻烦你点一下'确定'好吗？"司念面不改色地提醒他。

叶蜇声倏地回神，淡定地收回视线看着屏幕，进入游戏。

尽管面上什么都没表现出来，但司念心里还是有点害羞和紧张的。

她想着，还好自己活到今天大风大浪见多了，要不然刚才非得被叶蜇声看得面红耳赤、心头发虚不可。

司念专注地看着游戏界面，这还是她时隔三年第一次打辅助，回想三年前发生的事，仿佛如昨日一般历历在目。她握着鼠标的手紧了紧，抿着唇，集中心思开始 Ban（禁用）英雄。

《英雄联盟》排位赛中，每个玩家须要 Ban 掉一个自己不想对线的英雄，当然也可以 Ban 掉走其他线的英雄，只要是你不喜欢的，就可以 Ban 掉。同理，对面的玩家也可以 Ban 掉五个，加起来，每局游戏都会有十个英雄被 Ban 掉。

Ban 完了这十个英雄之后，玩家就会按照进入游戏时系统自动分配的顺序来选择自己要用的英雄。叶蜇声被安排到了第一个，是首选，他在几个 AD（ADC 别称）英雄里面扫了一遍，最后在大嘴和老鼠（瘟疫之源图奇）都被 Ban 掉的情况下，选择了《英雄联盟》中长得最帅的一个男英雄——探险家伊泽瑞尔（简称 EZ）。

司念看到他的选择不由得挑了挑眉，跟他说道："拿 EZ 打滑板鞋（复仇之矛卡莉斯塔）？"

叶蜇声淡定道："嗯，拿 EZ 打滑板鞋。"

司念意味不明地笑了笑，选择了相对来说比较凶的复仇焰魂（昵称火男）做辅助，这次轮到叶蜇声来质疑她了。

"拿火男打璐璐？"

司念淡定道："嗯，拿火男打璐璐。"

弹幕："在一起，在一起！"

叶蜇声面色淡淡，冷静地换了符文和天赋，和司念一起进入游戏。

三年了，这是司念这么久之后第一次打辅助英雄。距离上一次已经好几年了，而上一次打辅助英雄时的男主人公就坐在叶蜇声身后不远处，尽管那人已经走开了一些，但吃瓜群众已经快要炸锅了。

训练室里，叶蜇声正和司念打得火热。这只是字面意思而已，是游戏里打得火热。

司念的技术，哪怕三年了也没有退步，不但可以很好地干扰对方的 ADC 补兵，火男的控制技能也用得十分顺畅，几乎百发百中，搞得对方滑板鞋问："你开脚本了吗？"

司念淡淡地回复："我觉得这个 Q 百发百中的伊泽瑞尔才是真正开脚本的人。"

画面上，叶蜇声看到司念这么描述自己，平静地说："我就权当你是在夸奖我，收下了。"

司念微笑："不客气，看你的用户名就知道你非常厉害了。"

叶蛰声今天用的用户名是"冷静走位以一敌五"。

弹幕："很厉害啊！"

是的，真的很牛。

大师局，十六分钟结束游戏，简直太厉害了。

要知道，正常的《英雄联盟》游戏，要推掉对方的全部水晶攻破基地，怎么也得二三十分钟，逆风局的话就得四五十分钟，超过一小时的也不在少数。

这刚过主动投降时间还没一分钟，叶蛰声一方就上了对方的高地开始虐泉（在泉水，也就是出生地虐杀对方）了，真的很厉害。

打完这一局出去之后，叶蛰声下意识继续拉她一起双排，但这次司念选择了拒绝。

"我有点累了，今天先不打了，身体不太舒服。"司念对着摄像头抱歉地道，"今天允许我早点下播吧，休息一会儿。为了弥补大家，抽一部手机送给你们怎么样？送免费礼物就可以参与抽奖了。"

司念淡淡地说着话，直接切断了和叶蛰声的连麦，叶蛰声看着被切断的画面和弹幕上一堆带节奏的人，突然觉得索然无味。

司念突然下播，肯定不是因为身体不舒服，那只是借口罢了。真正的缘由，观众们是不会去深究的，大家更加关注她要送的手机。

有点悲哀不是吗？看上去似乎有很多粉丝，可没有一个人是真正关心这个人的。

下了播，司念并没有直接关电脑，而是换了账号，登录自己的另外一个游戏号，她已经好多年没有登录这个账号了。

自从退出 PU 战队，她就再也没上过这个用于训练的账号。

看着好友列表里那个黑色的头像，司念想起了直播画面里站立在叶蛰声身后的男人。尽管多年来她一直尽量避免关注对方的新闻，可他总像梦魇一样无处不在。三年的时间用来忘记一个人并不难，她一直以为自己已经彻底放下那段感情，可当她再次看到那个人，体会到自己选择辅助位之后的心情，她才清清楚楚地明白，没有，她并没有完全放下，至少，她还恨那个人。

不知道是谁说过，如果你对一个人还有恨，说明你还不甘心，说明你对他还有残存的感情。

她对陈星航还有感情吗？她也不知道。也许，对那个人剩下的感情也只有不甘心了吧。

退出登录的账号，司念关了电脑，洗了澡准备休息。

她下意识地服用了安眠药，躺在床上后，很快进入睡眠状态。

有人却不是这么好睡着的。

叶蜇声凌晨两点还在训练，到达王者段位就只能单排，他在单排的时候，碰上了同样在单排的陈星航。

两人位置背对对方，都知道对方用户名，却谁都不吭声。这一局，他们是敌对方。

叶蜇声排到了这边的中单位置，陈星航则是敌方的 ADC 位置。

游戏开始，对战一触即发，叶蜇声作为一个中单英雄，应该走在召唤师峡谷的中路，与对方的中路对线，他却不顾自己的发育，多次跑到下路去抓 ADC 陈星航，直接把陈星航开局打成 0/4，崩得一塌糊涂。

叶蜇声一直没回头，不去看陈星航的脸，其他人看他们俩这么针锋相对都有点害怕。最后还是教练赶到，直接打断他们的交锋并进行谈话，才终止这场无声的战争。

"你们是同一战队的队友，现在这样有意思吗？"教练易琛冷着脸道，"你们再这样下去，我只能跟老板说这件事了，我不可能让你们带着情绪上夏季赛战场，到时候PU 出了问题，不是你们任何人承担得起的。"

这话说得非常严重了，事实上也的确如此。

战队的利益是第一的，没人需要存在内部矛盾的战队，这只会让大家在参加比赛的时候越发没有信心，打出很差的成绩。成绩不好，意味着会被黑、会赔钱，甚至会解散。没人希望这样。

"是我的错。"最先开口的是陈星航，他一字一顿地道，"一切都是因为我，我会很快调整好自己，不会再和蜇声有矛盾。"

叶蜇声意外地看了他一眼，似乎觉得他不是那种会把责任揽到自己身上的人。

陈星航却直接转头看向他，朝他伸出手道："你之前说得对。我不该把心思放在没用的人和事上，该积极准备接下来的夏季赛，这是我最重要的一场比赛。我年纪已经不小了，打不了多久了，现在的状态是对自己和战队的不负责。你愿意原谅我之前的行为吗？"

叶蜇声目不转睛地看着陈星航，而战队其他人都看着叶蜇声。沉默许久后，叶蜇声握住了陈星航的手，淡淡地说道："你有很多地方让我不喜欢，但你有一句话说得很对——目前最重要的是夏季赛。"

次日，司念一大早就被敲门声给吵醒了。

她迷迷糊糊地起身去开门，看到了物业的工作人员。她觉得奇怪地问："有什么事吗？"

物业的人道："司念小姐，您快下楼去看看吧。"

司念觉得奇怪地道："怎么了？"

物业的人没说，只是让她下去看。无奈之下，司念只好在睡衣外面套上一件长外套，跟着物业下楼。

这一下楼，看见外面热闹的一幕，司念瞬间清醒。

只见叶蜚声挺拔地站在她家楼下，正在摆弄手机，而他身边，不知道从哪里钻出许多妹子，拿着PU战队的队服以及一切可以签名的东西在找他签名。

看到司念，叶蜚声直接收起手机走了过来，没有一丁点不自在。

司念一脸蒙地看着他，说道："你怎么知道我家住在这里？还有，这些人是怎么回事？"

她住的小区可是老年人居多，这是她特地挑选的小区，为的就是少一点年轻人少一点烦恼。做直播的也算是公众人物，她不喜欢惹麻烦，只想安安静静地生活，住在老年人聚集区最好不过了。所以，这些年轻妹子到底是从哪儿来的？

叶蜚声很无辜又很认真地解释："我找人问的。我查百度地图发现你家离俱乐部不算远，我就走过来了，顺便请你喝杯咖啡。"

司念闭了闭眼，尽量平静地说道："叶大神，我能不能请你稍微注意一下你的知名度？你难道不知道那么多人蹲在PU电子竞技俱乐部门口守着，就是为了见你们这些队员吗？你快把这些人赶走，烦死人了！"

叶蜚声回头看了一眼，摸摸下巴，露出为难的表情。

第二章
回归

《英雄联盟》绝对不是一个人的游戏，它靠的是团队五个人分别在自己的位置上打出优势，并在合适的时间支援队友，靠着一套完美的战术取得比赛胜利。任何一条路上的成员打崩了，游戏都可能陷入僵局，但也不会绝对失败，也有可能翻盘。我们管这种局叫逆风局。同理，特别顺的局就叫顺风局。

司念觉得生活中的自己就像在打一场逆风局游戏，虽然她心里对这个职业有着无上的热爱，对游戏与比赛仍然万分关注，但是三年的时间里，她告诉自己她已经没有机会了，哪怕有战队愿意招募她，她恐怕也无法再回到当初打游戏的那个状态。她的心已经不纯粹了，已经不再是当初那个逐梦的人，自然也不会有完美的发挥。

坐在咖啡厅里，听到叶蜇声提到重回战队，司念苦涩地笑了笑，轻轻地道："不可能的。你今天带了一大帮女粉丝来找我就是说这个？叶大神，《英雄联盟》不是三年前的《英雄联盟》，我也不再是三年前的司念，回不去的。"

叶蜇声面无表情地道："你技术没有问题，我和你一起打过游戏，我了解你。你到底在担心什么？我不觉得三年的时间能改变太多东西，至少在我看来，你从来没变过。"

司念意外地看着他，好笑地道："说得好像你见过三年前的我一样。"

她说这话完全是下意识反驳，可没想到叶蜇声十分认真地说："我见过。"

司念惊讶地看着他，许久都没说话。

叶蜇声拿出他的手机，找出一直存放在他手机里的一段视频，接着把手机放到了司念面前。司念拿起来，看到了令人怀念的过去。

那天，他们的队伍拿到了世界冠军，她以为那天陈星航会向她求婚，没想到等到的却是自己被"绿"了的消息。

任烟雨很漂亮，这是无可争议的事实。尽管只是网红，可任烟雨的模样并不输给任何当红女明星，而且比起司念，任烟雨更有女人味。司念每天泡在游戏里，根本无暇顾及自己的形象，很少化妆，也不怎么打理头发，总是那几件队服换着穿。不训练的时候，就跟队友一起去吃麻辣烫，抑或煮个泡面，在俱乐部看看别人比赛的实况打发时间。

可同年龄的女生是怎么生活的呢？漂亮的裙子，还有昂贵的彩妆和护肤品，每天出入各种专柜，活得精致优雅，女人味十足。

现在想想，陈星航会看腻她这张脸，选择和任烟雨在一起，也不是没有原因。当时的司念的确有些不修边幅，别说是任烟雨了，怕是连他的女粉丝都比不上。

司念突如其来的笑倒让坐在她对面的叶蜚声有些意外，他靠到椅背上安静地看着她，这样笑的她让他觉得陌生和不适，仿佛她已经认命了一样。

"你真的不考虑我的提议？"叶蜚声专注地看着她，一如既往地安静，只是此刻看着她的眸子里仿佛比之前多隔了一层坚冰。

司念莫名有些紧张，可这种紧张并未表现在脸上，她甚至还有些痞气地耸耸肩道："我真的不考虑了。其实我不太明白叶大神为什么要浪费时间在我这种不值得的人身上，是有谁希望我回去吗？我不觉得我们的关系好到值得你为我做这些。"

"的确。"叶蜚声回答得很快，站起身居高临下地看着司念，冷淡地道，"是我高看你了。"语毕，叶蜚声直接结账离开。

看着他离去的挺拔背影，想到他最后那句"是我高看你了"，司念不自觉地握起了拳。低头看桌面，司念愣了一下，叶蜚声的手机还在这里，他忘记拿。手机上还在播放那场比赛的画面，而画面刚好放到有人录下这一切后将手机转向了自己。

这个视频是有人在现场看比赛时录下来的。当时的全球总决赛在韩国举行，录下视频的人……是叶蜚声。视频上的叶蜚声并没有冷着脸，反而勾着嘴角笑得十分开心，司念情不自禁地跟着视频继续看下去。视频上的男人又将一半画面对着自己的脸，一半对着舞台，从舞台对着的角度看过去，刚好是司念的身影。

叶蜚声抬起手朝司念的位置指了指，用英文说了句"Charming Girl（迷人的女孩）"。

Charming Girl……这是夸她呢。

此时司念都没发觉自己在笑，再细细打量视频中的自己，素面朝天，满脸兴奋，虽然说不上丑，可也谈不上迷人，身材都不算特别好，长期坐着训练都有小肚子了，要不是队服比较遮肉，那就更丑了。

也许他说的是站在她后面的女主持吧，司念不断这样说服自己后就将视频关了。

看来他们的联络注定不会结束。

看着桌上叶蜇声的手机，司念长叹一口气，心情复杂极了。

隔日，下午五点，司念准时开播，看着直播间的人数一点点多起来，司念瞄了一眼桌面上的手机后，耐心地等待着排游戏。

五点半，司念排到第一场游戏，开始选择英雄时，她拿起了桌面上的手机。

"我们也来查查房吧。"她挑眉笑道，"你们平常总看男主播查女主播的房，今天看女主播查男主播的房间怎么样？"

弹幕："厉害了小姐姐！查叶蜇声！查叶蜇声！"

果然，大家都很上道。

司念满意地笑了笑，打开浏览器，找到好玩TV官网，在《英雄联盟》直播中的列表里，一眼就看见了人气最高的叶蜇声，直播间的名字极为官方：PU中单叶蜇声直播间。

叶蜇声，叶蜇声……司念在心里默念着他的名字，然后在几百万观众的注视下用鼠标点进了他的直播间，接着又给叶蜇声刷了五个宇宙飞船。

叶蜇声这会儿刚开直播，正在吃外卖，游戏还在排队中。

他偶然抬头，就看见弹幕大军在刷着什么，内容很多，但他只看到了司念的名字。

她来了。叶蜇声放下筷子，在直播间里翻找了一下，很快就找到了司念。见她送了他五个宇宙飞船，叶蜇声在心里冷哼一声，这是打算用钱来道歉吗？他看起来会是因为钱而让步的人吗？

他面无表情地低头想要继续吃饭，可很奇怪，仿佛有心灵感应一样，当他再次抬起头时，就看见司念刚发出来的弹幕。

"叶大神，你的手机在我这里，手机没有锁哦，要是不想被我看到隐私，就快点拿回去吧！"

其实叶蜇声知道自己落下了手机，但因为他一向不喜欢玩手机，所以手机里除了几个联系人和必要的APP（应用）之外并无其他，便谈不上有什么不能看的隐私。他不是缺钱的人，手机忘拿就忘拿了，再买一部就是，只是可惜了那个视频，可一想到司念那副颓废的样子，他就觉得视频也没必要再看了，便说服自己当什么都没发生过。

哪料到这女人居然自己找上门了。

虽然弹幕跑得飞快，但眼尖的人还是看见了司念的弹幕，甚至截图保存，发到了微博上。

一时间，叶蜇声和司念的名字再次并排出现在热搜上，在外人看来他们俩这几乎算是公开了，只差捅破那层窗户纸，承认男女朋友的关系。

司念以为叶蜇声不会做出回应，顶多就是私下让人来拿回手机，哪想到叶蜇声竟然直接在直播间回复了她。他当着观众的面，面无表情地说了一句："手机无所谓，你该知道我并不在乎。你主动找我，我是不是可以认为你在考虑回到PU战队？"

这一句话直接让所有人都炸了，尤其是PU战队俱乐部训练室里就坐在他身后的陈星航。他一直在忍耐，可当叶蜇声说出这句话时，陈星航忍无可忍地起身往叶蜇声身边走去，按住叶蜇声的肩膀，隐忍着道："你说什么？！"

电脑这边，看着直播画面上出现的陈星航，司念神色一怔，什么话也没说，就快速关掉了直播。

她坐在电脑前注视着电脑屏幕，问自己是不是真的不想回到职业赛场，可怎么能不想呢？这三年来，她无时无刻不在后悔，为什么当初要为了一个男人而退出战队，她为此失去的不仅是她的感情，还有她的梦想。她为什么那么傻，用一个男人的错误惩罚自己，让自己再也无缘回到赛场上，无法实现梦想。

眼睛似乎有些湿润，司念回想起这三年来的每场赛事，她只能在手机上观看，无法去现场体会那种竞技精神的时候，都会难受得想哭。她是后悔的，她也想重新回到赛场上，可是，现在的她真的还可以吗？

教练办公室，易琛坐在椅子上盯着叶蜇声："你玩真的？"

叶蜇声没有说话，但毫不犹豫地点了一下头。

陈星航冷声地说道："我不认为司念会愿意回来，你不要私自替别人做决定。"

叶蜇声看向他，冷笑道："怎么，你怕司念回来后，你把持不住吗？"见陈星航愣了一下，但是并未开口否认，甚至还别开了头，叶蜇声笑，又道，"你这是默认了吗？"

陈星航垂下眼眸。易琛瞥了他一眼，对叶蜇声道："司念年纪不小了，三年来也没什么消息，只是最近才重新出现在大家的视野里。PU战队不是酒店，想来就来想走就走，她当初走的时候，我就跟她说过让她考虑清楚，走了再想回来就很难了。蜚声，你是大家都非常欣赏的队员，可你也没权力擅自请谁回战队。"

这话易琛说得直白，却是实话。但叶蜚声并不介意易琛的直白，甚至嘴角笑意都加深了。

"你不如让她跟我一起对战陈星航和郑宇，看看谁的技术更好？就算不能直接作为辅助选手回到战队，作为替补选手留在战队总是可以的吧。"叶蜚声顿了顿，眯着眼道，"教练难道忘记三年前你们是怎么并肩作战的了吗？"

易琛一怔，听叶蜚声这么一说，想起了与司念朝夕相处的时刻，为难地看了一眼陈星航。陈星航一直是沉默的，这会儿才终于微微启唇，沙哑地说了一句话，一句令叶蜚声意外的话："也好，她如果真的愿意回来，或许是件好事。"

这真让叶蜚声挺意外的，陈星航居然不反对司念回来。

要知道当初司念离开是因为他，如果他们再次在同一屋檐下朝夕相处，很难保证不会发生什么。他好不容易才渐渐洗白渣男的身份，也重新积攒了不少粉丝，要是再让他回到三年多以前那个人人指责、被黑料包围的时刻，他真搞得定吗？PU战队也不会需要一个满身负面新闻的ADC选手。

回想起过去的一切，陈星航抬起头，勾起嘴角自嘲道："这是我早该承受的，战队不必要考虑我，我什么意见都没有。当年司念本就不该离开，如果不是我，或许她现在会更好。"

叶蜚声听完后，在一边凉凉地附和道："难得我们意见一致呢，我也这样觉得。"

陈星航眼神复杂地看了叶蜚声一眼，其实他有很多话想说，可他没资格，最后只是叹了口气，抬手拍了拍叶蜚声的肩膀，先行离开了。

叶蜚声沉默了一会儿，再次看向易琛，易琛合上手里的笔记本道："这件事我会跟老板提，但我需要司念和我见面聊，而不是你来提这件事，老板也不会这么草率地答应你的提议。"

这是当然的，如果司念真的想要回来，肯定要自己来说，叶蜚声哪怕在团队里地位再高，这些事情也轮不到他来做决定，所以他最后什么也没说，起身离开了办公室。

隔天下午，PU战队即将进入晚间训练，然而就在大家吃过晚饭，准备往训练室的方向走时，一个意想不到的人出现在这里。

最先看见那个人的是陈星航。陈星航和郑宇走在一起，旁边还有打野选手谢源。谢源看见陈星航愣在那儿不动还一脸不解，拉了他一下道："喂，怎么了？"

陈星航却像是没听到一样，郑宇觉得奇怪，便顺着他的目光看过去。这一看，郑宇也愣住了。

哪怕郑宇是后来加入战队的，但对司念这个名字也算是耳熟能详了。他万万没想到，竟然这么快就和他的"竞争对手"见面了。

"喂，谢源，那个是司念吧？"郑宇不确定地说道。

快要进屋的叶蜚声听到"司念"两个字立刻停下脚步，抬眸望向不远处，看见了正站在门口的司念。她站在门口扫视一圈后，便目不斜视地朝叶蜚声所在的位置走了过来。

陈星航的目光始终停留在司念身上，这是他和司念分手后三年来第一次看见司念。他以为有任烟雨陪着，自己肯定会忘记司念，再见到她也不会有什么特别的感觉。可不是那样的，如今看到她，他好像都要不能呼吸了。

然而司念看都没看陈星航，直接走到叶蜚声面前，从口袋里取出手机递给他，笑着说："既然你不来拿，那我只能自己来还给你了，手机也不便宜，有钱也不能这么浪费。"她歪了歪头，继续道，"其实我本来打算把手机给冰淇，让她替我还给你，但刚好我也有些事要过来一趟，就亲自过来了。"

叶蜚声挑了挑眉，随手接过手机，手机上还残留着她的余温，他食指摩挲了一下，放进口袋："有事？什么事？"

司念朝他眨眨眼睛："明知故问吗？"说完后，司念越过他直奔教练办公室。

叶蜚声看着她的背影，突然笑了一下，这个笑却让其他队员毛骨悚然。

"我说叶大神，司念该不会是来和易教练谈回战队的事情吧？"郑宇瑟瑟发抖地看着叶蜚声，可怜兮兮地道，"不要啊，我也想打职业赛啊！"

他想趴到叶蜚声身上，却被叶蜚声手疾眼快地躲开了。叶蜚声甚至还抬手拍了拍他的肩。拍完后，叶蜚声淡淡地道："想打职业赛就去提升自己，她哪怕回来了也是给你做替补，提升自己才是你该做的事情。"

郑宇目光灼灼地望着他，好像突然醒悟一般，推开众人跑进了训练室，埋头训练。

夜幕降临，镂空玻璃的走廊仰头就能看见星空。陈星航站在那儿抬头看着星空，直到身后响起高跟鞋踩在地面的声音，才缓缓收回视线，一回头就看见了从教练办公室走出来的司念。

他的视线落在她的脚上，她竟然穿了高跟鞋，要知道三年前她对穿高跟鞋简直深恶痛绝。有一次她过生日时，他送了她一双名牌高跟鞋，被她骂了半天，质问他是不是存心给她穿小鞋。

看陈星航一直盯着自己的鞋看，司念淡淡地道："很意外我穿高跟鞋吗？"她拢了拢外套，"人都是会变的，你会变，我当然也会变。三年不见，你看上去还是和以前一样，嗯，帅气。幸运的话，以后我们会成为并肩作战的队友，希望这一次我们可以愉快相处。"

说完，司念朝他点点头便离开了。陈星航从头到尾没开口说话，站在原地望着司念离开的背影，不知不觉中竟然湿了眼眶。

是啊，人人都会变。凭什么他变了，别人就不能改变呢？

司念变了，变得比以前美丽，比以前动人，比以前更让他难忘。他的心彻底乱了，他该怎么办才好？

直到凌晨两点才结束训练的叶蜇声，回到房间后才想起自己失而复得的手机，于是一边用一只手擦着洗完澡后湿漉漉的头发，一边用空着的手解锁手机。才解锁，叶蜇声就发现锁屏的壁纸虽然还是老样子，但解锁之后的桌面壁纸被换了。

只见一个女人毕恭毕敬地用手举着写有"对不起"的A4纸出现在手机屏幕上，是司念。

这女人真是……叶蜇声微微勾唇，笑得冷冷清清的。略一思索，他干脆直接从通讯录里找到司念的电话，顺手加了微信。原以为这么晚，她肯定睡了，不会及时回，可没想到她居然很快就通过了好友申请。

通过了还不算，她甚至主动找他说话，发了一句："对不起啦，我不会再像之前那样啦。"

目的已经达到，她又及时改正，他倒也不是那么斤斤计较的人。只是他还在擦头发，打字回复实在不方便，干脆直接选择了视频聊天。

这个时候，司念正躺在床上，但还没打算睡觉。

她还在回味和易琛的谈话，激动得根本睡不着，衣服也穿得好好的，所以没多想，按下了视频请求的接受按钮。于是她这一按下去，令人错愕的一幕就出现在她眼前。

只见对方的手机晃了一下后出现一个男人，画面里可以看到他赤着的手臂和湿润的头发。他正在擦头发，雪白的毛巾和黑色的湿润发丝，衬着房间里暖色的灯光，她入目的一切都是澄净清澈的。

司念微微一怔，看着手机画面，很久都没说话。叶蜚声可能不清楚这样的画面杀伤力有多大，非常随意地擦着头发，眼睛甚至都没看手机。他脖颈的线条优美极了，司念不由得想，怎么会有人生得这么完美？

她不是第一次见他，却是第一次觉得他怎么生得那么让人动心。

"为什么一直看着我不说话？"

叶蜚声放下擦头发的毛巾，微微低头，望向屏幕上的司念，那一眼让司念的心头不由得跳了跳，脸莫名其妙就红了。

"我看你在忙，就没说话。"司念笑了一下，以此来缓解自己的尴尬。

叶蜚声盯着屏幕看了好一会儿，才"哦"了一声，也不知道信了没有。司念正想再加把劲，维护一下自己矜持有度的形象，就听见叶蜚声再次开了口："易琛跟你说了什么？"

司念眨了眨眼，低低柔柔地道："琛哥说我想回去也可以，但肯定还要看我自己的信念和水平。上次无故退队，给战队带来了很差的影响，老板当时很不高兴，这次琛哥替我说了不少好话，老板才松口。"

叶蜚声不着痕迹地道："他对你倒是不错。"

司念点头说："是啊，琛哥一直对我很好。他在 PU 四年了，圈子里很少有教练在一个战队这么久的吧？这说明琛哥是一个专一的人啊，当时我还在 PU 的时候，他对我也是很好的，队伍里就我一个女孩子，他……"

司念今天好像话很多，尤其提起易琛时变得更多了，简直是滔滔不绝。

叶蜚声一直在这边耐着性子听着，挂钟的时针指向"3"的时候，两人的视频聊天依然没有结束。

司念看了眼手机上的时间，眉头一跳，忽然意识到两人聊得有点久了，茫然地道："啊，我是不是说太多了？"

她有多久没有这样自然地和一个人聊这些往事了？好像已经过去很久很久了。

这些年除了夏冰淇，身边的人都不敢和她提起与过去有关的事情，生怕勾起她不好的回忆，让她不高兴。大家都那么小心翼翼，搞得她也一直觉得自己不想提起那些事。

到了此时此刻，她才忽然意识到，其实那些事真的都已经过去了。过去的回忆虽然有着这样那样的不美好，却也不算太差吧。至少，她也算是代表中国参加过世界赛了，还拿到了第一名，那是多么难得的体验和辉煌时刻啊。

隔着屏幕都能感受到司念在出神，叶蛰声没继续打扰，安静无声地结束了通话。等司念回过神低头去看的时候，就只看见了视频结束的提醒。

他该不会觉得自己是个聒噪的女人吧？或者他会不会认为自己其实是想在他面前努力表现，甚至认为自己已经对他产生某种不可描述的小心思？他可千万不要那么想，要不然以后抬头不见低头见的，她会很尴尬。

再想想易琛当时的话，司念心里又是一番汹涌澎湃。三年了，她真的还有可能回去吗？她闭上眼睛，仿佛眼前就是赛场，游戏的画面充斥着大脑，扫都扫不掉。

而想起过去，司念就很难不想起陈星航。她倒是不担心如何面对他，只希望他不要不自在，不然弄得两人都尴尬。

司念即将回到战队的消息不知道通过谁传了出去，在网络上掀起了轩然大波。

任烟雨洗漱完坐在椅子上看手机，就看见这样的新闻，她看到司念和陈星航的照片放在两边，而站在两人之间的不再是她，是另外一个比陈星航更具竞争力和影响力的男人——叶蛰声。

她任烟雨的名字，只出现在标题底下一行，一个不起眼的地方。

"阴魂不散！"任烟雨生气地摔了手机，陈星航出来的时候正瞧见这一幕。

他蹙眉走过去，把手机捡起来仔细查看，确定没摔坏之后重新放到她的手边，不解道："一大早怎么这么大火气？"

任烟雨横眉立目地道："你问我？你难道不清楚吗？"

陈星航笑了一下，慢慢说道："在职业联赛的选手中，我也算是大龄选手了，你不是一直不让我退役吗？说实话，烟雨，这些年来要不是因为你，我可能早就退役了，我已经很累了，不想再做这一行了。"他坐到椅子上，按了按额角，神态疲惫不堪。

任烟雨一怔，很快语气紧张地说："你不可以退役！你为什么要退役？PU现在这么多粉丝，热度这么高，你千万不能退役！"

陈星航没抬头，只是勾了勾嘴角道："你是担心我退役之后不红了、没热度了，你会失去那种被人羡慕、万众瞩目的光环是吗？"

这话简直戳到了任烟雨的心尖，她一下子有点慌乱，半晌没言语，这场无谓的争吵也算暂时结束。

陈星航看了任烟雨一眼，眼底有着她看不见的悲哀。

几天之后，司念穿着一身白色连衣裙出现在了 PU 战队俱乐部。来的时候是早上，队员们都刚刚起来没多久，正准备去找教练然后训练。司念的出现无疑引起了所有人的注意。

唯一不在俱乐部住的陈星航此刻也到了，当他看到司念时下意识偏开头，逃跑似的进了训练室。

司念淡淡地看了一眼他离开的方向后，转身朝教练办公室走去。

不多时，易琛带着司念来到训练室，训练室里安静得落下一根针都能听见，大家都心照不宣地保持沉默，神色各异地看着站在易琛身边的女孩。

"这是司念，我想不用给大家介绍了吧。"易琛身材高挑，作为战队的教练，他其实也才三十岁出头，整个人流露着一股斯文儒雅的气质，"经过领导层的讨论，已经决定重新聘请司念，以后大家就是队友了。"

一大早就直接宣布这种爆炸消息，还真是把大家给震惊到了。尤其是如今处于辅助位置的郑宇，着急地上前说道："都不用比赛一下的吗？这么草率就决定聘用了？"他看着易琛，"教练，我想和司念打三场，三局两胜，我不要就这样被换下去，这很不公平！"

易琛看向郑宇，淡淡地道："谁说司念回来是要打辅助的？"

这次不仅仅是郑宇，连一直坐在电脑前置身事外的叶蜚声也回头看了过来，意味不明的眼神落在司念身上。司念下意识看了他一眼，眼前不知怎么就出现了他赤着上身的画面，顿时耳根发热，略显慌张地转开了视线。

陈星航注意到他们的互动，双手摆弄手机的速度更快了。

易琛作为教练，并不怎么关注选手的私生活，这会儿也没那些心思去管他们心里的小九九，直接宣布道："司念这次回来主攻的是 ADC 位置，换言之，这次有危机的是星航。"

陈星航愕然抬头，惊讶地看着司念。易琛适当地让出位置，把话语权交给司念，司念微笑着注视大家，扫过众人质疑和惊讶的表情，丝毫不惧。

司念说道："我想大家一定很难接受这个消息，一个这个年纪的选手，回来打职业已经有些勉强了，并且还要打ADC，还是个女选手，这怎么听都是无稽之谈吧。"她微微笑笑，继续说道，"但这不是玩笑，是事实。虽然当年比赛的时候我是以辅助选手身份跟战队一起拿到冠军的，可当时退队的时候我就已经说过，我再也不会给任何人打辅助。这几年我一直在练习ADC，虽然可能比不上陈选手目前的KDA（Kill Death Assist，即杀人率、死亡率、支援率，赛事中常以KD Ratio，KDR，表示杀人率和死亡率的对比）和世界排名，但我还是想挑战一下。"

她自信地望向陈星航，微微抬手道："不知道陈选手愿意接受这个挑战吗？"

陈星航震惊地看着眼前这个朝自己伸出手的女孩，如今的她懂得化妆和打扮，身材高挑的她站在他们面前仿佛只是一个美丽的花瓶，似乎还不如三年前那个不修边幅得像男人一样的辅助选手看起来可靠，但是……

这一刻，陈星航眼前的司念仿佛和三年前重合了。

陈星航不知道自己是怎么握住司念的手的，他眼神复杂地抬起头，目光落在司念弯弯的眸子上，她是在笑的，但他感觉不到亲切。

他心里咯噔一下，迅速转开视线。不知怎么的，脑子里浮现出任烟雨最近这段时间暴躁的神情，她是在不安吧，担心司念的回归打乱他们平静的生活。

他一开始觉得她的担心没有必要，可现在……陈星航用余光悄悄地观察着已经转开视线的人，慢慢低下头握住了拳。

现在，他也开始不安了。

得知自己的位置没有被威胁之后，郑宇开心得几乎跳起来，相当亲密地跑到司念面前三鞠躬，兴奋道："感谢司念姐不杀之恩，您真是太仁慈了，以后我就是您的狗腿子，您让我往东，我绝对不往西！"

司念愣了一下，勾唇笑道："郑宇对吗？其实你根本不用这样的，你比你自己想象的要优秀，不要老想着自己会被取代，那样你会很难进步。"

郑宇闻言有点脸红，摸着鼻子道："可是叶大神老说我很菜。"

叶蜇声一直戴着耳机坐在电脑前，但其实他的耳机里根本没有任何声音，既没播放音乐也没打开游戏，所以郑宇的话他听得清清楚楚。

他的眉头几不可见地一跳，很快就听到司念语重心长地对郑宇说："小宇，你根本不用介意叶大神的话啊，在他眼里，我们这些人都很菜。"

看着司念一脸感同身受的表情，郑宇原本慌张的心情也安定许多，情不自禁笑出了声。打野选手谢源也跟着笑了起来，还旁若无人地揽住了身边上单（上路单独发育的团战肉盾位置）选手纪野的肩膀，揽了还不到三秒钟，就被纪野无情地打了下来。

"离我远点。"纪野面无表情地说完便回到了自己的位置上，戴上耳机开游戏。

谢源尴尬地望着大家，然后耸耸肩对司念说："那是纪野，他人就那样。嘿嘿，他不是不喜欢我，他是谁都不喜欢。"

司念意味深长地瞄了一眼纪野的背影，低声说道："我听说过纪野，比叶大神气压还低，跟队友说的每句话都不会超过五个字，久仰大名。"

他气压很低吗？叶蜚声透过反光的电脑屏幕瞥了一眼司念，见她好像真的很高兴，再看看她身边不远处的陈星航，似乎一直在凝神想着什么，倒也不是那么失态。

这样就好，没有难堪的纠缠不清，只有专业的技术较量，这样才是一支可以走向成功的战队。

虽然他加入 PU 的时间不长，但已经在加入之前就确定了必将和 PU 一起重新登顶世界赛冠军的志向。这是某个人一直希望他做的事情——回到国内，带领自己国家的队伍走向成功。过去他不以为意，不曾放在心上，可如今他放在心上，真的去做了，那个人也回不来了。

"你在想什么？"

肩膀被人拍了一下，叶蜚声倏地回头看去，摘掉耳机，注视着说话的人。

见叶蜚声一直看着她不说话，司念摸了摸自己的脸道："我脸上有东西吗？干吗看着我不说话？在气我突然拍你的肩膀？我喊了你好几声，你一直不回答我才这么做的。你在想什么呢，那么出神？"

回忆起刚才脑海中的一切，叶蜚声微微皱了一下眉，没有回答司念，只是摇了摇头，便转身重新戴上耳机，果断地开始了游戏。

司念沉默地看了一会儿后，就被赶回来的夏冰淇拉走了。

训练室外面，夏冰淇拉着司念的手惊讶地道："到底是什么原因让你决定重新回到战队的？你知道我在外地出差的时候，听到人家说这个消息，内心有多惊讶吗？"

司念歪了歪脑袋道："真的那么吓人吗？"

夏冰淇看了看周围，小声说道："当然了。你都不知道，我出差恰好遇见了任烟雨，她整个人状态差得不得了，做什么都耷拉着一张脸，人家私下都骂她矫情。"

司念还来不及回答，就见夏冰淇忽然严肃起来，一本正经地道："易教练。"

司念立刻回头看去，只见来的人不仅有易琛，还有陈星航。

夏冰淇的视线在司念和陈星航的脸上转来转去，发现两人都很淡定地朝对方微笑了一下，不由得惊讶咋舌。

易琛直接把夏冰淇拉到一边，站在原先夏冰淇的位置对陈星航和司念道："那么你们之间的比赛正式开始吧，跟我来。"

司念和陈星航很自觉地跟在他身后，倒是夏冰淇吃惊地拉住了易琛的衣袖："易教练，你没搞错吧？他们俩比赛？辅助和 ADC 有什么好比的？"

易琛瞄了一眼夏冰淇的手，夏冰淇立刻抽回自己的手，眼观鼻鼻观心地站在那儿。

易琛看了她一会儿，淡淡地说道："这次司念回来不是打辅助的。"

夏冰淇愣住，半晌才道："你不会要告诉我，她是回来打 ADC 的吧？"

当她看见易琛点头后，那种表情和圈内所有人一模一样。

当司念可能会取代陈星航成为 PU 的主力 ADC，抑或成为 PU 的 ADC 替补选手的消息散播出去之后，整个圈子都炸了锅。不少知名主播都在直播时谈到这个事情，纷纷表示事情绝对不像看上去那么简单。

办公室里，司念摘掉耳机，拿开鼠标，看着对面的陈星航道："承让了。"

陈星航慢慢摘下耳机，安静地看了她一会儿说："你变得更强了。"

司念微笑道："是吗？谢谢你的夸奖，有职业选手这么说，我更有信心了。"

陈星航轻声说："你不必这样说，我知道你根本不需要我的赞美。"

司念不置可否。陈星航站起来，不一会儿，易琛便推门进来。为了两人的比赛不受到干扰，他是在训练室通过观战系统来看比赛的，但由于观战系统会延迟三分钟结束战斗，所以他来得迟了一些。

"星航，你的表现不太好。"易琛直言道，"原本我是看好你的，但如果你一直是今天的状态，司念完全可以取代你。"

陈星航没说话，只是笑了笑，便抬脚离开了。

看着他的背影，司念慢慢收起了脸上的笑容。记忆里的那个少年，他说一定可以拿到世界冠军，一定可以为 LPL 拿到世界冠军。可是如今，他的表现甚至不足以击败她。

司念垂下眸子，眼神一黯。

"你看，一个人身边是谁，真的可以决定他未来的高度，是不是？"易琛忽然开口打断了司念的沉思。

司念想，他是在说任烟雨限制了陈星航的高度吗？

她懵懵懂懂地抬起头，易琛定定地看着她说："司念，我不偏心，只要你可以一直保持今天这样的状态，在日常训练里变得更优秀，我会公正地选择上场比赛的 ADC 到底是谁。同样，我也希望你不要心怀怨恨地训练和比赛，你和星航的事情已经过去很久，现在你们重新成为队友也是一种缘分，我还是希望你可以站在战友的角度和他相处，也给他一点激励，你能做到吗？"

她能做到吗？司念沉默了许久，一直没有回答。易琛似乎也不需要她的回答，说完话没多久便转身离开了。她站在原地，想了很久才推门出去，当她进入训练室的时候，其他人已经进入训练。叶蜇声正准备开始排位赛，司念的位置被安排在他隔壁，她落座后，看到他正看着自己，她不适地闪躲了一下。

他转开视线看她的电脑，几秒钟后道："加我好友。"

说实话，起初被他那么看着，司念心里是有点紧张的，可当他说出"加我好友"后，她简直想翻个白眼。

他那么严肃地看着她，让她以为他要说什么重要的话呢，原来只是这样而已！

司念心里有点憋气，但还是耐着性子问："你账号是什么？"

"我的账号？"叶蜇声不苟言笑地道，"'想赢就闭上嘴'。"

司念："……"叶大神你霸气侧漏了啊！

第三章
前女友

司念觉得在 PU 训练时好像时间过得很快。夏季赛即将开始，在开始之前，战队是有一些活动须要参加的。

作为 PU 的替补 ADC 选手，司念跟队伍一起参加了《英雄联盟》官方举办的赛事活动。

司念一开始不知道这次活动任烟雨也会出席，等她到了现场，看到正在等他们的任烟雨时，才反应过来夏冰淇之前说的话是什么意思。

"你可千万要淡定一点啊，是战队一起参加活动，有不少媒体在，别让人抓到什么把柄，影响接下来的比赛。"

夏冰淇说这句话的时候，司念以为她担心自己很久没参加官方活动会怯场，完全没想到她是在提醒自己不要当场发飙。

任烟雨直直地朝他们走来，目光落在司念身上许久才移到陈星航身上。陈星航在她蹙眉看过去的时候担心地道："怎么了，哪里不舒服吗？"

那种关怀担忧的语气听在司念耳中，简直像是在用刀子一下一下割她的心。

其实她倒不是还喜欢他，都已经过去三年了，哪怕是再深刻的感情也会变淡，可是不甘心和怨恨一直存于心里，那种感觉真让人很难受。

司念深呼吸了一下，转头看向另一边，想借此来掩饰一下自己的异样，结果一转头就看见迟到的叶蜚声。

他穿着黑蓝色的 PU 战队队服，面无表情地走向司念他们所在的位置，垂在身侧的手慢慢握成拳。那是握鼠标的右手，仔细看的话可以看见他右手食指上的文身，是一条文得相当细致的蛇。

几乎所有人都看到过他手上的文身，人们一直在猜测他文那条蛇的初衷，有闲来无事的还写了许多长篇大论的分析，结果呢？

叶大神只在一次采访中惜字如金地说：“文蛇的初衷？面上的意思而已。”

采访的记者一头雾水：“面上的意思？那是什么意思？”

“蛇皮走位，蛇皮操作。”

蛇皮的意思是指灵活走位。

记者和所有人都无语。

想到这件事，司念情不自禁地笑了一下。这让一直用余光关注着司念的任烟雨面露冷色，她注意到与司念有眼神交会的叶蛰声，再看看大家对叶蛰声和司念的关注明显比对自己和陈星航多，于是愤怒席卷了她，她下意识握紧了拳头，惹来陈星航痛呼一声。

“你怎么了？”陈星航收回自己的手，看着任烟雨蹙眉道。

任烟雨隐忍着怒气看了他一眼，丢下一句“你真没用”就转身走了。

陈星航立在原地望着她的背影，然后转头看向司念那边，瞧见叶蛰声身边的媒体记者们时好像忽然明白了什么。他晃了晃手，低头苦涩地勾起了嘴角。

司念和叶蛰声站在一起，这也就代表着，那些媒体在拍摄叶蛰声的时候不可避免地会拍摄到她。

这边司念面对镜头时有点闪躲，有人却不给她闪躲的机会。

那人司念也认识，是圈内有名的女解说，解说过数次世界级赛事。除了国内的知名选手与主播，这位女解说和国外一些选手关系也很好，且除了英文说得特别好，韩语也很棒，对游戏的理解也很到位，可以说是完美无缺，解说界的女神无疑。

她慢慢走到司念和叶蛰声面前，目光在叶蛰声身上停留许久。叶蛰声不知为何将视线别开了，这很不像是他的风格。司念还来不及细想，就听见那女孩开口了。

“你好，司念小姐，久仰大名。我是方青子，不知道有没有荣幸认识你。”方青子朝司念伸出手，司念看向她细长白皙的手指，两人无冤无仇，哪怕是出于礼貌，也是该握住手的，可是……

莫名其妙地，司念仿佛感觉到叶蛰声的不对劲，而且这种感觉很快就被验证了。

叶蜚声突然转身离开，留下她一个人面对媒体，像是在躲避什么。

司念看了一眼他的背影，再看向面前的方青子，见方青子一直望着叶蜚声离开的方向，眼底有黯然、有矛盾，司念眨眨眼，觉得自己好像明白了一些什么。

她沉默了一会儿，握住方青子的手，微笑道："你好，我是司念，很高兴认识你。叶大神已经走了，你还想认识我吗？"

司念的话犀利又直接，方青子微微一怔，随即低声道："抱歉。"

司念嘴角笑意加深，轻声道："不用的。"语毕，她微微欠身，随后便准备离开，却在这时，方青子喊住了她："司小姐！"

司念疑惑地回过头，方青子注视着她，许久才说："方便告诉我你和叶大神是什么关系吗？"

方青子很漂亮，留着齐肩短发，穿着时下流行的裙子，化着精致的妆容，很时尚，却不是任烟雨那种会让人觉得低级的时尚。

怎么说呢，或许是长相和气质问题，方青子的五官组合在一起显得异常甜美亲切，毫无侵略性，会让人不自觉地想要靠近，被她吸引。

原来叶蜚声喜欢的是这样的女孩吗？

司念下意识地摸了摸自己的脸，那她跟叶蜚声是彻底不可能的吧？司念怎么看都不是那种温柔甜美的女神，她的性格就只能做执着傲气的御姐。就像她此刻穿着PU队服，与方青子站在一起说话，简直像是工作多年的姐姐在问放学回家的妹妹考试考得怎么样。

司念看了看手表说："活动马上开始了，我也不兜圈子。我和叶大神就是队友关系，网上那些人乱带节奏，你不要误会，要不然叶大神知道该怪我了。"

方青子瞧见她这样，放松地笑了笑说："其实也没什么，就是有点好奇，司念姐还是不要说得好像我和蜚声有什么似的，我们……早就分开了。"

这次轮到司念惊讶了："你们在一起过？"

她还以为是那小子单恋或者他们俩双向暗恋呢！

方青子沉默几秒，点了点头。

半小时后，PU战队的位置上，司念姗姗来迟。

叶蜚声的位置就在她旁边，司念落座后忍不住微微侧头打量他。

她一直以为叶蜚声这样闷骚又傲慢的男人应该是"母胎单身"的，因为交过女朋友的男人对待异性不该是叶蜇声那种方式。现在得知他居然交过女朋友，司念真的有点吃惊。看来是在一起的时候方青子太迁就他，对他太好了，才养成他现在这种臭屁的性格。

"我脸上有花吗？"

叶蜇声突兀、冷漠的语气，令司念倏地收回视线目视前方，但余光还是不肯放过叶蜇声，她清楚地看见叶蜇声转过了头。

既然他看过来了，司念也大方地看过去，歪了歪头说："没有花，只是有点好奇。"

叶蜇声眼皮都不抬地道："好奇什么？"

司念摇摇头没说话，叶蜇声也懒得问。

官方活动接近尾声的时候，会有一场全明星赛，所谓全明星赛，当然就是玩家们票选出来的明星选手一起比赛。叶蜇声作为业内最当红的选手，自然是高票当选。陈星航作为老牌 ADC，人气也居高不下，作为第二名入选。

其他入选的是别的战队的选手，挤上最后一个名额的，是 PU 的上单选手纪野。

等两队明星选手落座，打开电脑之后，全明星赛算是正式开始了。

司念坐在台下，仰头看着台上闪亮的灯光和两方对战的氛围，身后全是观众们热情的呼喊声，在这样的环境下，她的心好像也被感染了。

不理解电竞的人，可能会觉得这些其貌不扬的青年一无是处，还是成熟的男人靠得住。可在司念看来，成熟的男人很好，可也并不代表只有成熟的男人才靠得住。

她不想要一个无所不能的男人，她喜欢的是那种也许有些幼稚，还有点别扭，但只要坐在台上，戴上耳机就立马进入状态准备战斗的男人。她追逐过那样一个男人，那个男人还坐在那里，只是他变了，不再像过去那样羞涩又毫无顾忌。他背叛了她，已经不可能再是司念的选择。

视线不自觉在场内睃巡，最终落在叶蜇声身上，司念心念一动。叶蜇声打比赛时的认真、比赛之外的傲娇，以及时而暴露的小缺点，似乎很符合她爱慕一个人的标准。可是这个男人，好像也不能是她的选择。

司念沉默下来，低下头不再关注台上，接下来直到比赛结束，一切都很顺利。

结束后，司念坐在商务车里看着窗外，而此时也有人在她身后看着她，是陈星航。

从她上车坐在叶蜇声身边开始，陈星航的视线就一直定在她身上。他的位置就在司念的斜后方，可以将司念的一切举动收入眼底。他紧盯着叶蜇声，看着叶蜇声和司念状似亲密的样子，慢慢握紧了拳。

他和司念曾经在一起四年，算上分手的三年，他们认识了七年。七年的时间里，他们从来没做过除牵手拥抱以外的事。

陈星航深呼吸了一下，闭上眼睛。他须要冷静。他和司念早就分手了，她做什么、与谁亲密，都和他无关。

晚上八点多的时候，车子缓缓停在俱乐部的车库。回来的途中，叶蜚声把头枕在司念的肩膀上。因为想着大神打比赛太累了，司念也没有叫醒他，于是就这样保持一个姿势坚持了一路，肩膀太难受，整个人都僵硬了。

其他队员眼神暧昧地落在两人身上，她淡定地回了个微笑，接着抬手推了推叶蜚声，轻声道："到了，该醒醒了。"

见叶蜚声没有什么反应，司念又耐着性子喊了一声，这次叶蜚声才缓缓抬起头。

他皱着眉，睁开眼睛后安静地看了她一会儿，又看看周围，最后视线落在她正在揉肩膀的手上。

"看什么看，还不都是因为你，睡了一路，你倒是能睡。"司念嘀嘀咕咕地道，"算了，就当是还你人情吧，要不是你，我也不能下决心回来。"

语毕，司念起身打算离开，叶蜚声可能刚睡醒，反应有些慢，过了一会儿才让开位置，跟在她身后下车。

往宿舍走的时候，司念就在叶蜚声前面，她能听见身后那人走路的声音，轻轻的，却给人很安心的感觉。

在活动现场出现过的那种悸动又出现了，司念按住酸痛的肩膀，想要告诉自己清醒点，也就在这个时候，她看到叶蜚声加快脚步跟上了她，两人并肩走着。

他眼神复杂地望着她的肩膀，司念沉默了一会儿道："其实也没什么，我们是队友，再不济还是朋友呢，小事一桩，不用放在心上。"

叶蜚声没有说话。今天做活动的时候他就有点沉默寡言，也不接主持人的话，搞得主持人很尴尬。不过大家都知道他什么性格，也就见怪不怪了。司念却能猜到他这状态是因为什么。

想到他一个人待在国内，在这边一个亲人都没有，有心事也没人可说，憋久了还不得憋出病来？于是司念开口说了一些不理智的话："叶大神，你要是把搞电子竞技的本事拿出一丁点来放在感情上，也不会被人抛弃了。不如，我帮你追方青子吧？"

叶蜇声在司念说完话不久后，紧盯着她说："你发什么神经？"

那语气仿佛是在说——女人，你在玩火。

其实司念这个人在叶蜇声心里的形象很复杂，她有时候特爷们儿，打起游戏来满口脏话，可有的时候她又很有少女心，比如刚搬进宿舍，就把房间装饰得满是粉红。

叶蜇声很难将她归到一个固定的范畴里，这也造成了如今他面对她时不能像面对其他人那样冷静。

夜里两点钟，他依然没有睡着，只要一闭上眼睛，脑海里就出现今天在活动现场见到的方青子的身影。

这是他回国半年后第一次见到她，想起一年前两人在韩国的最后一次见面，想起她说分手时的神情，叶蜇声无论如何也无法进入睡眠，就这样辗转到了天亮。

LPL夏季赛举办在即，为了夺得本次比赛的冠军，PU战队马上要开始严格的训练，在平台开直播的选手也被明确勒令停止直播，司念也不例外。

眼瞅着就要忙起来了，俱乐部也很人性化，给了选手们两天的时间处理私事，不要等进入状态之后再请假耽误进度。

司念没什么私事可处理的，她从来不拖泥带水，她的家人……她也没几个家人了，剩下那一个，不提也罢。

无事可做，司念便决定和同样也没什么事要做的叶蜇声一起进行她的计划。

"你带我来这里做什么？"

站在花店门口，穿着宽松连帽卫衣的叶蜇声看着司念，那表情仿佛司念不给他一个合理的解释，他就会把她拉到巷口打一顿。

司念笑笑说："进去买束花呀，青子喜欢什么花你应该知道吧？我昨晚约了她今天见面，你要装作偶遇的样子，然后把花送给她。"

叶蜇声无情地嘲笑她："你是傻子吗？偶遇为什么会随身携带她喜欢的花？做得这么刻意，让我想要勉强自己陪你犯傻都很难。"

司念嘴角抽搐，半晌无语。她恨铁不成钢地道："你到底明不明白这代表什么？其实你根本不必在意是不是偶遇，要让青子看出来你是故意制造偶遇，她才会知道你为了和她复合花了心思。快点告诉我她喜欢什么花，一会儿该迟到了。"

叶蜇声皱皱眉，双手抄兜靠在门口不说话，也不看她。

司念沉默许久，绕到他面前，拉下他的帽子，逼近他："你该不会不知道她喜欢什么花吧？"

叶蜇声目光一顿，没有说话。

于是司念又试探性问道："你该不会从来没有给她送过花吧？"

叶蜇声想走，司念强势地将他推到墙边，两人一高一矮，阳光洒在他们身上，彼此都是一身黑色装扮，路人瞧着他们，像是在瞧一对恩爱情侣一样。

"喂，你看那两个人，好般配啊！"

不知道是哪个路人突然说了这么一句话，四目相对的两个人之间气氛忽然变了。司念莫名地看着叶蜇声。叶蜇声靠在墙上，旁边是花店摆放的鲜花，面前是站在阳光下的司念，她一头果绿色的长发扎了马尾，这样亮丽的发色竟然十分衬她，显得挺有气质。他竟然会观察司念的打扮，他真是疯了。

"请问你们是想要买花吗？"

花店老板的话让两人瞬间分开，彼此离得老远，好像不这样做的话，他们都没法正常交流。

司念站在原地深呼吸了几次，勉强恢复到了正常的状态。她面向花店老板，不去看一旁的叶蜇声，强忍着脸上燥热的感觉道："既然你不知道青子喜欢什么，那就我决定吧。老板，帮我包一束小雏菊，包得漂亮点。"

花店老板笑着应下来，转身就去包了。司念说完话，踌躇了很久才转过身去看叶蜇声，当两人目光再次交会时，气氛似乎不知不觉间变得暧昧起来，彼此都有点喘不过气的感觉。

"你喜欢小雏菊？"叶蜇声率先打破沉默。

司念瞥了一眼叶蜇声，点点头，说道："对啊。"少顷，她微笑着问他，"你知道小雏菊的花语吗？"

叶蜇声摇摇头，顺势坐在花店门口的小板凳上。

司念跟着坐到他身边，望着花店角落的几枝小雏菊道："小雏菊的花语是隐藏在心中的爱。"

她突然想到了和陈星航分开那天，她没流一滴眼泪。分手后的很久一段时间里，她都没有哭过，她一直冷静地处理一切事情，例如退出战队，例如家里的丧事……

没有人知道在失去陈星航的那段时间里，她也失去了从小到大最爱她的母亲。

母亲是在陈星航背叛司念后的第三天去世的，那时她刚刚回国没多久，生活如一团乱麻。这些年她靠着自己的努力还清了父亲的赌债，重修了母亲的坟墓，回到了热爱的游戏里，不管曾经多么艰难，好在她全部挺过来了，这样就好。

她在心里告诉自己这样就好，可眼底还是一片潮湿。

一束小雏菊忽然出现在眼前，司念愣住，抬眼望去，是叶蜇声。

他握着老板包好的花，蹲在她面前，清澈的眸子里略带困惑，道："不是喜欢小雏菊吗？为什么会哭？"

司念抿紧双唇，没有说话，视线落在那束花上，无限感慨。叶蜇声干脆直接把花塞到了她的手里，司念忙道："这是给青子的，不能……"

"给你就拿着，你喜欢的花不代表她就喜欢。"

叶蜇声一句话打断了司念接下来要说的话，她看着他匆匆离开的背影，这个年纪比她小的青年笔挺地朝前走着，好似从不屑为任何人回头。他是张狂又高傲的，是英俊而强大到有力量改变世界的年轻人。流着澎湃热血的他，性感又迷人。

司念快速甩了甩头。发什么疯，就算想谈恋爱，也不该选择一个心里有别人的人。

她对三角恋深恶痛绝，绝对不想再次成为被抛弃的那一个。

女人约会的地方无非就两种，商场和环境优美的奶茶店。

方青子到达约定地点后不久司念就到了，她一眼就瞧见了方青子，快步走过去坐下，笑着说："对不起，我迟到了。"

方青子柔声说："没有，是我提前到了。我怕堵车，早出来了一会儿，没想到路上很顺利。"

两人客套了一下，很快服务员过来询问她们，司念拿了菜单给方青子看，方青子点了一杯荔枝汁，司念点了奶茶和甜点，就让服务员离开了。

她不着痕迹地瞄了一眼手机的时间，有点担心叶蜇声不会出现。

奶茶和荔枝汁上来的时候，司念还是没见到叶蜇声来，她心里凉了半截，只觉得这次和方青子见面的机会怕是要浪费了。

她轻轻叹了口气，抬眼看着眼前的方青子。这女孩真的很好。这样想着，司念看着方青子的眼神就带了些羡慕，方青子摸摸自己的脸笑道："是觉得我肤色好，才露出这种表情吗？"接着她大大方方地从背包里拿出随身携带的气垫CC（化妆用品，海绵气垫式 CC 科技粉霜液），神秘地道，"这是我的秘密武器，要试试吗？"

女孩子在一起，除了吃、喝、逛街，就是美妆和服饰。司念虽然性格爷们了一点，喜欢打游戏，但她已经不是三年前的她了。虽然并不怎么喜欢美妆，但和别人聊起来，她也能像一个内行人一样。

叶蜚声是在两个女孩聊得热火朝天的时候出现的。

他穿着一身黑色衣服，在装修极为少女心的网红店里十分扎眼，一出现就引起了不少人的注意。司念是背对着门口坐的，所以比方青子晚一步发现他进来，但一瞧见方青子惊讶、复杂的眼神就知道发生了什么。她觉得自己应该高兴的，因为叶蜚声真的按照她说的出现了。可不知道为什么，当这一切发生的时候，她并不觉得高兴，反而感到压抑和矛盾。

"你怎么会来这儿？"方青子并不傻，叶蜚声根本不是会来这种地方的男人，她和他在一起过那么长时间，对此最清楚不过。

转眼看着坐在自己对面的司念，方青子复杂的眼神里多了一丝感激和紧张。司念心领神会地露出微笑，拿起桌面上的手机和奶茶起身说道："我忽然想起俱乐部里还有事，先走一步啦。你们慢慢聊。"

她转过身就看到了叶蜚声，他笔直地站在那儿，两人视线交会，司念故作轻松地朝他眨眨眼，鼓励他好好表现一般，随后便头也不回地离开。

在司念离开后，叶蜚声就一直看着方青子，从头到尾没有移开视线。

店铺门口，司念扫了一辆共享单车，将背包放进单车车筐，一手握着车把，一手拿着奶茶，漫不经心地骑着单车在 S 城的街道上转悠。

她回了一趟花店，拿走了那束小雏菊，然后继续骑着单车闲逛。明明她应该很舒服很自在，可不知道为什么，越是这样，司念的心情就越差劲。不知不觉中司念已经骑到俱乐部门口，看着眼前的俱乐部，脸色终于沉了下去。

叶蜚声一整晚都没回来，不知道为什么，司念吃早饭的时候总觉得有点食不知味。

她正磨磨蹭蹭地吃着，就看见有人在对面坐下，她慢慢抬头，看到是陈星航。

"我可以坐在这儿吗？"

陈星航还算有礼貌，知道询问一句，可能他也觉得司念不会愿意和他坐在一起吃早餐，但没想到司念竟然答应了。

"当然可以啊。"司念淡淡笑道，"食堂这么大，那么多张桌子，就是给人吃饭的，你愿意坐在哪里都可以。"她将目光移到自己的餐盘上，自然地继续吃东西，只是吃东西的速度加快了不少。

陈星航虽然没被拒绝，但看到她这样，心里也高兴不起来。

叶蜇声回来的时候，正好看见他们面对面坐着吃饭。

他还穿着昨天的那身衣服，双手抄兜，斜靠在食堂的墙上，靠近的人能闻到他满身的酒气。司念抬起头望过去，就看见叶蜇声两眼一闭，靠着墙慢慢倒了下去。

叶蜇声倒下去后，是易琛和纪野上前把他扶起来架回宿舍的。听那边议论的声音，似乎他喝多了酒，回来醉倒在食堂门口，易琛在离开之前还喊人让食堂帮着熬醒酒汤。司念慢慢将手里的筷子放下，起身离开饭桌，加快脚步跟了上去。

陈星航坐在原位上看着她的背影，虽然已经三年没有接触过，可他们认识这么多年，她的心思是什么，只要一个细微的眼神变动他就能明白。

陈星航的心凉了半截，再美味的饭菜都食之无味，他痛苦地闭上眼睛，抬手按住了额角。

宿舍房间里，叶蜇声醉醺醺地躺在床上，烦躁地推开了想把他弄老实的人。

易琛满头大汗地站在床边，他的身材本来就不如叶蜇声高挑，从食堂把他架回来已经耗费了他所有的力气，这还是在有纪野帮忙的情况下。如今叶蜇声躺在床上还不配合，他是真的扛不住了。

"要不我来吧，照顾人还是得女孩子。"

司念的声音在门口响起，简直有如天籁一般拯救了易琛，易琛不疑有他，赶紧让开位置，蹙眉道："那就麻烦你了，这家伙也不知道受了什么刺激，喝这么多酒。"

司念忍俊不禁地看着易琛，走上前先帮叶蜇声脱了鞋，然后拉起被子给他盖上。

"教练，外面有人找你。"

夏冰淇忽然出现，易琛推了推眼镜，为难地看着司念和叶蜇声。司念赶紧说："没事，我一个人能处理好的，琛哥你先去忙吧。"

易琛微微颔首，和夏冰淇一起离开。

叶蜇声醒过来的时候，已经是傍晚了。他慢慢坐起身，只觉头痛欲裂，靠在床头按了按额角，眯眼扫视周围。屋子里光线很暗，窗帘没拉，窗外夕阳已经落下，天色一点点黑下去，好像他的心一样。

他收回视线低头看看身上，衣服已经换成简单系住的松散睡袍，裤子也被人脱了，洗手间里洗衣机正运作着，把衣服丢进去洗的人应该不一会儿就会回来晾衣服。

不出所料，没多久，宿舍房门便被人打开，司念走进来，旁若无人地进了洗手间，洗衣机的声音慢慢消失，里面的人忙活了一会儿，将衣服挂在衣架上，就提着出来了。

司念要去阳台晒衣服，就肯定会路过床边，这就不得不去注意床上躺着的人。

司念这会儿才看见叶蜇声醒了，而与此同时，叶蜇声轻轻咳了一声。

司念顿了顿，故作镇定地去晾衣服，晾完了才转身回到床边，压低声音道："保洁阿姨收衣服的时间还没到，你这一身味道又太大，为了大家都可以正常呼吸，我就帮你洗了。"她语重心长地道，"道谢的话就不用说了，改天请我喝奶茶就可以了。既然你醒了，那我就先走了，我还有点事要处理。"

司念找了个借口便想开溜，可刚走到门口，还没拉开门，就被叶蜇声说的话拦住脚步。

"我的衣服是你换的。"他笃定的语气让司念连否认的勇气都没有。

司念背对着床沉默许久，才不情愿地"嗯"了一声，过了一会儿，见叶蜇声没后续，司念懊恼地转过头说："你以为我愿意啊？要是我不给你换，你醒了之后，如果别人告诉你是我照顾你的，你把让你浑身脏兮兮的罪名怪到我头上怎么办？"

这话说得好像他是不知好坏、喜怒无常的大浑蛋一样，而且她那是什么语气？仿佛给他换衣服是一件很令人嫌弃的事情，他还没怪她把他看光了呢。

低气压大魔王再现江湖，叶蜇声在昏暗的光线下紧紧盯着司念，司念只觉得仿佛一条毒蛇爬到了自己身上，正在她耳边吐着蛇芯子，危险极了。

"哈哈哈，那个，刚才说了，我还有点事，就先走了。不打扰了，拜拜！"

求生欲让司念以最快的速度转身就跑，可叶蜇声到底是男人，个子又高，腿那么长，步子迈得比她大多了，她刚出门没几步就被拉了回去，对方还干脆利落地反手关了门。

"你！"司念整个人被叶蜇声压在门上，两人四目相对，司念额头缓缓渗出汗珠，呼吸都因为紧张而变得不稳了。

"你想干什么？！"看着只穿着睡袍的叶蜇声，司念面红耳赤地挣扎着，可她的力量在叶蜇声面前根本不值一提。

"干什么？"叶蜇声冷冷的声音响起，"你说我要干什么？你该不会以为我要对你做什么吧？"他一边说着让人误会的话，一边做出更容易让人误会的举动。

司念忍无可忍道："如果你不是要对我做什么，这副样子是要干吗？！快点松手，不然我喊人了！"

叶蜇声比司念小，虽然他比同龄人成熟一些，可毕竟年龄摆在那儿，再成熟也会有幼稚的时候。

比如现在，孩子的心性一旦上来，他偏偏不按司念说的做，她越是挣扎，他越是把她抱得紧紧的。司念最后挣扎得满身是汗，房间里的气氛暧昧到了极点，仿佛下一秒两人就会擦枪走火。

不能再这样下去了，再这样下去非出事不可！

司念脑子里冒出这样的念头后，用尽所有力气去推叶蜇声，这次终于把这小子给推开了。

她喘息着靠在门上，迅速抬手按下灯的开关，屋内瞬间明亮起来，这让司念顿时有了安全感。可当她看清楚眼前这一幕时，却后悔自己刚才为什么要开灯！

叶蜇声就站在司念对面。

因为司念刚才手脚并用地挣扎，他身上本来就系得不紧的睡袍全开了，睡袍底下的一切她看得清清楚楚。

司念瞬间脸通红，几秒之后，她尖叫一声，一手捂着眼睛，一手指着叶蜇声道："叶蜇声你浑蛋！你要是有点良心，明天就带我去医院看看眼睛！"她崩溃地说完，迅速转身，拉开门跑了。

叶蜇声留在房间里淡定地系上睡袍，眸子眨了几下，回想起刚才的一幕幕，他有些懊恼地捶了一下墙壁，烦躁地进了衣帽间换衣服。

睡袍太不安全了，以后还是得穿睡衣，叶蜇声郁闷地想。

不过他再转念一想，忍不住拉开睡袍垂眼看向下方，抿唇思索，她至于吓成那样？

司念回到屋里，只觉得方才那一幕在眼前挥之不去，于是跑到洗手间里，往脸上浇冷水，想让烧红的脸颊降降温，可一点效果都没有。

她抬头看着镜子里的自己，一把年纪了还一副害羞的样子，有没有搞错啊？

再想想叶蜇声那家伙，虽然他每天坐在俱乐部里打游戏，身材竟很不错，没有多余的赘肉，肌肉虽然不算发达，但可以看出线条，还有小腹下方……

　　"够了，真是疯了！"司念哀号一声，继续用冷水泼脸。

　　这一夜注定许多人无法安然入睡。

第四章
意外之吻

　　PU电子竞技俱乐部《英雄联盟》分部夏季赛的赛前特训正式开始了。所有参赛选手，包括替补选手，全都进入赛前封闭训练。

　　战队训练室里，司念突然接到方青子的来电。其实司念也很好奇那天到底发生了什么，导致叶蜇声彻夜未归，隔日还带着一身酒气出现在俱乐部。

　　方青子作为另一个当事人，肯定知道为什么会发生这种事。

　　司念怀着复杂的心情走出了训练室接电话，她轻手轻脚地走到角落，低声地说道："青子。"

　　电话那头安静了一下，好一会儿才传来对方有些疲惫的声音："对不起司念姐，我知道PU俱乐部开始夏季赛封闭训练了，这个时候打电话给你很不合适，但是我……"

　　司念赶紧道："没关系的，你找我有什么事吗？"

　　这回方青子沉默的时间更长了，过了好一会儿，大约是怕耽误司念太久，她才仿佛下定决心道："我想问一下蜇声最近好吗？那天你走之后发生了一些事，我想他有些误会。"

　　司念愣住，话题说到关键处了，她却有点想捂住耳朵。她莫名觉得如果自己知道了关键，听到太多秘密，之后会很难心平气和地和叶蜇声相处。

　　明明她是个局外人，不该有这种感觉的，可是一切都无法阻挡。

　　方青子应该也压抑很久了，如今终于有个可以倾诉的人，她声音哽咽："司念姐，是我不好。和蜇声分开的这段时间，QW战队的沈行对我很好，但我没有果断拒绝沈行，给了沈行希望，所以那天在奶茶店，他们……"

司念惊讶地道："该不会是他们碰到了吧？！"

方青子满是哭腔地道："对。从我出门他就跟着我，我根本没察觉。你走了没多久，他就出现，和蜇声吵起来了，我……司念姐，对不起，我让你失望了。"

司念已经不知道该说些什么了。

叶蜇声该是鼓起很大的勇气才顺从她的安排到了奶茶店，他也是希望可以跟方青子重新在一起的吧，到头来却是那种结果，发现自己一直喜欢的人并没有完全忠于他们的过去，他应该会很伤心吧？

"司念姐，我喜欢的一直是蜇声啊，我只是……只是觉得他肯定不会再回国了，不会再来挽回我了。这一年里我一个人很孤单，我也需要被人关怀啊，所以我……这都是我的错，我心里从来只有蜇声，我已经跟那个人说清楚了。司念姐，你能不能教教我，我该怎么办？"

司念一时无话。怎么办？她怎么知道该怎么办！

她又不是爱情大师，哪知道怎么处理这种感情问题，她要是懂的话，当年也不会被人家抛弃了！

"叶大神那天喝了很多酒。"司念吸了口气慢慢道，"他现在应该情绪不太好，你先平静一下吧，什么事都等夏季赛结束后再说。现在大家都在训练，我想如果比赛能拿到好成绩的话，他会用好心情面对你们的问题，到时候你们再谈，这样好吗？"

方青子"嗯"了一声，道："那我听你的，等夏季赛结束之后再和他谈，你还会帮我约他的，对吗？"

这可怎么办才好，司念靠在墙上为难地按了按额角，恨不得给自己一巴掌，真是多管闲事，当初就不应该过问这些的，如今算是把自己搭进去了。

等司念回到训练室里面的时候，大家已经在休息了。

叶蜇声坐在他的位置上，目光落在桌上的奶茶上。郑宇正从他身后走过分发奶茶，司念也有一份，还是一大份。

"司念姐，这是你的。"郑宇十分"狗腿"地递过来说，"我特地给你加了双份珍珠！我对你好吧？"

司念闷闷的心情好了不少，笑着说："你小子挺有悟性啊，回头给你加个鸡腿。"

郑宇摸摸脸，高高兴兴地继续发奶茶，看样子是他请大家喝的。

司念走到自己的位置坐下，还没坐稳，叶蛰声就一转椅子到了她身边，把他的奶茶往她桌上一放，也没说什么话，很快便面无表情地转了回去。

司念愣愣地看着自己桌上的奶茶，余光可以看到其他队友都在注视她，而且就数陈星航那边投过来的目光最为火辣。她正不知该如何反应的时候，易琛也把奶茶放到了她的桌上。

"你们女孩子应该都爱喝奶茶吧，我喝不了这甜东西，给你吧。"易琛朝她眨眨眼，镜片后的眸子充满智慧，显然是在为她解围。司念不由得一笑，放松许多。

就在易琛之后，纪野不知道从哪儿冒了出来，也把奶茶放到了她的桌上。随着他的动作，司念桌上的奶茶越积越多，除了陈星航，所有人的奶茶几乎都到了她手中。

司念一杯又一杯地喝着，虽说她很爱喝奶茶，可奶茶喝多了也会失眠多梦啊……司念在心里哀号一声，心说真是甜蜜的负担呢。

忽然，司念眼前一晃，一杯奶茶又稳稳落在她桌上。她慢慢抬眼望去，只见陈星航站在那里，他说："我知道你爱喝奶茶，给你喝吧。"他似乎也知道不该这样，又控制不住自己想要这么做，做完之后，像怕被拒绝一样迅速转身离开。

看着他落荒而逃的背影，司念仿佛看见了几年前那个羞涩的男孩。他们刚认识的时候他就是这样，动不动就害羞，明明是在关心司念，却面红耳赤得好像被她调戏了一样。

司念甩甩头，不让自己陷入回忆。

等大家休息够了，便继续开始训练。

训练的日子过得飞快，没多久夏季赛便正式开始了。参加本次夏季赛的队伍一共十二支，分为 A、B 两组；PU 在 A 组，可谓稳坐 A 组的第一把交椅，而 PU 的劲敌 QW 战队被分到了 B 组。这样一来，两支战队在前期的对战上是碰不到面的，唯有最终的冠军之争时会遇见。了解八卦内情的司念看到这样的安排，也就不那么紧张了。

作为 ADC 替补选手，司念在比赛开始时会和其他队员一起上台跟现场观众问好，随后再回到替补席上等待。这是司念时隔三年重回职业赛场，媒体和看热闹的玩家很期待她的露面。

六月八号是 LPL 夏季赛第一场比赛开始的日期，为了这场比赛，司念还特地去把自己的头发染回了黑色。

这一天，PU 将迎战 SY 战队，两支战队实力相差不少，PU 这边可以说是毫无悬念会胜出。

虽然大家很有信心，可夏季赛毕竟是通往全球总决赛的敲门砖，为了拿到这张门票，PU 战队的每个人都严格要求自己。

当主持人报幕结束，轮到战队队员上场和观众见面的时候，司念走在一众男生后面，一步步走上台，出现在大众面前。她的出现、她的变化，都让大家大吃一惊。

司念的变化非常大，她身上穿着 PU 黑蓝相间的队服，虽然称不上精致，却别有一番韵味，但这都不是她身上最惹人注目的地方。

犹记得三年前在全球总决赛之后，司念染了一头果绿色的头发，仿佛一直在提醒自己曾经遭受背叛。可是如今，当她再次站在《英雄联盟》职业联赛的赛场上，头发染回了黑色。

聚光灯之下，司念站在队伍的最左边，一头微卷的黑色长发柔顺地披散在肩上，一脸甜美的微笑，完美得无懈可击。

她无疑是美丽的。这个姑娘曾经离开过这个赛场，但她再次回到了这个赛场上。她像一节全新长出来的竹子，骄傲、勇敢，让人移不开眼。

舞台下方，作为比赛活动嘉宾的任烟雨和方青子坐在一起，两人的位置很近。

方青子下意识看向任烟雨，见后者的视线始终定在司念身上，目光歹毒，仿佛恨极了她。方青子浑身一凛，悄悄往一边挪动了一些。这个举动引来了任烟雨的注意，似乎惹怒了她。任烟雨盯着她看了好久，要不是活动现场已经不允许四处走动，方青子怕是会扭头就走。

好不容易等任烟雨转开视线，方青子不由得大大地松了一口气，忍不住想要为台上的司念画个十字祷告：

遇上这么一个前情敌，司念姐，你就自求多福吧。

站在赛场上的那一刻，司念的心情是复杂的，走下来的时候，她的心情更复杂。

眼前似乎还是方才的画面，无数的灯光照亮整个会场，S 城赛区的观众们热情激动地呼喊着战队的名字。PU 这两个字母与她的人生捆绑在一起这么多年，兜兜转转，她竟然又回到了原点。

司念坐在替补席上，转头看着 SY 战队今天的替补选手，一位非常年轻的小伙子，正紧张地看着比赛实况转播。

司念歪了歪头，瞄向舞台上，易琛已经和战队的队员一起完成了 Ban 选英雄，他穿着白色衬衫、黑色长裤，迈开长腿走到舞台中央，和 SY 战队的教练握了握手，随后两人各自转身走向不同的后台。

司念微微松了口气，知道比赛马上就要开始。尽管赛前做好了心理准备，尽管今天的比赛并不艰难，但她还是紧张得手心全是汗。

解说不断地爆出精彩的串词，第一场比赛很快决出胜负。第二场比赛开始，司念看到实况上切换到了叶蜚声的画面，他专注地盯着屏幕，薄唇轻抿未发一言，但游戏画面里他所操作的英雄发条魔灵奥莉安娜却使用一个 R 终极技能拉住了四名敌人，打出成吨的伤害，给作为 ADC 的陈星航提供了极为舒适的输出环境。

陈星航一顿爆炸输出，第二场比赛 PU 毫无悬念地取得胜利。

2/0，在 BO3（三局两胜制）的比赛中，赢下两场，余下的一场比赛已经无须再打，PU 已经取得比赛的胜利，就连一向面无表情的叶蜚声也在摘下耳机时不自觉地勾了勾嘴角。

司念耳边全是观众们高喊的声音，PU 的名字混合着叶蜚声的名字传递到耳边，让她也情不自禁地跟着大家高声喊起来。

赛场上，叶蜚声正漫不经心地拿起椅子上的队服外套慢慢穿上。摄像机再次把机位转到他这边，他修长白皙的手立马出现在大屏幕上，手指上的纹身像是最刺激的宣言一样，惹得大家的高喊声一浪高过一浪。

这一刻，这五名取得比赛胜利的队员无疑是全场的焦点，他们穿好队服，并肩走到舞台中央，朝着舞台下的观众鞠躬。

不知怎的，看到这样的画面，司念情不自禁地热泪盈眶。

鞠躬致谢完毕，队员们转身去比赛区收起了自己的键盘鼠标，一起朝后台走去。

司念的目光再次移到屏幕上，经过一段时间的计算，本场比赛的 MVP 已经出现。毫无疑问，叶蜚声操作的中单发条魔灵以 5/0 的完美战绩取得了本次比赛的 MVP——本场游戏中最具有价值的选手。

司念由衷地感到高兴，她起身前往后台，穿过人群，回到了 PU 战队所在的休息室。

她站在门口就能看见里面的人，大家都对本次比赛的发挥很满意，最激动的就是郑宇，拉着陈星航说："航哥，我的锤石（辅助英雄魂锁典狱长锤石）是不是很强？你看见我的Q技能了吗？百发百中对不对？国产怪物锤石，你值得拥有！"

陈星航今天的心情和状态都不错，他一边喝咖啡一边道："我这不是拥有了吗？你轻点，再捏下去我的肩膀得被你捏碎，你小子个头不大，力气倒是不小啊。"

郑宇讪讪地收回手，余光瞥见司念走进来，激动地上前求表扬："司念姐，你看见了吗？我今天表现得怎么样？"

司念鼓掌："表现得好极了，结果出来之前，我还以为MVP非你莫属了呢。"

听见话题似乎和自己有关，一直在一边淡定休息的叶蜇声看了过来，司念与他对视几秒后，有些尴尬地转开了视线。

陈星航赢了比赛，本来心情不错，看到眼前这一幕却慢慢垂下嘴角。

不多时，休息室的门再次被推开，这次进来的却是个令人意外的人。

"你怎么来了？"易琛皱眉看着门口，"这里是战队休息室，你找星航的话一会儿外面见吧。"

来的不是别人，正是任烟雨。对于这个害得陈星航近几年一直黑料缠身、发挥失常的女人，易琛是一点好脾气都没有。再加上现在司念回来了，他又护犊子，所以对任烟雨的态度更差了。

任烟雨被易琛冷淡对待不是第一次，可这么不给面子是头一回。

她冷冰冰地扫了司念一眼，很快把视线转到陈星航身上，说了一句"我在外面等你"便摔门离开。摔门声很大，惊动了闭目养神的叶蜇声。

队员们窃窃私语地对此发表着自己的意见，陈星航面上有些挂不住，朝易琛点了点头便先行离开。

"看样子，今晚的庆功宴航哥又来不了了。"郑宇叹息道，"唉，年年庆功宴航哥都不来，有对象的就是和我们这些'单身狗'不一样啊。"

提到"单身狗"三个字，叶蜇声的眸色一沉，他直接从沙发上站起来说道："今晚我有事，庆功宴你们吃。"说完便头也不回地离开。

司念留在原地，不知道自己该是什么心情，明明一开始很好的气氛，却因为几个人变得压抑起来。她不知道自己是该厌恶走掉的三个人，还是该庆幸令她尴尬的人都走了，庆功宴上她可以很自在。

"我也不去了。"纪野说完便离开了。

他一走，气氛更加微妙了，易琛扫视周围，淡淡地说道："也没几个人了，随便吃点算了，还有不打算来的吗？"

司念思索了一下，弱弱举手道："那我也不去了，你们几个去喝几杯吧，我回去休息一下，今天也没我什么事。"

易琛迟疑几秒道："别怪我没给你机会上场。"

司念笑了："我之前不是说了吗？肯定不怪你，只要你以后给我机会上场就好啦。"她上前拍拍易琛的肩膀，跟大家告辞离开，休息室里一片寂静。

司念独自出门，绕了一圈，最后还是决定找个路边小饭馆简单吃点东西，然后回宿舍休息。

走了没几步，在会场附近的小广场角落里，她似乎看见了一个熟悉的身影。

司念眨眨眼，悄悄靠过去，定睛注视，确认了对方的身份。她走上前，轻拍对方的肩膀，喊他的名字："叶蜚声。"

他转过头朝她翻了个白眼，冷淡道："你神经病吗？走路没声音？"

司念顺势坐到他身边，说道："我有声音啊，是你自己太专注了没听见而已。"她低头看看台阶旁边的一打啤酒，毫不客气地拿了一瓶，拉开易拉罐道，"自己躲在这里喝酒，不和大家一起去，你这是在躲谁呢？"她歪歪脑袋，"躲方青子吗？担心走晚了会遇见她？"

叶蜚声直接在司念的脑袋上敲了一下，十分漠然地道："要留就闭上嘴，再说就马上走。"

司念很识相地捂住嘴巴，随后笑笑说："好好好，我不说，你自己心里知道怎么回事就行。"

"你……"叶蜚声瞪她，片刻后又觉得拿她无可奈何，最后只得松了松已经被捏变形的啤酒易拉罐，一口喝掉里面剩下的所有啤酒。

他喝了很多酒，一打啤酒有三分之二被他喝了，司念只分到一点点。

看着他酗酒，司念迟疑许久还是问："今天赢了比赛，你不高兴吗？"

叶蜚声喝酒的动作顿了一下，他靠到身后的台阶上，仰头看着天空道："重要吗？"

司念不解："怎么不重要？今天的比赛很关键，你是 MVP 啊，你很棒。"

叶蜚声自嘲地笑了笑，抬手往嘴里灌酒。司念实在看不下去了，直接把他手里的酒夺过来道："你不能再喝了，上次的事情你忘了？这次可没人伺候你了啊。"

想起那天喝醉后的事情，叶蜚声脸色微变，总算是停止了喝酒。

但显然他已经喝了不少，现在想要节制已经晚了，醉意涌上来，就有点脑子不清楚："MVP又怎么样？从一开始参加比赛就不是出自我的本心。"

听起来，似乎他参加比赛并不是因为真的想打职业赛，而是为了什么人。

司念很快联想到方青子，于是好像理解了叶蜚声为什么这么说。

她忽然就有点生气，一下子站起来，连带着旁边的叶蜚声差点摔倒。

他望着她："你又发什么疯？"

司念俯身逼近他："你说这话什么意思？你是为了什么人才打职业赛的？"

叶蜚声没说话，眯了眯眼睛，然后转头回避了司念的追问。

司念抬手扳住他的下巴，强迫他和自己对视："叶蜚声，如果你的初衷是这样，但比赛真正开始之后就不那么想了的话，我就不生你的气。但如果到今天你还只是把比赛当作弥补谁或者挽回谁的工具，那我可真要看不起你了。"她松开手，因为惯性，叶蜚声直接朝后倒去，喝多了的他没反应过来，直接摔倒在地，眸色晦暗不清地盯着她。

"让我猜猜，是不是方青子说过希望你可以回来打LPL比赛，让LPL可以站在国际赛场上，拿到冠军？"

她的话完全戳中了叶蜚声的心事，一字不差地说出了他曾经的想法。叶蜚声撑着身子靠在那儿，一言不发，双唇紧抿。

"混蛋！"司念气得骂脏话，"你该不会现在还抱着这样的想法吧？！之前在奶茶店看到方青子和别的男人暧昧不清，你就觉得没必要继续下去了？"

话说到这里，叶蜚声终于看向她，慢慢站起来。他到底是男人，比司念高，站起来之后就换成他俯视她。尽管如此，司念也毫不在意，仰头盯着他，一字一顿地道："回答我，是不是这样？如果真是这样，我现在干脆就再买几打啤酒，让你喝死算了！"

她弯腰拿起剩下的半罐啤酒，直接朝叶蜚声的脸泼过去，咒骂道："你真侮辱电子竞技！你忘了当初你是怎么激励我回战队的吗？你该不会只是希望我回来，让陈星航和郑宇有危机感，从而好好发挥，好让你早早实现你前女友的期望吧？！"

一切都被摆在台面上来讲，好像彼此之间都没了遮羞布，他们都变得很不堪。叶蜚声满身酒气，抬手抹掉脸上的啤酒，看着司念愤怒掉泪的样子，竟觉得有些心虚。

司念瞪着他，生气地紧握双拳，呼吸急促。

她就那么看着他，看着看着，忽然就大哭起来，毫无预兆，看得叶蜚声怔住了。

"都是浑蛋！"司念踢飞了身边所有的易拉罐，转身就要离开，没走几步却被人拉住，她冷漠地回头，语气刻薄地道，"麻烦叶大神赶紧松手，再磨蹭下去，我就要打断您操作犀利的神之右手了，到时候您可就很难完成您的计划了。"

　　叶蜇声没言语，安静地看了她一会儿，手上一用力，把她拉到了面前。

　　司念赶紧用手撑在他胸口上，这才避免了直接扑进他怀里。她目不转睛地瞪着他，两人四目相对许久，叶蜇声才再次开口："最开始我想要的和你说的没什么区别。"他语气淡淡的，不带一丁点感情，也没有了最初的茫然，剩下的皆是坦诚，"可就在刚才拿到胜利之后，看着台下的人，看着身边的人，我忽然就不想考虑那些了。我想的，只是安安稳稳、竭尽所能打赢每一场比赛。"

　　他微微凝眸道："否则你以为我为什么会自己出来坐在这里喝酒？"这次轮到他逼近她，"不过话说回来，没想到你还挺聪明，这么快就猜到事情的原委了。你要是把用在我身上的智慧分一点在陈星航身上，当初就不会被他甩了吧？"

　　被戳到痛处，司念使劲挣扎："你放开我！"

　　叶蜇声不屑地道："放？放是不可能的，永远不可能放，想跑你就自己想办法。"

　　司念真生气了，直接上嘴去咬他，用了很大的力气。叶蜇声惊呼一声："你属狗的啊！"

　　司念后撤几步，嗤笑地看着他："咋了，大男人还怕痛啊，没出息。"说完，司念扭头就走。

　　叶蜇声站在原地看着她的背影，摸着刚刚被她咬过的地方，嘴角微微上扬。

　　这辈子令他最悸动、最讨厌、感情最复杂的女人，今后恐怕非司念莫属了。

第五章
重出江湖的第一战

PU 在 LPL 夏季赛第一周的第二场比赛在六月十号，是第一场比赛的两天后。他们有两天时间研究敌方战队的队员和阵容，进行赛前的紧急训练。

自从那天晚上和叶蜚声不欢而散之后，司念就有点刻意躲着他。

只有两天的时间便要迎来第二场比赛，虽然她刻意躲避，但别人也很难察觉到什么，大家心里现在想的全是两天后的比赛。唯一察觉到什么的，好像只有易琛。

晚上七点多，队员们还在训练室训练，司念作为替补是后去吃饭的，这会儿正从食堂往回走。她看见易琛的时候，他就站在半路等着她。

"琛哥？"司念看着他说，"你该不会是在等我吧？"

换作别人，她会以为是出来抽烟的，但易琛不会，因为他烟酒不沾。

"猜对了。"易琛推推眼镜说，"有些话跟你聊，过来。"

司念有些疑惑，比赛当前，她不觉得有什么事是须要占用训练时间去和易琛私下交谈的，等两人一块儿上了天台，她还是不知道易琛要说什么。

"琛哥，你找我什么事？"想不通就直接问，司念从不让自己被迷惑困扰。

易琛也没兜圈子，盯着她看了一会儿说："你和蜚声在谈恋爱？"

司念差点没把刚吃下去的饭给吐出来，扶着天台的围栏无语地道："谁跟你说的？外人乱带节奏也就算了，怎么你也这么说？"

易琛转头看着楼下道："我从来不关注乱带节奏的人，我只相信自己的眼睛。"

司念：“那你就更不该问我这个问题了。”

易琛直接地道：“就是相信自己的眼睛才要问。其实这次比赛之前我还没朝那方面想，但现在联系起之前的迹象，还有那次他喝醉了你照顾他，我忽然就意识到自己似乎忽略了什么。”

司念诧异地看着他，仿佛费解他为什么会误会，她这样坦白的神情让本来十分肯定的易琛忽然又犹豫了，他与她对视许久，压低声音道：“你们真没谈恋爱？”

司念抬手了按额角：“你见过这样谈恋爱的？除非必要，一天不说几句话的？这要算是谈恋爱，那我和纪野也在谈恋爱吧！”

“关我什么事？”一个男声忽然响起，惊得正在说话的两个人猛地回过头，只见不远处的角落里慢慢站起一个人，不是纪野是谁？

“你什么时候来的？”易琛奇怪地看着他。

纪野面无表情地道：“是我先来的。”

司念向他身后看去，那里有一把小椅子，地上有烟头，看起来他来这儿的时间不短了。

易琛：“不对啊，你不是应该在训练吗？”

纪野冷哼一声道：“任烟雨来了。”

易琛中途等了司念一会儿，任烟雨应该就是在他出来之后来的。

听到“任烟雨”这个名字，易琛就浑身竖起了无形的刺，他警惕地说道：“她又来惹事了？”

纪野冷笑，一言不发，将惜字如金的性格发挥到了极致，但这种时候他的表情可以说明一切。

“真烦。”就算是易琛这种素养好的人都撑不住了，爆了句粗口就快步离开。作为教练，他暂时离开一会儿没关系，可队员的训练被外人打扰他就接受不了了。

想到任烟雨会被易琛骂，司念缩了缩肩膀，她是很想看热闹的，但想想自己和那个人的关系，还是算了。

司念回到训练室的时候，里面还有任烟雨留下的残局。她站在门口，看见屋里一片狼藉，数杯咖啡洒了一地。

“司念姐。”郑宇跑到司念身边道，“你说航哥会不会被那个疯女人连累啊？”

疯女人？还真是个熟悉的称呼啊，想当初，任烟雨还用这三个字称呼过她。

司念笑笑未语，不对无关紧要的人和事发表任何意见。

倒是谢源靠在椅子上老神在在地道："你看琛哥刚才走时的样子，我估计短时间内航哥是回不来了。"

郑宇疑惑道："为什么啊？"

谢源从椅子上站起来说："他那点私事影响战队多少次了？琛哥的脾气你又不是不知道，估计这次航哥不处理好任烟雨，琛哥是不可能再让他上场了。"谢源伸了个懒腰，丢下一句"我去喊纪野"便出去了。

同谢源猜想的一样，陈星航那天离开之后就没再出现，所以司念一直作为ADC选手和队友们一起训练。在六月十号第二场比赛到来的时候，PU战队的出场ADC也锁定了她的名字。

这次站在赛场舞台上，司念已经可以保持十二分的冷静，和其他队员一起朝观众鞠躬，随后到达比赛席位，安装自己的键盘鼠标，脱掉队服外套，活动手指手腕，呼吸吐气，调节心态。

叶蜇声的位置就在她旁边，比起她的如临大敌，叶大神看上去就轻松多了，甚至比训练的时候还放松。他很快安排好一切，随后便闲闲地将目光移到她身上。

司念察觉到了，忍了许久，还是看了过去。

"怎么，不躲着我了？"叶蜇声轻嗤一声道。

司念翻了个白眼说："躲着你也是因为你太渣了。"

叶蜇声勾起嘴角，不疾不徐地说了句"开玩笑"，便收回视线登录游戏，看得司念一愣一愣的。

许久，司念才慢慢转头看向自己的电脑屏幕。

要说不紧张那是假的，虽然今天的对手实力远不如PU，但这毕竟是她时隔三年后再次真正意义上回到职业赛场，也是重新回到PU后代表战队打的第一场比赛，她的心始终怦怦直跳，感觉压力如山大。

忽然一个熟悉的声音响了起来，就在身边，不过咫尺。叶蜇声慢条斯理地道："放轻松，当作平常训练就行了，你总得习惯这些。我就在你旁边，难道还会让你被抓崩（通常指敌方其他位置人员经常到不属于自己线的位置帮忙导致我方该位置人员多次死亡）不成吗？"

司念倏地抬头看向身边，叶蜇声依旧看着自己的屏幕，说完话就戴上了耳机，好像刚才安慰人的不是他一样。可看着他淡定平静的模样，司念忽然就不紧张了，长长地舒了口气，听到耳机里游戏声音响起。

"全军出击！"比赛开始了！

作为队伍总指挥，叶蜇声在耳机里对四名队友说道："保护好我们的ADC，我们不是在打一场普通的比赛，我们是在创造历史。"

司念愤恨地盯着电脑游戏画面上中路的叶蜇声，他今天使用的英雄是未来守护者杰斯，这位堪称联盟第一高富帅的英雄可真是和叶蜇声在电竞选手中的位置如出一辙，威慑力简直不要太强。

她盯着中路不断移动的杰斯，抬手就是一通警告信号打出去，地图上"叮叮叮"地响。比赛实况转播出去，台下的观众本来就对唯一的女选手倍加关注，再看到女选手不停给叶大神发信号，都沸腾到了极点。

舞台下方，方青子看着这一切，灯光闪烁下的脸青一阵白一阵。

毕竟是自己重回赛场的第一场比赛，司念选择了她发挥最好、最稳定的英雄——麦林炮手崔丝塔娜，简称小炮。

小炮这个英雄在该版本中能力很强，推塔堪称所有ADC里面最强势的一个，拿到这个英雄配合上"香炉怪"，拆掉对方基地塔不过分分钟的事情，前提是她前期对线得当，发育良好。

比赛一开始时，司念还是有些紧张，始终憋着一口气不敢松开，所有注意力都放在游戏里了，根本无暇顾及其他。

当比赛进行二十分钟后，司念已经完全沉浸其中，不那么紧张了。

也可能是队伍优势比较大，她明显感觉到对方ADC不如自己，所以也自信了一些。

变故就发生在她和郑宇使用的辅助仙灵女巫璐璐一起推对方下路二塔的时候。

司念不断在耳机里跟郑宇说话，商量对策，可对方一直毫无回应，她忽然意识到了不对。

也就是她稍稍闪神的工夫，她便被对手的打野和中单抓住，瞬间被杀。

郑宇操作的璐璐在不远处看着这一幕愣了几秒才开始移动，迅速离开回城。

司念愣住了，下意识看向身边，叶蜇声坐在她身边的位置，也转头看了她一眼，眼神复杂。

司念心头一跳，在台下数万观众的唱衰之中摘掉耳机对身后的工作人员说："我的耳机坏了。"

工作人员立刻上前检查，游戏被暂时中止，现场本来就因为她被秒杀了而喧闹，发生了这一事故后议论和质疑接踵而来，连解说都开始不着调地拿她女选手的身份侃侃而谈。

司念羞愧得不行，第一场比赛就打成这样，易琛在后台看见得多埋怨她，她下次上场的机会估计很渺茫了吧。明明不完全是她的错，却要接受观众的指责以及众人的调侃，司念觉得脑袋要炸了，快要不能呼吸了。

后台，易琛确实有些不高兴，但不是因为司念被抓。

"耳机怎么会有问题？"易琛望向身边的助教和夏冰淇，"还是用过一段时间才出的问题，官方交给队员之前都没有调试好吗？"

夏冰淇也很奇怪。"不应该啊，以前没出现过这种情况。"她有点担心司念，抿唇说道，"司念可千万别因为这个小插曲影响状态，现在的观众这么苛刻，也不知道会不会觉得司念是在拿耳机的问题当作她自己状态不好的借口。"

她的担心正是易琛的担心，易琛攥着手机看着实况转播沉吟片刻，拉过助教在他耳边低声耳语了几句，夏冰淇听到他在怀疑什么后吃了一惊。

"不会吧？！"她迟疑道，"她有那么大本事？"

易琛目光灼灼道："你也是女人，女人可以有多大本事你不是应该很清楚吗？尤其是被愤怒冲昏头脑、毫无理智的女人。"

夏冰淇咋舌。

游戏中断了大约五分钟，工作人员换了新耳机给司念。

司念重新戴上，感觉了一下，点点头表示可以继续比赛。

叶蜚声注视着她，通过耳机对她说了一句安抚的话。

那应该算是安抚吧，带着他从不曾有过的平静柔和，他对她说："你很棒，不要被外因影响，证明给他们看你可以。"

司念望向叶蜚声，不断闪烁的彩色灯光之下，叶蜚声朝她微勾嘴角，笑容清俊美好，眼眸中光辉聚集，桀骜又自信。

她所有的担忧与压力都在这一刻消散，面容平静地看回电脑屏幕。当游戏重新开始，她已经完全摒弃了畏首畏尾的姿态，毫不怯场地稳定发挥，在没有队友的帮助下，仅仅她和郑宇两个人就很快就拿到了对对方下路的双杀。

方才还充斥着质疑声的赛场立刻响起欢呼声，所有人高声喊着"PU"。游戏玩家就是这一点好，只要你在技术上得到大家的认可，就算你曾经闹出过什么幺蛾子也没关系，大家照样会为你摇旗呐喊。

胜利被PU稳稳地握在手中，当第二场比赛推完对方水晶，看到屏幕上光华璀璨的"胜利"两个字的时候，司念的眼睛湿润了。

大屏幕也在这个时候切到了司念的脸，她眼眸含泪的模样让观众们欢呼的声音更大了。司念站起来，和队友们一起上台，深深地朝台下鞠了一躬。

方青子坐在台下，作为一会儿须要采访选手的记者，此刻她脸上的笑容非常勉强。

她还停留在叶蜚声对她安抚的那一刻，那一幕仿佛在嘲笑她的愚蠢。

几天前她还在替别人担心有任烟雨那样一个前情敌多危险，可现在，她似乎得担心一下自己了。

闭了闭眼，方青子最终还是和大家一起鼓起了掌。

走向后台休息室的这段路，司念内心一直很激动。

她始终克制着自己，等到进了休息室那一刻眼泪才终于夺眶而出。易琛瞧见她这样直接朝她张开双臂，司念二话不说扑了过去，易琛紧紧地抱住她，拍着她的肩膀安抚着。

叶蜚声顺势坐到门边的椅子上，靠着椅背看着眼前这一幕，不知为何觉得有点刺眼。

"司念姐，你太棒了！你都不知道你有多帅，我们下路直接杀穿他们，简直是黑白双煞，天下无敌！"郑宇高兴得嗷嗷叫，比司念还激动。

司念从易琛怀里出来，抹了抹眼泪又抱住郑宇。郑宇受宠若惊，脸有点红了，司念摸摸他的头笑道："你小子，害羞个什么劲儿！"

郑宇被她这么一说，脸更红了，干脆捧着脸跑到了一边。

他这么一闪开，他身后的叶蜚声便进入司念的视线。她眼神复杂地注视着他，犹豫许久，还是没有像对郑宇和易琛那样献上拥抱，而是非常恭敬地朝他鞠了一躬，认认真真地说道："多谢叶大神的帮助和指点，没有你就没有我的今天，我以后会多跟你学习的。"

她这一举动，成功让在场其他人都笑了，而被司念当祖宗供着的叶蜇声还没来得及回应什么，休息室的门就被推开了，工作人员走进来说："采访环节到了，队员跟我过来吧。"

采访环节……

大家你看看我，我看看你，最后还是易琛对叶蜇声说："蜇声，你去。"

叶蜇声坐在那没有动，比赛结束后一直不错的情绪忽然低落下来，害得他周围的人都摩挲着胳膊躲开了，怕叶大神突然爆发。

"时间不多了，可以走了吗？"工作人员听了易琛的话看向叶蜇声，叶蜇声依旧保持着原来的姿势，最后还是易琛走过去把他拉了起来。

"磨蹭什么呢？不爱说话就少说几句，你加入战队这么久都没代表战队露过面，今天就你去接受采访。"易琛直接把叶蜇声推到工作人员身前，工作人员赶紧拉着他离开。

司念全程无言地看着这一切，她始终记得叶蜇声离开时的那个眼神，然后大概猜到今天采访的主持人是谁了。

耳边是其他人在讨论待会儿庆功宴吃什么，司念眼里却全是电视屏幕上的人。果然，采访主持人是方青子。

庆功宴上，叶蜇声坐在方青子身边，两人的距离很官方，并不接近，可瞧着方青子看叶蜇声的眼神，哪怕是不知道内情的人都能感受到异样，更别说叶蜇声本人。

方青子醉酒后吐露着和叶蜇声的恋爱过往，引来众人调笑，叶蜇声表情淡淡的并没有否认。司念看着眼前的画面，忽然有些喘不过气来，转头对身边的人说了句"去个洗手间"便起身离开了，所以她并未看见自己站起来背过身之后叶蜇声朝这边望过来的眼神。

他专注地看着她离开的身影，手里捏着酒杯，忽然有人慢慢把手放在他的腿上，他迅速转眼看向身边，这一看，就对上了方青子几乎落泪却还是撑着笑的眼睛。

叶蜇声握着酒杯的手紧了紧，迟疑几秒，将杯中的酒一饮而尽。

比赛完了，按理说是可以睡个好觉的，可是司念睡得一点都不好。

往常睡不好，她都会去阳台上站一会儿，但今天没有。她隔壁是叶蜇声的房间，叶蜇声一直没回来，空荡荡的阳台，令她心里也空荡荡的。

叶蜇声是凌晨才回来的，回来没多久就鬼使神差地走到了阳台上，不知出于何种心思，他慢慢看向了隔壁的阳台，空无一人。

闪电划过夜空，伴随而来的是滚滚雷声，还真被谢源说中了，今天会下雨。夜里这么冷，躺在房间的床上，紧紧拉着身上的被子，司念眼睛睁得大大的。

她在雷雨声中告诉自己，不要被任何人影响到自己的心情，要像对陈星航那样，冷静一点。她现在该在意的事情只有一件，那就是证明自己，拿冠军。

这天之后，俱乐部的气氛好像忽然变了，相较于过去的随意自在，似乎多了一些僵凝。

司念忽然要求换位置，说是现在的位置阳光照下来有点反光，眼睛不太舒服。

郑宇作为狗腿子第一时间表示自己愿意坐在那里，所以司念顺理成章地挪到了纪野身边的位置，远离了叶蕈声。

虽然换了位置，但总归在一个战队，再怎么躲避也会遇见，还不如自然一点。司念一直做得很好，人多的时候她会从善如流地烘托气氛，方青子来给大家送零食和饮料的时候她也会尽到该有的本分，时间久了，连方青子都渐渐忘了之前发生过的一些事情。

司念做事的时候很认真，认真地训练、认真地生活，然后认真地和大家相处。

闲暇时她会看身边的纪野玩斗地主，然后透过电脑屏幕的反光，看身后那个男人靠在电脑桌上小憩的样子。

他睡着的模样好看极了，少了醒着时的锐利，多了几分柔和，这样的画面要是天天可以看见就好了。可惜，有资格天天看的人只有一个，而那个人不是她。

比赛安排渐渐密集起来，队员们也紧张起来。从BO3的比赛打到BO5（五局三胜制），角逐夏季赛冠军的日子渐渐逼近，司念一直作为战队ADC打比赛，也没有传出陈星航要回来的消息。她以为自己可以这样一直打到比赛结束，但临近季军赛的前几天，微博上忽然爆出一则消息，而这则消息直接把司念推到了风口浪尖上。

"喂！你们听说了吗？任烟雨昨天割腕自杀了，正在医院抢救呢！"郑宇大喇叭似的跑进来喘着气说，"本来航哥今天该归队的，谁知道她忽然就割腕了，连教练都过去了，这事儿恐怕不简单啊。"

司念本来正在和谢源聊天，还在喝奶茶呢，听见这个消息直接把奶茶喷了出来，正对着她的谢源遭了殃，直接被喷了一脸，另一边的纪野瞧见这一幕，冷笑了一声。

"对不起！对不起！"

司念赶紧放下奶茶道歉，抽了好几张纸巾给谢源，谢源接过后愤恨地瞪向郑宇："你能不能不要突然出现？先提前打个打个招呼行不行？你想吓死谁啊？！"

郑宇弱弱地说："我这不是太激动了吗？"

他心虚地溜回了自己的位置，他旁边就是叶萤声，叶萤声最近一直处于低气压状态，大家都很困惑为什么恋爱不但没让叶大神回归凡间，他反而更加有种要羽化登仙的意思。过去他只是偶尔低气压，但最近的低气压可是持续了两三个月，坐在他旁边的郑宇都因此瘦了好几斤。

"嘿嘿，叶大神。"郑宇小心翼翼地跟叶萤声打着招呼，摸摸脸很怕自己被臭骂一顿。叶萤声看了他一眼没说话，随后又转头看向一直在刻意避开和他有眼神接触的司念。

任烟雨这次闹的原因恐怕不会那么简单，至少不会让他们过得像现在这么安稳。

司念多少也感觉到一些，直觉告诉她风平浪静的日子不会持续那么久，可没想到变故来得这么快。

几乎一夜之间，"司念的强势归来导致任烟雨自杀谢罪"的谣言铺天盖地登上了微博。

有人说司念太过分，哪怕曾经被任烟雨抢了男朋友，也不该让人自杀谢罪；还有人说惹不起司念；甚至有水军虚构了一些黑料，添油加醋地把她塑造成一个心机深沉的女生。而看过这些虚构的黑料后路人也表示总算理解为什么当初陈星航要甩她了。

看着那些子虚乌有、恶意中伤的言论，司念有一瞬间是蒙的。

当易琛紧蹙眉头出现在她面前，对她说总决赛她恐怕不能上场的时候，她才算是彻底明白任烟雨割腕的目的。

陈星航回来了。

在半决赛的时候，司念作为替补的资格都被剥夺了。

因为造成了十分恶劣的社会影响，司念被战队经理要求全面撤出战队比赛。

她什么都做不了，一切努力付诸东流。她只能站在台下，作为一个观众，戴着口罩和帽子来看比赛。

司念双拳紧握，看着台上的一切，应该难过得想要哭出来的，可是没有。她睁着眼睛，眼眶干涩，流不出一滴眼泪。

她依然一无所有。

从那件事过去到现在已经三年了，可她竟然还是在最关键的时候败在了那个女人手上。

耳边是震耳欲聋的欢呼声，PU赢得了本场比赛的胜利。在麻烦缠身时回归战队的陈星航今天表现相当好，精彩的操作让人振臂高呼，粉丝的尖叫声一浪高过一浪。"陈星航"三个字在她耳边此起彼伏地响起，司念面无表情地转身离开了会场。

舞台上，正在鞠躬致谢的叶蜚声看见了转身离开的司念，虽然和司念认识的时间还不到半年，但她的一颦一笑、一举一动好像刻在了他心上一样，所以哪怕只是一个背影，他也能百分百确定那是她。

今天的比赛并不好打，五场比赛以3：2的战绩险胜，这期间的紧张程度不言而喻。所以，最终可以赢得这场比赛，叶蜚声心里很高兴。

可这种高兴，在看见司念离开赛场时消失得无影无踪。

他转头看向身边正在收拾鼠标键盘的陈星航，陈星航始终低着头一言不发，也只有比赛时在耳机里面可以听到他说话的声音。

陈星航变了，他离开这么久，再次出现之后变得比以前沉默了。

除了沉默之外，他还多了一些自闭，一个人走在队伍前面匆匆离开，和队友几乎零交流。

叶蜚声走在队伍最后，临下舞台时，看见了今天作为主持人的方青子在朝他微笑。

方青子是叶蜚声喜欢的第一个女孩，他们之间有过很多美好的回忆，所以他始终放不下她。同时也是因为这份放不下，他才会回国加入PU，想要完成她曾经的梦想。

直到现在这一刻，曾经方青子的愿望已经变成他的愿望，那份想要得到冠军荣耀的心和男女感情再无关系，有的只是心中那份热血，以及对荣光和竞技精神的信仰。

他和方青子之间，其实根本不算复合，就连那天的庆功宴上，方青子说他们俩在一起了也是她单方面的表示。他不愿意让她在那么多人面前丢脸，毕竟她只是一个女孩子，所以他才没否认。

那之后方青子一直对他很好，他不是什么都不懂的男生，自然看得出来方青子想做什么。可他心里总觉得梗着什么东西，那东西让他无法就这样答应复合。所以后来私下已经明确的拒绝了她。

曾经他一直想要实现的愿望，现在轻而易举就实现了，可为什么他突然不想要了？

人真的很奇怪，感情也真的很奇怪。

他根本不知道自己到底哪里不对劲，可能是分开的这一年里他们对彼此的感情有了变化，也可能是因为QW战队那个男人的存在让他们的相处变得不自在了。

他已经很难找回他们曾经在一起时的感觉，夜里一个人待着的时候，还总会莫名其妙跑到阳台上，也不知道是想要做什么。

收回视线，叶蕈声没有迟疑地走下赛场，方青子因为没有得到心上人的回应，眼底满是无法掩饰的失望。她告诉自己他们有的是时间，可以慢慢找回曾经的默契，可有的时候她又觉得，她没什么时间了。

司念消失了。

她没回战队，而作为暂时被"封杀"的队友，她出不出现似乎并不重要。可是司念毕竟已经和大家朝夕相处了那么久，发生了那样的事情，她又突然不见了，大家怎么可能不担心她？

而作为司念的好朋友，夏冰淇一直在不停地询问有没有人见过司念。

陈星航坐在椅子上看着夏冰淇的背影，等她问到这边的时候和她眼神交会了一下，夏冰淇冷着脸转开头，陈星航抿抿唇，有些憔悴的脸上带着些茫然，几秒钟之后，他自己都没发现自己拉住了夏冰淇的手腕。

夏冰淇倏地转回头，盯着他冷冰冰道："陈大神还是赶紧松开我吧，这要是让你女朋友看见，保不齐又要自杀一回，我可不想和念念一样被你女朋友请的'水军'挂上微博热搜！"

陈星航下巴上有浅浅的胡楂，看样子他最近几个月过得也不是很好，都没怎么注意个人形象。

"抱歉，我不是有意的。"他把声音压得很低，"这件事是我的错，我没想到烟雨会做那种事，是我对不起司念。"

夏冰淇的愤怒还是控制不住了，她问出了在场所有人都想问的一个问题："既然你知道对不起她，知道这件事从头到尾和她无关，为什么不去替她澄清？"

失控的问话里带着指责，陈星航被问得怔在那里。易琛推门进来，表情无疑是知道刚刚都发生了什么。他走过来把夏冰淇拉走，临关门时，陈星航忽然再次开口。

他环顾在场所有人，最后望着夏冰淇和易琛自嘲道："你以为我不想吗？"

夏冰淇停住脚步，转过头毫无怜悯地看着他。

陈星航指着自己道："出事的第一天我就想替她澄清了，可你觉得有人会信吗？"他说完这句话后就转身离开了。

他的话让夏冰淇愣住了，以致半晌没说出话来。

而站在陈星航背后一直冷眼看着这一切的叶蜇声，也不着痕迹地看了眼陈星航。

看样子，陈星航这阵子真的被任烟雨折磨得不行，身上已经完全没了过去那股自信，颓丧得不像是个肆意飞扬的年轻人，倒像一个历经沧桑的拾荒者。

现在外界都在 PU 电子竞技俱乐部的官博底下讨说法，说司念这样的女人根本没资格打职业联赛，强烈要求她被除名，尤其是任烟雨的"水军"。

如果陈星航在内部都不想解释一下，那司念就彻底没希望了。

叶蜇声斜靠在椅子上，忽然起身拿了外套离开。

他一走，训练室就没剩下几个人了，团队训练根本进行不了。

"这可怎么办？"

郑宇无助地看向谢源，谢源则直接看向纪野，纪野靠坐在椅子上，点了根烟冷笑："人渣。"

原来他的话题还停留在叶蜇声离开之前，谢源只能无奈地扶额。

郑宇瞧见纪野手里的烟，大呼小叫道："哥，你怎么在训练室里面抽烟啊？"

纪野看他，说道："女人都走了，为什么不行？"顿了顿，他继续道，"你晕烟？"

郑宇捂住脸，纪野难得和他说这么多话，他没好意思接话。

其实大家根本不用担心司念，她哪都没去，只是觉得自己就算回俱乐部也没用，为免让大家分神为她担心，所以直接回了自己家。

还是得庆幸 PU 俱乐部的总部建在 S 城，就在她的家乡，要不然的话她还得发愁住哪里。

躺在床上，熟悉的味道让人多少有了一些睡意，她这些日子一直睡得不好，难得有睡意，也没逼自己保持思考，干脆就睡了。

她是真的累了，所以很快入睡，并且睡得还很香。

所以叶蜇声到司念家门口敲门的时候，无论怎么敲，都无人回应。

现在已经是晚上了，大家可能都吃完饭准备睡觉了，敲门不能太响，那样会扰民，搞不好还会引来物业的人，那就得不偿失了。

因着这层考虑，他敲门的声音也变小了，房间里的人自然更听不见了。

叶蜇声没有特意去了解过司念，所以除了这里她还有哪些去处，他一概不知。

虽然怎么敲门都没人开，可他也不想就这样毫无收获地回去，不亲眼看到屋里没人，他是不会死心的。

叶蜇声绕到安全出口边上的窗户往下看，下面是草地。

他用视线丈量着楼的角度与阳台位置，最后直接翻出窗户，长手长脚够着楼身上的台阶和水管，一步一步攀到了司念家阳台的位置。

只差一步了。

看着近在咫尺的阳台边沿，叶蜇声垂眼扫了扫地面。五层楼，要是今天他从这里摔下去，那么过几天的比赛可能就彻底拜拜了。

叶蜇声微微屏息，收回视线望向阳台，很庆幸司念没有给家里安装防盗窗，不然白爬了。

他积攒力量，做好心理准备之后，纵身一跃，双手紧紧攀住了阳台栏杆。

因为跳跃的惯性以及用力过猛，他的手腕重重地在栏杆上撞了一下，他闷哼一声，额头渗出汗珠，却没有丝毫犹豫，一鼓作气跳进了阳台里。

成功了。

看着阳台上已经干枯的花，叶蜇声慢慢站起来，一手揉着被撞疼的手腕，一手研究着推拉门的锁。

司念根本没想到会有人趁着她睡觉的时候，不顾五层楼的高度，爬到她家阳台，然后撬开推拉门进入房间。

房间里一片黑暗，叶蜇声穿着球鞋，走在地板上一点声音都没有。

他进房间第一眼看见的就是客厅放着的背包，那是司念的包，他知道。

心里没来由地一阵躁动，叶蜇声快步走到主卧室，打开门朝里面望去，一眼就瞧见了在床上呼呼大睡的司念。

司念睡觉一点都不老实，不仅爱蹬被子，还有裸睡的习惯。

但因为一开始没打算睡觉，所以她没脱衣服，可睡着之后她还是因为天气炎热而不自觉地解开了衣服纽扣。

她上身穿着一件雪纺衬衫，下身是半身裙，裙子早就不成形了，露出白色的底裤。

而上半身更惨不忍睹了，上衣的纽扣都解开了，胸前白皙的柔软暴露在空气中，除了关键部位被衣服和手臂挡着，其他几乎一览无余。

叶蜇声看见这一幕，生平第一次脸红了。

他之前和方青子在一起的时候都是很规矩的，大部分心思也在游戏训练上，最多也就是亲亲额头而已，这样的场景他还是第一次看见。

叶蜇声红着脸转过头，脚步后挪靠在门上，不知道脚触碰到了什么，"砰"的一声惊醒了睡得正香的司念。

她从未想过自己醒来后会面临这样的窘境，自己身上衣衫不整，眼前的黑影告诉她屋里很可能有贼，昏暗的环境让她明白自己很难第一时间擒获歹徒，总体分析判断下来，她现在唯一能做的就是……穿好衣服，然后呼救。

叶蜇声抬起手开了灯。

司念愣住了，等她反应过来的时候，就看见了"贼人"的脸。

千算万算，她没有算到"贼人"竟然会是叶蜇声。

司念错愕地盯着按着自己手腕的叶蜇声，噎了半晌才道："怎么是你？"

到底是叶蜇声，始终面色如常，直接坐到了床边，低头解开衣袖的纽扣。光线明亮到能看清楚手腕的伤势情况，之前他还不以为然，现在一看发现不得不重视。

司念的视线在他查看手腕的时候也跟着看了过去，这一看也顾不上别的什么了，直接翻身靠近他紧张道："你的手怎么回事啊？"

他们之间本来在安全距离之内的，但司念这么一翻身就导致画面有点尴尬。

她半趴在床上，几乎要贴上叶蜇声的额头，叶蜇声无视手腕上的血痕，抬眼注视着眼前的女人，身材前凸后翘。如今她以这样的姿势靠近，他抬起头微垂视线就能将她衬衫里面的风景一览无余。

司念没来得及穿内衣，只是将衬衫拉好了。毕竟刚才那种情况下，如果真是坏人潜入，她根本没那个时间穿内衣。

也是因此，方才还看不见的重要部位，在现在的角度下也全看见了。

叶蜇声微微凝眸，司念顺着他的视线下移，反应过来后立马将身体挪了挪与他拉开距离。

房内的气氛瞬间变得暧昧起来。

叶蜇声抬眼望着屋顶微微舒了口气，拉紧套在 T 恤外面的卫衣，遮住身下某个位置，僵硬地从口袋里抽出纸巾，擦拭着手腕上的血迹。

司念毕竟比叶蝥声大，经历也比较多，反倒不怎么在意，毕竟人家又不是故意的。

她下了床，绕过床身走到他身边，低声说了句"我去拿医药箱"，便抬脚走出卧室。

叶蝥声微微抬眸，只敢看到她小腿的位置，细腻白皙的小腿像冬日的雪在夜晚里透着光。以前一起训练的时候她都是穿长裤的，今天难得穿了裙子，又联想起刚刚看见的那一幕，叶蝥声瞬间不淡定了。

所以司念回来的时候，叶蝥声的脸虽然不那么红了，耳根却依旧是红的。

"我帮你吧。"她走上前蹲下，拿出碘伏、生理盐水和棉签，拉过他僵硬的手，先用盐水清理伤口再开始用碘伏消毒。

"怎么伤得这么厉害？你撞到哪儿了？"

司念忍不住问了一句，问完又觉得自己多此一举，他不是从正门进来的，怎么撞的彼此应该心知肚明，何必问出来呢？再估计就算问他他也不会回答。

她刚问完，就听见叶蝥声说："阳台的栏杆。"

司念诧异，原来他是跳窗户进来的。

她抬起头，眼神复杂地注视他片刻，轻声道："我住五楼，什么事让你那么着急，宁愿爬窗户也要找到我？"

叶蝥声望向她，目不转睛道："大家都很担心你。"

司念愣了愣道："我就是不想大家担心、影响大家训练才不回去的，看来倒是起反作用了。"

叶蝥声责备道："你应该事先说一声，哪怕跟夏冰淇打个招呼，也不至于让大家都到处找你。"

司念抿唇没有回应，她的手还捏着他的手，伤口处理完了，却不舍得松开，干脆给他的手做起按摩，散散淤血。

过了许久，司念才再次开口："我只是觉得我没那么重要，决赛当前，大家应该把精力放在比赛上。而且我本来是打算过了今晚给教练打电话的。"

她解释了，但这些解释现在已经没必要了。叶蝥声没再说话，她也不知道自己该说些什么，就那么轻柔地给他按着伤口。

也不知道是不是心理作用，叶蝥声竟然觉得没那么疼了。

"明天还是要去包扎一下的。"司念叮嘱道，"马上就要总决赛了，你的手腕突然受伤，肯定会影响发挥，都是我不好。"她看着他，自责道，"都怪我。要不是我，PU也不会惹上负面新闻，搞得大家心态都受了影响。要是总决赛再出问题，我就真难辞其咎了。"

比起陈星航一味地推卸责任，她却将一切责任揽到了自己身上，这样的她让人心疼。

叶蛰声很难描述自己现在的心情。作为一名职业选手，他应该对影响战队状态的人深恶痛绝，可看着眼前的司念，鬼使神差地，他伸手把她拉到了自己怀里。

司念惊讶地看着他，他们从未有过这样近距离的接触。这个比她小上五岁的男人有一双极为好看的眼睛，当他用这双眼睛盯着你的时候，你很难不沉醉其中，继而做出错误的、致命的行为。

比如，她下意识往前靠了靠，于是他们俩的距离更近了。

他们这样是不对的，司念很清楚。

所以当方青子的脸出现在她的脑海里后，司念猛地醒悟过来，快速后撤身子想要离开。叶蛰声却突然在这个时候低下头，毫无预兆地吻上了司念的双唇。司念愣在原地，叶蛰声则直接加深了这个吻。

无数个瞬间司念都在想，停下来，不能这么做，这样下去就完了。

叶蛰声也有这样的想法。

可两个人最终什么都没做。

隔天早上，敲门声惊醒了司念。

敲门的不是别人，是夏冰淇。她找司念找了一天，直到凌晨才回俱乐部睡觉，早上醒来后第一时间来了这里，敲门的时候也没抱什么希望，但没想到竟然能找到司念，她都高兴坏了。

"你真在家啊！"夏冰淇直接冲了进来，拉着她的胳膊观察她，"我还怕你想不开呢，你没事吧？"

司念无奈又紧张地拉紧衣服道："你这不都看见了吗？我能有什么事啊，就是回家了而已。我现在不用参加比赛和训练，在俱乐部住着也没意义，干脆就回家了。"

夏冰淇不高兴道："那你也得和我说一声啊！就算不和我说，你也得告诉琛哥一声。他找了你一晚上你知道吗？"

司念愣住，倒是真没想到："不会吧？"

夏冰淇朝她伸出手："你的手机呢？既然你没事，为什么连手机也不开？"

司念无语道："我这不是没电了吗？一直在充电，充着电就睡着了，所以没开机，我到现在都还没开呢。"

确定司念真的没事后，夏冰淇才道"行吧，看见你没事就行。我也还有事，先走了啊，有事打电话。"

夏冰淇走后，司念朝里屋看了一眼，想起自己昨晚和叶蓥声做的事，忍不住给了自己一巴掌，这一巴掌因为太用力以致还发出了声音，恰巧叶蓥声开门出来，将这一幕看了个正着。

司念怔住，尴尬地笑笑说："呵呵，拍了一个蚊子。"

叶蓥声脸上有点小伤口，应该是昨晚爬墙造成的，这点小伤口不但没影响他的帅气，竟还给他添了一些雅痞的感觉。

所以这件事不能怪叶蓥声，最好的做法就是……

司念坚定了想法，在叶蓥声走到她面前想说些什么的时候，抢先一步道："你不用说了，我都明白，大家都是成年人，昨晚的事就当作什么都没发生过。你和青子好好相处，我绝对不会把这件事告诉第三个人，你可以放心！"

她努力挤出一个官方的微笑，好像两人在谈什么合作。

叶蓥声笔直地站在她面前，身上还穿着 PU 的队服外套，眼神复杂地凝视着司念，许久才说："不告诉任何人？这是你希望的？"

司念愣了愣，别开眼不看他，匆匆地点了点头。

她不知道叶蓥声是什么表情，但她永远忘不了他后来说话的语气。

他的语调一如从前，稳定里带着干净，可不知道是不是她的错觉，她似乎听到了他话语里的失望。

他跟她说："我知道了。"

说完，他便越过她开门离开了。

司念回过头，看着关上的门和空荡荡的房间，慢慢地蹲了下去。

早晨，PU 战队的训练还没开始。

大家刚吃完早饭回来进训练室后，就看见叶蓥声坐在座位上发呆。

很少瞧见大神发呆，郑宇惊奇不已，跑过去看了好一会儿，不断给谢源使眼色，示意对方说点什么。

谢源为难地撇撇嘴，讨好地瞄了纪野一眼，纪野望向叶蜚声，敏锐地看到了他脸上的小伤口，以及手腕上包着的纱布。

"你的手怎么了？"纪野紧蹙眉头道。

他的话让所有人都望向了叶蜚声的手腕，叶蜚声垂眼盯着自己重新包扎过的手腕，脑海中浮现昨晚的那一幕，嘲弄地勾了勾嘴角，也不知道是对着谁。

叶蜚声是整个团队的灵魂，虽说在他没来之前，PU 也是国内的强队，却没有像现在这样有碾压其他队伍的优势。是叶蜚声的到来让 PU 重新焕发活力，渐渐回到了坚不可摧的第一把交椅上。

如今最为关键的叶蜚声受伤了，还是手腕这么重要的位置，不可能没有人不关心。

"叶大神，你是跟人打架去了吗？怎么被打成这样啊？是不是 QW 那边找人干的？"

郑宇不愧是战队里最年轻的，想象力真的做到了年轻人该有的丰富多彩，直接把大家说得都无语了。谢源敲了一下他的脑袋道："怎么可能？你以为拍电影吗？"

郑宇不高兴道："怎么不可能？那不然会是谁？叶大神回国才几个月啊，能跟谁结仇？"他顿了顿，忽然脑子一转，看向了坐在座位上避开众人的陈星航。他这个举动成功地吸引了大家的注意力，所有人都意味深长地望向陈星航，陈星航坐在那里只觉芒刺在背，很快便回过头来，面无表情地说："我昨晚很早就睡了。"

这意思很明显，他昨晚很早就睡了，根本就没和叶蜚声见过面，就更不存在起争执甚至打架的可能。

那到底是谁呢？

所有人都很困惑，但作为当事人的叶蜚声对此毫不在意，解释也轻描淡写："只是摔倒了而已。"

说完后他就心不在焉地打开电脑登录游戏，那种无所谓的态度让人有点说不准他到底有没有事。

易琛来的时候，一眼就瞧见了他的伤，比起其他队员，他的反应更强烈。

"什么情况？"他上前几步蹙眉道，"包了纱布是怎么回事？"

郑宇抢着替叶蜚声回答说："声哥说摔的！"

易琛瞥了他一眼，郑宇立刻对着自己的嘴巴做了一个拉拉链的手势，弱弱地缩回了他的位置。

易琛再次望向叶蜚声，重复了一遍刚才的话："怎么回事？"

叶蜚声盯着电脑屏幕道："擦伤而已，不会影响我的发挥。"

易琛根本不相信他的解释，擦伤会搞成包纱布这么严重吗？总决赛在即，根本没时间让他休养，他这样的状态上场谁知道能不能行。

"什么擦伤会伤成这样？你昨晚没回来，到底去哪了？"

易琛步步紧逼，听他提到"昨晚"这两个字，叶蜚声眼神暗了暗，垂眸沉默了一会儿才道："我去做什么不重要，为什么受伤也不重要。重要的是，我绝对不会因此影响比赛发挥。如果因为我而输掉比赛，我愿意承担一切责任。"

话说到这个份上，易琛也不好再追问，凝视着叶蜚声许久才道："那就开始训练吧，让我看看你的状态。"

叶蜚声点点头，熟稔地进入游戏，开始训练。

司念刚准备出门就被易琛的一个电话叫到了俱乐部，无非就是盘问她昨晚去哪儿了。离开俱乐部路过大厅的时候，司念看见了斜靠在走廊抽烟的叶蜚声。

她脚步迟疑了一下，还是走了过去。

"你在等我吧。"司念压低声音说。

叶蜚声看了她一眼，弹了弹烟灰道："谁说的？看不见我在抽烟吗？"

司念："哦，那我走了。"

她转身打算离开，却又被叫住。

"站住。"

司念背对着他停住脚步，没有回头。

叶蜚声就那么看着她的背影，沉默片刻道："昨晚的事，我不是一时冲动。"

司念闻言，慢慢握起了拳。

她真的相信叶蜚声不是一时冲动，可那又怎么样呢？

心里是怎么想的，司念就是怎么问的。"那又怎样呢？"她歪着脑袋看着他，"就当作什么都没发生过不好吗？不然你想怎么办？跟青子分手和我在一起？你为了她回国，为了她打职业，肯定是放不下她的，我也绝对绝对不会做'小三'。你看我现在还自身难保呢，不能再来一个'小三'的身份了。我还想打比赛，还想上赛场，我不想冒这个险。"

司念的话说得太直接，叶蜇声听完后面无表情、眼神复杂地看着她，仿佛觉得眼前的女人刚刚说的都不是真话。

司念笑笑，上前一步踮起脚摸了摸他的脑袋，这个举动让叶蜇声立刻后退了一步。此刻的他如同被激怒的猫科动物一样，司念用手蹭了蹭鼻尖后淡定地说："行了，就当作什么都没发生过好了，咱们还是好战友。要是我这次能度过危机，回头请你们两口子吃饭。"

语毕，司念转身就走，而她转身之后脸上的笑容瞬间消失得干干净净。

就这样挺好的。

潇洒地离开基地，老老实实在家待着。等熬过风头，等公司老板查清楚那些事情的真相，还了她清白，她就可以重新回到战队参加训练了。

这样就好，其他的，她什么都不应该想。

司念一直在心里告诉自己，赶紧走，离开俱乐部就什么都不必面对了，可她又不能表现出自己很想离开这里的样子，那样会显得自己心虚，只能假装镇静地慢慢走。俗话说"怕什么，来什么"，于是就在司念推开玻璃门要走出去的时候，叶蜇声再次开口。

"我和青子，根本就没有复合。"仿佛怕司念没听清楚，他强调道，"我和她根本没有复合，那天聚餐没直接说清楚是不想她在那么多人面前难堪。所以，不管我们发展成什么样，你都不是第三者。"

司念诧异地回头看着他，情绪复杂地弯了弯嘴角，许久才道："你到底还是年纪小，把什么都想得太简单。"

"就算你们没有真正复合，但那只有你们俩知道。这都快三个月了，她一直以你女朋友的身份出现在大家面前，就算你自己知道你们并没有复合又怎么样呢？大家都觉得你们已经复合了。"她认真地说，"而且我也觉得你是想和她复合的，否则你也不会容忍她一直出现在你身边这么久。说白了，你就是心存芥蒂，你们迟早要在一起，现在只是在磨合。像我这样的路人无伤大雅，不会影响你们的感情。但我作为路人本身，很清楚掺和进你们的关系里对自己多不利，所以我没兴趣加入。"

叶蜇声远远看着她："哦，也就是说，你对我没兴趣。"

司念牙疼："你偷换概念的本事有点大吧。"

叶蜇声："我只是把你的长篇大论简化。"

司念顺势点点头："你这么说也不算错，我是对你没兴趣。"她意有所指，"你明白吧？"

叶蛰声直接从口袋里拿出一颗糖砸向司念，司念怕被打中便手忙脚乱地伸手接住了，接住后瞪大眼睛望着他道："喂，说不赢就动手，是不是男人？"

叶蛰声看了她许久后丢下一句"人渣"便转身离开了，一边走一边重新戴上卫衣的帽子，头也不回地回了房间。

司念突然觉得自己里外不是人。

到底是年轻，叶蛰声根本不在意别人的看法，而且估计只有他这样的恋爱白痴才做得出让根本没和他复合的方青子，以女朋友的身份常常出入俱乐部这样的事情，搞得现在大家都以为他们感情好得很，快成模范情侣了。他现在这种情况，但凡一个明事理的女人都知道不能和他扯上关系，她现在已经够惨了，怎么还敢对他有兴趣？

她其实也没说谎，她是真的对他没兴趣，是因为不敢有兴趣。

司念捂住侧脸，觉得自己牙疼得厉害，不知道是冷的，还是酸的。

时间在无事可做的时候过得最慢。

不用训练，不用比赛，司念躺在床上，简直快要闲得发霉了。

想了想，她下了床，坐到电脑前打开电脑，决定玩几局游戏。

虽然说现在不确定自己能不能留在战队，但《英雄联盟》是她的衣食父母，就算未来不能打职业了，还得靠游戏赚钱，技术绝对不能落下。

一开电脑，她就不可避免地要登录社交软件，除了QQ、微信外，当然还有微博。

上微博之前，司念已经猜到肯定会有不少人来骂她，而且骂她的话肯定也很难听，可当真正看见后，司念还是觉得有些难以消化。

她正准备关闭微博之前忽然想起一件事，把鼠标挪到了搜索框，快速输入任烟雨的名字。

她得去看看任烟雨的微博。

现在找人去问任烟雨的情况肯定是不理智的，但好在任烟雨想火的欲望很强烈，什么动态都会发在微博上，所以要了解她目前的情况，去看她的微博就对了。

司念一进入任烟雨的微博，就知道自己来对了。这女人真的很了不起，度过危险期之后就开始在微博上各种无病呻吟，明里暗里告诉大家她受到了司念和陈星航的双重伤害，陈星航不要她了，司念又逼她去死，活着太痛苦了。

可是小姐姐，你在说这些之前没想过你曾经是怎么对我的吗？

司念忍不住翻了个白眼，知道自己这会儿保持沉默就是最好的回应。如果说多了，让任烟雨的"水军"拿到把柄，搞不好会把她黑得更惨。可这手，就好像不听使唤似的，鼠标直接按在了转发任烟雨最新一条微博的按钮上，那条微博的内容是："身上的伤口看得见、医得好，心里的伤口要怎么办呢？"还附带了一张割腕时留下的伤口的照片。

司念深吸一口气，飞速敲键盘，输入了一行字，直接点了转发。

这一转发结束，她的脑子瞬间清醒过来，意识到自己做了什么后她真是恨不得剁了自己的手。

可回到首页，就看到她刚发的微博已经被人看到并且截图了，就算删除也无济于事，还落得个不敢当的名头，还不如留下。

再看看她发的内容，也很直接——老子三年没跟你男友说过一句话，见面也离八丈远，连你的手机号码和住址都不知道，怎么逼你割腕？你当初抢我男朋友的时候我都没割腕，现在觉得我抢你男朋友了就说我逼你割腕，你怎么那么听我的话？我叫你去跳海你去不去啊？

司念看着自己发的内容简直面如死灰，抬起手就使劲打自己。

"自作孽不可活。"司念迅速关了电脑跑上床用被子盖住自己，想要以此来欺骗自己什么事都没发生过。但那可能吗？显然是不可能的！

因为手机开始振动了，振动的声音虽然不大但足够让人听见。司念掀开被子用力呼吸，盯着墙壁做了很久的心理建设才伸手拿过手机按下接听键。

她没看来电人是谁，直接视死如归道："是我本人发的！没被盗号！发完我爽了也后悔了！要杀要剐随便吧！"

电话那头安静了一会儿，传来夏冰淇带着佩服的声音："司念，你行啊，你怎么那么牛呢？这种时候还敢这么嚣张地说话，我真是太敬佩你了。"

司念绝望："彻底没救了吗？"

听到她语气里的悲哀，夏冰淇很快道："没有没有，哪有那么严重？毕竟大魔王都站出来替你说话了，紧接着队里的其他人也替你说话了，你怎么会没救呢？"

司念愣住："你说什么？"

夏冰淇："哎？你不知道吗？不会吧？你该不会发完就直接关电脑躲起来了吧？"

司念："呃……"

075

夏冰淇说道："你赶紧拿手机自己看吧！真是纸老虎，只能牛那么一会儿工夫！"

司念二话不说，直接挂了电话用手机打开微博查看。这一看，不得了，心态简直瞬间爆炸。

该说叶蛰声是中国好队友吗？虽然他之前还骂她人渣，但出了事却第一个站出来替她说话。只见她转发任烟雨的微博后叶蛰声第一时间就转发了司念的微博。

大魔王向来冷酷，除了纪野之外无人可敌，转发微博的言论也是相当言简意赅，就俩字——附议。

当然是指附议司念。

叶蛰声是谁？他是大家心目中的完美选手，没有黑料、没有瑕疵，技术又很好，简直就是电竞之光。他向来低调，所以开通微博之后只发过两条，这第三条就献给了司念，转得如此果断，也毫不担心后果，分明是百分之百信任司念。这说明什么？说明叶蛰声在用自己的名誉担保司念！说明司念绝对不是大家说的那种人！

网络上瞬间炸开了锅，本来都不敢表态的圈内人纷纷开始表态，和司念见过面、聊过天的主播们也都纷纷发微博支持她，还有司念的粉丝发的分析帖也被顶上了热搜，把那些造假的黑料逐一击破，瞬间还了司念的清白。

司念看着手机不知道该说什么好，这里面最让她感动的是战队的队友以及易琛的发言。

郑宇在叶蛰声的基础上转发了微博，直接说道："我是战队辅助，我可以证明，司念姐绝对不是那些人说的那种人。她和航哥在基地除了训练的事之外根本没交流，任烟雨倒是让航哥好几次下不来台，要真说是谁撒谎，那个人也该是任烟雨吧！"

说得好！不愧是好兄弟！司念无比感动，决定给郑宇多加几个鸡腿。他继续往下看，谢源也在郑宇之后站出来替她说了话，表示对她的支持，还给击破黑料的技术帖点了赞。司念看得眼眶发热，再往后，竟然还看见纪野也转发了微博，虽然他什么也没说，但大家也知道他是支持她的。目前为止 PU 现役选手全站出来给司念担保了，哪怕之前的谣言对司念再不利，现在大家也对她改观了。

那可是 LPL 的梦之队啊，他们的人品需要怀疑吗？不需要！那么司念还需要被质疑吗？不需要！

看着情势一边倒的评论，司念眼前渐渐有些模糊，心情十分复杂。

而真正让她掉下眼泪的，是易琛的发言。

易琛没有转发任何人的微博，只是在他的微博上单独发了一条。

相较于其他人的简练直接，易琛的发言更权威。

@易琛：三年前，我就是司念的教练，只是后来她心灰意冷地离开了。如今三年过去了，她重燃斗志选择回归，我再次成为她的教练。这一次，作为教练，我不会再让她心寒。

目前网上的传闻，全部是谣言，任烟雨割腕和司念没有任何关系。

这几年，@PUStar和任烟雨在一起，不管在生活上还是训练上，我只看到他状态越来越差。近期他选择和任烟雨分手，这就是所有闹剧的源头。

选手的感情生活，作为教练本不该过多评价，但在此我必须得说，任小姐，既然感情已经无法维系就不要再勉强，如果这件事再对PU战队以及战队队员造成负面影响，我会请PU电子竞技俱乐部的律师和你联系。

最后，司念已经有三年时间阔别职业赛场，她的年纪已经不小，留给她的时间不多了，请各位善待我的队员。

易琛的微博ID（网络账号）就是自己的名字，而Star（星星）是陈星航的游戏ID，电竞选手们的游戏ID就和作家的笔名一样，是面对大众的名字。PUStar是陈星航的微博ID，易琛直接"艾特（@，网络上呼叫他人的方式）"了他的微博，显然是不想让他继续逃避下去。

其实陈星航如何回应，对司念来说并不重要了，触动她的是易琛那条微博的最后一句。

看到那一句，司念的眼泪瞬间掉下来，她放下手机，将头埋进膝盖，无声地宣泄。

医院里，明明已经可以出院却为了装可怜赖着不走的任烟雨，看到所有矛头瞬间转向她，气得直接穿着病号服拎起背包就走。

在看到走廊里的人对她议论纷纷时，任烟雨已经毫无理智可言了。

司念这个女人这些年一直阴魂不散就罢了，现在居然还想彻底毁掉她辛苦经营的一切！

她绝对不会让司念得逞的！绝对不会！

在所有人都站队之后，陈星航也终于站出来说话了。

他发的内容很简单，只是附和了易琛的发言，证实了是因为他想和任烟雨分手，后者才把一切怪罪到司念身上，她纯粹是自己想不开要割腕，和司念根本没有一丝一毫的关系。

在发言的末尾，陈星航还加了几句话。

@PUStar：我和司念已经分手三年了，现在我和她只是队友的关系，也没有任何超越队友关系的交流。我和任烟雨已经分手，比赛我会继续打下去，这也许是我最后一次参加世界赛，我希望可以代表PU再拿一次世界冠军，我不会再让任何人影响到我。

她该感谢他吗？虽然最后才站出来替她澄清，但还是替她解释清楚了，没有避重就轻。看到他说这可能是他最后一次参加世界赛，司念心里沉了一下，他该不会是想打完这个赛季就退役吧？

显然，不只她一个人这么想。在陈星航发言之后粉丝纷纷到他的微博下面喊着"星星不要走"。

司念收起手机，看看时间，都已经是早晨了，她竟然不知不觉就这样度过一整个夜晚。起身下床拉开窗帘，透过窗户看着冉冉升起的太阳，司念竟然感觉不到丝毫困意，或许这就是真相大白、洗清冤屈之后的兴奋吧，这种兴奋足以支撑她度过漫漫长夜。

伸了个懒腰，司念转身去洗漱。时至今日，她已经没了什么顾虑，有的只是对夏季赛决赛的期待，要是她没算错时间的话，比赛时间就是今天下午了。

洗完脸对着镜子的时候，司念忽然想起自己忘记买门票了，正想着待会儿打电话给夏冰淇让她想办法带自己入场，就听见敲门声响了起来。

匆匆忙忙地去开了门，开门之后瞧见的正是她刚才想到的人，司念眼中立时充满惊喜，看得夏冰淇都有点受宠若惊。

"这么欢迎我吗？"她乐呵呵地走进来，"我推掉那么多公事，一大早就来看你，够朋友吧？"

司念扑过去道："太够朋友了！不过还差一点点！"

夏冰淇不解："差什么？"

司念恭维道："无所不能的夏秘书，你现在还能搞到晚上比赛的门票吗？不需要太好的位置，哪怕是站票都可以！"

夏冰淇直接把她推开："用着我的时候就知道找我了，用不着我的时候就玩失踪。你可真是现实啊！司女士。"

司念讨好道："我不是这阵子琐事缠身忘记买票了吗？再说今年黄牛那么厉害，估计想买也买不到。你也不忍心看我花大价钱找黄牛吧？"

夏冰淇白她一眼："难不成你还缺钱？谁不知道你是好玩 TV 的一姐啊，光签约金就拿了不少吧？月薪还少得了你？"

司念愣了愣，过了很久才说："可能是还不习惯吧，时间过得那么快，几年前谁能想到这个圈子会变得这么火，赚钱会这么容易？"她脑海中浮现出以前啃馒头的场景，失笑道，"那时候实在太穷了，穷惯了也穷怕了，现在有钱了都不敢花，感觉特别不真实。"

夏冰淇看了她好一会儿，才认命道："你以为我今天一大早跑来是干吗？纯粹来找你玩的吗？才不是！看！这是什么？"

司念顺着她的手一看，喜笑颜开："票！"

第六章
我们在一起吧

九月一号，是 LPL 夏季赛总决赛举行的日子，也是角逐冠军的日子。

这场比赛在 S 城举行，场馆选择也比往年高大上许多，司念到的时候大家都已经入场就座了。

她的票是夏冰淇给的，位置很不错，就在前排，摄像机随便一扫就能扫到她的脸。司念坐在座位上还挺尴尬，下意识地拉了拉口罩。

这样好像不太行，万一被认出来，免不了又是一顿闹腾。虽然不会像前阵子那样被骂了，可是她已经受不了自己被关注，她怕心态会再次爆炸。

左思右想，司念果断掏出钱包，跟前座的妹子好一顿讨价还价，买到了她手中的应援灯牌。

将灯牌转过来，司念才发现这姑娘是叶蜚声的粉丝，这灯牌上面赫然写着叶蜚声的游戏 ID：Kill（杀）。这灯牌写着 Kill 也就算了，还设计了叶蜚声的卡通形象，双手画成两把剑。他的粉丝真是和他本人一样，都是魔王。

司念突然有点后悔买下这个灯牌，可眼见着镜头又扫了过来，她最终还是用灯牌挡住了自己的脸。

尽管有灯牌在，但她还是有点紧张，不过这点紧张在比赛开始的时候就消失得无影无踪。

司念仰头看着舞台上的队员，少了她这个替补，五名选手站在舞台上看着不那么突兀了，因为都是纯爷们。

她跟着观众们一起鼓掌，但是没有欢呼。令她没想到的是即使没有欢呼也已经足够让她引人注意了，站在台上的人居高临下，想要找谁很简单，司念的位置本来就靠前，所以叶蜇声几乎是一瞬间就发现了她，还有她手里的灯牌。

叶蜇声其人，使得一手好劫。

劫这个英雄是影流之主，是一名忍者，是拥有强大爆发力的刺客。

劫的形象十分冷酷，W技能是创建影分身，终极技能R还可以留下一个影分身。简单来讲，就是你往前，他可能在你身后，你往后，他可能在你左边，反正你找遍所有方向，都不一定抓得到他的可怕忍者，是一众妹子玩家的噩梦。

叶蜇声曾被誉为国服第一劫，但劫这个英雄很少上职业赛场，因为改版之后他的机制和过去不一样了，相对来说还是被削弱了。

司念手里拿着的灯牌，正是叶蜇声被设计成和劫的造型一样的卡通形象。司念一开始还没看出来，但当大家开始选英雄，叶蜇声亮了一手劫出来的时候，她瞬间被耳边的尖叫给惊醒了。

BP（选择和排除英雄）阶段很快在众人的尖叫声中结束，比赛正式开始。

虽然来之前做了很多心理建设，可当一切真正开始，司念心里还是有点酸酸的。

试想，如果任烟雨没有搞出这么多事，她今天是不是有机会站在总决赛舞台上？

又或者，哪怕她不能上场打比赛，至少也能作为替补出席比赛，而不是像现在这样，只能坐在台下看着。

不过她心里的异样最终还是随着比赛的进行渐渐消逝。

比赛中期阶段，PU势如破竹地攻破了敌方基地，司念心里顿时振作起来。

不能上就不能上吧，做观众也没什么不好，至少在台上队友需要的时候，司念可以跟着其他观众一起尖叫欢呼PU的名字。

这也许就是现场看比赛的好处，那种所有人一起紧张、一起激动的气氛，是坐在电脑前感受不到的。

虽然中间有一些小小的坎坷和失误，但PU今天的表现还是很好的。在解说充满激情的宣告下，比赛结束，PU以3∶1的成绩拿下了比赛的胜利。

司念跟着所有人站起来替PU喝彩，选手们一起走到台前再次朝观众鞠躬，司念举着灯牌，叶蜇声的目光在她的方向停顿了几秒后就转身下台了。

方青子站在后台，等着一会儿要接受采访的选手，但她始终关注着叶蜚声，没有错过他一丝一毫的变化。

她握着话筒的手紧了紧，眼神慢慢沉了下来，里面有隐忍、有不安，还有坚决。

PU 拿到了通往全球总决赛的门票，这是普天同庆的好事。

司念本想看完比赛就先行离开，有人却不想她走，夏冰淇忙完了立刻来现场找她，在她想偷溜的时候直接拉住了她的手腕。

"走啦走啦，吃饭去，琛哥特地叫我来喊你的。"

"琛哥知道我来了？"司念惊讶道。

夏冰淇点点头说："对啊。"稍稍一顿，她恍然道，"看我这脑子，之前着急忘了和你说，你的门票都是琛哥给你弄到的，他怎么可能不知道你来了？"

司念顿时面如死灰，看来今天是逃不掉了。

她有些不情愿地被夏冰淇拉着走，走到后台的时候，本来还有些不情愿的司念忽然主动加快了脚步。

"哎？你怎么忽然……"夏冰淇看向她，想问什么，却被她打断了。

"坏了！"

司念惊呼一声，放开夏冰淇快速朝前跑去，夏冰淇惊讶地顺着方向望去，等瞧清楚不远处发生了什么之后，顿时蒙了。

有选手在比赛结束之后在后台打起来了！

夏冰淇惊呼一声，跟在司念身后跑过去，远远地凝眸观察后发现打架的人是叶蜚声和 QW 的沈行！

"天哪！这两人怎么还打起来了？！"夏冰淇崩溃地转了个方向去找易琛，这场面恐怕只有易琛来了才有办法控制，她可不能像司念那样不顾一切地冲过去。

司念现在的确有点不顾一切。

她早就知道 QW 的沈行和方青子的关系，所以当她远远瞧见叶蜚声和对方对峙的时候，就知道事情不妙了。

可还不等她到达，他们便扭打在一起，方青子站在一边惊慌失措地看着，似乎不知道该护着哪一个。

司念以最快的速度冲到最前面，擦过方青子的肩膀，方青子无措地看过去，看到是司念之后眼神冷了几分。

司念望了她一眼，眼瞧着叶蛰声有点吃亏，心里万分着急。要知道 QW 的沈行是个肌肉男，常常健身，叶蛰声平时根本不怎么锻炼，手腕又受伤了使不上什么劲，怎么可能是沈行的对手？

果然叶蛰声撑了一会儿就有点勉强了，这会儿易琛和其他队员又不在，QW 的几人闻讯已经赶了过来。叶蛰声一个人面对他们，非常吃亏。

司念知道自己不该出面的，可她顾不了那么多，在沈行抬起拳头朝叶蛰声揍去的时候，她直接一拳头打在了沈行的脸上。

沈行直接被打蒙了，难以置信地看着突然插进来的司念，捂着脸大声道："你有病吧？！"

司念抬手抹掉鼻子上因为急切而渗出的汗珠，挡在叶蛰声面前冷笑着对沈行说道："我看是你有病吧，远远地我就瞧见是你先动的手。怎么着？练了一身肌肉就想着来撒野？你问过我了吗？没人告诉你 PU 的 ADC 替补是黑带吗？"

沈行惊愕地看着司念，又看看司念背后的叶蛰声，叶蛰声显然也被司念的突然出现弄得有点回不过神来，站在她身后按着手腕目光沉沉地看着。沈行见他没有反应想羞辱他靠女人，可还没来得及开口，就被 QW 教练给拉回去揍了一下脑袋。

"你疯了吧？闹什么！"

QW 的教练是和易琛一起赶到的，他们身后还有 PU 的其他队员。郑宇脾气是最暴躁的，看见叶蛰声脸上的擦伤当时就要上去揍沈行，还是谢源拉住了他。但谢源没想到的是，向来做独行侠的纪野突然走上前，狠狠给了沈行一拳头，直接把沈行的脸给打对称了。

"这一拳头是我替叶蛰声打的，他的手腕受伤了，使不上劲，你担待点。"纪野打完活动了一下手腕，朝沈行漫不经心地说着挑衅的话，说完之后，还朝站在司念身后的叶蛰声抬抬下巴道，"不用谢了。"语毕，他转身回到了队伍当中。

方青子看着这场闹剧，站在一边一步步朝后退，易琛敏锐地发现了她，开口对她说道："这件事你得解释一下吧？我猜和你脱不了干系，对吗？"

方青子噎住，半晌无语，沈行站出来道："别为难她，是我先动的手。谁让叶蛰声身在福中不知福，老是让青子伤心。"

易琛眯眼看了一眼方青子，方青子立刻低下头。叶蛰声瞥向她，抬手放在司念的肩膀上，司念一愣，回眸看向他，他朝前一步和她并肩站着，对易琛道："走吧，我没事。"

易琛和 QW 战队的教练对视一眼，都知道在这里多留无益，只会让人看笑话，传出去更不好听，遂简单说了几句便分别离开了。

司念就站在叶蜇声身边，走的时候叶蜇声牵起了她的手，是她刚才打人的那只手，由于刚才打人太用力，手到现在还有点疼。

"你……"她想挣开他的手，他却握得很用力。

司念有点担心地回头望向方青子，方青子就那么看着他们，眼底毫无情绪。

司念心里"咯噔"一下，微微启唇，却不知该如何解释，她有些害怕面对方青子的眼神。

回了俱乐部，易琛便带着叶蜇声去了办公室，吩咐其他人都回去休息。

正式比赛暂时告一段落，本赛季的全球总决赛将会在十月底举行，他们有将近两个月的时间来休整和训练。这次决赛还是在国内举行，有主场优势的他们就更不用那么紧张，可以暂时休息一段时间。

司念有点担心被易琛拉进办公室的叶蜇声，照他的性格估计不会跟易琛解释事情的来龙去脉，那她是不是要去帮忙解释一下？

但她又觉得自己根本没有立场去说那些事，那是人家的私事，她既不是战队教练也不是战队经理，凭什么掺和那么多？

她越是那么做，易琛估计越会怀疑他们的关系。

算了，还是什么都不做，回去好好待着吧。

司念回到自己的房间换了衣服，简单洗漱了一下，躺在床上揉着刚刚揍过沈行的手。到底是好久没练了，稍微试试身手就有点招架不住，当时要是真打起来估计她也控制不住。

在床上翻来覆去，司念满脑子都是叶蜇声。易琛的脾气她最清楚了，不发火的时候很好说话，但一发起火来，哪怕他一个字都不说，也能从气势上把人吓得不敢说话。

叶蜇声又不是那种主动服软和替自己辩解的脾气，他要是一直倔着，非得和易琛僵持着不可。

司念猛地从床上坐起来，真是恨死自己这个像老妈子一样的性格了，为什么她非得想这些？还是冷静一下想想自己吧！人家和你什么关系啊，你自己都想和人家保持距离，还老想掺和人家的事，什么话都让你说了，你怎么那么矫情呢！

在心里骂了自己一顿，司念果断下床，打开宿舍里的电脑，打算打游戏分分心。

她刚开好电脑，手机就振了一下，她低头看去，看见了一个这会儿不可能发来信息的人。

为了证明自己没看错，她揉了揉眼睛，拿起手机解锁离近了看，还真是叶蜇声发来的。

他发了个问号过来，也不知是想表达什么，司念直接回了一句："你这么快就被放出来了？"

发出去之后司念就觉得这么说不太好，叶蜇声显然也想到了这一点，直接回她道："你当我是去坐牢吗？"

司念尴尬地回："呵呵，当然不是！"

其实叶蜇声找她也没什么别的事，只是他们这会儿想做的事情都一样而已。

他们都想打游戏。比赛终于有了个好结果，距离下次比赛的时间还长着，所以他们今晚都可以放松一下。

不过，叶蜇声要玩的游戏倒是让司念有点意外。

他要玩"吃鸡"。

桌面上的手机不断振动，叶蜇声低头看了一眼，手机屏幕上那个熟悉的名字扰人心烦，他直接将手机背过去，继续和司念玩游戏。

另一边，方青子坐在椅子上，看着打不通的电话，眼泪无声地落下来。

坐在她对面的是 QW 的中单沈行。他今天会和叶蜇声在后台打起来，首要的原因就是方青子，次要的原因是今天比赛的时候，他被叶蜇声单杀三次，真的丢尽脸面，心态爆炸。

注视着自己喜欢的女孩，沈行有点愤怒道："他到底有什么好？青子，既然他不接你的电话，你就不要再打了，我看你根本没必要让我来这里跟他见面，你觉得我们有可能成为朋友吗？没有可能的！从一开始就没可能！"

电话再一次被拒接，方青子似乎终于忍耐不下去了，带着哭腔大声道："为什么不可能？为什么？你到底为什么要闹成今天这样？你口口声声说是为我好，可你看我现在快乐吗？我喜欢蜇声！我喜欢他那么久了，你为什么非要拉得我和他越来越远？"

沈行看到她这样愣住了，许久才低声道："我只是不希望再看到你因为他的若即若离而伤心难过，我不想看见你掉眼泪。"

方青子低下头，捂着嘴唇不停地哭泣，沈行心疼得不行，忍不住绕到她身边坐下，迟疑许久，还是伸出手臂揽住了她的肩，柔声道："青子，你别哭了，都是我不好。我以后不这样了，你别哭了。"

不远处，有路人来吃东西，瞄见这边的情形不由得耳语道："喂，你们看那是不是QW的中单沈行啊？他揽着的人是谁？是不是方青子？"

路人的朋友附和道："好像真的是啊！天哪！这是大八卦啊！快点拍照发微博！"

路人赶紧和朋友一起拍下照片，将两人拥抱的照片发到微博上。这会儿夏季赛的热度还在，刚刚夺得亚军的QW战队中单沈行也因为比赛的表现太差，被叶螫声单杀三次而处在风口浪尖上，他和方青子的亲密照片一曝光，这条微博瞬间飙到了热门，转发量达数千次，圈内人士都表示震惊，尤其是PU基地的人。

"你们快看，这是什么鬼？方青子怎么和沈行揽在一起？"

郑宇激动地拿着手机到处乱窜，给所有人看了一遍，纪野瞄见照片上的两个人，不屑地冷哼一声，谢源也瞟了一眼，赶紧拉住郑宇道："可千万别让声哥看见啊！"

郑宇愤怒地说道："为什么？这当然要让声哥知道了，得让他看清楚那个女人的真面目！"

谢源拿书打在他头上："就算他要知道也得是他自己知道，你跑去告状是什么鬼？人家小两口的事，万一这次吵完架又复合了，你岂不是里外不是人？"

郑宇犹豫："可是……"

谢源断定："没有可是！"

房间里，叶螫声和司念玩了四局游戏才关电脑准备睡觉，这会儿已经子夜一点了。

躺在床上，他拿起手机将未接电话都删掉，本来打算睡觉了，结果微信上突然收到一条易琛转过来的消息。

他打开微信，发现是一条微博的分享。一点开，就看见了微博附带的照片，似乎是不知内情的路人发的图片，还以为方青子和沈行在谈恋爱，因为对照片的描述是：方青子在安慰输掉比赛的沈行！看我发现了什么！

看着路人这句描述，叶螫声握着手机的手紧了紧，目光一点点暗了下去。

他一直不知道彻底说再见的时机是何时，他一直在犹豫着希望不伤害到任何人。

他想，或许他可以不必考虑那么多了，而他一直等待的那个说再见的时机，或许就是现在了。

关闭微博，打开通话记录，看着红标的那个名字，叶蜚声选择了给她发短信。

一会工夫，他的短信就编辑好了，很快按下发送键，发给方青子。

方青子这会儿刚到家，还没来得及换鞋子。

手机响起来时，她激动得无以复加，立刻从背包里拿出来查看，可等看见收到的是什么时，手里的背包瞬间掉在地上。

只见手机屏幕上，来自叶蜚声的短信上赫然写着：别再找我了。你和别人在一起吧，我喜欢上别人了。对自己好点，我们还是朋友。

方青子刚止住没多久的眼泪瞬间又掉了下来，靠在墙上哭得不能自己，她不停地打电话给叶蜚声，想要问清楚到底发生了什么以致他要对自己那么无情。可不管她打过去多少次，他都毫不犹豫地挂断，有那么一瞬间她甚至怀疑自己被拉进了黑名单。

方青子绝望地放下手机，背靠着门慢慢坐到地上，看着黑漆漆的家，一丁点温馨的感觉都没有。

手机弹出提醒，她后知后觉地抹掉眼泪查看，是微博提醒，多了许多评论。

她心里忽然不安起来，等她打开微博看到发生了什么之后，瞬间起身开门跑了出去。

她要去找叶蜚声，她已经明白他为什么会发来那样的消息。

她一边跑一边恨不得时光可以倒流。

方青子驱车前往 PU 基地，尽管现在已经很晚了，但她必须去解释清楚，网上那些流言不是真的，她不能让那些流言害得她失去叶蜚声。

只是她想得似乎太简单了，等她开车到达 PU 基地，发现不管她怎么敲门，都没有人来开门。

按道理，不管多晚基地都有保安值班的。她来敲门保安不会听不见，所以保安不开门的原因只有一个，那就是早就有人告诉他们，她来了的话不要开门。

方青子愣在门口，再次拨通叶蜚声的电话，依旧没人接听。

一颗心仿佛笼罩上一层厚厚的坚冰，方青子吸了吸鼻子停止哭泣，颤抖着手打算编辑短信发给叶蜚声。

叶蜚声这会儿正在床上闭目养神。有时候我们会觉得很难下一些决定，可当你真的跨出那一步之后就会发现，其实并没有什么大不了的。

短信提示音响起的时候，叶蜚声没去理会，就那么闭着眼睛躺在床上，好像什么都听不见，没有丝毫反应。

方青子站在 PU 俱乐部门口，仰头看着夜幕里亮着的灯光。灯光照耀着"PU 电子竞技俱乐部"这几个字，它看上去有多么耀眼，她心里就有多悲凉。

她发短信跟叶蜚声说，她无论如何都不会离开，会在外面一直等着，等到他出来见她为止。

叶蜚声没有任何回复。

方青子一点也不气馁，真的如她自己所说一直站在门口等着，站累了就蹲下。后半夜的时候，天空下起了蒙蒙细雨，她瑟瑟发抖地坐在台阶上，双臂抱着膝盖，无声地抽泣着。

保安坐在保安室里看着监控里这一幕，有点迟疑地打了电话。

坐在台阶上，淋了大半夜的雨，方青子忽觉头顶一暗，她无措地抬眼望去，看到撑着伞的易琛站在那里，眼底一丝怜悯都没有。

"你该走了。"易琛说着话，毫不留情地拉起她就离开，方青子一边挣扎一边哭喊着"我不走"，可易琛仿佛听不到一样，直接拉起她把她塞进了她的车里。

刺眼的闪电划过，紧接着是骇人的雷声，躺在床上的叶蜚声倏地睁开眼，终究还是把手机拿了起来。

他看见了方青子发来的消息，但什么也没做，迟疑了几秒后动了动手指将方青子发来的短信删除。

他该休息了。

虽然晚上睡得有点晚，但第二天司念还是起得很早。

洗漱完后在去食堂吃饭的路上，司念碰上了易琛。

易琛还没走过来的时候司念就在原地立正站好了，等易琛走到她面前，她就笑得十分"狗腿"道："琛哥，吃早饭啊？"

易琛穿着白衬衫，推了推眼镜斜睨着她说："怎么？"

司念替他推开门道："您请，您请。"

易琛慢慢收回视线，先一步走入食堂。人都到得差不多了，有人都已经快吃完了。司念进去之后没敢和易琛坐在一桌，谁知道他昨天有没有消气，要是没消气的话她触霉头了怎么办？

不过，还真有胆子大的敢在易琛面前造次。司念眼睁睁看着郑宇兴冲冲地坐到了易琛对面，一脸贱笑地说："琛哥，我能不能跟你请两天假啊？"

易琛抬头眇了他一眼，郑宇语气讨好道："这不是前阵子一直在训练，太紧张了，我想请两天假放松一下，反正比赛还有一个多月不是吗？休息一下也有助于恢复精力！"

谢源默哀似的看着郑宇，乐见其成地等着郑宇被易琛骂。

只是令人没想到的是郑宇并没有被易琛骂，甚至提出的建议都没被拒绝，还被认可了。

"你说得有道理。"

易琛开口说了这句话之后，所有成员都眼含希望地望向了他，包括司念。

叶蜇声就是这个时候到食堂的。

他按着额角，在食堂扫视了一圈，发现大家都盯着易琛，便也跟着看了过去。

对上叶蜇声的视线，易琛微抬下巴，提高音量道："晚点我会和徐总商量一下，给你们放两天假，我们一起出去放松一下。"

谢源直接激动地跳了起来："我没听错吧？我不是在做梦吧？"

易琛在圈子里出了名地严格，平时别说是带大家一起玩了，就是请假都很难批准，今天居然愿意带他们一起去放松一下，别说谢源了，连纪野都有点惊讶。

"没听错，赶紧吃你的饭，我还没完全答应你们呢，准不准还得看徐总的意思。"

易琛敲了敲桌子，其他人也知道见好就收，赶紧回到位置上吃饭。司念嘴角抑制不住地扬起，易琛朝她这边看过来的时候她兴奋地睁大了双眼，力求将自己对放松计划的赞同表现得更强烈一点，不过也不知道是不是她表现得过于强烈，易琛忽然朝她招了招手。

司念一怔，环顾四周后指着自己道："琛哥，你叫我呢？"

易琛点头。

于是司念端着饭盆就过去了，走过去她才发现叶蜇声就在她身后站着，在她走之后还坐在了她之前坐过的位置上。

司念摸了摸额头，莫名觉得有点不对劲，但还是坐在了易琛对面。

"琛哥，你找我什么事？"她边吃边问。

易琛越过她瞥了一眼叶蜚声。

"看手机了吗？"易琛问。

司念："还没呢，怎么了？你给我发什么了？"说着，她掏出手机准备看。

易琛淡淡道："没有，看你的样子也知道你没看。"

司念歪了歪脑袋，不知道他葫芦里卖的什么药，等打开手机之后瞬间就明白了。

昨晚沈行和方青子的新闻已经上了热搜。司念和方青子是互相关注，也因此她看见了方青子转发那条微博辟谣。她非常坚定地告诉所有人她和沈行没有任何关系，奈何照片上他们太亲密，别说是吃瓜群众了，连司念都不太相信方青子心里对沈行一点感觉都没有。

"这……"司念迟疑地眨眼。

易琛放下筷子，压低声音道："为什么女人都这么麻烦？一个两个都这样，先是任烟雨又是方青子，没一个让人省心。"

司念赶紧说道："不是这样的。琛哥，你千万别对女人失去信心，不然冰淇会打死我的。"

易琛皱眉："和她有什么关系？"

司念看他："你是真不明白还是假不明白？"

易琛不解："明白什么？"

看来他是真不明白了。也对，易琛这条件，要是情商再高点的话，也不至于都三十好几了还是单身。叹了口气，司念继续道："没什么，有机会让她和你说吧。反正琛哥你只要记住，不是所有女人都这么麻烦，也不是所有感情都这么复杂的。"

易琛看着她沉默了一会儿，低头吃饭道："知道了。"

司念松了口气，继续吃饭。

叶蜚声一个人坐在那吃饭，没人敢靠近他。大家都看见了热门上的消息，虽说外面的人不知道，可内部人都是把方青子当成叶蜚声的女朋友来看的。如今女朋友给自己戴了绿帽子，他心里肯定已经气疯了，而且看他那一脸生人勿近的表情，还是离他远一点好。

其实要是在平时，叶蜚声恨不得别人远离自己。可如今，抬眼看着本该和自己一桌的司念跑去易琛那一桌，叶蜚声心里说不出多郁闷，连带着精致的早餐吃在嘴里都味同嚼蜡了。

最不怕死的就是郑宇，看见叶蜚声这副棺材脸，还敢贴上来，甚至还敢提起敏感事件。郑宇一脸安慰状地捧着咖啡杯坐在叶蜚声面前道："声哥，你心里难受的话千万别憋着，虽然你被'绿'了，被抛弃了，但你还是我们心目中最强的声哥！你有什么要发泄的可以冲我来，我挺得住，你千万别憋着！"

郑宇说的话让司念直接喷饭了，在差点就要喷到易琛脸上时她赶紧后退，一边咳嗽一边道歉道："对不起，琛哥！没喷到你吧？"

叶蜚声远远地看着司念的反应，勾起嘴角，对着坐在他对面的郑宇说："真的可以全冲着你发泄？"

郑宇视死如归道："可以！来吧！让暴风雨来得更猛烈些吧！为了声哥，哪怕是献出我的一切，我也是毫不犹豫的！"

叶蜚声冲着他笑了一下，直接一拳打向他的脸，郑宇二话不说地闪开了，捂着脸为难道："那个，声哥，能不能不打脸啊？"

笑声在他身后响起，本来还有些凝重和小心翼翼的气氛瞬间变得轻松许多，叶蜚声收回手看着哭丧着一张脸的郑宇，余光瞥见司念转过头在朝他笑，心情莫名好了很多。

下午的时候，大家得到一个好消息，俱乐部老板徐总答应了他们想要出去放松一下的要求，只等易琛安排了。

谢源最积极，跑到易琛面前摆出好几张卡片道："琛哥，这都是我做的攻略，分别是三天两夜版、四天三夜版和五天四夜版，您看咱们选哪一种比较好？我觉得我们就别去太远的地方了，'新马泰'就很不错了。"

易琛瞥了他一眼，接过他手里的攻略简单看了一下，点点头说："我觉得你有句话说得挺对。"

谢源兴奋道："什么话？是不是'新马泰'那句？"

易琛摇头说："不是。"

谢源："那是哪句啊？"

易琛望着他说："'别去太远'那句。"

谢源一头雾水。

易琛直接拿出笔记本，翻开笔记本老神在在道："这是我的攻略，你们可以看一看。没有人拒绝的话，就这么决定了。"

语毕，他把本子递给了谢源。

谢源低头一看，顿时面如死灰，递给下一个人。等大家都看完之后，易琛成功地看到了所有人脸上的绝望。

"都看过了吧？"易琛扫视众人，微笑道，"既然大家都没有意见，那就这么定了？"

郑宇欲言又止地看着他，易琛察觉后看过去，一个眼神把郑宇的话全逼了回去。

"没……没意见。"郑宇嘿嘿笑道。

谢源缩缩肩膀也说："没意见。"

纪野冷哼一声。

司念咳了一声，点头。

叶蜇声瞥了一眼司念，也点了头。

易琛淡淡道："既然定好了行程就都回去准备吧，这次要去几天，多带点行李。"

语毕，易琛起身拿着他的笔记本走了，留下一屋子人哭丧着脸。

"天哪！为什么要这样对待我们？别的俱乐部休息都是去夏威夷、洛杉矶、布拉格那种地方，为什么换作我们就是去农家乐啊？"郑宇在确认易琛真的走了之后大声哀号道。

是的，易琛所做的安排就是在 S 城附近的乡村搞个农家乐，他的笔记本上就写了三个字——农家乐。

虽然有这样那样的不满意，但 PU 战队一行八人还是踏上了农家乐的旅途，这八个人里除了战队成员和易琛之外，还有夏冰淇。

本来她是没有在这次行程里面的，但不知道她用了什么方法让易琛把她给加上了。

"我成功与否，可全在这次了。"夏冰淇和司念一起朝大巴走去，而夏冰淇看着不远处和人聊天的易琛摩拳擦掌。

司念看着易琛，犹豫道："我觉得难度有点高啊，上次我暗示琛哥，琛哥一点反应都没有。"

夏冰淇大声道："管不了那么多了！我忍不下去了！分分钟想把他拿下！"

司念脑补了一下那个画面，顿时浑身一哆嗦："上……上车吧。"

她捂着鼻子跳上了大巴，她们来得有点晚，车上没剩下几个位置了。这是一辆中巴车，有的座位上放了行李，有的座位上坐了人，如今除了陈星航和叶蜇声身边空着，再有就是易琛身边的位置了。

司念满怀渴望地看了一眼那个位置，但她身边的夏冰淇先一步坐了过去，她想要坐在易琛身边那个既不尴尬也不危险的座位上是没戏了。

惋惜地看了一眼被夏冰淇霸占的位置，司念认命地朝叶蜇声身边的座位走去。

相较于坐在前男友身边，还是坐在叶蜇声身边比较好。

"这儿没人吧？"司念拎着背包站在位子边问道。

叶蜇声被刘海遮住的眼睛慢慢睁开，看了她一会儿后别开头望向车窗外，意思很明显。

司念吐了口气，正想把行李放到行李架上，身边的青年突然站了起来。

"拿来。"叶蜇声朝她伸出手。

司念愣愣地把自己的背包递给他，叶蜇声长臂一伸，轻而易举地把背包放上了行李架。

她眨眨眼，凝视着看过来的叶蜇声，四目相对之间，似乎有什么东西在空气中微妙地跳动着。

司念红着脸收回视线，坐到位置上迅速戴上耳机，想以此来掩饰自己的紧张。然而耳机里传来的却是这么一句歌词：会不会就这样爱上你，找不到心跳的原因……

司念非常好奇易琛到底是怎么在 S 城附近找到这样一个环境幽美、山清水秀的小山村的，村子的名字她都没听说过，上网搜索后信息也是极少的。

和夏冰淇并肩朝民宿走着，司念一直拿着手机在拍照，来之前她觉得这次出门会很无聊，但看到风景之后又开始期待了。

"喂，你帮我个忙。"夏冰淇忽然在她耳边低声说。

司念看向她，夏冰淇对她轻声耳语道："帮我偷拍几张琛哥。"

司念顿时如临大敌："你想害死我吧？被琛哥抓到我会被弄死的！你知道琛哥最讨厌照相了！"

夏冰淇语气乞求道："哎呀！他肯定不会发现的，你这一路不是都在拍风景吗？谁知道你会偷拍他啊？你就帮我拍一张吧，我求你了！我现在手头除了他的官方活动照片之外一张私人照片都没有，看在我们俩这么好的分上你就帮我这个忙吧！"

为难了许久，司念还是答应了夏冰淇的请求。

举起手机，她状似无意地掉转方向，瞄准队伍前面的易琛。易琛这会儿正在和助教聊天，这次来的除了他们八个人之外还有战队里负责后勤的两个工作人员和一个助教，易琛正和助教聊得专注，应该不会发现这边的情况。

司念稍微放了心，正要按下快门键，手机屏幕忽然一黑，她怔住，抬眼望去，叶蜇声就站在她面前，把她身旁的夏冰淇气坏了。

"你干吗呀？叶大神！"她紧张道，"我们马上就要成功了你知道吗？你到底为什么突然出现啊？"

看着夏冰淇欲哭无泪的样子，司念无奈道："叶大神，你有什么事吗？"

他穿着一件黑色风衣长款外套，外套里面是一件灰色的薄针织衫，这样的搭配显得叶蜇声极其英俊。司念看着看着就往夏冰淇身边靠，耳根迅速发热，整个人仿佛都快烧起来了。

"喂，你没事吧？"夏冰淇担忧地看着司念。

司念忙摇头道。"没事，没事。"顿了顿，她为难地看着叶蜇声，"到底什么事啊？"她说话的声音都变得有点温柔起来。

叶蜇声挑了一下眉，拿出手机放在她们面前。

"你们是要这个吗？"他淡淡问道。

两个女生立刻看向他的手机屏幕，这不就是她们日思夜想想要弄到手的易琛的私人照片吗！还离镜头那么近，画质也如此清晰，最要命的是易琛的视线还是对着镜头的，完全就是夏冰淇想要的那种。

"哥！你是我亲哥！把这照片发到我的微信上，从此以后我就是你的亲妹子，你有什么要我做的事情尽管说，哪怕要我跳那条河我也在所不辞！"

夏冰淇激动地指着山坡下那条清澈的小溪说道。

叶蜇声慢慢收回手，非常平静地问："真的？"

夏冰淇猛点头。

叶蜇声似乎还觉得不够，指着司念道："那你呢？"

司念指着自己："我？关我什么事？"

夏冰淇眼见着叶蜇声要转身离开，赶紧朝司念投去恳求的眼神，眼泪停留在眼角，仿佛司念不答应就会马上流下来。司念看得一愣一愣的，最后只能无奈地拉了拉叶蜚声的衣袖，不情不愿道："随你处置，快点传给她吧，我要受不了了。"

很快，夏冰淇的手机"叮"的一声，她收到了那张照片。

"耶！"夏冰淇激动的欢呼声几乎传遍了整个队伍，甚至引起了队伍前方易琛的关注。

易琛推着眼镜朝这边看了一眼，很快收回视线，两个姑娘这才敢放松警惕。

司念叹了口气，扁着嘴看向走在她们前面的叶蜚声，她是一点也不清楚叶蜚声想做什么。跟她们聊完这个后，他便加快脚步回到了男生的队伍当中，郑宇和谢源在殷勤地给他递水。

虽然中间有一些小插曲，但一行人还是顺利地到达了民宿。

易琛站在民宿门口，回过头对所有人道："这家民宿被我们承包了，可以随便挑房间，去吧。"

有人意兴阑珊地边走边道："承包民宿而已。"

易琛看过去："你说什么？"

那人赶紧闭嘴："没，什么也没说！"语毕，那人拉着身边人赶紧跑进民宿。

司念悄悄地看过去，本以为易琛不会发现自己，谁知易琛敏锐地望向了她。司念赶紧扯出一个笑脸，和夏冰淇一起去挑选房间了。

易琛的目光落在两个女孩身上，也不知想到了什么，一直板着的脸浮现出一丝温和神色，看得助教一愣一愣的。

因为民宿被俱乐部承包了，所以所有房间都可以住，也就不存在几人一间房的情况。

但是夏冰淇还是想和司念一个房间，司念也正有此意，准备和她一起进屋收拾行李时就听见身后传来一个人悦耳低沉的声音。

"夏秘书不觉得两个人一间房很不方便吗？"

司念回头望去，叶蜚声站在那，双手都插在口袋里，至于他的行李，早已经被"狗腿"的郑宇拿到隔壁房间去了。

夏冰淇有点奇怪地问道："有什么不方便的？我和念念是好朋友，又都是女生，住在一起很方便啊。"

司念点头附和道："是啊，为什么不方便？"

叶蜇声瞥了一眼不远处的易琛，弯下腰在夏冰淇耳边低声说着什么，夏冰淇的脸迅速变红，很快改变选择，对司念说道："念念，你自己一个人住吧，我得去挑我的房间了！"

说完后她朝着易琛的方向跑去，司念被留在原地，显得十分无助。

"不是吧？"司念目瞪口呆道，"人家都说'女人的脸，六月的天'，我以前还是不信的，现在看来不得不信了。"

叶蜇声闻言轻哼一声，转身进了隔壁房间，全程没搭理司念。

他这态度弄得司念有点糊涂了。毕竟这一路上，叶蜇声做了不少让司念产生遐想的事情，但是他又不搭理人，司念是真的弄不懂叶蜇声了，难道真是自己自作多情？

看着隔壁已经关上的房门，司念的眼睛仿佛开了透视一样，似乎可以把里面的情形看得清清楚楚。

她浑身一凛，发觉自己在臆想什么之后，赶紧捂着脸进屋，强迫自己冷静下来。

是的，她真的需要冷静一下。先不说她和叶蜇声之间的年龄差距，就说她现在的状态，已经不适合做暗恋这种事了，年纪都这么大了，暗恋要是得不到回应怎么办？

对，冷静！一定要保持冷静！

一行人安顿好行李，稍做休息之后，天色也渐渐暗了下来。

易琛不愧是老江湖，虽然选择了非常寒酸的农家乐，民宿也不尽如人意，但他安排的娱乐节目很不错。

夜幕降临之后，在小村子的溪水边有一场篝火晚会，除了他们这群人之外还有村子里的一些年轻人，场面可以说是非常热闹了。

司念可以透过她的房间的窗户看到篝火晚会的场景，她本来还有点累不想去，但后来看到这么热闹的场面还是去了。

熊熊燃烧的篝火烘得人身上和心里都暖暖的。司念穿了一条黑色连衣裙，把头发扎成了马尾，左手拉着夏冰淇，右手拉着村子里的陌生女孩，一群人围成一个圈儿绕着篝火唱歌跳舞，气氛十分热闹，哪怕是《套马杆》这样的音乐，也能让人高兴地跟着附和。

"套马的汉子你威武雄壮，奔驰的骏马像疾风一样！"

夏冰淇玩"嗨"了，跟着音乐唱起来，嗓子都快喊哑了，司念注意到她的注意力全程放在易琛身上，哪怕易琛没往这边看过一眼。

其实，有时候她很羡慕夏冰淇可以这样毫无保留、满怀希望地喜欢一个人，这是她现在最缺失的东西。她太谨慎，也太患得患失了，担心得不到所以不敢尝试；哪怕尝试了最后成功了，她也会因为担心再次失去而惶惶不安。

说白了，就是不够乐观，不够自信。

一首歌跳完，村里的男女们开始改变队伍，音乐再次响起，司念后知后觉地跟着他们一起改变阵形，变着变着就发现怎么忽然变成一男一女一起跳舞了？

她愣愣地望着夏冰淇，对方直接蹿到了易琛身边，在易琛满脸的抗拒下挽住了他的胳膊，带着他一起跟着音乐转，看得司念既矛盾又羡慕。

视线偷偷瞄到叶蜚声那边，司念发现这小村子的女孩子们眼光是真的毒辣，很快就发现了队伍当中最帅的男人是叶蜚声。就算叶蜚声跳舞就跟跳广播体操一样，她们也非常想要成为他的舞伴，上去就抢盾拉他的胳膊，几个妹子还因为这个起了争执。

司念心里原本还有那么一点小苗头，一看到这样的场景，心里的那点苗头很快便熄灭了。她年纪大了，跟小姑娘们没法比，还是不要掺和了。

可是，偏偏有人想让她掺和。

"司念姐！"郑宇跑了过来，愤怒说道，"你快看那帮女的，真是太现实了！就因为声哥长得帅就抢着和他跳舞，搞得我们都没伴了，你看看我们这边都是什么颜值！"

司念顺着郑宇的手看过去，只见谢源和纪野面如死灰地盯着身边的女孩。

"这……"司念有点迟疑。

郑宇愤慨道："肥水怎么可以流入外人田？司念姐你倒是上啊！"

说完他便手一伸，把司念朝叶蜚声的方向推去，为了避免撞到人，司念只得高声喊道："快让开！喂！快让开啊！"

一众女孩被她突如其来的出现给吓了一跳，赶紧四散让开，然后……

司念就结结实实地摔到了叶蜚声怀里，把接住她的叶蜚声都吓了一跳。

仰起头，星光下的篝火旁，司念尴尬地看着叶蜚声，嘿嘿笑道："啊，那个，我来救你了。"

叶蜚声半抱着她，目不转睛地凝视她许久，嘴角缓缓勾起，然后慢慢将她抱在了怀里。

下巴枕着他的肩膀，司念整个人都处于离线状态，从她的角度完全看不到身后不远处，被夏冰淇挽着的易琛正目光沉沉地注视着这边。

激昂热烈的音乐环绕在耳边，但这一切好像被按下了静音按钮。司念靠在叶蜚声怀里，来自少年的怀抱坚实而温暖，她的手落在他肩上，竟然产生了一种眼前的这个人足以让她依靠的感觉。

司念微微低头，试图推开抱着自己的人。夏季，女孩子们衣着单薄，她可以清晰感觉到他身上的温度，这让她的思绪开始变得混乱。这些年来她拒绝了很多人的追求，是因为她觉得自己还没有准备好再次开始一段感情，本能地想要拒绝现在的一切，但是……下一秒，她被叶蜚声用力地按在了怀里。

一首歌结束，司念才从叶蜚声怀里退出来，她抬起头，看着夜幕下他黑白分明的眼睛，里面闪烁着萤火一样的光芒，那光芒一点点扩大，仿佛要把她这个人笼罩在那光芒之下。司念心中一顿，正要开口说什么，一阵哭声吸引了她的注意。

她迅速回头望去，看见了哭着跑过来的夏冰淇。

她立刻放开叶蜚声的手，迎上去紧张道："怎么了？怎么哭成这样？"

不单单是司念，周围其他人也被夏冰淇的哭声吸引了注意。

自家人倒还好，全都肃着脸在那围观，没说什么，可外人就不会这么"老实"了，他们一边观察着夏冰淇一边看着导致夏冰淇哭泣的源头，也就是易琛。

司念同样也看了过去，易琛穿着白衬衣站在不远处，眼睛看着这边，篝火照亮了他的侧脸，眼神意味不明。

司念抿抿唇，拉着夏冰淇就走，头也没回。

叶蜚声看着她离开的背影，几秒钟后易琛站到了他身边，低声道："跟我来，我有话跟你说。"

夜风拂过叶蜚声的面颊，吹动他黑色的碎发，他淡淡地收回视线，跟在易琛身后。

房间里，夏冰淇泣不成声，眼泪像断了线的珠子，不一会儿就快把一包纸巾都用完了。

司念担心道："到底怎么了？你别只是哭啊，你倒是和我说说，我好弄明白怎么回事，替你出出主意。"

尽管她百般劝慰，但夏冰淇仍然只是哭，一个字都不说，哭到后面都喘不上气了，就更谈不上解释了。

司念无奈，只好自己猜测道："是不是你表白被琛哥拒绝了？"

夏冰淇顿时哭得更厉害了，伤心的情绪把司念都感染了，让她忍不住想起自己曾经的那些艰难的日日夜夜。

沉默许久，司念伸手揽住夏冰淇，长长地叹了口气。

小溪边，易琛和叶蜇声面对面站着，许久易琛才开口说："刚刚跳舞的时候，我看到你和司念抱在一起，你们是在谈恋爱？"

叶蜇声望向他，很快说道："这个问题是以教练的身份问的，还是以朋友的身份问的？"

易琛一怔，许久没有说话，叶蜇声安静地注视了他一会儿，平静说道："目前来说，我和她的关系，和你跟我的关系一样。"

易琛闻言，莫名地松了一口气，松完之后自己都觉得奇怪，很快皱着眉转开了头。

看着他这副样子，叶蜇声双手抄兜拉长音调道："但不久之后会变成什么关系，我也没办法给你答案。"

易琛瞬间怔住。

叶蜇声："战队不允许队员之间谈恋爱吗？"

"……"这当然没有明确规定过，毕竟做这一行的现在绝大多数是男性，基本不会有这样的情况发生，当然也就不会有相关规定了，像PU战队这种情况的，少之又少。

易琛抬头注视着叶蜇声，许久许久，皱着眉声音沙哑道："不管怎么说，我个人还是不希望你们谈恋爱。"

叶蜇声没说话。

易琛继续道："我不希望几年前发生在陈星航和司念身上的事情重演，你明白我的意思吗？"

叶蜇声看了他好一会儿，才微勾嘴角道："我还以为是因为你喜欢她，所以不希望我和她在一起呢。"

易琛错愕地望着他，叶蜇声转身离开，最后只丢下一句话："我不是陈星航，不存在历史重演的可能。"

夜里，司念也不知道自己是怎么睡着的，半夜忽然觉得浑身酸痛，费力地睁开眼，就被眼前的一幕吓了一跳。

只见夏冰淇坐在她身边，红肿着眼睛盯着她，连呼吸都很轻微，也不知道这样看了多久。

司念被她吓得直接跳了起来，捂着心口朝后退，诧异道："你没事吧？"

夏冰淇眨了眨眼，慢慢靠到沙发上，吸了吸鼻子好像又要开始哭。

司念赶紧回到她身边，替她顺着气道："好了，好了，别哭了。你哭得不累吗？就算被琛哥拒绝那也是在情理之中的事啊，你也不看看琛哥这年纪，这么多年都没人能降服他，要是你一出马就被你搞定了的话那岂不是太简单了，真那样的话你不是也没有成就感吗？"

夏冰淇望向司念，憋了许久终于把眼泪憋了回去，司念见状十分欣慰："好了，我们早就预想过会被拒绝的不是吗，反正还有机会啊，只要他没有女朋友、没有结婚就有机会的！千万别气馁！"

这话听起来的确挺安慰人的，说得也很有道理，可夏冰淇一点都高兴不起来。

"可是他有喜欢的人了啊！"

夏冰淇哀号着说出这句话，把司念都震住了。

"什么？"她不可思议道，"琛哥有喜欢的人了？谁那么了不起啊？"

夏冰淇直接把怀里的枕头朝她扔过去："我要是知道就不至于这么绝望了！我连对手是谁都不知道，怎么打败她啊？"

司念接住枕头："你先别着急，琛哥平时都住在基地，基地有几个能和你比的啊？他说他有喜欢的人了，难不成还能是食堂大妈？"

夏冰淇愣了一下，没言语。

司念继续道："我猜，这根本就是为了让你死心而刻意找的理由。"

夏冰淇眨眼："不会吧？"

司念深以为然道："绝对是这样！你也不看看咱们身边有哪个女人能和你比？再说了，琛哥要是真喜欢谁，我们能感觉不出来吗？你看琛哥对哪个女人格外上心过？"

越说越觉得自己的猜测特别有道理，司念滔滔不绝地开始给夏冰淇分析，可夏冰淇看她的眼神越来越奇怪，连周身的气场都渐渐凛冽起来。

"喂，你有没有在听我说啊？干吗用那种眼神看着我？"

夏冰淇在黑暗中阴沉沉道："你不知道琛哥对哪个女人格外上心吗？"

司念一头雾水："我当然不知道了，我没见过啊，我要是见过肯定早告诉你了。"

夏冰淇吸了口气，指着她说："你！"

司念："你这是在逗我？"

夏冰淇直接压到司念身上，恶狠狠道："真是日防夜防，家贼难防。你还在这巴巴地给我上课呢，你不觉得你说的那个人就是自己吗？"

司念："冤枉啊！"

夏冰淇："说！你和琛哥到底有事没事？"

司念欲哭无泪道："我俩能有什么事？拜托你清醒一点，我怎么可能喜欢琛哥？"

她刚说完，门口响起很大的开门声，两个女孩瞬间倒在一边朝外看去，只见房门被人推开，易琛站在外面，手里拿着钥匙，黑暗中无法辨认出他是什么表情，只是他开口说话的声音听得人不寒而栗。

"知道现在几点了吗？回自己房间睡觉去。"

这样冷酷的声音让夏冰淇连哭都忘记了，赶紧连滚带爬地跑了，司念仍旧靠在沙发上保持着原来的姿势，尴尬无比地朝易琛露出一个笑容，绝望道："琛哥，我……"

"砰——"易琛以关门声回应了她。

司念仰起头，躺在沙发上，长长地叹了一口气，总感觉自己时日无多了呢。

隔壁房间，叶蜇声靠在墙上，隔音效果不好的民宿房间让他对方才发生在另一个房间里的一切了如指掌。

叶蜇声手里摆弄着即将过关的魔方，脑海中浮现出易琛难看的表情，修长的眉峰挑了挑。

几下的工夫就将手中的魔方搞定了，叶蜇声丢了魔方，靠在墙上抬起手敲了敲背后的墙面。

"嗒嗒嗒"的声音吸引了司念的注意力，想起隔壁住的是谁后她下意识贴到了墙边，耳边贴着墙面，屏息听着隔壁发出的声响，很安静。

她贴着墙壁听了许久，还是没有听到任何声响。

就在她放松警惕打算离开的时候，墙的另一边忽然传来一声巨响，"砰"的一声，吓得司念惊呼一声，随后而来的是青年恶作剧成功之后的得意扬扬："白痴。"

他的声音隔着墙传来，带着笑意，那么清晰，那么讨厌。

司念气不打一处来，刚才因为夏冰淇和易琛带来的困惑和紧张顿时荡然无存，她生气地对着墙面拳打脚踢，疼的却是自己。

轻抚过自己的手，心疼地给自己揉揉，司念愤怒地朝墙面比了个中指，恶狠狠道："幼稚！"

墙这边，叶萤声侧靠在墙上，听着她的动静，微低着头，闭着眼睛。细碎的刘海垂下来遮住了他的眉眼，能看到的，只有他不可抑制扬起的嘴角。

夏冰淇被易琛吓跑了之后，一整夜没有回来。

司念在民宿四周找了找，被前台告知没人下过楼，便以为她回自己房间睡觉了，心里想着让她自己静一静也好，所以放弃寻找，自己先睡了。

由于前半夜折腾得有点久，后半夜司念睡得很沉，再加上民宿的窗帘遮光性很好，早上九点的时候她仍然睡着，一点要醒来的意思都没有。

还是夏冰淇偷偷摸摸跑回来的时候才把她叫醒："喂，你醒醒。"

呼喊声让司念慢慢睁开眼，她满脸困意道："你来了啊？我还有点困，你别吵我。"

夏冰淇无语道："都九点了你还困？快点起来，我有话和你说！"

司念被她折腾起来，抱着枕头睡眼惺忪道："你说吧。"

夏冰淇盘腿坐在她对面，抿唇沉默着。

司念打了个哈欠，又伸了个懒腰，差点又因为这段沉默而睡着。

就在她快要睁不开眼睛的时候，夏冰淇突然开口："我昨晚去找琛哥了。"

司念顿时清醒："你们……"

夏冰淇注视着她的眼睛，许久许久，才低下头再次开口。

她的语调压得很低，似乎很怕别人听到一样，沙哑着声音说道："昨天晚上他来了之后，我不是被吓跑了吗？"

司念点头。

"之后我就回了自己的房间，我的房间在他边上，听到他推门出去的声音就跑出去看，然后就看到……"抬起眼，夏冰淇目光灼灼地看着她说，"我看到琛哥去楼下找老板要了一打啤酒。"

司念愣了愣，喃喃道："啤酒？"

夏冰淇颔首。

因为担心易琛，夏冰淇尾随他到了他的房间门口，这里住的都是自己人，所以易琛没刻意去锁房门，进屋之后就闷头喝酒，一瓶接一瓶，好像隐忍着什么感情无处宣泄，只能靠酒精麻痹自己一样。

夏冰淇似乎笑了笑，又似乎没有，过了很长一段时间才再次开口："昨天晚上，我听到他叫了另外一个人的名字，你猜是谁？"

司念满脸不解道："谁啊？"

夏冰淇一言不发地注视着她，再也没有说话。

司念一开始不明白她是什么意思，可随着沉默愈演愈烈，她也渐渐明白了夏冰淇的意思，明白过来后后背顿时冒出一股冷意，一点点侵入骨血。

出来散心度假的第二天，安排的日程是野炊。

野炊的目的地在半山腰，他们目前只是在山脚下，所以要想在中午之前到达半山腰，就得赶紧启程。

一行人背着双肩包朝半山腰走，山里的空气比城市里清新许多，周边山清水秀，这样看来上山野炊的安排还是非常有趣的。

可不管别人怎么兴奋，司念都开心不起来。

她现在一看到易琛就尴尬，所以哪怕易琛表情非常难看，她还是硬撑着往上凑，替他拿东西，和他一起走。

易琛有时会回头看向司念，但司念都是瞬间躲在身边人的背后，她身边的人身材高挑宽肩窄腰的，挡住她倒是不在话下。

"你再这样利用我，我可要收费了。"

叶蜇声凉凉的声音在头顶响起，司念皱着眉说："我也是没有办法。"

瞥了一眼不远处的易琛和夏冰淇，叶蜇声捏着矿泉水瓶喝了口水，朝走在前面正抽烟的纪野打了个响指道："别抽了，烟都顺着风吹到后面的人脸上了，很不文明。"

纪野回过头，看似不满，但还是老老实实掐了烟。

司念从刚才开始就有点咳嗽和不舒服，可她满心想着易琛和夏冰淇的事情，所以没在意是因为什么引起的。听完了叶蜇声和纪野说的话，她才恍然大悟，但还是有点心虚和害羞，于是像小兔子一样蹦着往前跑，很快跑到了纪野前面。

叶蜇声双手抄兜走在后面，懒洋洋地望着司念的背影，明媚的阳光下，他嘴角的弧度一点点扩大，最终化成了一个无比灿烂的笑容。

"不要走那么快，我手伤还没好。"

追责的话就在身后，本想无视，可听到这句话就想起某人那次翻墙后发生的事情，司念整个人都不太好了。她表情恶毒地转过头，仗着自己站在高处居高临下地看着叶蜚声，见其他人都越过他们朝前走了，才凑到他面前小声道："疼也是活该，谁让你那么手欠。"

"手欠？"叶蜚声抬起受伤的右手，在她眼前轻轻晃动，看着他受伤的位置，司念顿时泄了气。

将背在胸前的双肩包拉开，司念面如死灰道："吃吧！"

叶蜚声若有所思地看着她，又看了看眼前的背包，变魔术似的从身后拿出一样东西递到了她面前。

"给我的？"司念充满怀疑地看着他。

"不然呢？"叶蜚声抬了抬手，把东西靠得离她更近。

司念有点迟疑，他手里拿着的东西从包装看，应该是……

她伸手接过来，刚打开准备研究一下，就听见青年懒洋洋道："送你的，算是吃你东西的回礼。不过这东西挺贵的，我吃的东西很便宜，所以麻烦你收了礼物之后每天还我一点。"

难得看到叶大神有懂得送人礼物的时候，这让司念都不怎么在乎他那句"以后得有回礼"的话了。

等回过神时，司念拿着手里的东西晃了一下道："就送了一支口红而已，你还想让我每天给你一点回礼？到底是我小气还是你小气？"

叶蜚声逆光站着，司念看不清他什么表情，只听到他笃定道："很简单，你也会很乐意。"

他说话的语调听在司念耳中让她产生了一种自己好像被诱惑了的感觉。

"我会很乐意？"她不自觉地放低了声音，自己都觉得莫名。

叶蜚声伸出手，将她手上的口红拿过来，拆开包装将口红打开，动作熟稔到让司念以为他天天都在用口红。

"你要做什么？"司念目光沉沉地看着他，有点不确定地问。

叶蜚声没说话，只是将打开的口红一点点涂在她的嘴唇上。临近正午，太阳透过树木的叶子投射下斑驳的光影，光影落在他身上，司念看着他被光影照到的脸颊，任由他为自己涂上口红，目光定在他深邃的眼睛和高挺的鼻梁上，怎么都无法移开。

"你会很乐意的。"他为她涂好口红后将口红重新收好，接着抬起头凝视着她的眼睛，轻声耳语道，"我送你一支口红，也不需要你给我什么，你只要每天像这样还给我一点就好了。"

刚说完，他的唇就印在了她的唇上，司念整个人惊得下意识往后退，叶蜇声的手很快揽住了她的腰，他的手那么有力……

明明应该推开的，可潜意识让人无法不遵从，她拒绝不了，甚至都无法不回应他。

她是真的喜欢上他了，直到此刻，她已经无法再忽略这个事实了。她喜欢他，喜欢他的热血，喜欢他的执念，甚至喜欢他偶尔的幼稚和孩子气。她真的好喜欢他啊，比从前喜欢别人的时候更加喜欢，那种喜欢淹没了理智，让她觉得他也像自己喜欢他那样喜欢着她。两情相悦的感情像最甜蜜的糖，让这个午后洒下的阳光都带上了甜味，感染着每一个人。

夏冰淇跟在易琛身旁，一步步地往回走。司念和叶蜇声掉队，作为教练，易琛选择亲自回来叫他们，夏冰淇因着昨夜发生的一切，自然不会离开他分毫，易琛也无法拒绝她，所以两人一起往回走的时候就看见了这么香艳的一幕。

看到叶蜇声和司念在做什么的易琛脸上瞬间毫无血色，夏冰淇看到这样的易琛不由得略带嘲讽地笑了，也不知是对自己还是对他。

原以为接下来四人会很尴尬，哪料到身后不远处突然响起了郑宇急切的声音，他远远地跑过来紧张道："教练，不好了！航哥摔下山了！"

郑宇的声音引起了所有人的注意，当然也包括司念和叶蜇声。

像是幡然醒悟过来一样，司念倏地退开了身子，转头望向郑宇的方向。当她看到站在不远处的易琛、夏冰淇，还有郑宇的时候，心情复杂到了极点。

易琛目光沉沉地看了司念好一会儿，才转身朝郑宇的方向快步走去，司念正打算扭头招呼叶蜇声一起走，结果叶蜇声已经抢先一步往前走了。

这小子！人前人后两个样，到底什么时候是真的，什么时候是假的？司念愤恨地咬咬唇，盯着叶蜇声的背影不满地想着，唇齿间还残留着属于他的味道，让人又是开心又是烦恼，矛盾极了。

其实，司念这样想也可以理解，毕竟前一秒还和你温存的人下一秒就扭头走了，换作是谁心里都不痛快。但其实，她没想过的是，叶蜇声只是因为被那么多人看到他俩接吻，有些害羞而已。

实在是很难将害羞和叶蜇声联系在一起，所以叶蜇声在司念心里留下了一个没良心的形象。

当几人各怀心事地赶到陈星航出事的地点时，陈星航已经被其他人救了上来，他躺在几个人用外套铺着的地面上，浑身都是伤，衣服破了好几处，应该是从山上摔下去的过程中被树枝刮到了。

"怎么会这样？"

易琛赶到陈星航身边，蹲下去查看他的伤势，陈星航听到他的声音后看了过来，勉强地吸了口气道："教练。"

易琛蹙眉道："没力气就先别说话了，你身上看起来伤口很多，有哪里特别不舒服的吗？"

陈星航闭上眼皱了皱眉，抬起了右胳膊，易琛心头一跳，轻轻拉开他的衣袖，看到里面被树枝划了一道非常深的口子。

司念是最后赶到的，她原本觉得现在爬得不算高，摔下山的话大概不会有什么大事。

可当她看到陈星航胳膊上的伤口时，就知道自己想得太简单了。

她怔怔地走过去，站在一边静静地看着，然后听见陈星航开口说："教练，明天就要开始训练了，我的伤恐怕短时间内都好不了，怎么办？"

此话一出，一片哗然。大家都在议论比赛该怎么办，只有叶蜇声看向了司念，司念注意到后立刻回望过去，他眼底的探究她一目了然，可她又怎么知道陈星航为什么会突然摔下山，还把手摔成那样呢？难不成他还是受了叶蜇声的启发，想带伤比赛通过卖惨赢得大家的原谅？

虽然三年没有接触过陈星航了，但司念还是不愿意相信陈星航会这样对待他最看重的比赛。

郊游不欢而散，本来是想让队友散散心之后好好发挥，却直接折损了战队 ADC，农家乐也没必要继续下去了，一行人浩浩荡荡地返回基地。虽然他们到达基地的时候已经凌晨两点了，但易琛还是被徐总一个电话叫走了。

"琛哥不会有什么事吧？"夏冰淇担心道。

司念坐在那正发呆，没听见她说什么，夏冰淇戳了她一下道："你怎么回事啊？从回来到现在都魂不守舍的。"顿了顿，她瞄了一眼不远处的叶蜇声，压低声音道，"喂，我说，你和叶蜇声是不是在一起了？"她意有所指道，"我看见你们接吻了，别想否认。"

司念回神，耳根有些发红，沉默很久才说："我们没有在一起。"

"没有在一起？"夏冰淇充满怀疑道，"我不信，你们都那样了怎么可能还没在一起？而且我看叶蜇声对谁都冷冷淡淡的，就对你亲近，你们俩肯定有什么！"

司念没有否认，只是叹了口气说："可是我们的确没有确定关系啊，现在还只是朋友关系，和你跟我的关系一样。"

夏冰淇满脸质疑，司念坦坦荡荡，夏冰淇只好无奈道："那你喜欢他吗？"

司念没有迟疑，平平静静地说："喜欢啊。"

夏冰淇没料到她会这么坦白，一时反应不过来，半晌才道："哇，你都不矜持一下的吗？你可是女孩子啊，问你你就说了？"

司念尴尬地避开叶蜇声望过来的眼神，躲在夏冰淇身侧低声道："可我说的是事实啊，我就是喜欢他啊。"

夏冰淇转过头，打算瞄一眼叶蜇声，谁知正对上叶蜇声的目光，立刻站起来说道："我累了，我困了，我回去睡觉了。"说完这句话后她立马跑了。

司念抬头望向叶蜇声，所有人都回房间休息了，只有他们俩还在这儿待着，叶蜇声也不磨蹭，直接走过来拉起她的手就走。

司念没有拒绝，于是她就这么被叶蜇声拉到了他的房间里。他开了灯，房间里很干净，阳台边的桌子上还放着新鲜绽放的花。

司念扫视完屋子，就把视线转到了叶蜇声身上，沉默了一会儿说："我觉得陈星航摔下山的事情有点蹊跷。"

叶蜇声脱了外套，只穿着里面的衬衣坐在床上，一边解领口的纽扣一边说："你表现得这么明显，白痴都看得出来你觉得他有问题。"

司念憋了一口气在嗓子眼，半晌才道："你别脱了。"

叶蜇声低头看看自己的衬衣纽扣，淡淡地放开手道："我也没打算脱。"

司念坐到他对面的椅子上道："我是真觉得他有问题，他又不是小孩子了，怎么会突然摔下山呢？关键是那座山又不陡，他摔下去的地方还偏偏是树木最多、最容易受伤又不会致死的。"

司念的分析很有道理，听了的人都会这么觉得，可有道理又怎么样呢？

"就算他真的有问题，你要怎么做？"叶蜇声的问题让司念停止了胡思乱想。

是啊，就算他真的有问题，哪怕她想防备，也不知道该防备什么。她现在要做的，就是管好自己。

"我去睡觉了。"司念想明白后起身准备离开，叶蜇声坐在床边看她拉开房门，最后还是没控制住，起身拉住她的手腕。

司念站在门口怔了怔，迟疑地转过头望向他，看到昏黄灯光下他英俊的侧脸上挂着为难的表情，半晌才道："生气了？"

他声音柔和，但怎么听都带着一股别扭，似乎是第一次这样对别人说话。

司念惊讶地望着他，依旧没有说话，叶蜇声慢慢走到她身边，站在她身后伸手将门关上了，随后从后面抱住了司念。

"我们在一起吧。"他在她耳边，说了这么一句话。

司念整个人都僵住了，满脸的不可思议，但因为他背对着她，所以叶蜇声看不见她此刻的表情。

她听见他再次开口说："那样你就不用怕了，你是我的女朋友，不管发生什么事，我都会挡在你前面，替你承担一切。"

这样的话，是曾经的司念梦寐以求的。

遭遇了陈星航的背叛，遭遇了母亲的离世、被任烟雨设计、被所有人误会和全网黑，饶是她表现得再坚强，心底里仍然希望有一个人可以站在自己身边，在她最无助的时候对她说这句话。

眼底热热的，似乎有泪掉了下来，落在叶蜇声的手上，他沉默了一会儿，学习着用温柔的声音安抚她说："别哭了。"

司念缓缓抬起手，抹掉脸上的眼泪，平复了心情之后，推开叶蜇声的手，转过身来面对他："你说，你会挡在我前面，替我承担一切，对吗？"

她看着他，她本就美丽，这一刻眼睛仿佛在发光，那双充斥着热切与情爱的眼睛将叶蜇声的心稳稳地按住。

"对。"他沙哑地开口，肯定着自己说的话，但他看到司念笑了，似乎她并不需要这些。

"不用。"果然，她开口拒绝了这些，叶蜇声紧蹙眉头，想要再开口说什么，司念却抬手捂住了他的嘴唇。

"你不用说，我来说。"她目不转睛地看着叶蛰声，一字一顿道，"我不需要男人挡在我面前替我承担一切，但是……"手指落在他的心口，她放柔声音说，"你可以站在我身边，我们一起承担所有。"

她的指尖仿佛有一道电流，那电流顺着他的胸膛直指他的心脏，叶蛰声喉结缓缓滑动，未发一言，只是再次伸手将她揽入怀中。

那时候他们想得很美好，他们都觉得彼此不会重蹈覆辙。

可他们没想到的是，变故会来得那么快。

第七章
新助教来袭

因为带队不当，导致战队 ADC 受伤无法参加比赛，战队领队和战队主教练易琛受到了处罚。不仅如此，战队老板徐总仿佛已经不再信任他们，亲自指派了一个助教来协助易琛。

与其说是协助，还不如说是监视，这个助教代表的是俱乐部老板，怕是连易琛都要给他三分面子。

"听说一会儿那个助教就要来了。"郑宇小声说道，"哎，你们说这叫什么事儿，航哥摔下山谁也不愿意啊，怎么就怪罪到教练身上了？"

谢源翻了个白眼道。"你还看不出来吗？这是有人早就对教练不满了，或者徐总早就想塞人进来盯着了，这次航哥摔伤只是个契机。"顿了顿，谢源叹气道，"不过说来也是，琛哥当时要是没去找声哥他们，航哥说不定就不会摔下去了。"

几人不咸不淡地说着话，内容无非就是这些，但事已至此，追究责任也没有必要了，要集中精神考虑的是如何接待这位新助教，对方可是老板亲自指派的，意义非凡啊。

"来了！来了！"

夏冰淇从外面跑进来，喘着气道："那个助教来了！"

郑宇赶紧道："你看见他长什么样了吗？是咱们认识的吗？"

夏冰淇摇头道："没有，我是听前台说的，我怕他发现我在那蹲守，先回来了。"

郑宇失望地坐回靠椅上，全神贯注地盯着大门，等着看传说中这位老板的"眼睛"

到底是谁。

其他人也都和他差不多，或紧张或好奇地看着门口，司念和叶蜇声也不可避免地望了过去。

然后，就在他们这样的"迎接"下，易琛先从门口走了进来，紧随其后的就是新来的助教。

司念望着易琛身后，在看清楚那人是谁之后，手上的奶茶掉在了地上。

这个人他们都认识，是方青子。

方青子的出现让现场炸开了锅，其中最激动的要数最年轻的郑宇。

"我是不是眼睛出问题了？我看见了谁？小姐姐，你可千万别告诉我，你就是徐总找来的助教！"郑宇走上去盯着方青子说话，不管是周身的气场还是眼神都充满敌意，其实这也不怪他，大家都这样想。

毕竟之前她整天出入 PU 战队，以"我是叶蜇声女友"自居，最后却被人发布了跟沈行搂搂抱抱的照片，直接扣了一顶绿帽子在叶蜇声头上。就算外人不知道她和叶蜇声的关系，但他们内部人都知道啊，叶蜇声不要面子的吗？更不要说，事到如今，她和沈行依旧绯闻不断，就前几天还有人看见他俩一起吃饭呢！

"你的眼睛没问题，我的确就是徐总新请来的助教。"方青子开口说话，微抬着下巴，双拳紧握，似乎有点紧张，但还是落落大方。

司念的目光慢慢从她身上收回来，她下意识地抗拒在方青子面前和叶蜇声靠得太近，本能地朝一边挪了挪，可她刚挪了一点，叶蜇声就挪了一大步，直接和她挨在一起，甚至握住了她的手。

她抬眼看他，他却望着前方，虽然没有和她对视，却给了她信心。

犹豫再三，司念没有挣开被他握着的手，而是反握住了他。

不远处，方青子将这一切尽收眼底，努力保持微笑，面对所有人的质疑平静地说道："我对大家不陌生，大家也应该都认识我，今天我正式成为 PU 电子竞技俱乐部《英雄联盟》分部的一员，和大家成为同事，希望大家可以支持我的工作。"

语毕，她朝离她最近的郑宇伸手示好，可郑宇不屑地翻着白眼转过身，一点面子都不给她。

方青子僵硬地收回手，觉得有点无助，她看向叶蜇声，可是叶蜇声也只是靠在那里，握着司念的手无声地看着这一切，一点要出手相助的意思都没有。

方青子吸了口气，面色渐渐冷了下来，逼着自己转移视线，对易琛道："自我介绍做完了，教练给我分配工作吧。"

易琛瞥了瞥她，不说话，倒是谢源抱着双臂闲闲道："我说妹子，你先别说分配工作的事儿，我能问你几个问题吗？"

方青子镇定地望过去说："你问吧。"

谢源一笑，吊儿郎当道："我就想问问你，你会玩《英雄联盟》吗？"

他这话一说出来，惹来哄堂大笑，无数道嘲讽、轻视的视线落在方青子身上。她被这样对待，心中不可能不生气，委屈的眼泪几乎要掉下来，可她强忍着不允许自己哭，不允许自己看上去弱势，因为她知道，即便她哭了，叶蛰声也不会站出来替她说话，她何必自取其辱。

"我当然会。"既然别人对她不友善，她也不假装亲和了，仰着脖子冷淡地盯着谢源道，"我相信这个问题不仅仅是你想问，其他同事也想问，你们觉得我这样一个娇滴滴的女孩子来做助教简直侮辱了你们的技术，对吗？"

谢源没说话，但有时候沉默就是一种回答。

方青子勾起嘴角冷笑道："请各位不要那么自大，如果你们不信任我的技术，可以直接组个局试一试。我的确是国服电一的王者。"

谢源充满意外地看着她，倒是没想到她敢这么强势地表态。事实上，他们只知道方青子是个女解说，对游戏的理解还不错，但真正段位能打到多少，他们并不清楚。

"信口开河的话谁都会说，你这样说我们就要信吗？"郑宇不服气道，"组局就组局，源哥你开几台电脑，我们组个局试试她！"

谢源不置可否，转身去开电脑，纪野站在一边懒散地瞥了一眼叶蛰声，后者对方青子的态度全程和其他人无异，纪野挑挑眉，回自己的位置上去了。

"司念姐，你也来！"

郑宇坐下了就喊司念，他对司念的态度可比对方青子好多了，这让本来就十分委屈的方青子越发愤怒。她隐忍着巨大的悲愤盯着司念，司念摩挲了一下胳膊，低声道："我就不参与了，你们打吧。"

郑宇失望地"哦"了一声，司念叹了口气，转眼去看身边。叶蛰声正看着她，她思索了一下道："你呢？"

她的话引来方青子的注意，后者望向叶蛰声，目不转睛地等待他的回答，可他根本没有回答，在司念问完之后，就直接拉着司念走了。

今天，从方青子露面到现在为止，他只说了一句话，还是在临走的时候，路过易琛身边时说的："开训了的话在微信喊我。"

说完他就拉着司念走了。

叶蜇声带司念离开了基地。

他没车，就带司念坐地铁。两人一个站着一个坐着，司念靠在椅背上仰头盯着叶蜇声，他手拉着拉环，眼睛看着她，白皙的脸上有些不耐烦，眉头蹙着，似乎有心事。

犹豫再三，司念还是把心里话说出了口："虽然你说要和我在一起，但你现在想反悔的话我也不会说什么的，我……"

"闭嘴。"她的话还没说完，就被叶蜇声给打断了，站着的青年就差冲着她翻个白眼来表达他的不悦了。

司念抿抿唇，也有些生气地低下头，她觉得叶蜇声是因为方青子情绪才这么不好，搞不好是后悔提出和她在一起了，拉着她出来也只是借此逃离尴尬现场而已。

越想越觉得事实就是如此，司念气得心尖都冒酸水了，本来还坐着，后来直接绕开叶蜇声，到车厢的最后一节站着了。

叶蜇声望着有座不坐非要站着的司念，有一瞬间脸上出现了茫然的神色，但很快就被焦灼代替。他紧了紧握着拉环的手，在即将到站的时候终于还是忍不住叹了口气，抬脚走向司念。

司念余光瞥见叶蜇声朝这边来了，直接转身拒绝和他对视、和他交流，这让叶蜇声什么都做不了。

"你……"

叶蜇声开口说话，低沉的声音里带着些郁闷，司念毫不留情地打断他："闭嘴。"

"……"

拿他说过的话来堵他，司念真的算是他的克星了。他从来没见过这样的女人，可能是他经历的女人真的太少了吧，唯一一个方青子，还对他百依百顺、唯命是从。

"各位旅客，S城动物园到了，请在屏蔽门完全打开后……"

就在两人僵持的时候，地铁到站了。叶蜇声看了一眼屏蔽门，二话不说直接拉住司念的手，司念被动地跟着他下了地铁，脸色莫名，忍不住道："我不去动物园。"

叶蜇声头也不回道："没打算带你去动物园。"

司念："那你带我来这儿干什么？"

十五分钟后，司念坐在一家网吧的沙发上。

叶蜇声就在她身边，两人一人开了一台电脑，与其说他们是来上网的，还不如说是来发呆的。

余光观察了一下叶蜇声，比起司念的烦躁，叶蜇声好像很淡定，很自在地窝在沙发里，手上握着鼠标，一遍一遍地刷新着电脑桌面，仿佛永远不会厌烦一样。

他越是这样淡定，司念反而越是生气，他还不如像在地铁上那样有点情绪波动呢。

司念有点忍受不了这种气氛，起身想走，叶蜇声明明一直盯着电脑屏幕，却十分及时地伸手拉住了她的胳膊，眼睛甚至都没有挪动，面无表情地说："去哪？"

司念盯着他："不关你的事。"

叶蜇声淡定的气息终于渐渐散去，他皱眉看过来，眼睛里萦绕着一丝怒气："你说什么？"

司念使劲挣开他的手，一字一顿道："不关你的事。"

也许一开始叶蜇声只是不高兴，但她再次复述完这句话之后，他是真的被激怒了。

他们订的是包厢，可以做一些相对来说比较私密的事，比如说……

叶蜇声将司念压在沙发上，居高临下地看着她说："你再说一次。"

司念这次是真的感受到了大魔王的怒火，但她脾气也上来了，便不服输地瞪着眼睛道："不关你的事！"

叶蜇声眯起眼，四目相对许久，他竟然渐渐平复了，甚至松开了她。

司念靠在沙发上，揉着被他捏疼的手腕，心里有些委屈，眼圈发红，但她一点都不想哭，再次起身要走，这次叶蜇声没有再挽留，但他开口对她说："是我让你闭嘴惹你不高兴了吗？"

仅仅是这样一句简单的话，就让司念想走的心瞬间歇下来了。她闭上眼睛，恨自己没用，不由得抬手狠狠捶了一下墙面，把隔壁正在上网的人吓了一跳。

"如果是因为这个，我向你道歉。"

见司念愿意听自己解释，叶蜇声压低声音说道："我没有冒犯你的意思，只是心里很烦。虽然我把你带出来了，但其实连我自己都不知道该带你去哪。"他黑白分明的眼睛看着她的背影，微微抿唇道，"我只是不想你留在基地，我知道你肯定不喜欢那样。"

司念意外地转头看向他，她回头了，叶蜇声却反而不敢看她了。

他收回视线，低着头盯着自己握住鼠标的手，慢慢说道："事实上，我甚至不知道该怎么跟你解释。对于助教这件事，我的处境就和你在陈星航突然摔伤时的处境差不多。"他闭了闭眼，抬手按着额角道，"说这么多都是废话，坦白讲，我只是担心你因为青子的事动摇。我们才刚刚在一起，我不希望你因为一些往事而后退。"

司念非常意外他今天的不正常竟然是因为这个。

她忽然意识到自己一直以来都是在吃飞醋，她在担心的时候，叶蜇声何尝不也是在担心呢？只是他的担心和她所以为的那种担心完全不一样罢了。

"你没必要这样。"司念回到位置上，声音低柔地说，"你有什么好担心的？我担心还差不多，那是你前女友，又不是我前女友。"她有点无奈地抓了抓叶蜇声的头，叶蜇声睁开眼睛盯着她，显然很不满她刚刚的行为。但她就跟没看见一样，继续在他头上作乱。

"不要乱动。"叶蜇声抓住她的手，威胁道，"再乱动就收拾你。"

司念扬唇一笑，似乎一点都不怕被"收拾"，她悦耳的笑声扫清了他心里所有的烦恼，从早上到此刻，叶蜇声脸上终于露出一点点笑容。

见他笑了，司念稍稍靠近他，在他耳边放轻声音说："不让我乱动也可以，等回了基地，你最好也老实点，要不然，我也会收拾你。"

她说话时的呼气声洒在叶蜇声耳边，他耳根痒得不行，不自觉地闪躲了一下，司念盯着他渐渐变红的耳根，脸上的笑容更灿烂了。

@××游戏：最新消息，LPL 官方女解说方青子辞职，正式宣布加入 PU 电子竞技俱乐部，任《英雄联盟》分部助教。PU 战队继招收 @《英雄联盟》司念——LPL 女性战队选手后，再次招收了女性助教，圈内大咖纷纷点赞。你觉得方青子能够胜任这份工作吗？

最新消息在微博上总是能刷出来，方青子加入 PU 战队的事情一经曝光，圈内都炸了。其实玩家们对女选手的态度还算公正，但前提是你得有实力。拿司念来说，虽然被质疑过、被骂过，但在比赛上她也表现出了自己的实力，所以到目前为止，她是被大众所接受的。

然而，方青子作为一个曾经的女解说，并没有参加比赛的经历，对游戏的理解也仅限于"合格的解说"的程度，所以当大家得知她要做助教，还是做国内最强战队PU战队助教的消息时，百分之八十的人对此表示了质疑和不屑。

方青子握着手机，看到新闻下面的评论，强迫自己不要在意，告诉自己她可以用实力证明自己，就像司念一样，但其实连她自己都知道，她和司念根本就不一样。

就连聘用她的徐总，让她做助教也不是真的相信她有那个能力，而是另有目的。

反正易琛有能力，她一个助教也翻不出什么水花，所以其实这个助教的位置，换作任何人来当都是可以的，只是徐总选择了她而已。

在陈星航事件之后，他需要这样一个人成为他的眼睛。近些日子来战队发生了太多乱七八糟的事，他不可能再像过去一样不闻不问，所以他最终把这个名额给了方青子。

司念和叶蜇声是在基地的人见证完了方青子的实力之后才回来的，还是郑宇报的信，他拿着手机躲在角落偷偷摸摸地给叶蜇声打电话，看得旁边的纪野直翻白眼。

纪野敲打着键盘，打开了微博话题，话题的中心不是战队，而是叶蜇声。

他登录的不是他自己的账号，而是一个名为"Kill叶蜇声全球后援会"的账号。

瞥了一眼四周，确定除了郑宇那个脑子缺弦的人之外没其他人之后，纪野点了根烟，倒了杯水，开始清理黑粉在话题页面发的消息，以及QW战队和沈行的那帮脑残粉来闹事的帖子，清理完之后还将一些叶蜇声的行程和精彩操作全部置顶，暗暗地欣赏着，相当专业。

叶蜇声到训练室的时候，纪野刚刚忙完这些，他的座位背对门口，叶蜇声进来的时候脚步声很轻，他没在第一时间发现，要不是郑宇这小子激动地喊了一声"声哥"，他都怕来不及关闭网页。

心有余悸地瞥了一眼身后，叶蜇声从他后面过去敲了一下他的椅子，纪野回过头，板着脸道："回来了。"

叶蜇声微微颔首。

他们打招呼的方式让郑宇非常羡慕："哇，纪野，你跟声哥的互动好酷啊，我们也来一个！"他学着叶蜇声的样子从纪野身后路过，敲了一下纪野的椅子，纪野冷冰冰地盯着他，几秒钟之后，郑宇甘拜下风。

"我错了，我错了还不行吗？"郑宇无奈道，"什么啊，声哥行我就不行，我们俩年龄还差不多呢，你真不够意思！"

纪野强调："我比你大一个月。"

郑宇翻白眼："就一个月而已！我妈要是早产，我们就一样大了！"

纪野无语。

搞定纪野，郑宇笑呵呵地看着叶蜇声："声哥，你和司念姐走了就对了，你都不知道后来发生的事情。"

叶蜇声随便拉了把椅子坐下，淡淡说道："发生了什么事？"

郑宇道："你都不知道谢源被方青子虐成什么样，那女人还真有两把刷子！他们俩Solo，五局三胜，她把谢源给压了！谢源正在房间里抱着枕头哭呢！"

叶蜇声只是听着，没有说话，郑宇仿佛怕他不信一样，反复说着方青子的技术如何如何好，还强调谢源本来很不服她，可Solo的时候差点没被她打到心态爆炸。他这些话说得声情并茂，就差来个情景再现了，但其实没有必要。

没有人比叶蜇声更了解方青子的技术，因为他们曾经在无数个日夜里研究游戏，一起对战。别说是谢源了，方青子打败叶蜇声的记录也不是没有。

她是有天赋的，这一点不可否认。他们之所以会认识，也是因为游戏。那时候方青子的技术并不好，是和叶蜇声在一起之后才变得越来越好的。方青子还曾经开玩笑说他是她的师父，没有他就没有她现在的水平，她说也许他们可以像曾经的司念和陈星航一样，加入同一支战队，回到国内，帮LPL再次拿到一个世界冠军。

那时候他是怎么回答的？

他不屑一顾。

或许是从小在韩国长大，又或许是本身对这种竞技比赛没什么兴趣，叶蜇声虽然偶尔会看比赛，却并不沉迷于此，和方青子完全不同。

他们也是在这件事上产生了分歧，然后一步步走向分手的。

在分手这件事上，叶蜇声完全处于被动，曾经在这段感情中永远处于弱势的方青子自己选择好了一切，写了分手信之后便坐飞机回国，从此杳无音信。

整整一年时间，叶蜇声都沉浸在这件事中无法走出来，还是在偶然的机会下，他收到了易琛的邀请，才在权衡之下，想要试着以这样的方式挽回已经离开的人。

哪料到，对方却让他失望了。

其实，就算没有司念，他和方青子也不会再在一起了。倒不是真的毫无感情了，而是因为这份感情已经变质了。

哪怕方青子自己再怎么不愿意承认她和沈行的关系，但叶蜇声自己有眼睛，他作为旁观者可以很清楚地看到，她和沈行之间并不是沈行一厢情愿。如果没有她一步步地妥协和模棱两可的态度，沈行怎么可能一直给人当"备胎"？

不管是从外貌还是性格上来看，沈行都不是一个甘愿给人当"备胎"的人。

从那次在奶茶店遇见沈行，叶蜇声就知道他和方青子没有可能了。

叶蜇声的眼睛里容不得沙子，掺杂了瑕疵的感情他不需要，以前是，现在是，以后也是。

而且，游戏现在于他的意义已经不再是为了挽回谁而战斗那么简单了。

为了荣耀也好，为了信仰也罢，他时刻准备全力以赴。

司念是和叶蜇声一起回来的，但叶蜇声去了训练室，她直接回了宿舍。

开宿舍门的时候，她就觉得有点不对劲，因为门没锁，所以等她进去，看见坐在椅子上的方青子的时候，一点也不意外。

"你回来了。"方青子坐在那里，脸上挂着笑容，和善又美好，一如她们初见。

司念顿了一会儿，走进房间关上门，开了灯。

"啪嗒"一声，屋里的灯打开，由于长时间处于黑暗当中，眼睛不能适应光明，方青子闭了闭眼。须臾，她再次睁开眼，看向司念的眼睛里面布满红血丝，好像很久没睡好觉了。

司念注视她一会儿，叹了口气，转身给她倒了一杯热水。

"谢谢。"方青子接过热水，双手紧紧握着杯子道了谢。

司念摇摇头表示不用客气，起身坐到她对面的椅子上，沉默许久，终于开口说道："你来找我的目的，其实我能够猜到一点。"

方青子眨眨眼，失笑道："你能猜到？连我自己都不明白自己为什么在这里。"她自嘲道，"你都不知道我跟保洁阿姨要你房间钥匙的时候人家是什么表情，好像我是小偷似的。其实我完全可以等你回来再来找你的，可我也不知道自己怎么了，在自己的房间待不下去，就一直想着要见你，所以我就来了。"她抬起头，问司念，"你不会怪我吧？"

司念怎么可能怪她？她只是摇头，没说话。

见司念如此沉默，方青子知道如果自己也沉默的话，事情就谈不下去了，所以逼着自己平复心情，再次开了口。

　　"我来PU，是为了蜇声，这件事我觉得所有人应该都看得出来。"她放下水杯，摩挲着手指，轻声细语道，"司念姐，我能不能问问你，你和蜇声现在是什么关系？"她语调有点紧张，"你们在一起了，是吗？"

　　司念注视着她，依旧没说话，但她的眼神足以说明一切。

　　虽然心里早就有了预料，可真的被告知之后，方青子还是有点接受不了，捧着脸哭了起来。

　　呜咽声不断响起，司念听得心烦意乱，拿了纸巾放在她手边，开口道："你别哭了，哭如果可以解决问题的话，我当初也不会被人抛弃。"

　　方青子闻言，哭声戛然而止，茫然地抬起头看着她，司念再次说道："我这样说可能有点虚伪，可我觉得事情发展到今天这个样子，并不全是因为我。"

　　方青子紧了紧握着纸巾的手，司念毫不留情道："是因为你。那天在奶茶店，我是真心实意给你们制造机会，我也以为你们肯定会复合，是你亲手毁了你们的关系。"

　　方青子哭着说："不是的，我没有，是沈行！我怎么知道沈行会出现？我怎么会容许他来破坏我和蜇声？"

　　司念冷静地说："就是你，青子。你为什么不想想，如果不是你从来没有明确地拒绝过沈行，他怎么会做出这样冲动的行为？"

　　方青子怔住，一时没说话。

　　司念接着道："直到那件事之后，你依然没和沈行完全说清楚，你一边对他哭诉你对叶蜇声的感情，一边又不拒绝他的安慰和陪伴。我坦白跟你说，他们在夏季赛决赛的时候打起来完全是因为你，幸运的是那件事被压下来了，你知道如果媒体知道这件事，这两个人会因此背负什么吗？"

　　司念一想起那件事，至今都很生气。

　　方青子迟疑："我……"

　　司念一字一顿道："你会毁了他们的职业生涯。"

　　方青子被司念的话激得直接站了起来，有些激动道："不是的！你胡说！我根本没有！我会拒绝沈行的！但他一直对我那么好，我怎么能伤害他？我会和他说清楚，可是我需要时间！"

司念淡淡地笑了，轻声道："你需要时间，所以就用这件事伤害叶蜇声？"

方青子诧异地看着她，似乎好相处的司念不会用这样凌厉的语气和自己说话。

司念站起来，安静地看了她一会儿才说："青子，你到现在还是不懂为什么叶蜇声会放弃你。其实今天就算没有我，他也会选择别人，因为你已经不是他曾经喜欢的那个方青子了。"

被戳到痛处，方青子崩溃大哭，上前抓着司念的衣服不断地说着"不是这样的"，可事实是怎样的，她自己最清楚。

司念终究不忍心，叹了口气，将她揽入怀中，低声说道："你之前问的那个问题，我可以直白地回答你，我现在的确和叶蜇声在一起，但也是刚刚在一起，连我自己都不知道这段关系可以维持多久。如果你真的还喜欢他，还想挽回他，我可以和你公平竞争，但如果你想劝我放手退出，那就别想了。"

方青子怔怔地靠在她怀里，呆呆地听着她的话，司念慢慢后撤身子，让她自己站着，方青子艰难地止住哭泣，抬眼与司念对视，许久才道："我会和你公平竞争的。"

司念微微笑道："欢迎。"

方青子深呼吸了一下，抬脚离开，脚步异常沉重。

司念安静地注视着她离去的背影，脸上的笑容一点点消失，取而代之的，是浓浓的沉郁。

深夜，司念辗转反侧，始终无法入眠。

其实连她自己都无法确定，如果方青子真的和沈行彻底断了联系，再来追叶蜇声，叶蜇声会不会被打动。

她嘴上那么潇洒地说着会和方青子公平竞争，可心里早就慌得不行了。

想得多了之后司念实在睡不着，失眠让人情绪烦躁，她干脆坐起来，打算去倒水喝。

手机忽然振动了一下，司念将它拿起来，视线一点点落在屏幕上，是叶蜇声发来的短信。

她忘了，他们的房间紧挨着，房间的隔音实在一般，她这边有什么动静，在他那边尤其明显。

"睡不着吗？"他在短信里这样说。

司念吐了口气，回了一个"嗯"。

不过眨眼的工夫他就回复了短信，内容令人无奈："在想我吧。"

他还真是自恋得可以，不过说实话，她还真的是在想想。

司念仰起头看着天花板，沉思了一会儿，才再次回了一个"嗯"。

这次叶蜇声回得依旧很快，问她："每天晚上都会想我吗？"

糟糕的心情似乎有些好转，看到这样的话，司念嘴角情不自禁地扬起，似乎又回到了以前谈恋爱的时候。果然，爱情会让人变得美好和年轻，尤其是和叶蜇声这样的年轻人谈恋爱。

迟疑良久，司念再次回了一个"嗯"过去。这一次，叶蜇声的回复令她这一整晚的坏心情一扫而空，取而代之的是丝丝入骨的信心和甜蜜。

他跟她说："只有每天晚上想我怎么行？要一整天想我才可以。"

陈星航进了医院，伤势不轻，出院时间不明确。

这代表什么？

代表PU的现役ADC短时间内无法回归战队，作为替补ADC，司念理所应当地上位了。

现在的情况很尴尬，司念坐在椅子上看着电脑屏幕，游戏画面停留在选择英雄上，易琛坐在他们后面的椅子上跟他们分析着本次全球总决赛对战战队的特点。她听得很认真，但每次只要方青子开口，她都会不自觉地走神，下意识地望向另一边，状态很差，真正开始实战演练的时候，表现也不是很好。

"你怎么回事？"

易琛在训练上十分严格，不管私下关系多好，涉及比赛的事情都很苛刻。

"我们第一场就要跟全球最强的ZEC战队打，你这样的状态根本不可能打败他们，甚至你连跟对方对线都拿不到什么好处。"他皱着眉说，"司念，你认真一点，我不管你现在是有心事还是被恋爱冲昏了脑子，都请你把那些东西暂时放一放，比赛是现阶段最重要的事情。"

司念被他说得在众人面前抬不起头来，但还是硬着头皮说道："我知道了。抱歉，教练，是我的问题，我会很快调整过来的。"

易琛冷淡道："但愿如此。"

说完他便朝郑宇那边去了，郑宇立刻做出一脸"我完了"的表情，绝望地等待着属于他的暴风雨。

司念根本没心思去关心别人，她的问题连她自己都看得出来，别说是对战 ZEC 了，就是跟陪练的队伍打，她都有点吃不消，夏季赛时的水准已经完全拿不出来了。

司念有点苦恼地按了按额角，她长舒了一口气，觉得自己还是心态有问题，最近一段时间发生了太多事，她根本没办法平心静气地打上一场游戏，这让她都有点厌恶自己了。

"司念姐。"方青子不知何时走到了她身边，司念倏地回头看去，方青子朝她一笑，"其实你刚才的表现也没那么差，是教练太严格了，你也别往心里去。"

还要方青子来安慰她？那可真是太丢人了，司念淡淡地笑了笑，低声道："是我自己有问题，教练说得有道理，我必须往心里去。"

方青子抿唇笑笑，直起身走到易琛身边，也不知她和易琛说了什么，易琛皱了皱眉之后再次看向司念。

司念不解地望着他，几秒钟之后，她听到易琛说："你的电脑借青子用一下，我让她试试看她刚才说的套路。"

司念愣住了，诧异地望着易琛，易琛没再说话，任由方青子走过来，在司念站起来之后坐在了她的位置上。

被人取代的感觉并不好，尤其是被情敌取代，还是在她最引以为傲、最看重的游戏上。

司念感觉自己快要窒息了，回过头就看见叶蜇声眼神关切地看着她，虽然他表现得不是很明显，但不自觉流露出来的在意还是让人没法不察觉到。

心里稍微舒服了一点，但还是有点无措，她转移视线继续沉默着，下一秒叶蜇声就站在了她身边。

"去外面透透气吧，可能是纪野刚才偷偷在训练室抽烟，让二手烟呛到你了。"

叶蜇声突然丢出这么一句话，惹得一旁看戏的纪野咬牙道："谁说我在训练室抽烟了？"

叶蜇声安静地看过去，慢慢说道："我看见了。"

纪野噎住，半晌无语，最后还是用沉默表达了承认，毕竟有的人表面上冷酷无情，暗地里却是叶蜇声粉丝后援会的会长。

司念也觉得自己在这里有点待不下去，干脆直接转身出去了。叶蜇声收回在她身上的目光，重新望向坐在司念位置上的方青子，方青子微笑着望着他，他与她对视几秒钟，面无表情地说了句："这个位置不适合你。"

说完，他就回了自己的位置。

坐在司念的椅子上，方青子耳边还停留着叶蛰声刚才说的话，心里难受极了，但易琛根本不给她缓和的机会，直接说道："速度操作，别磨磨蹭蹭，没那么多时间拿来浪费。"

方青子咬唇点头，开始演示她的操作。

易琛盯着电脑屏幕，全程都刻意不去关注司念，哪怕她似乎很受伤。

他没有多少时间了，他从来不屑和人提起这个，但他心里清楚，这可能是他最后一次带领战队参加世界赛，并且闯入全球十六强。

如果这次 PU 依然没能战胜 ZEC，他再也没有机会带领战队和对方交战了。

徐总说的话一直在他脑海里转，他深呼吸了一下，暂时不去想这些，转身看看在场坐着的所有人。虽然每个人都有这样那样的缺点，但他们都是他朝夕相处的好队员，每个人都有自己的特长，他们很值得栽培，只不过不管这次是否能拿到冠军，以后栽培他们的人，也不会再是他了。

司念在花园里坐了一会儿，感觉自己心情平复了一点，就起身回了训练室。

她进屋的时候，易琛正和方青子讨论刚才演示的套路，方青子说："我曾经在韩国待过一段时间，对 ZEC 的战术有一定了解，ZEC 的灵魂就是他们的中单选手，只要蛰声可以拖住他，让他不能游走 Gank（当队友与敌人在战斗时趁机攻击或偷袭敌方），我们的比赛基本就胜利了一半。"

这一点她说得没错。ZEC 虽然已经三连冠了，但也不是不可战胜的，ZEC 的 ADC 和上单都没有特别强，纪野的上单在国内首屈一指，堪称一条大腿，对战 ZEC 的上单也不会处于弱势。关键处就在于 ZEC 的中单，简直是噩梦般的存在，要想赢得比赛，他们就必须想办法拖住对方中单。

这个责任，不可避免地放在了叶蛰声身上。

司念在大家讨论得热火朝天时轻手轻脚地回到了自己的位置上，方青子这会儿就站在她的椅子旁边，见司念回来了方青子朝她笑了一下，司念也回了一个笑容，情绪比方才好了许多。她这样冷静下来，方青子心里反而空落落的，提不起兴致了。

"我相信声哥。"郑宇举手道,"我在网上看过八卦,声哥回国之前打韩服,常常能排到 ZEC 的中单 Leo(利奥),Leo 也没从声哥手上讨到什么好处,我觉得声哥完全有能力拖住 Leo,甚至单杀 Leo!"

郑宇之前和司念换了位置,这会儿正好就坐在叶蜇声身边,他一脸崇拜地望着叶蜇声。叶蜇声靠在椅背上抬手按了按额角,无视了他充满仰慕的眼神。

不过郑宇这次的发言倒是得到了不少人的支持,纪野表示了赞同。

"我也这么认为。"他难得说话久了一点,"Kill 的实力不比 Leo 差,只是刚开始打职业,第一次进入世界赛,第一次和对方交手,实力很可能被小视。如果真的和 Leo 对线,Kill 不会差。"

易琛也认同这番话。"是的,今年的我们不同于往年。"他望向叶蜇声,十分认真地说,"蜇声的加入让我们更有实力去和 ZEC 抗衡,这是我们最有希望的一年,我希望我们可以打破魔咒,战胜 ZEC,问鼎冠军,你们有信心吗?"

"当然有!"

"那是必须的!"

少年们啊,不管什么时候总是一腔热血,觉得自己可以撼天动地,改变一切。司念被这气氛感染,顾不上自己那点小心思,从最初的难以融入,到渐渐重新找回自己的状态。

她不再去想陈星航会不会又在临近比赛的时候回到战队,也不再去想自己会不会再次被取代,她要做的,就是尽人事,听天命,做好自己。

摒弃了杂念,司念很快就发挥出正常水平,一直不苟言笑的易琛也渐渐露出和缓的神色。他站在司念背后盯着她的电脑屏幕,看着她在键盘和鼠标上流畅快速地操作,这对于一个快要三十岁的现役选手来说实在太难得了。她如今的状态,就是再打两年职业赛也绰绰有余。

大家都知道,他们都在追逐同一个梦想,今年的决赛是他们最终的赛程,不管他们能否实现梦想,他们的未来,都没有多少时间了。

每一场比赛,易琛都当作是最后一场在打,司念也是一样。两人经历了几代战队的变革,身边的人换了一批又一批,最后要换掉的,是他们自己。

方青子站在易琛身边，看着战队成员们默契的配合以及叶蜇声在训练赛中出色的发挥，每一次他操作的英雄在地图里和司念相遇，每一次他使用的中单保护了司念所操作的ADC，方青子的脑海中都会浮现出他们曾经在一起时的画面，她觉得眼眶发热，借口去上洗手间，落寞地逃离了现场。

　　司念这边正沉浸在训练里，根本无暇顾及那些，当她真的投入进去之后，方青子也就只是一个助教而已，她会听取方青子的意见，却不会在训练的时候掺杂个人情绪。

　　倒是易琛，完全可以一心二用，一边看着他们的比赛过程，一边思考一件事。

　　这件事，在训练赛暂时告一段落的时候，他才对所有人提出来："不知道你们记不记得之前司念上场打比赛那次耳麦出现问题的事？"

　　其实，这件事大家心里一直记着，只是大多数人觉得那是偶然，毕竟之后的比赛他们没有再出现过这样的问题。而且这次总决赛是在国内举行，他们主场，也就不会那么担心设备出问题。毕竟，就算有人捣乱，又怎么会赌上整个赛区的荣誉呢？

　　司念是当事人，比其他人都要清楚整件事情的过程，听到易琛提起这件事，她立马说道："我记得，那次真的挺危险，大家一开始说话就不算太多，后来没声音了我也以为是大家没说话，谁知道是耳麦出问题了。"她皱了皱眉说，"更奇怪的是，我能听见游戏的声音，就是听不见大家说话的声音，所以一开始才没发觉耳机有问题。"

　　她这么一说，大家就觉得有点奇怪了。

　　"不会吧？"谢源开口道，"能听见游戏的声音却听不见我们的说话声？那应该是连麦软件出了问题啊。"

　　易琛随即证实了谢源的猜想。他压低声音道："说得没错，后面我问了一下，的确是连麦软件出了问题。我怀疑，是有人提前在司念用的电脑上动了手脚。"

　　司念愣住，她想过无数个可能，但从来没敢往这方面想，就连易琛主动提出来了，她也不敢相信，只是迟疑地说："不会吧？"

　　比起司念和其他人的难以置信，叶蜇声的反应要平静得多，他望着易琛慢条斯理道："教练这么说，肯定是心里已经有人选了吧。"

　　的确，易琛可不是那种在毫无证据的情况下就做出猜测的人，他既然都这么说了，心里肯定已经有数了。

　　果然，叶蜇声这样说完，易琛弯了弯嘴角，隐晦地笑了笑说："我还须要最后确认一下，现在说这个事情，是提醒你们哪怕是在自己的地盘比赛，也要检查好设备。毕竟这次的比赛，我们输不起。"

输不起？

几人面面相觑，露出不解，唯独司念的神情和易琛如出一辙。他们对视了一眼，司念有些黯然地低下了头。

叶蜚声回头看了一眼司念，将她的情绪变化尽收眼底。

他双手交握，身子舒展地靠在椅子上，稍作思忖之后，闭了闭眼道："我们不会输。"

众人的视线瞬间被他吸引过去，大家都盯着他，他却依然平静地说着让人觉得嚣张的宣言："不就是 Leo？我会搞定他。"

不就是 Leo？那可是 Leo 啊！所有职业中单选手面前的神！单杀对方一次可以吹一年的人！叶蜚声就这么轻描淡写地表示自己可以搞定他，虽然大家很相信他的实力，但他这样毫不谦虚地表现出来，还是让人们为之动容。

"声哥不愧是我声哥，我一辈子为你呐喊！"郑宇激动得不行，就差给叶蜚声捶胳膊捶腿了。

司念望向他，扬起嘴角，笑得无奈又纵容。

方青子全程像一个旁观者一样。

虽然名义上加入了 PU，可她站在那里，除了训练，其他时候都和他们格格不入。

曾几何时，她那样期盼叶蜚声可以和自己一起回国，一起加入一支战队，打败ZEC，拿到世界赛冠军。

可是后来呢？她得到的只是冰冷的拒绝和不理解而已。

为什么如今一切按照她所想的发展了，最后站在他身边的人却不是她呢？

训练一进入休息，方青子失魂落魄地离开训练室，回了自己的房间，捂着脸低声哭了许久，直到一通电话打断了的哭泣。

她泣不成声地拿起电话，看着屏幕上的陌生号码，下意识按了拒接。

只是，这通电话好像不是简单的诈骗电话，在被挂断之后又一次打了过来。

这一次，她迟疑几秒还是接了起来。

还不等她开口，电话那头就传来了一个女声带着笑意说道："你好，请问是方青子吗？自我介绍一下，我是任烟雨，找了一圈才问到你的电话，你让我找得好辛苦。"

训练一直持续到凌晨才结束，叶蜇声关闭电脑，回过头就看见司念在伸懒腰。

"回去睡了。"她见他在看她，朝他眨了眨眼，虽然坐在电脑前面已经一整天，脸上有点油，但一点都不影响她的漂亮。

为什么刚认识的时候他不觉得呢？她笑起来的样子可真好看啊，像阳光，温暖又和煦，只是这样看着，就觉得舒服极了。

他之前还不太明白自己为什么会不可抑制地喜欢上另外一个女人，可现在他懂了。

司念让他感觉很舒服，不管是生活还是比赛，抑或在聊天还是玩游戏，她的一切都让他感觉亲切和难以抗拒。

她从不会逼着他做一些他不愿意做的事，而是让他情不自禁地跟着她的思绪走。其实很奇妙，方青子也曾希望他退让和迁就，可到最后退让的人都是她。但在司念这里，退让的全是他。

感情真是一个奇妙的东西。

他甚至开始怀疑，他曾经真的懂得什么叫喜欢一个人的感觉吗？

司念先回了宿舍休息，叶蜇声苦恼于自己提出的问题，没有直接回房间休息。

他离开训练室，顺着电梯上了顶楼，在天台的椅子上坐下，盯着天上挂着的月亮，忽然想喝点酒。他站起来转过身，想去拿啤酒，可还没抬起脚步，就看见了楼梯口站着的方青子。

黑夜里，她穿着一条白裙子，长发披肩，是所有少年心目中初恋该有的模样。

她永远是一脸纯真地站在他面前，曾经的他被这样的表象所吸引，和很多男人一样追捧着天使一样的方青子，再后来事情就变成了今天这样。

"蜇声。"她开口叫他的名字，还是熟悉的音调，令人怀念，也让人忽然想起，司念甚至从来没有这样叫过他的名字。要么是连名带姓地叫他，要么就是叫叶大神，一丁点情侣的感觉都没有

意识到这一点，叶蜇声皱起眉转开了头，有些不悦。

方青子以为他这样是因为她，心里酸涩的同时又觉得至少他对自己还是有反应的，如果他面无表情的话，她不是会更难受吗？

往前走了几步。如今已经十月中旬了，晚上的天气没有那么温和了，方青子却只穿着一条连衣裙，瑟瑟发抖地站在风里，配上娇俏的脸上潸然落下的眼泪，但凡是个男

人，肯定会怜惜不已。

可是，叶蜇声一丁点反应都没有。

"你……"方青子心里难受极了，泣不成声，"你为什么会变成这样呢？男人为什么可以变心这么快？你不是为了我才回国吗？你不是为了我才打比赛吗？为什么你现在可以对我这么无情？我就这样站在你面前，我在哭啊，可是你连看都不看我一眼，你怎么能这样对我？"

一句句控诉直达心底，仿佛叶蜇声心里也有一个声音在问：你怎么可以这样？

叶蜇声站在那安静地注视她许久，当方青子哭得支撑不住摔倒在地时，他依然没有动作。

方青子眼神绝望地望着他，控诉的话语不断冒出来，她心酸地说道："一起打比赛，一起拿冠军，这是我一直期待着要和你一起做的事情啊！为了这一天我努力了那么久！我甚至都和你分手了！可到头来享受这一切的是别的女人！叶蜇声，你怎么这么狠心？"

被曾经喜欢的人这样质问，一般人心里都会不舒服。饶是淡然如叶蜇声，也不可能一点反应都没有。

他俯视着倒在地上的方青子，在她的哭泣声中微微启唇，沙哑着声音说道："我狠心？"他微勾嘴角，自嘲道，"你丢下一封信，不打一声招呼就走了，到底是谁狠心？"

方青子愣住，怔怔地看着他，叶蜇声讽刺地笑了笑，往前走了几步压低声音说道："你知不知道我找了你多久？我追到机场，眼睁睁地看着你坐的那趟航班飞走，你知不知道那个时候我在想什么？你走了整整一年，一年是什么概念你清楚吗？"他轻笑一声道，"三百六十五天，我每一天都在想，为什么我们会变成这样？我在想，我到底做得有多差劲，才让你连道别都没有就走了。这样做的你，难道就不狠心吗？"

方青子吸了吸鼻子，紧张地站起来道："不是的，蜇声，不是你说的那样，我……"

"别再说了。"叶蜇声冷下脸，远远地注视着她说，"你说得没错。一开始，我回国、参加战队，都是为了你。我以为这样的改变可以挽回你，可当我见到你、见到沈行，我才知道，你并没有留在原地等我，你一直在往前走。"

他闭了闭眼，上前几步，越过她往楼梯口走，背对着她说："而我现在也已经不再是过去的我。时至今日，比赛对我来说不再是挽回任何人的工具，它是我的信仰，是我的梦想。我会用尽全力打赢比赛，不是为了任何人，只是因为这是我选择的人生。"

他再次回头，看着方青子，像在对过去的自己道别："而你，既然已经往前走了，就继续往前走吧。我也要走自己的路了，或许我们在彼此的生命中，就只是这样了而已。沈行很爱你，他会对你好，不像我，不解风情，不懂浪漫。有句话我一直没机会说，也只说这一次，希望你听清楚。"

他放缓声音，平静道："青子，谢谢你陪了我那么多年，即便我们最终没有在一起。"

说完后他转过身头也不回地离开了。

方青子怔怔地望着他离开的方向，努力维持的平静表象一点一点土崩瓦解，彻底毁灭。

她甚至都已经哭不出来，只是瑟瑟发抖地倒在地上，满脸绝望，眼神呆滞。

叶蜇声下楼的速度很快，他想快点离开这里，但没能成功。

因为在楼梯的拐角那里，他看见了一个人。

司念早就回了房间准备休息，但一直听不到隔壁房间有人回去的声音就有点担心。

她给叶蜇声发了短信，他没回复，想了想，她还是出来找他。

从别人那里听说他上了天台，她便跟着上来了，所以方才在天台上，叶蜇声和方青子的对话，她听得清清楚楚。

楼梯拐角处的灯光昏昏暗暗的，司念站在低处，就更难分辨站在高处的叶蜇声是什么表情。

但这种时候，她看不见也许是件好事。

"我不是有意偷听的。"她微微启唇，轻轻地说，"我只是担心你，所以来看看。"

叶蜇声没说话，只是站在那看着她，司念感受到他的视线，但分辨不出他是以什么样的眼神望着她。

沉默良久，她长长地叹了一口气，迈上一级台阶，伸出双臂轻轻抱住了他。

她感觉到他的身体僵硬了一下，随后慢慢放松下来，本来垂在身侧的手渐渐扣在了她身后。楼梯口，方青子扶着楼梯注视着眼前这一幕，慢慢地拿起手机，回拨了通话记录里最新接到的一个电话。

电话很快被接通，那头传来任烟雨得意的声音："我就知道你会改变主意的。"

几个小时之前，方青子接到了任烟雨的电话，这个如今几乎每天都在被骂的网红告诉她，她们可以联合起来毁掉司念，然后各取所需得到自己想要的。

方青子见识过任烟雨狠毒起来的样子，根本不想和这样的女人合作，也不屑去做一些不光彩的事情。

她拒绝了任烟雨，可任烟雨说她会改变主意的。

方青子当时只觉得她的话可笑，可现在看来，可笑的是自己。

一切都按部就班地进行着，似乎所有的事情都已经尘埃落定，训练与生活再也没有什么起伏。人与人之间和睦相处，连一个误解的眼神，甚至一个小小的口角都没有过。

这样平静的生活是每一个人所期盼的，可当它真的到来了，司念却觉得有点山雨欲来的味道。

她收起鼠标，端着奶茶，又一天的训练结束了。算算日子，距离上次他们取得小组赛的胜利已经过去了一段时间，现在已经十月十五日了，全球总决赛八强赛会在十月十九日开始，一共进行四天，每天进行一场比赛，两支队伍对战，以抽签制选择对手。

比较不幸的是，他们抽到的第一场比赛就是对战ZEC，如果不能打赢这一仗，他们只能止步八强，连四强都进不了。

忧心忡忡地往房间走，司念正打算喝奶茶，口袋里的手机响了。

她放弃喝奶茶，直接拿出手机，本来就一般的心情在看到手机屏幕上的号码之后变得更糟糕了。

你的生命中肯定有那么一个人，即便你拉黑他的微信、拉黑他的QQ、删除他的电话号码，可你始终可以将他的各种联系方式倒背如流。在无数个日日夜夜之后，这个号码再次出现在你的手机屏幕上，你仍然可以一眼就认出来。

拇指下意识移到了红色按键上，司念的第一反应是拒接这个电话。

可想起郊游那一天，躺在地上的人手臂伤得有多么严重，她就不免想起两人曾经在一起时那个少年对未来的憧憬。

她始终不愿意相信陈星航会用他最重要的手臂做赌注换取什么，可这一切发生得太过诡异，让她不得不疑虑丛生。

而且如今距离比赛开始只剩下三天时间。十九号那天就要开始比赛，陈星航的电话在这个时间打来，很难不让她产生一种担忧。

他会不会突然杀回来，让她再次失去比赛的机会？

既然自己无法找到答案，何不问问当事人呢？

再次看着来电提示上的电话号码，司念将手指从红色按键上移到绿色按键上，顺手推开自己的宿舍门走进去，冷静地朝电话对面的人道："喂。"

夜幕渐渐降临，司念换了身衣服，披上黑色的风衣，抬眼看了看窗外阴沉沉的天，又翻了翻手机，顺手拿了一把黑色的雨伞，背上背包出门。

方青子站在自己房间的窗前，两眼放空地看着窗外，然后就看见了独自出门的司念。

方青子低下头瞥了瞥放在一边的手机，迟疑了很久，终于还是拿起手机打了一个电话。

须臾，电话接通，她对电话那头的人说："她出去了。"

电话那头的人问："一个人？"

方青子舒了口气："一个人。"

电话那头传来笑声："那你为什么不去告诉叶蜇声呢？这么晚了，她一个人出去，搞不好是去看什么病人呢？"

病人……现在她们所知道的生病的人，就只有一个。

晚上八点，司念从出租车上下来后已经飘着蒙蒙细雨了，她撑起雨伞，站在伞下，打量着面前这座小区。

过去的三年时间里，她总是刻意回避这个地方，就算不得不路过这里，也会强迫自己不去注意。

有人说，你越是怕看见什么，说明你越是期盼什么，越是害怕什么。

司念慢慢吐了口气，紧了紧握着雨伞的手，终于还是抬脚跨进了小区。

三年了，再次踏进这个地方，一切仿佛瞬间倒退回几年前的日日夜夜。

那时候，她和陈星航都还只是大人眼里的败家子，整天就知道打游戏，什么正事儿也不干，学习不行就罢了，连工作都不想找，整天混吃等死，实打实的社会寄生虫。

陈星航家境殷实，虽然惹得父母生气，但他是独子，父母又不舍得他吃苦，所以并没断了他的经济来源。

倒是司念，从小家里条件就一般，后来母亲生病，父亲染上赌博，日子就更难过了。

她所有的叛逆期都是和陈星航一起度过的，陈星航管她吃、管她住，在她被父亲打了之后还收留她，给了她许多别人不曾给过的关怀与帮助。

脚步停在熟悉的门前，司念再次抬起手按下门铃，门铃响过之后安静了一段时间，房门便被人从里面打开。

陈星航站在房内，面容苍白，看着有些憔悴，但脸上的笑容还是一如曾经。

一瞬间，司念竟觉得恍如隔世。

"你来了。"他开口说话，语调带着些倦意和疲惫，"很感谢你能来。"他侧开身让出位置，司念迟疑许久，还是走了进去。

房门在身后关上，司念倏地回头，脑子里忽然又闪过他们曾经在一起的画面。再回过头，她扫视了一圈，这里的一切竟然从来没有变过。

司念很快冷静下来，收起雨伞淡淡道："放在哪里？"

陈星航看了看她手里的雨伞，伸手接过来，动作缓慢地放到了门口的鞋架上。

司念这才注意到他包着纱布的手活动起来很不方便，看上去的确伤得不轻，不像是能在三天后上台比赛的样子。

"我以为你不会来。"放好雨伞，陈星航抬头笑了一下，那一瞬间的神采让人仿佛又看到了几年前那个羞涩腼腆的大男孩，"进来坐吧，现在外面雨下得大，等雨小一点你再走，刚好我们可以聊一聊。"

司念望了望窗户的方向，外面的雨的确越下越大，一时半会儿也不好离开，想了想，她最终还是点了点头。

其实她今天选择来这里，就只是为了解开心中的疑惑而已。

她已经不再是过去那个单纯的小女孩，被人陷害多了，也学会了自我保护。她之所以来，一来是想确定陈星航能不能在总决赛上重回赛场，二来则是担心他的伤势有问题。毕竟他曾和任烟雨在一起那么久，如今任烟雨在那样的处境下不可能不想办法改变现状，搞不好他们会联合起来使阴谋诡计呢。光陷害她倒还好，就怕她现在和叶蜚声在一起，让他们连带着叶蜚声也一起黑，那她就太过意不去了。

舆论的力量有多大，她是经历过的，她最清楚，也绝对不希望殃及叶蜚声。

陈星航显然知道司念在担心什么，等她坐下了，给她倒了一杯热奶茶后就开门见山道："我知道你一直很担心我那天摔下山有问题，一直怕我像上次比赛时那样半路杀回来，让你的努力都白费。"

心事被人如此直截了当地说出来，司念表情停顿了一下，但没说什么。

陈星航安静地看了她许久，才再次开口说。"我知道，现在的我在你心里已经变得非常不堪，我也不期待我能改变自己在你心里的形象，毕竟如今这一切都是我自己一手造成的。"他笑了一下，坦白道，"其实你没想错，我那天摔下山的确有问题。"

司念倏地抬眼望向他，陈星航注视着她的眼睛一字一顿道："我是故意的。"

司念愣了一下，随后很快说道："故意的？你为什么那么做？你……"

她急切的话语被他打断，他抬起手缓缓道："稍安毋躁，我会给你解释的，别担心。"

司念抿抿唇，没再说话。陈星航也端起水杯喝了一口水，他看上去瘦了很多，但依旧十分英俊。

"我是故意摔下山的，但这件事是我一个人的主意，和别人无关，也没有任何想要陷害谁的意图。"他说得很慢，"我只是，不想打总决赛而已。"

司念诧异地望着他，显然不明白他为什么会这样想。陈星航笑了一下，自嘲地道："而且就算没有这件事，就算我真的上了赛场，也不会有太好的发挥。与其到时候害得队伍输给 ZEC，还不如自我了断的好。"

司念哑然："你……"

"现在的你，比我强。"他望向司念，再次打断她要说的话，仿佛接下来的话不一次性说完，他就再也没勇气说了，"虽然我一直不想承认，但是，念念，现在的我要私下里非常努力才可以追上你。你眼里看到的我似乎可以轻易超越你，但你不知道的是，每天结束训练后回到家，我一直在加时训练，我在害怕。"他低下头，"我害怕被你取代。"

没有人不害怕被人取代，司念也害怕。她也是因为害怕，才会来这里。

长久的沉默让人尴尬，是陈星航再次打破了沉默："我很感谢你能来，也感谢你能听我说这些。摔下山，只是我给自己选择了一个还算体面的退赛理由。我不想直白地说出自己很弱很累，也不想在赛场上丢脸，所以这是最好的选择。等这次总决赛结束，到了转会期，我就会跟琛哥提退役的事情。"

他深呼吸了一下，似乎终于轻松了，温和道。"这是目前来说对我最好的选择了。你不用再担心我会有什么阴谋、会不会和谁一起害你，你也永远不用再担心会随时被人取代。"他抬起手，放在她头上，语气柔和地说，"从今往后，PU 的 ADC 选手就只有你一个人了。"

说完这一切，陈星航露出久违的腼腆笑容。这一刻，时间仿佛倒退回几年前，他们那时候刚刚认识，她无家可归，来找这个在网吧见了没几面的纨绔子弟，无所畏惧地要求在他的地盘留宿一晚，那个时候，他也是这样腼腆无奈地笑，仿佛对眼前的女孩毫无办法。

　　站起身，陈星航走到窗边朝外看了看，声音沉沉地说道："雨快停了。"他转过视线看着她，"时间也不早了，你该回去了。"说完他也没道别，拖着包了纱布的伤臂转身朝卧室的方向走。

　　他的背影已经不再挺拔，与数年前那个意气风发的少年完全不同。他佝偻着背，仿佛每一步都走在刀刃上，背影那么萧索，显得整个屋子空荡荡的。

　　回想过去的人生里，他在她心目中曾经是神一般的存在，而如今……什么都不是了。

　　他说，这是他给自己选择的还算体面的退赛理由。

　　他说，他准备退役了。

　　司念走的时候，心情很复杂。

　　她知道自己就这么走了会显得薄情又冷漠，可他也曾这样对她。

　　他们都知道，现在做什么事都于事无补，唯一值得欣慰的是他们从今往后，都不会再恨着彼此了。

　　过去的一切回不去就回不去了，未来的生活，他们都会在彼此的道路上慢慢往前走，并且越走越远。

　　楼上的窗边，陈星航站在那里朝下看，司念撑着伞的背影出现在夜幕中，她虽然变得优雅又自信了，可她的性格其实一点都没变。

　　他想，今天就该是最后的道别了吧。

　　不管她作何感想，至少他永远忘不掉，多年以前，在这间屋子里，在那个寒冷的冬天里，叛逆的少女敲开了他的房门，一点不知道避嫌、傻乎乎地要在这里住下。而从那时起，他们的人生就紧密地捆绑在一起。

　　"念念……"

　　喃喃地喊出那个名字，想到以后再也没机会这样叫她了，陈星航的眼泪瞬间就掉了下来。

　　他抬起手，手臂受伤的地方隐隐作痛，可他根本无暇顾及，只是用手捂住嘴，不让自己哭出声。

　　念念，对不起，对以前做了伤害过你的事情都说对不起。

离开，就当是我对你做的最后一件好事。

陈星航回过身，拉上窗帘，靠在墙上泣不成声。

撑着伞从小区里快步走出来，天气越来越冷，哪怕穿着风衣还是觉得寒气入骨，司念哈出一口气都是白色的。

她瞥了一眼路边的小超市，又看了看街边匆匆驶过的车辆，决定去超市暖和一下，然后打车回基地。

站在超市门口收起伞，司念转身推门走进去，就看见一个人背对着门口正在吃泡面。

超市本来就不大，泡面的味道又冲，一进门就扑鼻而来，弄得司念肚子都有点饿了。

她站在门口。盯着坐在那吃泡面的人，那人弯着腰，穿着黑色卫衣和卡其色风衣，卫衣帽子戴在头上，司念几乎一眼就认出了他。

"叶蜇声。"她走过去，在他身边站定，语气里带着些许惊讶。

叶蜇声听到声音后吃面的动作顿了一下，随后朝旁边挪了一下，让出一个位置给她，她看见了桌子上摆着的另外一碗泡面。

"吃吧。"他简短地说完，继续吃他的，看上去与平时没什么不同。

"……"

司念不知该说些什么，犹豫几秒，老老实实坐到了他旁边，两人背对着门口一起吃面，画面异常和谐。

店员看到这一幕，偷偷拿出手机拍了照片，发到朋友圈说："有一瞬间以为自己在看韩剧。"

一碗泡面吃完，整个人身上都暖和了，额头甚至还出了点汗，司念从背包拿出纸巾擦了擦嘴唇，侧眼瞄了瞄叶蜇声，将纸巾递了过去。

叶蜇声早就吃完了，也不说话，就坐在她身边玩手机，忽然叶蜇声转过头，黑白分明的眼睛紧紧地盯着司念说："你为什么老是连名带姓地叫我？"

这问题一出来，直接把司念问蒙了："不连名带姓地叫你，那我该怎么叫你？"

帽子下，他的刘海有些长了，遮住了眼睛，显得神神秘秘的，他似乎皱了皱眉，眼底隐隐有些不甘和落寞，看得司念有点心虚。

"你不喜欢我连名带姓叫你，那我就换个称呼好了。"意识到他不高兴，司念还是妥协了，想了想道，"那叫你叶大神？"

叶蜚声看着她的眼神一变，那神色锐利得好像一把刀子，刺得她浑身发冷。

"不喜欢我就再换一个。"她笑了一下，眨眼道，"蜚声？"

也不知是不是她的错觉，当她叫出这两个字的时候，叶蜚声的情绪很明显缓和了。虽然他还是黑着脸，但至少比刚才好多了，这个转变让司念松了口气。

"雨停了，我们该回去了。"她站起来，拿着雨伞张罗着要离开，眼神已经瞟向穿外。

夜幕已深，满街雨水，落叶凋零，尽显萧索，这样的画面，让人莫名其妙就想起了她离开时陈星航的背影。

她浑身一凛，摩挲了一下手臂，收回目光望向叶蜚声。

叶蜚声没有拒绝她的安排，跟着她站起来，到店员那付了钱离开。

两人走出便利店，站在门口等着司念打车，在这个间隙，叶蜚声再次开了口。

"既然你现在不叫我的全名了，那我对你的称呼也该变一下。"

司念手上动作不停，嘴角却勾了起来，弯着眸子道："哦？那你要叫我什么？"

叶蜚声双手抄兜站在她旁边，见她缩着手臂，便脱掉自己的风衣外套给她披上。

司念愣了一下，忙道："我不冷，刚吃过东西挺暖和的。"

叶蜚声皱皱眉不耐烦道："让你穿你就穿，别矫情。"

这哪里是矫情？还不是怕他被冻坏吗？

司念无奈地叹了口气，最终还是放弃抵抗，披上他的外套。

看着自己的外套披在她身上，那种感觉就好像这个人非他莫属一样，叶蜚声的心情到此刻才算是彻底好起来。

"叫你念念吧。"他拖长音调说。

司念一怔，情不自禁地微笑，一边收起手机，一边点点头柔声说："好。"

她这样顺从，叶蜚声本该更高兴的，可想到她刚才去见了谁后他又垂下了眸子。

须臾，他淡淡道："还是算了。"

司念不解地望向他："为什么？"

叶蜚声收回视线不和她对视，等出租车来了就替她拉开车门，等她坐好了，他才绕到另一边上车。

两人都在出租车上坐稳，叶蜚声才再次开口："陈星航以前就那么叫你吧？我不想和他一样。"

这句话让司念大脑短暂地空白了一下，她没有很快回答这个问题，而是转头看向车窗外。

其实车窗外没什么好看的，无非就是匆忙的行人和夜晚的路灯，但车窗玻璃上倒映着叶萤声的脸。

她也说不清是为什么不敢正眼看他，好像就这样透过车窗看着会让她更自在一些。

"不管他以前叫我什么，我们都不可能再有以后。我和他的事情已经过去好几年了，以后大家说不定都不会见面了，你实在没必要提这个。"司念犹豫很久，还是这样说道。

叶萤声望向她，薄唇轻抿，透着些冷意："不高兴我提他？"

司念没有回答，而是仰头靠在车椅背上。

过了一会儿，她笑着望向他，转移话题道："既然你不愿意和他一样叫我念念，那你想叫我什么？"

叶萤声注视着她的眼睛，夜色下她的眼睛亮闪闪的，倒映出他的身影，这样的发现让他觉得他是她心中唯一的人。这种感觉让人愉悦，所有的烦恼和不安瞬间被扫到了一边。

须臾，他弯了弯唇，自己都觉得有点可笑地说："小念？"

司念闻言，顿时笑了，抬手在他的鼻子上蹭了一下道："你开什么玩笑啊？我比你大好几岁呢，你叫我小念，怕不是差辈了。"

叶萤声伸手扳住她的下巴，脸上的笑容一点点消失，取而代之的是难得的严肃和认真。

"我没开玩笑。"他一字一顿道，"小念。"

司念怔了怔，脑海中浮现出母亲去世前的场景，那时的她躺在病床上，拉着司念的手，一边不舍地望着司念一边叫她："小念"。

司念渐渐红了眼眶，每次想起母亲，她都无法控制自己的情绪，她很后悔自己当年没攒下钱。

虽然那个时候拿了冠军，但当年电竞圈根本不像今天这么火爆，赚的钱也不算特别多，父亲那边还都是赌债，她根本拿不出足够的钱让母亲看病，这才导致母亲最终不治身亡。她一辈子都不会原谅自己，也不会原谅拿着母亲的救命钱去还赌债的父亲。

"为什么哭了？"

眼泪突然掉在叶萤声的手上，他愣了一下，放下扳着她的下巴的手，用手抹掉她脸颊上的眼泪。

司念吸了吸鼻子，没有说话，而是直接扑进了他怀里。

方青子一直没睡，哪怕已经很晚了，她还是守在窗户前，也不知道自己究竟在等什么。

当一辆出租车停在基地门口时，她的心跳到了嗓子眼，她以为自己会看到在争吵的两个人，哪怕是冷战也好，可是都没有。

出租车上下来的，的确是她期待已久的司念和叶蜇声，可他们不但没有冷漠相待，叶蜇声甚至还把外套披在了司念的身上。两人下了出租车，他就拉住她的手，后来甚至还揽住了她的肩膀。

这好像还不够，他似乎还低头安慰着身边的司念。

方青子整晚的等待都在这一刻成了笑话，她不断退后，几乎摔倒在地上。她总觉得自己此刻的所作所为像极了宫斗剧里已经失宠的冷宫妃子，妄图靠着一点点的小手段，重新获得恩宠。

很可笑不是吗？

她以前是多不屑这样啊，她以前是多骄傲的一个人啊。

什么时候，她居然变成了这样？

司念根本不知道方青子在房间里看着他们，如果她知道，至少不会和叶蜇声太过亲密。哪怕是情敌，哪怕方青子不会对她做什么坏事，但万事留一线是她的准则。她总觉得没有人会是永远的敌人，就算是任烟雨，她也不认为她们生来就是仇敌，必须斗个你死我活。

她是个不喜欢做得太绝的人，这在某些方面是一种软弱，也是一种成熟。

和叶蜇声一起走进基地，门卫瞧见他们俩这模样隐晦地笑了，司念试着拉开和叶蜇声之间的距离，叶蜇声却不容置喙地揽住了她的肩膀。

"这样不太好吧？"司念犹犹豫豫道，"这里毕竟是基地。"

叶蜇声面无表情淡淡道："我高兴这样，管是在哪里。"

"……"司念万分无奈，只好放弃挣扎，叶蜇声年纪还小，会有这样幼稚的行为和想法也在理解范围之内。

两人进了电梯，叶蜇声才稍稍放开她一些，让她得以舒展筋骨。

"谢谢了。"叶蜇声嘴角抽了一下，没说话，倒是司念紧接着又道，"说起来，你今天为什么会出现在那里？"她仰起头不解道，"我走之前不是跟你说了要去见陈星航，你不是不喜欢他吗？为什么还要去那儿？"

叶蜇声低头看了她一眼，并没正面回答她的问题，而是反问她："陈星航跟你说了什么？"

回想起那些话，司念的情绪低落起来，长长地舒了一口气说："他准备退役了，不会再回战队了。"

说完后随着"叮"的一声电梯门慢慢打开，司念抬眼望出去，看见了正准备走进来的易琛。

易琛的视线在他们二人身上来回流转，最后面无表情道："还不出来？站在里面干吗？想跟我一起下去？"

司念倏地回神，立刻拉着叶蜇声出去，站在门口嬉皮笑脸道："教练，慢走。"

易琛走进电梯，眼神复杂地看了看她，利落地按下了楼层键。

电梯门一点点关上，等终于看不见易琛了，司念才拍着胸脯松了口气。

她仰起头想和叶蜇声继续刚才的话题，可这一看对方，就发现后者正双臂环胸，好整以暇地瞧着她。

"你好像很怕教练。"叶蜇声意味深长道。

司念尴尬地笑笑说："这很正常啊，琛哥不怒自威的样子你不觉得很吓人吗？"

叶蜇声冷哼一声道："你撒谎骗人的样子真蠢。"

司念耸耸肩道："蠢就蠢吧，能蒙混过关就好。"

叶蜇声直接抬手掐住了她的脖子，司念赶紧缩肩膀，两人就这么打打闹闹地往回走，靠在门上的方青子听得十分清晰，听得心都冷了。

第八章
提前的冠军赛

三天时间很快就过去了，全球总决赛，如约而至。

S 城体育中心，下午四点钟，万众期待的比赛正式开始。

当主持人宣布 PU 和 ZEC 两支队伍的队员分别上台时，司念的心几乎跳到了嗓子眼。

直到这一刻，她才百分之百确定，自己不会被取代。

在她快要三十岁的这一年，她终于又回到了她热爱的职业联赛舞台上。

穿着 PU 的队服，司念扎了个马尾，干净利落地跟在叶蜚声身后慢慢走上舞台，他的背影高大挺拔，队服后背位置上写着的 ID "Kill" 仿佛有魔力一般，司念每一个字母看过去，激动的心情竟奇妙地平静下来。

"让我们欢迎 PU 战队的所有成员！今天他们将要对战来自 LCK（国外的《英雄联盟》职业联赛）赛区的三连冠战队 ZEC！这对他们来说是一场非常重要的比赛，他们到底能不能扳倒 ZEC 的三冠王朝，让我们拭目以待！"

随着主持人话语的落音，PU 的队员们全走向了比赛席位入座，安装自己的外设。司念记得易琛提到过的耳机问题，所以这次特地仔细检查了耳机，确定没有问题之后，又看了看电脑，确认电脑也没有什么问题后，她才算安了心，开始准备比赛。

是的，就像主持人说的，能不能扳倒 ZEC 的三冠王朝，就看这一场比赛了。

她抬眼望向对面的 ZEC 队伍，比起 PU 的严阵以待，他们似乎显得很轻松，尤其是对面的 ADC，正朝司念这边看着，对方勾着嘴角，笑容带着些轻视。

司念慢慢收回视线，再回头看看身边的叶蜇声和郑宇。叶蜇声倒还好，正在摆弄鼠标，大屏幕正好转到他这边，他摆弄鼠标的动作随意中透着仔细，手指上的文身也十分性感潇洒，惹得现场粉丝尖叫连连。

郑宇呢？郑宇情况就不太好了。司念看过去的时候，他正坐在那里不断地默念着"不紧张不紧张不紧张"，看得司念哭笑不得。

司念戴上耳机，在耳机里说："郑宇你快别念了，我都被你念紧张了，其实也没什么好怕的不是吗？我们准备了那么久，肯定可以打败 ZEC 的，再不济，我们还有叶大神这条大腿呢不是吗？"

被司念提及，叶蜇声稍微转身瞥了瞥她，眼神淡淡的，虽然未对此发表什么看法，但从他的神情和动作都能看出，他对此一战，信心十足。

司念舒了口气，转头望向电脑屏幕，屏幕上正在登录比赛专用的客户端，客户端背后，是《英雄联盟》的官方壁纸背景，背景上方写着两行字，三言两语而已，却燃起了她的满腔热血。

那上面写着：

英雄，志逐传奇。

弑神之战，无惧艰险。

ZEC 作为在赛场上拿到三连冠的队伍，自然有它的强大之处，除了无懈可击的中单 Leo，他们的下路组合也非常强。

ADC 鲨鱼和辅助肯塔堪称黑白双煞，不知道拿下了多少场 MVP。

尤其是 AD 选手鲨鱼，虽然他本人相貌和鲨鱼不沾边，打法却和鲨鱼如出一辙，凶得不行。

司念时隔三年再次登上全球总决赛的舞台，年纪已经不小了，称得上是名副其实的老将，而且还是赛场上唯一一名女性，这也就导致不管是观众还是解说，都会特别关注她的发挥。

此时此刻，比赛已经进入 BP 阶段，作为蓝色方，PU 拥有先 Ban 选英雄的权利。

易琛拿着笔记本站在他们五个人身后，透过耳机对他们说："先 Ban 掉滑板鞋。"

纪野作为上单，位置是最上方的，所以这次 Ban 英雄的人是他。

他按照易琛所说，果断 Ban 掉了滑板鞋。

作为这次职业联赛版本最强的 ADC，滑板鞋——也就是复仇之矛卡莉斯塔是必须被 Ban 掉的。如果把她放出来，ZEC 必然会先拿滑板鞋，他们的 AD 鲨鱼玩滑板鞋玩得不要太好，再加上版本强势，司念和郑宇不管选什么英雄都完全没有办法和他们对线。

Ban 掉了滑板鞋，就该 ZEC 来 Ban 英雄了。对方交流了一下，看来他们应该研究了叶蜚声很长时间，第一个 Ban 的英雄就是叶蜚声在前阶段比赛中发挥非常好的正义巨像加里奥。

解说见此便笑道："看来我们的 Kill 还是有足够的威慑力的，ZEC 这边上来就 Ban 掉了一个中单，并且还是 Kill 前几场比赛发挥得非常好的加里奥，我是比较赞成 ZEC 的选择的。加里奥这个英雄的机制摆在那里，如果被 Kill 拿到，就算对手是 ZEC，也不一定可以阻挠 Kill 上下路的超强 Gank。"

另一个解说道："是的，相信 ZEC 也是考虑到了这一点，所以才要 Ban 掉加里奥。但其实我觉得如果不 Ban 的话也可以，有没有可能 ZEC 这边 Leo 选加里奥呢？我觉得以 Leo 的水平，肯定也能打出之前 Kill 打出的效果，甚至有可能还会超越。"

解说这边聊得热火朝天，但戴着耳机的选手们其实什么也听不到。

而且叶蜚声从一开始，就没打算用加里奥。

易琛扫了一眼电脑屏幕，抬头看了看 ZEC 战队的位置，淡淡说道："和我们设想的一样，他们第一选择 Ban 掉了加里奥。"

耳机里，作为打野的谢源需要 Ban 选英雄了，他问易琛："Ban 杰斯吗？"

易琛在耳机里说："Ban 杰斯，ZEC 的上单杰斯的单带能力对我们威胁力很大，就算我们团战可以打赢，也很容易被他的单带把塔和节奏全部赔进去。"

谢源应了声，直接 Ban 了对方上单的拿手英雄杰斯。

己方打野 Ban 完了，就该轮到对方的打野了。

相较于谢源 Ban 掉的上单英雄来说，对方打野 Ban 掉的则是谢源最拿手的打野猪妹——凛冬之怒瑟庄妮。

谢源沉吟片刻："Ban 了猪妹啊，没关系，我还有一手皇子。"

易琛看了看谢源，开口道："蜚声，Ban 璐璐。"

叶蜚声想都不想，立刻 Ban 了璐璐。

是的，打野 Ban 完，该轮到中单了。

叶蛰声结束操作之后，该操作的就是 ZEC 的中单 Leo 了。

这位充满传奇色彩的中单选手，并没有像叶蛰声那样 Ban 得非常快，他坐在队伍最中央的位置，抬起头看了看和他一样坐在最中央的叶蛰声。叶蛰声敏锐地察觉到他的视线，淡漠地望回去，两人对视片刻，Leo 选择 Ban 掉了中单英雄——发条魔灵奥莉安娜。

解说惊讶道："又 Ban 了一个中单啊，看起来 ZEC 是真的挺在意 Kill 的。"

事实上，不仅仅解说惊讶，PU 这边同样很惊讶。

"他们应该是猜到了我们会利用蛰声牵制 Leo，Leo 的英雄池很深，还老喜欢用非主流的英雄，比蛰声更难揣测，他们现在 Ban 掉蛰声所有发挥好的英雄，下面的情况就有点难办了。"易琛眯了眯眼，问叶蛰声，"该选英雄了，要先替你选一个吗？"

叶蛰声直接拒绝："不用。"

他说得果断而迅速，显然十分自信，他这种自信也给了大家信心。纪野替谢源拿了一个用得好，又适合开团的英雄——德玛西亚皇子嘉文四世。

随后就是双方前三位的其他选手选英雄了，在纪野替谢源抢了皇子之后，对方拿下了酒桶，同样也是一个打野英雄。

该谢源选了，他犹豫了一下："琛哥，要不要替声哥先选一个？"

易琛还没回答，叶蛰声就道："不用，选 ADC，抢小炮。"

小炮——麦林炮手崔丝塔娜作为本版本另一个强势的 ADC，司念已经在线下不知道练了多久，可以说是她最拿手、发挥最好的一个英雄，如果现在替她抢了小炮，那么她下路对线黑白双煞就不会那么被动。

但是……

"真的不用先帮你拿吗？"司念不确定道。叶蛰声要对战的可是 Leo 啊，那个如同神话一样的选手，如果可以先给叶蛰声拿一个他拿手的英雄，应该会对整体战局提升很多。

只是，叶蛰声再次拒绝了："我说了不用。谢源，速度拿小炮。"

谢源迟疑地看了看易琛。其实易琛和叶蛰声的想法差不多，比起叶蛰声，他也觉得司念和郑宇的下路更需要照顾。

于是易琛思索了一下道："拿小炮。"

谢源舒了口气，抢了小炮。

再接下来，便是对方选择，对方打野先替辅助选手抢下了版本最强辅助风女（风暴之怒迦娜），毕竟璐璐已经被 Ban 了，在香炉强势的 S7 版本，风女是无可挑剔的选择。

没了风女，郑宇又开始紧张，叶蜇声整理了一下耳机，直接给郑宇拿了个日女——曙光女神蕾欧娜。

"哎？直接就选了吗？"郑宇惊讶道。

回答他的不是叶蜇声而是易琛。"不是一直在让你练日女吗？这没有什么可犹豫的，这种局只能选日女。"易琛道。

郑宇恍然大悟。

其实日女辅助在这个版本是比较新奇的，很少在职业赛场上见到，属于非主流辅助。但不可否认，日女这个英雄是真的强，不但四个技能里有三个是控制技能，还非常肉，只要她的 W 技能还在，就非常难死掉，容错率很高。PU 拿到这个英雄，也是 ZEC 没想到的。

郑宇慢慢放松下来，握紧鼠标道："我会好好发挥的，教练！"

易琛没有说话，继续 BP 阶段。

在郑宇选了日女之后，ZEC 那边交流了一下，选择了他们的上单英雄——慎。一个 R 技能大招可以给队友增加护盾并且迅速飞到队友身边的保护型上单。这个英雄也是纪野比较擅长的，被对方选走，虽然在意料之中，但还是有些可惜。

司念晃了晃鼠标，BP 阶段进行到这里，又要 Ban 英雄了。这下双方继续 Ban 两个，然后再分别选两个英雄，比赛就马上要开始了。

相较于一开始的缓慢进行，后面的进展就很快了。ZEC 相当执着，打定主意要击垮叶蜇声，继续 Ban 的英雄还是中单。

他们依次 Ban 掉了诡术妖姬和英勇投弹手，留给叶蜇声的选择真的不多了。

作为己方，PU 不可能再 Ban 中单了，必须留给叶蜇声选择的余地。

然而，叶蜇声作为当事人，一点都看不出紧张，他很平静地摆弄着外设，等双方全部 Ban 完了英雄，纪野也选到了上单迷失之牙纳尔的时候，他才真正把心思放到了游戏上。

现在是他和 Leo 的较量了。

对方的打野选择了蜘蛛女皇，一个魔法伤害的英雄，相较于他们这边物理伤害的皇子，在 Gank 上和刷野速度上不相上下，只是开团能力要弱一些，也比较脆皮。但那到底是 ZEC 的打野，团队合作和默契摆在那里，和 PU 相比他们并不少什么，选了就有足够的信心能打好。

这样一看，就只剩下双方中单选手还没选择英雄了。

叶蜇声慢慢挺直脊背，一手握着鼠标，一手握拳放在唇边，目光落在电脑屏幕上。所有人都知道，他要认真了。

热烈的掌声和欢呼声在双方传奇中单的对拼中响起。作为蓝色方，叶蜇声需要先选英雄，他保持着沉默，易琛在耳机里替他分析 Leo 这几年比赛的表现，整个队伍正权衡着该选什么，叶蜇声便亮出了一个——虚空先知马尔扎哈。

马尔扎哈这个英雄，严格意义上来讲，还是 Leo 的看家英雄。这个英雄最初并不火爆，还是 Leo 常常在训练的时候玩，才慢慢有了热度。

他的 Q 技能可以伤害加沉默对手，让对手在一定时间里无法使用技能；W 技能可以放出虚无虫群，用来啃噬对手；E 技能煞星幻象可以在四秒钟内对敌人持续性造成伤害，敌人如果最终死于该技能，那么该技能会自动传染到附近的敌人身上。

马尔扎哈的 R 技能冥府之握，是一个非常强大的硬控技能，可以瞬间压制一名敌人并造成伤害，在压制的 2.5 秒内，敌人会一直被禁锢。

被禁锢 2.5 秒是一个什么概念？哪怕你处于劣势，这 2.5 秒的时间也能瞬间翻盘。

2.5 秒，在职业赛场上，甚至可以直接决定团战输赢。

看到叶蜇声的选择，解说和现场观众们表情都意味深长。而 ZEC 中单选手 Leo，在叶蜇声选完之后，选了——蛇女，卡西奥佩娅！

一瞬间，欢呼声乍起，解说语带笑意又略有隐忧地说道："哇，这就有点难受了。蛇女啊，这可是 Leo 在比赛里最常用、最拿手的英雄，蛇女打马尔扎哈，这下有的看了。"

的确有的看了。

蛇女，卡西奥佩娅，一个就算走到绝境也可以让人完成极限反杀的英雄。如果被还是 Leo 这样的神级中单拿下，那杀伤力，简直是所有人的噩梦。

易琛料到了 Leo 会选择蛇女，也同样忌惮他蛇女的发挥，但低头看着叶蜇声，他正在活动双手，好让比赛的时候手感更好一点。从他的眼神里，易琛看不到怯懦和畏惧，看到的只有平静与自信。

也许，放出蛇女给 Leo，并没有想象中那么可怕。

易琛舒了口气，合上笔记本。做完最后的 BP，教练需要离开了，他依次从选手身后走过，到舞台中央和 ZEC 教练握手，然后转过身，头也不回地走向后台。

比赛正式开始，他需要做的是在后台，看着他的选手们打赢这场比赛。

游戏里，通告音响起，代表着一切正式开始："敌军还有三十秒到达战场，碾碎他们！"

司念深呼吸了一下，操作着属于她的角色和郑宇的辅助一起来到下路野区，不断晃动的角色看上去既滑稽，又有点紧张。

郑宇使用日女走到她身边，也跟着一起晃动，谢源看了看，也使用自己的皇子跟着他们一起晃。

叶蜇声的画面切到他们的时候就看见三个人一起晃悠的样子，他干脆直接放弃去中路，绕路到下路野区，跟着他们一起晃动。

比赛直播将他们如此"和谐"的一幕播了出去，解说瞧见便道："看来我们的PU信心十足，一点都不紧张，这让我想起赛前采访时Kill说的话。"

另一个解说道："哈哈，你说的那个我知道。"

何止他们知道，台下的观众也知道。

和其他比赛不同，电子竞技的对手在赛前总会放一放"狠话"，一来表达自己的信心，二来杀杀对手的锐气。

叶蜇声作为新晋加入的职业选手，第一次参加全球总决赛，就被易琛推出去接受赛前采访。

当他被记者问到有什么话要对ZEC说的时候，叶蜇声望向摄像机，面无表情地说了一句："明天送你们最后一程。"

是的。

送ZEC最后一程，这是叶蜇声说的话。

这是第一次有人敢这样对ZEC说话。

比赛开始。Leo走到中路站定，等叶蜇声也走到那儿的时候，在游戏里挑衅般亮起了ZEC的牌子，好似在回应叶蜇声赛前采访的嚣张言论。

叶蜇声轻不可见地勾了一下唇，回了一个PU的牌子。

一瞬间，满场哗然。观众激动万分，电子竞技的魅力与热血，在这一刻上升至顶点。

比设想中的要更好一些，这是很难得的现象。

司念作为一名老将，还是一名女将，在下路和郑宇一起跟黑白双煞对线，竟然丝毫没有被压，甚至还压了鲨鱼的补刀。

　　易琛透过转播屏看着这一幕，心里踏实不少，嘴角也情不自禁地扬了起来。

　　夏冰淇站在他背后看着他的笑容。本来她心情很不错，激动、庆幸，但瞧见他这样，她脸上的笑容就不自觉地带了一丝苦涩。

　　多希望这个让他笑的人是自己啊，她眨了眨眼，抹掉眼角的泪珠。

　　赛场上，任何一个人都无暇顾及其他，都专注于游戏。尤其是 PU 这边的人，他们必须全力以赴，因为他们面对的是 ZEC，稍微一个小失误都可能让他们直接落败。

　　司念在拿到小炮之后，在对线上有一些优势，但只有她自己知道这样的状态其实并不好。

　　ZEC 的鲨鱼有意识地在控线，这就很可怕，他的兵线一直被控在防御塔附近，她为了补刀就必须往前压。表面上看着似乎是她占了便宜，但她和郑宇这个位置，在开局还没有眼石的情况下，无法做野区视野，是非常容易被 ZEC 的打野抓的。

　　她猜得也并没有错。

　　他们在比赛，看不到全部画面，但直播上可以看见。现场观众们可以在屏幕上清晰地看到 ZEC 的打野蜘蛛已经进入下路野区，并且正慢慢朝下路靠近，意图很明显。

　　所有观众的心都像被揪住了，来看这场比赛的观众很多，毕竟是中国梦之队和 ZEC 的比赛，他们又是主场，怎么能不来支持呢？

　　观众一多，遇见这种情况，就总会忍不住跟着大家一起尖叫。只是戴着特制隔音耳机的队员们只能隐约听到一些呼喊声，但具体大家在喊什么，其实他们并不清楚。

　　尽管如此，司念还是隐隐意识到了不对劲。

　　就在这个时候，对面的蜘蛛已经藏在下路野区的草丛里，只待一个合适的时机上去禁锢住司念，把她秒掉。

　　司念操作着自己的英雄补了几个兵，眼前一个价值五十块的炮车朝对方 ADC 的方向跑去，司念很想去补掉，但耳机里响起了叶萤声不断打出的警告音。

　　"下路小心点，蜘蛛 miss（失踪）了。"

　　司念倏地反应过来，放弃补炮车，躲在郑宇身后往回走。

　　解说看到这一幕，松了口气说："我刚才一直不敢说话，就怕出现不想看到的那一幕。还好，还好，PU 的下路组合虽然是新鲜出炉的，但意识和默契还是很好的。"

另一个解说道："是的，Kill 在中路疯狂给下路打信号啊，按理说这会儿河道里面没有眼，Kill 应该是看不见蜘蛛去了下路的。"

前一个解说道："这就是意识问题，感觉 PU 这边把 ZEC 摸得很透。你看中路这边，Leo 到目前为止一点好处都没占到，反而是 Kill 这边一直压制了他。"

直播画面从转危为安的下路切换到中路，叶蜇声操作的马尔扎哈手要比 Leo 的蛇女长，并且还有被动技能的护盾保护，到目前为止血量也还保持得非常稳定。

但作为手短的一方，Leo 的蛇女为了补兵只能疯狂丢技能，尽管是控蓝相当优秀的 Leo，现在也没剩下多少蓝了，血量也因为和叶蜇声对拼而降到了百分之五十以下。

解说分析道："Kill 带的召唤师技能是疾走和闪现啊，没有点燃。如果他带了点燃的话，是有可能在六级有大招之后闪现过去把 Leo 秒掉，完成一血单杀的。"

另一个解说怀疑道："我觉得不太可能吧，现在 Kill 马上就六级了，Leo 应该也会有所察觉，不会再往前走了，他现在的走位分明是意识到了的，随时可以回到防御塔的射程里。Kill 如果真的闪现开大秒人的话，很可能会被 Leo 在塔里反杀。"

两个解说分析得都有道理，他们和观众都在猜测叶蜇声接下来会怎么做，会不会抓住他提前到达六级这个机会拿一血，完成单杀，抑或被 Leo 引到塔下反杀。

就在大家思考这个问题的时候，游戏里看似和谐的对线情况突然发生了变化。就如解说之前猜测的一样，叶蜇声提前到达六级，秒升大招，也就在升级大招的一瞬间，他闪现到了正打算转身进入塔下的 Leo 身边，同时按下 R 技能，将 Leo 禁锢在距离防御塔仅仅一步之遥的地方，手速快到 Leo 连闪现（向前快速穿越一段距离）都没按出来就被定住了，整个赛场瞬间爆炸。

"我的天！Leo 这是没反应过来吗？"解说不可思议道。

另一个解说说："不可能，我觉得 Leo 是故意卖破绽的，但是没想到 Kill 真的敢上而且手速那么快！"

解说到底是自己人，看到这样激动人心的一幕当然还是向着自己人。在叶蜇声禁锢住 Leo 之后，谢源也从河道边使用 E+Q 技能加速跑过来给他护法，免得他被对面的蜘蛛骚扰，就在这样完美的配合下，叶蜇声完成了对 Leo 的单杀！

一瞬间，整个赛场都被尖叫声充斥着，战队麦克风里也满是赞叹声。

"可以啊声哥！单杀 Leo 的蛇女！Nice！"

郑宇激动地呐喊，这会儿他和司念已经回泉水补给了，有时间发表一些言论。

司念也克制不住激动的心情大声道："叶大神太牛了！Nice！"

仿佛是一针强心剂，叶蜇声对 Leo 的单杀让整个 PU 都从紧张的氛围中得以喘息，大家信心倍增。司念这边对线游刃有余，甚至还差一点和郑宇把对方的下路组合杀死；而谢源这边操作的皇子节奏也相当好，上路帮了纪野一波之后，纪野直接一波肥（打了一波团战之后就有钱了），使用的纳尔把对方的慎压得不能自理，比赛进入到二十分钟的时候，慎的装备还不如郑宇一个辅助。

直播画面切到了 ZEC 这边，选手那里显示了 ZEC 上单的脸，观众们可以透过大屏幕和手机清晰地看到对方上单疑似说了一句"我靠"。在后台看转播的易琛瞧见这一幕，嘴角的笑意慢慢加深了，夏冰淇递给他一杯水后也跟着笑了起来。

方青子默默地站在人群最后，看着本场发挥最佳的叶蜇声，回想起他们曾经的一切，心里酸涩得不行。

如今的战斗本该是她和他一起的，如果不是她那样恳求他，甚至不惜说了分手，叶蜇声怎么可能回国加入 PU？

凭什么她承受了煎熬，承受了孤独和痛苦，最后享受这一切的却是司念？

另一边，陈星航躺在家中的床上，看着手机上的比赛直播，弹幕一直在刷"PU 太牛"。他慢慢舒了一口气，觉得自己做了这辈子最正确的一个决定。如果今天上场比赛的人是他，他不可能像司念一样发挥得这样好。

说到底，他的初心已经变了，他已经不再是过去的他，也不会再有过去那样的发挥。他热爱的电子竞技，已经不再适合他了。

如同暴风雪一般，雪球越滚越大，碾压的气势从来没有停止过，叶蜇声完美地完成了他的任务，拖得 Leo 连自己中路都只是勉强守住，根本没有心思和精力去管其他路。而司念也不负众望，在谢源来帮忙抓人的时候成功抓住了机会，拿下两次双杀，一下子飞跃到 4/0 的战绩，富得流油。

怕就怕小炮这个英雄发育起来。司念在有了优势之后，担任起了拆迁大队的职责，和郑宇在谢源的帮助下一路将 ZEC 下路通关，直逼高地塔。

局势变成这样，显然是 ZEC 没想到的。他们没料到他们最看不起的下路组合竟然成了突破口，几乎就要踏上他们的高地了！

饶是 ZEC 此刻也显得有些慌张，直播里可以看出他们在疯狂对话，但这个时候才开始注意重视 PU 的下路已经为时已晚。司念抓住优势，和队友一起抱团，纪野在上路带线带得不亦乐乎，对面的上单慎为了保护队友不得不离开线上，这就导致 ZEC 的上路也跟着宣告通关，两路高地岌岌可危。

后台，易琛紧握着双拳盯着屏幕上的转播，看到队员们充满默契的配合，一步步拿掉大龙，最后踏上 ZEC 高地，卸掉了对方门牙塔，这个时候已经不仅仅是他自己激动了。

现场观众、解说席上的解说都沸腾了。解说激动道："PU 太牛了！谁说 ZEC 的地位不可撼动！问过 PU 了吗？我就是要提前说！恭喜 PU 拿下本场比赛的第一局胜利！"

是的，他们赢了。

五场比赛中的第一场，他们在不到三十分钟的时间里攻破了 ZEC 的防线，打得他们措手不及。

郑宇激动得手舞足蹈，直播画面切到他身上，他不但没有丝毫收敛，还得意地比画了一个手势。如此高调浮夸的样子，让摘掉耳机下场休息的 ZEC 队员们气坏了。

叶蜇声不紧不慢地摘掉耳机，站起来整理了一下自己的东西，随后披上队服外套，瞥向郑宇道："老实点，只是赢了一场，别膨胀。你觉得 ZEC 下一场还会轻意放过你们下路吗？"

叶蜇声一句话把郑宇打击得不行，得意完了又开始紧张。司念跟在叶蜇声后面，五个人一起走向舞台，朝欢呼着"PU"的观众鞠躬致谢之后往回走。

她一边走，一边对叶蜇声道："叶大神！我真得这么叫你了！年轻就是不一样啊，我想都没想过你能把 Leo 压成那样！你真是太棒啦！"

这话说得，听上去就差没抱上去亲一口了。纪野在最前面都能闻到一股恋爱的酸臭味，直接抖了一下加快脚步进入后台。

谢源朝走在队伍最后的郑宇使了使眼色，郑宇瞬间领悟，越过司念和叶蜇声先一步进入后台。这会儿就只剩下司念和叶蜇声了。

"哎？他们干吗去了？"司念跟着叶蜇声走进后台，是他俩走得太慢了吗？怎么走廊里除了工作人员就只剩下他们了？

叶蜇声瞥了一眼周围。他们越往前走，经过的人就越少。走了一会儿，他转过头看向司念。

"怎么不走了？"司念不解地看着他。

"你不是想知道他们去干吗了吗？"

后台走廊昏暗的灯光下，叶蜇声目光灼灼地看着她。

被如此炙热的视线注视着，司念摩挲了一下手臂，弱弱地说："他们去干吗了？"

叶蜇声闻言微微勾唇，露出一个迷人而清隽的笑容，低下头靠近她，准确而坚定地在她额头上落下一个吻。

"当然是识相地留下空间让我亲你了。"

出来迎接功臣们的易琛和夏冰淇远远就瞧见了在那边卿卿我我、腻腻歪歪的司念和叶蜇声。夏冰淇勾着嘴角，意味深长地看着易琛，想看看他是什么反应，但结果让她大失所望。

易琛根本就没有什么反应，皱了一下眉，然后指着司念和叶蜇声的方向道："去把那两人给我弄来。什么时候亲热不行，就五分钟休息时间还浪费这么久。赢了一场比赛就膨胀了？别忘这是 BO5，等你们连赢三场了，想干吗就干吗，我举双手双脚支持。"

易琛说完就推了郑宇一下，郑宇只能硬着头皮过去了。

"那个，打扰了！声哥、司念姐，教练让你们过去呢。"他红着脸说完后迅速跑了，到底年纪小，还是个孩子，压根儿就没见过这阵仗。

司念虽然年纪不小了，但遇见这种事还是有点害羞，更别提被易琛说了。

她假咳一声，先一步离开，叶蜇声望着她的背影，抬手抚过唇瓣，轻笑出声。

方青子靠在门边上，淡淡地望着远处这一幕。其他人笑的时候，她也跟着笑，只是那笑，怎么看都有点悲凉。

所有队员都在短时间内归队了，休息室里瞬间热闹起来，大家开始讨论下一局的战术。

ZEC 那样的战队，也许偶尔会有一次轻敌大意，但绝对不会在第二场比赛中犯同样的错误。

"也就是说，这一局的重点，要看司念和郑宇了。"

易琛望向坐在一起的下路组合，眼神复杂道："别让我遗憾。"

遗憾？

输了肯定会有遗憾，但就算输了来年也可以再战，用"失望"也好过用"遗憾"这个词吧。

大部分队员都不理解他为什么要用这个词，司念却听了出来。

她欲言又止道："琛哥，你……"

"好了，时间不多了，用在正事上。"

易琛直接打断她的话，开始给他们分析待会儿的对局和英雄选择。

司念舒了口气，认真听着。夏冰淇站在易琛身后，慢慢握拳，叹了口气。

他们都隐隐意识到了不对劲，这种不对劲让他们觉得哪怕今天真的取得了胜利，未来的他们也不会太开心。

千算万算，小心小心再小心，最担心的事情还是发生了。

ZEC到底是ZEC，能够拿到全球三连冠的队伍怎么可能在一个地方跌倒两次？

第二场比赛，从BP阶段到比赛开始，以及比赛中期，ZEC都把PU打得毫无招架之力。

叶蛰声的中路倒还好，他一直很努力地牵制着Leo，避免Leo脱身之后到别的路去Gank，让局势雪上加霜。可说到底，《英雄联盟》不是一个人的游戏，你个人能力再优秀，架不住其他路崩盘太厉害，尤其是下路。

看得出来，中场休息的五分钟时间，ZEC进行了策略大改动，他们将注意力从叶蛰声身上转到了PU的下路组合，也就是司念和郑宇身上。

他们俩，一个是女性，一个心智上还是一个孩子，一旦抓住他们的弱点，很容易打得他们心态爆炸，慌不择路。

事实上，的确如此。

ZEC的黑白双煞并非浪得虚名。失败一次之后，这第二次，他们使用探险家·伊泽瑞尔和魂锁典狱长锤石把司念跟郑宇使用的寒冰射手艾希以及仙灵女巫璐璐打得落花流水，以令人惊叹的速度丢掉了下路一塔。

"别慌。"语音里，叶蛰声镇定道，"好好打，尽全力就好，别关心输赢，就算输了也还有机会。"

话是这样说没错，可真的可以做到不心慌吗？想想现在弹幕和看比赛的观众在心里得怎么骂他们垃圾，司念和郑宇就有点扛不住。

司念倒还好一些，比较严重的是郑宇。他几乎已经开始梦游了，该给大的时候顾不上给大，该给盾的时候忘记给盾，别说是力挽狂澜了，他连自保都困难。

"郑宇，你干吗呢？这高地还没破呢，你怎么就慌成这样了？"谢源着急地在语音里喊道，"好好打，可以打的。你看中路一塔都还没掉呢，是不是？"

谢源的安抚起到了一点作用，郑宇深呼吸了一下，跟着司念换线到上路，守在上路二塔发育。

"没关系的。"司念稳住心神对郑宇说，"还可以打，人头差距和经济差距不是太大，速度偷发育，看好大龙，我们还有机会。"

的确，他们还有机会，马上就要刷新大龙了，只要保住这个大龙，甚至拿下这个大龙，他们就有机会翻盘。

然而，天不遂人愿。尽管叶蜚声极尽所能地秒掉了 ZEC 的中单 Leo，甚至把对方ADC 鲨鱼打下半血，爆发了高额伤害，所有现场观众都为之沸腾。可他毕竟是个中单，玩的还是暗黑元首辛德拉这种比较脆皮的法师，交出全部技能并打出全部伤害之后，还是被敌方打野收掉了人头。

作为己方灵魂，叶蜚声操作的英雄一死，PU 这边顿时乱了阵脚。郑宇的璐璐装备极差，刚刚做出香炉，团战过半就完全没有了杀伤力，只能乖乖交出性命；而司念使用的艾西发育得很差，R 技能大招禁锢使用完了之后，也没有太大的杀伤力。在队友死了两个、一个残血的情况下，她和谢源也没坚持住，跟着挂掉了。

唯一逃过死亡命运的，只有纪野操作的上单机械公敌兰博，就这还是丝血逃亡，要不是他反应够快，估计也彻底交待在河道里了。

"不应该在野区打架的，我们完全没有视野（在游戏中如果没有人在地图中放置监视守卫，将会在英雄和小兵离开时失去此处视野）！"谢源靠在椅背上面无表情道。

叶蜚声这个时候也快复活了，他将游戏画面切到大龙附近。尽管这边没有视野，也能知道 ZEC 正在打大龙。不多时，在他还有一秒钟复活的时候，对方成功秒掉了大龙，获得大龙 Buff（给某一角色增加一种可以增强自身能力的"魔法"）和满场喝彩。

毫无疑问，这场比赛最终的结果以 PU 失败告终。

司念自责极了，觉得这场输了全是她的责任，基地水晶被摧毁的时候，她抬手捂住了眼睛，内疚得不行。

大屏幕的画面切到她，当观众们和解说看到这一幕的时候，虽然不甘，却还是有些于心不忍。

解说叹息道："其实刚才真的是被 ZEC 把雪球滚起来了，PU 这边可能还是有一点沟通上的失误，也不全怪下路这边。"

另一个解说附和道："是的，我觉得其实没关系的。胜不骄败不馁嘛。现在的战绩是 1：1，PU 还是有很大机会的，吸取教训，下一局拿出更出色的表现就好！"

解说的话很对，司念这会儿已经摘了耳机，听得到观众的欢呼和解说的言论。她告诉自己不能气馁太久，必须重新振作起来，还有比赛等着她打，如果连她的心态也崩溃了，那 PU 的下路不就完了吗？她绝对不允许在自己上场打比赛之后，还让大家有一种"要是陈星航上场就完全不一样了"，或是"为什么让一个女人上场打比赛"的想法。

抹了抹眼睛，司念站起来披上外套准备和队友一起离开，一抬头就看见叶蜇声正望着她。她有些迟疑地露出一个微笑，叶蜇声似是叹了口气，又似乎没有，然后他就当着全球观众的面，做了一个令大家十分惊讶的动作。

他没有跟着纪野和谢源往台下走，而是往司念的方向靠了一下，抱住了她，安抚般拍了一下她的后背。

这个动作让观众们瞬间激动起来，八卦之火熊熊燃烧。郑宇两眼通红地在后面看着被叶蜇声抱着的司念，叶蜇声抬眼望向他，嘴角抽了一下，似是无奈地朝他招了招手。郑宇立刻像受伤的小羊羔一样冲了过去，伸出双臂抱住了司念和叶蜇声。

这一幕温馨极了，连女解说都被感染了，偷偷抹了抹眼泪。后台，易琛单手托腮看着，面无表情。

一行五人很快回到了后台。走进房间的时候易琛坐在沙发上，点了根烟，推了推眼镜，不看他们，也不说话，和上一局打赢后的表现相差极大。

明明应该抓紧时间讨论战术的，可等所有人都在易琛面前站定，他依然保持着抽烟的动作，一点要开口说话的意思都没有。

郑宇先坚持不住了，红着眼睛走上前道："琛哥，对不起，是我的锅。我后面完全就是在梦游，一点用都没有！都怪我！全是因为我！"

他不断骂自己，惹得谢源也受不了，冲上去道："也怪我，怪我没有 Gank 好，野区都被 ZEC 给清了，拿了猪妹发育也发育不好，对大家一点帮助都没有。"

司念看看他们俩，跟着上前说道："是我的原因，我自己慌了，被鲨鱼找到机会给秒了，不是我的话鲨鱼也不会发育起来，都是我的责任。"

所有人都在急着想要承担责任，没有一个打算独善其身，纪野虽然没说什么，但也跟大家站在一起等着易琛的训话。

易琛抬头用视线扫过他们五人，弹了弹烟灰，勾着嘴角，明明是在笑，却让大家觉得他还不如不笑。

"没有必要这样。"他淡淡地开口，望向叶蜇声，"失败不是偶然，都坐下吧。蜇声这一局的表现无可挑剔，希望你下一局还能保持这样的状态。"

叶蜇声没说话，只是微微皱了皱眉。他也察觉到易琛不对劲，但又说不出是哪里不对劲。

夏冰淇坐在易琛旁边，深呼吸了一口气，想开口说什么，但被易琛抢了先。

"我没有怪罪你们，没有人有资格怪罪你们，谁面对 ZEC 这样的攻势都会慌。现在，你们需要冷静下来，把下一局比赛打好，做得到吗？"

易琛温和地询问着，他态度越好，大家越内疚。听到他这么问，都低下头保持沉默。

易琛瞧着这一幕，闭眼叹息。

五分钟的时间很快就过了，他们只来得及讨论一些简单的战术变化，就得继续上场比赛。

赛场上，易琛拿着笔记本，戴着耳机在五个队员身后来回踱步。他在尽自己的全力，他知道大家都是如此，没有人想输掉比赛，大家都不想失败。

然而有一种东西叫作心理阴影。上一局的比赛让郑宇整个状态都变差了，他们又没有替补辅助，如今这样上场，就算司念再次拿到拿手的小炮，也有点吃不消 ZEC 的攻势。

节节败退，这个词用来形容 PU 的现状，再合适不过。

他们再次失败了。

基地水晶爆炸。司念呆呆地看着屏幕，这一局倒说不出具体是谁的错误，人头差距也不大，只能说是 ZEC 打得实在太好了。对方上单拿到了杰斯，一手单人带线把 PU 的防御塔推掉了好几座，他们反应过来的时候，比赛已经结束。

坐在椅子上，叶蜇声靠着椅背盯着电脑屏幕，手里还握着鼠标，似乎一切发生得太快，连他都有些没反应过来。

再看看对面，ZEC 的选手们有说有笑地离开了座位，走之前还不忘朝他们这边看一眼，讽刺之意溢于言表。

要说第一局比赛结束后他们有多骄傲，现在连败两场后他们就有多落寞。

"不能再输了！"

后台，夏冰淇有些着急地看着垂头丧气的五个人道："你们到底在干吗？怎么状态这么差？不就是刚才输了一局吗？人家 ZEC 被打败之后可没像你们这样一蹶不振！"

她每一句都直戳人心，可尽管如此，大家还是保持沉默，一言不发。

易琛坐在沙发上不断地抽着烟，不一会儿工夫，桌子上的烟灰缸里已经满是烟蒂。

夏冰淇实在看不下去他这样，忍无可忍道："我憋不住了，我必须说出去了。"

易琛抬眼，开口想要阻止她，可她铁了心要将自己刚打听到的秘密说出去，根本就不给易琛阻止的机会。

"你们知不知道这是琛哥最后一次给你们当教练、陪你们上赛场了？"

夏冰淇的话让所有人瞬间回了神，都震惊地看着她。

夏冰淇很满意这个效果，吸了吸鼻子，哽咽道："现在知道听我说话了？刚才不是个个都很消沉，好像你们被全世界抛弃了一样吗？"她指着坐在沙发上的易琛，红着眼睛继续道，"琛哥被徐总辞退了，你们还不知道吧？这次是他最后一次带你们参加比赛了，你们就准备拿这样的表现回报他这么多年的教导吗？"

虽然说，这几年战队里的队员自司念离队就换了好几批，可就算换过了，大家在PU 也待了很长时间。尤其是纪野，他在 PU 打上单已经快三年了，听到夏冰淇这么说，他难得激动地站了起来："徐总凭什么辞退教练？"

夏冰淇低下头，带着哭腔道："还能凭什么？凭陈星航摔伤的事，凭队伍里最近出现的各种各样的事，感情方面的、战队方面的，你们问我，倒不如问她！"她伸手指向方青子，作为战队老板直接委派来的"眼睛"，方青子的确知道一些事，但是她什么都不打算说。

"你们现在就算知道了又如何？"她面无表情道，"你们有什么筹码去和徐总谈条件？易教练已经交了辞呈，徐总已经批准了。如果你们输掉今天的比赛，他明天就直接可以卷铺盖卷回家了。我说得没错吧？易教练。"

她说完话就看向易琛，这样直接、难听的话让人听了有些接受不了。郑宇性格脆弱，直接哭了起来，易琛皱眉坐在那里一言不发，似乎无话可说。

司念一直在一边安静看着这一切，到了此刻，她没有继续沉默。

在郑宇的抽泣声中，司念慢慢站起来走到了他面前。

郑宇懵懂地抬眼望向她，司念直接抬手打了一下他的脑袋。

郑宇愣住了，不可思议地看着她，其他人的表情也差不多。

司念抬眼，扫过在场的所有人，包括易琛。

她心里不是不难过，可难过不能解决问题。

"哭没有任何用处。"司念极其冷静道，"是没机会了吗？不是才输了两局吗？"她指着倒计时钟，"这不是马上还要去比赛吗？一个个这么消沉干什么？现在该做的是什么？你们自己不清楚吗？"她深吸一口气，瞪着所有人道，"我们不会输的。"

"对。"始终保持沉默的叶蜇声也站了起来，附和着司念的话。

"我们不会输。"他望向易琛，"教练也相信我们可以赢的，对吧？"

易琛怔了怔，抬头望向叶蜇声。

几秒钟后，他慎重地点了点头。

"你们打败过 ZEC，这是大家有目共睹的。"

易琛掐了烟，也慢慢站了起来。

叶蜇声微微一笑，笑得非常轻松："战绩打成目前这个样子，只不过是不想让 ZEC 输得太难看罢了，下面这两场比赛，我们一定会赢。"

说完后他朝所有人伸出手，目光扫过众人。司念第一个放了上去，随后是纪野，纪野毫不犹豫地把手搭了上去，谢源见此，也把手放了上去。

"说得没错！我们不会输掉比赛的！"谢源冷哼一声道，"不就是 ZEC 吗？赢了两局又怎么样，第一把赢的可是我们，我们绝对有能力打败他们！"

谢源的话刺激到了郑宇，郑宇深吸一口气，也把手和其他队友放在了一起，一字一顿道："对！我们不会输！我们要赢！赢了之后我们一起去找徐总，让他收回琛哥的辞呈！"

五个人的手放在一起，代表着团结。

五个人，五双眼睛看着彼此，手慢慢抬起来，再一起压下去，口号就在这个时候响起来："PU 必胜！"

PU 必胜。

他们必须取得胜利，他们没有退路。

不管是为了荣誉，还是为了易琛，他们都要打赢今天的比赛。

只有这样，他们作为队员，才有真正的话语权。

易琛站在一边，看着队员们重新燃起斗志的模样，耳边还回荡着郑宇刚刚说的话。

此时此刻，他很清楚，这场比赛对他们来说，不再只是为了荣誉而战。

他们也同样是为了他而战。

只可惜，他们都还太年轻，不知道有些事情一旦决定就很难再改变。

在资本家眼里，英雄也只是获取利益的工具而已，如果他们不能通过这些队员获取利益，眼前的这些人就只能被弃用。

易琛闭了闭眼，长叹一口气。

比赛仍然要继续。

目送选手离开后，易琛在最后才上台，他望着台下的观众，望着大屏幕上"《英雄联盟》"四个大字，脸上的神色变得肃穆而神圣。

这场比赛对于 PU 来说，已经是生死之局。他们连败三局，一旦输掉这场比赛，第五场比赛也就不需要进行了，结局就是他们连全球四强都进不了，只能止步八强。作为 LPL 的梦之队，这对他们来说既是一种惩罚，也是一种耻辱。

不能带着耻辱而归，不管是为了梦想，还是为了战队的完整。

值得一提的是，已经连胜两局的 ZEC 大概觉得他们已经赢定了，所以在第四场比赛的时候，没有刻意去压制叶蜇声，竟然还放出了叶蜇声前几场比赛发挥极好的加里奥。

易琛见此，立刻让纪野锁定了加里奥，锁到这个英雄后，真的是让队伍里的其他人顿感安全。

"六级之后就是声哥的天下了，这一局稳赢了。"

之前心态最差的是郑宇，如今心态最好的也是郑宇，看到叶蜇声拿到了加里奥，郑宇的高兴全写在脸上。司念无奈地跟着笑了一下，叶蜇声虽然没有回应什么，但单手托腮进行 BP 的他嘴角挂满了笑意。

除了加里奥，司念这一局也拿到了一个相对来说要比寒冰射手更拿手的英雄，一手深渊巨口克格莫，也就是大嘴。

为什么说这个英雄她比较拿手呢？这还要从她刚认识叶蜇声的时候说起。那时候她还在直播，在直播里遇见了叶蜇声，直接被他的大嘴打得心态爆炸，上了热搜。

自那之后，司念就苦练大嘴。如今她可以自信地说，她的大嘴虽然不敢说比 ZEC 的 AD 鲨鱼更好，但绝对可以跟叶蜇声匹敌。

叶蜇声是谁？那可是天才型全能选手，可以和他匹敌，技术就已经是非常不错了。

"ZEC 膨胀了吧？我们拿了大嘴，他们居然不 Ban 璐璐？"

耳机里，郑宇看到 ZEC 最后 Ban 掉的两个英雄，有点吃惊。

纪野语调凉凉道："大概是被你的璐璐辣了眼睛，觉得没必要 Ban 吧。"

郑宇噎住，须臾之后掷地有声道："那我这一把就要让他们知道我的璐璐有多强！"

纪野微勾嘴角，看着电脑屏幕上锁定了璐璐的郑宇，心里没有那么担心了。

年纪小的选手，固然反应快，操作迅捷，可心态也容易崩，毕竟经历得少，很容易受外界影响。希望经此一役，郑宇可以真正成长为一个成熟的辅助选手。

很快，PU 的生死局就开始了。

不论是现场观众还是解说，都对本场比赛抱有最后的期望，从观众们声嘶力竭地喊着"PU"就可以听出来抱有多大的期望。

这一局司念和郑宇的下路拿到了版本强势的大嘴和璐璐的组合，比起上一局的寒冰射手和璐璐，两人这一局显得更有信心一些。

"不要尿！"司念现在是明白了，鲨鱼那种选手，就是遇弱则强，遇强则弱。你要是打得凶一点，他可能就收敛一些等着队友配合，所以她绝对不能再像上两局那样猥琐发育，一定要把心里的愤恨都发泄出去！

郑宇也被司念的杀气感染了。战局开始，两人一上线便开始和 ZEC 使用的皮城女警凯特琳以及弗雷尔卓德之心布隆进行激烈厮杀，一改之前风格，令观众们大吃一惊。

男解说惊讶道："哇，这一局 Nian（司念的游戏 ID）打得非常凶啊，开了 W（技能，加快普通攻击的速度，并加大射程）就直接上去喷鲨鱼，鲨鱼都被打得不能补兵了，他用的可是手长的女警啊。"

皮城女警这个英雄在 ADC 英雄里面手长指数遥遥领先，但比起开了 W 加射程和攻速的大嘴来说，还是稍稍逊色。但开了 W 的大嘴，一旦 W 技能的时间过了之后，大嘴的射程就没法和女警比了，女警还有一手放夹子陷阱的技能，一旦鲨鱼升级有了夹子之后，司念这边的局势肯定不会像现在这样乐观了。

她应该会收敛一点，在大家都达到三级之后。

解说是这样分析的，观众也是这么认为的。

司念没有收敛分毫，仗着璐璐的 W 技能可以把敌人变成动物，无法进行操作，以及 E 技能加的护盾和攻击，不断地挑战着鲨鱼的底线。

从转播画面上看得出来，鲨鱼的情绪不太好，嘴里念念有词地说着什么。从比赛时长上来看，大约 ZEC 的打野要来下路 Gank 了。

不过很可惜，在对方刚刚靠近下路的时候，司念就在队友的提醒下离开了危险区域，回到了塔下，按下 B 键回城，准备去补给一波。

"打得太爽了。"郑宇觉得终于扬眉吐气了，有点激动道，"早就该这么打他们了！看他们还嚣张不嚣张，亮不亮牌子！"

司念眨了眨眼，紧盯着游戏小地图道："我觉得没那么简单，我们这一波如果回家的话，鲨鱼那边太亏了。我们现在都是残血，鲨鱼也是残血，三角草丛那边没视野，你回城小心点。"

郑宇应了司念说的话，两人都紧盯着游戏画面，担心回城被突然打断。

然后他们担心的事情就发生了，三角草丛忽然飞出一面德邦军旗，是敌方打野德玛西亚皇子嘉文四世过来了！

一个 EQ（技能连招）二连，皇子直接进入司念他们塔下，将两人的回城全部打断。仅仅剩下百分之三十血量的两人迅速做出反应开始反杀，但 ZEC 那边的鲨鱼和辅助也迅速赶到，辅助弗雷尔卓德之心布隆已经有些肉了。在抗塔，PU 这边兵线又还没到，局势对他们非常不利。

就在这千钧一发的时刻，即将被击杀的司念身上忽然亮起光芒，她操作的大嘴周身仿佛地震一般弹起，碎片和冲击波震得所有敌人都离开了地面，也就在这个时候，叶蜇声操作的加里奥出现在对拼当中，原来是他使用 R 技能大招赶到了！只见他落地之后一个 Q 技能吹向 ZEC 的辅助布隆，布隆本来就抗塔到残血准备撤退，这一个 Q 根本吃不消，直接阵亡。

随后便是 ADC 鲨鱼，他一直在抓紧时间去攻击司念和郑宇，可在布隆阵亡之后，防御塔直接开始攻击他，他的血条瞬间消失，直接死在塔下，人头被司念的大嘴拿到！

现场所有观众几乎都从椅子上站了起来，激动地欢呼着"PU"的队名，注视着叶蜇声的乘胜追击。他和司念一起追着逃跑的皇子进入野区，然后配合赶到的谢源将对方击杀，人头再次被司念的大嘴收入囊中，完成一波双杀！

"双杀！Double kill！这一波塔下终极反杀太强了！我的天！ZEC 是不是没想到 Kill 居然可以这么快到达六级？让我们来看看回放！"

解说语调激动得不行。直播画面切换到了刚才那一幕的回放，这次回放里大家可以清晰地看到，叶蜇声操作的加里奥虽然在对线上不及 Leo 操作的中单蛇女灵活和手长，却在抗压的情况下和蛇女同一时间到达了六级！而这个时候，下路那边皇子刚好靠近三角草丛，叶蜇声一边朝下路走，上路的纪野一边使用着未来守护者杰斯往中路赶，放弃了和上路的迷失之牙纳尔对线，直接在中路拖住了 Leo 的蛇女，让其无法赶往下路支援。等敌方上单纳尔反应过来想要传送到下路的时候，下路已经打完了，完美地解决了 ZEC 的越塔强杀！

"Nice！"

几乎所有人都不断地在喊着这个词，耳机里全是队友们激动的称赞，叶蜇声微微勾唇，按下 B 键回城，淡淡地对在自己身边转悠的司念说道："走了，我在泉水等你。"

泉水，就是老家，那个温暖、安全，可以慢慢恢复血量和蓝量的地方。

司念心里一暖，刚才的一幕幕闪过眼前，她竟有一种热泪盈眶的感觉。

后台，看着转播，易琛脸上也露出了欣慰的笑容。如果是这样的比赛结果，那么即便比赛结束之后必须离开自己带了多年的战队，他也毫无遗憾了。

叶蜇声操作的加里奥如同神兵天降一般，帮助所有队友建立优势，不但完成击杀，还做出了出色的救援。这一场比赛的结果毫无疑问。PU 最终取得胜利，他们在拿到优势之后，如第一局一样，以迅雷不及掩耳之势摧毁 ZEC 的基地，如果说上一局 PU 输得十分惨烈，那这一局就轮到 ZEC 输得惨烈了。

比赛结束近一分钟了，ZEC 的队员们却仍然坐在座位上，看得出来他们很震惊。尤其是中路的 Leo 和上路的选手，如果不是上路失误没及时反应过来赶到下路，也不会让 PU 那么快找到机会反杀。ZEC 的上单双手捧着脸，坐了许久才起身离开。

任何事情都是如此，永远都是有人欢喜有人愁。

上一次愁的是 PU，这一局愁的就是 ZEC。

"最后一场比赛，ZEC 绝对不会放加里奥了。"

五分钟休息时间结束之后，再次上台之前，易琛站在队员们身后，说出了这个事实。

叶蜇声淡淡道："没关系。"

他是真的没关系，从语气里就能听出来他的镇定和自信。易琛拍了拍他的肩膀，对郑宇道："你应该学学蜇声，虽然你喊他声哥，但其实你们没差几岁，你得赶快成熟起来，不然以后我不在了，下一个教练不一定对你这么宽容。"

郑宇闻言，有点眼眶发热："琛哥，我……"

"好了，BP 了。"易琛打断郑宇要说的话，开始进行 BP 阶段。

看得出来，ZEC 真的很想赢，他们想完成四连冠，所以最后一局的 BP 做得极其严谨。加里奥当然没放出来，司念发挥好的大嘴和小炮也没放出来。PU 也不客气，同样 Ban 掉了 ZEC 这边发挥好的英雄。这一场 BP 下来，可选的英雄真的不多了。

值得高兴的是，叶蜚声再次拿到了他非常拿手的一个英雄——杀伤力极强的英勇投弹手库奇，也就是大家常说的飞机。

这个英雄拥有非常出色的线上消耗和追杀能力。在游戏开局八分钟之后，每过一段时间，飞机就可以在基地泉水门口拿到一个炸药包，炸药包一旦被捡起来，就会暂时为飞机提供非战斗状态下的百分之四十的移动速度加成，持续时间高达六十秒！

不仅如此，拿了炸药包的飞机还会被强化 W 瓦尔基里俯冲技能，将此技能升级为特别快递，获得超长距离的位移，位移过的路段还会留下痕迹，踩上去的人会受到伤害，可以说是一个终极 Gank 封走位神技。

为了应付飞机这个英雄，Leo 显然不能再用蛇女，蛇女也已经被 Ban 了，他沉思许久，拿出了叶蜚声前两场用过的暗黑元首辛德拉，并锁定了该英雄。

辛德拉拥有非常强大的控制和秒杀技能，如果配合上打野的 Gank，可以使用 R 技能大招轻松完成对敌人的击杀。

双方都选择了不弱的英雄。当游戏真正开始之后，已经被连续拖了四局的 Leo 面色沉了下来，看得出来，他现在比任何时刻都要认真。

这一场比赛，他大概会专注于中路，一雪前耻。

事实上，他也是这样做的。

游戏一开始，叶蜚声操作的飞机就被他逼到了塔下，他抢先到达三级，利用 E 技能推动 Q 技能留下的法球，险些击中叶蜚声。

一旦叶蜚声被这些法球击中，就会被禁锢在原地，这样的话以 Leo 的水平，完全可以利用这被禁锢的几秒钟打出成吨的伤害，把叶蜚声逼回家。

然而叶蜚声也不是吃素的，游戏进入到第五场的关键赛，他的状态越来越好。虽然在线上有点压力，但他本来就很抗压，凭借着犀利的走位熬到了第一个炸药包出现。

"Now I'm all spooled up！（现在的我已经飙到极限了！）"

取得了炸药包，游戏全场响起警报声，这是对于敌人的警告，也是对队友的提醒。司念很快就在耳机里听见叶蜚声淡淡道："快递将会为您送到下路。"

司念闻言，情不自禁地笑了出来，这一局鲨鱼打得很稳，她这边也保持着不错的水准，目前双方补兵差不多，血量也差不多，很难分出胜负。

但大家都很清楚，飞机拿到第一个炸药包，肯定是会来 Gank 的，叶蜇声已经透露了"快递"送到下路，她和郑宇当然也要演起来。

可是怎么演才能吸引住非常有经验的黑白双煞，阻拦他们往回撤的脚步呢？

司念使用自己操作的英雄瘟疫之源图奇，也就是老鼠，故意露出一个破绽给 ZEC 的辅助曙光女神蕾欧娜。要说她露出这个破绽，真的非常真实，就仿佛只是一个很小的走位失误，将自己暴露在了小兵的空当期，让对方有几秒钟的时间控制她。她自己还装模作样地仿佛突然发现自己的走位失误一样，下意识往后退，也就在这个时候，ZEC 的辅助终于上钩了！在她转身隐身往回跑的时候，一个 E 技能飞上来定住了她！

完美的时刻！

叶蜇声此时此刻已经到达敌方野区三角草丛，在司念被定住的一瞬间就使用 W 技能超远 Gank，瞬间出现在战局中！

观众们可以透过转播清晰地看到 ZEC 的辅助好像骂了一句脏话，然后不断按着鼠标想要弥补自己的失误。

然而这显然已经太晚了。这一局纪野作为上单终于拿到了他玩得非常好的保护型上单慎，在叶蜇声飞出去的一瞬间，他也使用 R 技能大招飞到了司念身上，为她提供护盾保证她不死，任凭日女再怎么挣扎也无用。

而司念也不负众望，在日女控制结束的一瞬间使用 Q 技能进入隐身状态，躲过了 ZEC 中单 Leo 的视线。Leo 这个时候刚赶到，正好在司念消失后一秒出现，压根看不到她的位置，再加上现在他身上带的是眼不是扫描，也没有真眼，根本不能确定司念的方位，就只能先帮助队友脱身。

然而谢源的到来让他们很清楚，这场团战他们已经凶多吉少，不单单是因为他们开局太完美，还因为谢源要比 ZEC 的打野来得快，一进场就控住了 Leo；Leo 打出几段伤害之后被叶蜇声击杀，司念的老鼠躲在草丛里面开大飞快溅射射击，将鲨鱼和辅助的人头纳入囊中。ZEC 传送赶到的上单只能残血逃回塔下，而最后赶到的打野也没有任何用处，只能跟着上单一起守塔。

他们现在能做的也只有守塔了，他们只有两个人，比起 PU 五个人，根本一点战斗力都没有。

战绩瞬间变成 0:3，ZEC 这边也有些紧张了。司念拿了两个人头，回去就先做了一个卢安娜的飓风，不但可以加攻速，还可以分散物理攻击，在进行普攻的时候可以攻击三个人，这对老鼠这个清线比较慢的英雄来说非常必要。

拿到了飓风，司念就和郑宇一起回到线上，利用对方黑白双煞回线的时间差，配合打野谢源将对方下路一塔拔掉，瞬间起飞！

"我必须说得说，PU 的 Kill 真是一位节奏大师！已经不是第一次了，无敌的 Gank 和超强的个人能力，全场节奏带得很牛，谁说只有 LCK 赛区有令人闻风丧胆的大魔王？我们 LPL 也有！"

解说激动地给 PU 加油，毕竟是自己赛区的解说，怎么会不希望自己人赢呢？

司念他们虽然戴着耳机，不能听见解说的话，但可以听见台下观众们整齐地呐喊着他们的名字："PU 加油！PU 加油！PU 加油！"

一声高过一声，一浪高过一浪，司念握着鼠标的手心都出汗了！

成败在此一举了，司念在心里告诉自己要冷静，越到这种时候越要冷静。

操作英雄回城，司念趁这个时间擦了擦手，擦完了手，看见叶蜇声也回了城，两人前后脚离开泉水。叶蜇声走之前，按下 ctrl+3 跳了跳舞，这样闲适轻松的状态感染到了司念，司念在紧张的氛围中露出笑容，按下 Q 技能隐身一步步走回线上。与此同时，她操纵的英雄老鼠在游戏中得意而又窃喜地说着："我马上就会出现在他们面前！来自下水道的末日！"

是的，来自下水道的末日，用技能感染、传播病菌，让他们全部死在黏糊糊的液体之下！

让他们尝尝，让他们知道："那东西，是洗不掉的！"

游戏镜头里，老鼠得意扬扬地说着属于它的英雄台词，选手画面上，司念微勾嘴角，露出志在必得的笑容。

拿到两个人头、补刀一帆风顺的老鼠，在 S7 这个版本里虽然有些脆皮，但配合上郑宇的辅助风女不断给予保护，在推掉下路塔之后换线到上路发育，简直太爽。

ZEC 那边的鲨鱼看得出来特别想杀司念，每一个走位都透露着杀气，可到底发育差距在那里，尽管他起了杀心，走上前的动作却反被司念消耗了一波，直接残血。

"我 ×！"

虽然听不到声音，但可以从转播画面上清晰看见鲨鱼这么喊了一句，然后重重地放了一下鼠标，开始喋喋不休地说着什么。从他队友的脸色看，他大约是心态有些爆炸。

按理说，鲨鱼参加了那么多场世界级别比赛，是不应该心态这么差的，可毕竟和他对线的 ADC 是个女生啊，还是一个在这一行里面算是年纪挺大的女生。她不去参加女队的比赛，混到男队里来参赛就算了，还把有着响当当名号的鲨鱼给压成这样，他怎么可能咽得下这口气？

更不要谈，在这场比赛之前，鲨鱼曾在自己的推特上明里暗里嘲讽 PU 的老板和教练脑子有问题，找一个女人来打 ADC，这次比赛肯定要教一教对方的女 AD 做人了。

如今，鲨鱼不但没能教司念做人，反而被司念教做人了，这其中的耻辱就不必说了。

《英雄联盟》真的是一个非常经典的游戏。哪怕你走到绝路，也有机会绝处逢生，只要你心态良好，和队友积极沟通、互帮互助。

这是一个团队游戏，是一个需要配合、容忍和有远见的游戏，缺一不可。如果你还因为失误和队友起了冲突，甚至还抱怨，那整场游戏就完蛋了。

所以……理所应当地，ZEC 的门牙塔在游戏进入四十分钟的时候被摧毁，他们非常勉强才把水晶守下来。PU 也没有恋战，离开敌方高地，一鼓作气拿下大龙，回家补给，准备下次一波。

显然，ZEC 这边此刻已经意识到他们如今的表现会造成什么结果了。

曾经的三连冠王朝，被推翻也就罢了，还止步八强，这是怎样的耻辱？

简直无法想象带着这样的成绩回国之后会被国民怎么喷，ZEC 的五个人也很快认真起来。

他们不再互相抱怨，开始努力改变现状，可怎么说呢，为时已晚了。

拿了大龙的 PU 势如破竹，很快再次攻入 ZEC 的基地。就在大家激动地嘶喊着，以为比赛马上就要结束的时候，ZEC 的中单 Leo 展现出了他惊人的个人实力，利用辛德拉这个英雄的机制在视野差距处埋下了数个法球，在 PU 攻上去的时候推上去控住了走在前面的三个人。纪野、谢源和郑宇全部中招，叶蜇声在三人后面，非常勉强地挽回着团战损失。

游戏进入四十分钟，死亡之后复活的时间已经很长了，一分钟的时间在后期可以做什么？可以直接一鼓作气反推掉对方的高地！简直无法想象如果他们死在了这里，或者折损太多人在 ZEC 的高地门口会发生什么样的恐怖事件。现场观众大部分已经紧张到掉了眼泪，女解说也已经开始捂着嘴巴屏息盯着屏幕，生怕错过这很可能导致被翻盘的一幕。

就在这千钧一发的时刻！就在叶蜇声几乎无法支撑，队伍四人即将全部死亡的这一刻！司念操作的老鼠赫然出现在 ZEC 的基地水晶旁边！原来她一直没出现在团战里是发现了己方对战非常不利，直接隐身绕后准备去偷水晶了！

只见她现身之后开大利用超快攻速飞快地推着敌方基地水晶。ZEC 的队员们忙于应付其他几人，甚至没有在第一时间反应过来！

观众和解说们看见这一幕瞬间尖叫起来，哪怕是再好的降噪耳机，在这样人数众多的尖叫声中也不会有太好的效果。司念耳边几乎充斥着观众们激动的呐喊声和欢呼声，她整个人都在发抖，手心全是汗，飞快地攻击着 ZEC 的敌方水晶，水晶很快下降血量到百分之三十！

"我的天！ZEC 终于反应过来要回去守水晶（中心水晶，全部防御塔被摧毁之后可以摧毁水晶，水晶被摧毁则比赛失败）了吗？他们还有四个人，跑回去也许还来得及，可是 Kill 还没死！他还没死！他不死，你想跑回去守水晶？你想都不要想！"男解说激动得快要窒息了，"快看！！Kill 的飞机直接使用 W 位移到了 ZEC 的人脸上啊！他简直是在用生命给 Nian 争取时间！只差一点点了！只差一下了！"

随着解说的高喊，司念发出最后一下普攻，ZEC 的基地——爆炸了！

"PU 赢了！他们战胜了 ZEC！他们推翻了 ZEC 的三冠王朝！PU 的 ADCNian 和中单 Kill 在最后一秒完成了超强配合，一举偷掉敌方水晶，他们是胜利者！"

那一刻，司念整个人都好像飘浮在空中，她的眼睛盯着电脑屏幕，几乎忘记了呼吸，眼泪瞬间掉了下来，记忆仿佛回到了数年前在韩国最后一次参加比赛的时候。

司念抬起手捂住嘴，不让自己哭出声，身体一点点颤动，坐在一边的郑宇帮她摘掉耳机，紧紧地抱住了她。

"司念姐，你真是太棒了！如果不是你及时止损，刚才那波团我们输了的话后果不堪设想！是你挽救了我们的胜利！"郑宇激动道，"还有声哥！声哥，你真的太强了！一拖四，正面干，一点都不带怯场的，还说什么 ZEC 的黑白双煞，你们俩才是黑白双煞！"

欢呼声、赞美声不绝于耳，PU 的每一个人都热泪盈眶，就算是性情凉薄的叶蜇声和纪野，也激动得互相对视，十分爷们地握了握拳。

全体起立，司念跟在叶蜇声身后准备到舞台上给所有观众鞠躬，也就在这个时候，叶蜇声忽然转过头望向了她。她满脸泪痕，眼眶还含着激动的热泪，但她在努力克制不让它们继续掉下来，不想让自己太过失态，但正是因为眼泪没有掉下来，反而衬得她双眼闪闪发光，像钻石一样璀璨夺目。

叶蜇声不知道自己当时是怎么想的，也不想考虑一切后果，他只知道，人活一辈子，就要想做什么就做什么，不要让自己留下遗憾。

于是，他在司念靠近的时候直接揽住她的腰，吻住了她的唇。

几乎一瞬间，体育场内突然安静下来，大家仿佛都没意识到发生了什么，等他们反应过来的时候，不由得爆发出雷鸣般的掌声。

司念被眼前的青年抱着，可以清晰地看见他吻她时狡黠的双眼，她耳边满是人们的呐喊声，一直挂在眼睛上的眼泪终于掉了下来。

与其同时，她的嘴角也扬了起来。

那是喜悦的泪水，从头到尾都是。

PU 赢了，他们战胜了 ZEC。

虽然这只是八强赛的淘汰赛，获胜之后还有四强半决赛要打。但他们战胜的可是ZEC 啊，赢了 ZEC 的队伍，怎么还会输给别人？

他们几乎已经是登顶的冠军了。

后台里，易琛看着载誉归来的队员们走进房间，饶是到了他这个年纪，还是忍不住被队员们的热血所感染，眼眶微红，掉下了眼泪。

"所以我说你们是真有能耐。"夏冰淇破涕为笑，"连琛哥都为你们掉下了鳄鱼的眼泪啊。"

她这一句调侃让气氛变得越发温馨愉快，所有战友都坐在一起进行着"商业互吹"。司念坐在叶蜇声身边，靠在他的肩膀上弯着嘴角听着，竟觉得现在的一切好像做梦一样。

十月二十八号下午三点半，四强赛半决赛第一场比赛开始，他们面对新的对手。

这场比赛的输赢，将决定角逐冠军的队伍究竟是哪支。

战胜了 ZEC 后，司念他们非常轻松地就拿下了比赛，3：0 零封对手，毫无疑问地拿下了决赛的门票，如同所有业内人士预料的一样。

冠军角逐赛下个月四号将在 A 城举行。与他们进行决赛的，是来自 LCK 赛区的另一支队伍。虽然前有 ZEC 的光芒，这支队伍显得不那么具有威胁力，但 PU 还是要尽力对待这场比赛，不能有丝毫懈怠。

"都收拾一下东西吧，我们提前过去适应一下环境，免得比赛的时候有什么水土不服。"

易琛淡淡地安排着选手们的一切，做了许多甚至都不需要教练亲力亲为的事情。

一直以来，他都好像一个父亲一样站在队员们中间。队员们每打一场比赛，真的都是痛并快乐着，因为大家都很清楚，比赛剩余场次越少，易琛陪伴他们的时间就越短。现在，他们本赛季就只剩下一场比赛要打了，也就代表着很快易琛将彻底辞去PU战队《英雄联盟》分部总教练这个职位。

"机票是今天晚上七点的，现在赶到机场还来得及，大家的行李都收拾得差不多了，大巴车也到了，出发吗？"夏冰淇安排好了一切后征求易琛的意见，易琛点头，拿着他的行李走在最前面，其他人也都默默地跟上。

他今天难得没戴眼镜，反而戴着一副墨镜，面无表情地走在最前方带路的样子，颇有黑道大哥的味道，透露着一丝霸气。

司念本来正坐在行李上抿唇思索，见此一幕，立刻站起来跟了上去。

方青子远远望着她的背影，看着叶蓳声刻意放慢脚步等待她的模样，心中的嫉妒好像草原上的星星之火，一点点扩大，渐渐变得难以湮灭。

随着日期越来越靠近十二月，S城的天气也随之冷意顿生。这会儿A城估计更冷，所以司念穿了一件厚厚的呢子大衣，但上车后开了空调有点热，不一会儿她就出汗了。

一条手帕递到面前，司念望过去，是坐在她旁边的叶蓳声。

有了在八强赛上那一个吻，司念和叶蓳声的关系估计全世界都知道了。队里的人都会自觉地让出位置给他们，所以他们俩现在不管坐到哪里，都是坐在一起的。

这样的感觉，让司念恍惚中觉得自己回到了数年前，那时候她和陈星航在一起也是这样。这样的熟悉感让她时常感到不安，担心曾经发生过的事情会再次发生，尤其是在见到方青子凉薄的模样时。

"谢谢。"接过手帕，司念道了谢，心事重重地擦着额头的汗。

叶蓳声里面穿着毛衣，外面穿了件黑色长外套，脖子上系着司念买给他的围巾，他靠在椅背上，歪头注视着满面愁绪的司念，微微启唇道："你这样，治标不治本。"

司念一怔，不解地看向他。

"只是擦汗的话，还是会热的。"

叶蓳声刻意压低声音，带着沙哑和难以言喻的暧昧气息，他们的对话在喧闹的车厢内根本不值一提，如非刻意，也不会有人察觉到这些。

但就是有人刻意观察。

方青子坐在他们的侧前方，透过梳妆镜可以清晰地看到他们那发生的一切。

她拿着梳妆镜，装作在补妆，可看到的，却是……

叶蜇声微微抬起手，在司念的注视下，替她一颗一颗地解开了大衣的纽扣。

他明明只是解大衣纽扣而已，却带着一股无法言说的旖旎气息，让人满脑子都是绮念，下意识地觉得他解的不是大衣纽扣。

司念觉得呼吸有些困难，慌张地转开头望向车窗外，这一看更不得了，正好看见叶蜇声投射在窗户上的剪影。不熟悉的时候，他为人做事会带着一些青年人特有的刻薄和不留情面，可一旦熟悉了，他又会变得完全不同，体贴到让人觉得自己从未真正认识过这个人。

他无疑是英俊的，但他在个人能力上的优秀，常常让人忽略了他的长相。

他有一双好看的眼睛、薄薄的唇瓣，看着你的时候，哪怕面无表情，也让人不忍心移开视线。

若是他还肯用这样一双眼睛笑着看你，当真是让你从此为他上刀山下火海，也在所不惜。

透过车窗玻璃，司念满心的愁绪渐渐消散，她感觉到一双手慢慢伸进了她的大衣里，她脸一红，下一秒，一张发热贴就贴在了她的小腹上。

司念一怔，诧异地看向他，叶蜇声慢慢收回手，就那么靠在椅背上侧头望着她说："你亲戚来了，我听夏冰淇说的。"

司念诧异极了。

叶蜇声略顿，慢慢补充道："确切地说，是她逼着我听完，又逼着我去网上百度女人的亲戚来了要怎么办。"

司念忍俊不禁地笑了笑，无奈地望向坐在后面的夏冰淇。她和易琛坐在一起，出于某种原因，易琛没有拒绝，甚至允许她靠在他的肩膀上。

发现司念望着这边，夏冰淇朝她眨了眨眼，偷偷比了一个胜利的手势。

一时间，司念竟然不知道自己是该为夏冰淇高兴，还是该为易琛难过。

她不应该觉得易琛和夏冰淇在一起会难过的，然而易琛看起来状态真的不太好。

他坐在靠里面的位置，夏冰淇靠着他的肩膀，他单手托腮望着车窗外面，眉头紧锁，墨镜挡着他的眼睛，看不出他的眼神如何，可他浑身上下都透着疲惫。

司念心头一动，抿了抿唇，她到底不是神仙，不能做到事事妥当，而对于亲疏关系上，她和夏冰淇显然更亲近。至于易琛，如果他以后对夏冰淇日久生情，也会幸福的吧。

冰淇是个好女孩，和她在一起，他会很高兴的。

司念这样劝说着自己，收回视线后眼神复杂地和叶蜇声对视了良久，慢慢低下头，靠在了他的肩膀上。

曾经，面对司念的靠近或者亲密动作，叶蜇声总会有一瞬间的僵硬，但现在他不会了。

无论什么时候，他的身体都做好了迎接她的靠近的准备。

就像现在，她累了，他的肩膀和身心都会成为她的依靠。司念慢慢靠在他肩上，叶蜇声顺势伸手抚平肩膀上衣服的褶皱，让她靠得更舒服一点，随后还不忘帮她拉上车窗的窗帘，然后压低声音，语气难得柔和道："睡吧，到机场了我会叫你。"

这样的感觉真好啊，好到让人觉得像是在做梦一样。

司念慢慢闭上眼，闭上眼睛的样子像小鹿一样，宁静而恬淡。

叶蜇声安静地望着她的睡颜，抬手为她拂开脸上的碎发，嘴角的笑容柔和极了。

十一月的A城，真的已经有些冷了，毕竟十一月中就要供暖了，这种时候天气怎么可能不冷。

飞机近十点的时候降落在A城机场。司念一行人浩浩荡荡地从悬梯上走下去，她一边拉紧衣服领口，一边打了一个喷嚏。

正准备捏捏鼻子，脖子上就围来一条围巾，带着温度的羊毛围巾将她的整张脸围住，围巾上还带着原来主人的体温，司念舒服地眯起了眼睛，回过头去，正对上叶蜇声英俊的脸。

尽管在飞机上他也眯了一会儿，可这会儿他脸上一丁点困意都没有，这让司念忍不住感慨道："我果然是老了，精神和体力跟年轻人都没法比。"

她抬手替叶蜇声把外套领口的纽扣系好，带着点鼻音道："你也别光顾着我啊，我感冒了没事儿，你可是队伍的核心，你要是感冒了，琛哥非得杀了我不可。"

叶蜇声低头看着她为自己系扣子的手，回答司念的却不是他，而是……

"杀人犯法，我不做犯法的事。"

冷不丁地，易琛的声音在身后响起，司念的睡意立马消失了，立刻正了正站姿和表情道："琛哥。"

易琛眼神复杂地掠过她和叶蜇声，后者与他四目相对，两个男人的视线交会处火花四溅，随后在 A 城的夜里消失不见，仿佛从未出现过。

"走了。"

易琛说完后扭头就走，夏冰淇赶紧跟上，方青子拉着箱子，也快步跟了上去。难得的是，她这次竟然没有过多关注司念和叶蜇声这边，这倒是让下了飞机之后就一直担心她会哭或者会乱来的纪野大失所望。要知道他可是叶蜇声全球后援会的会长，绝对不希望之前发生在陈星航和司念身上的事情再次发生在叶蜇声身上，更加不希望方青子变成第二个任烟雨，不管是为了叶蜇声还是为了战队，这种事情最好不要发生，所以……

这个盯人的事儿，他很自觉地揽到了自己身上。

司念望着纪野追方青子的背影，有些困惑地歪了歪头，一边和叶蜇声一起上了机场摆渡车，一边念念有词地嘀咕什么。

等几人在摆渡车上站稳了后，她便听到叶蜇声低沉的声音从头顶传来："你在想什么？"

司念对他没什么防备，这会儿周围挤满了乘客，自己队伍的人离得也比较远，她便压低声音仰起头凑到他耳边说："你说纪野怎么突然跟青子走得那么近？"

按理说，作为方青子的前男友，叶蜇声听到这句话之后重点应该在这两人的关系上，可完全不是那样。

他先是皱了一下眉，看了看不远处的纪野，随后在司念以为他会说些什么的时候问了一个毫不相干的问题。

"你在想纪野？"

司念愣住了，完全不明白他们俩之间的交流是在哪里出了问题，他怎么会抓住这个重点？

感觉自己的后腰被人揽住，下一秒摆渡车急转弯，车里的人都摇摇晃晃，司念也不例外。

只是，她这一晃，腰又被人揽着，就直接撞进了揽着她的腰的人怀里，结结实实地跟叶蜇声来了一个亲密接触。

叶蜚声不但没有收手，反而还按了按她的腰，让她更加靠近自己的身体。

"喀喀。"

轻咳的声音让人倏地回神，司念转头望向周围，不知何时，身边的人已经都走下了摆渡车，留在车上的只有好整以暇盯着他们的队员们。方青子站在最后，纪野就在她身边，伸出一只胳膊在她眼前晃啊晃，她正无语地想要控制住纪野的胳膊。

司念看到后愣住了，还是叶蜚声先反应过来，慢慢放开了抱着她的胳膊，抬手摸了一下鼻尖，面无表情道："下车了。"

说完这句话后他就自己先下去了。

易琛这会儿站在摆渡车外面，借着这个短暂的空隙抽了根烟，他看着叶蜚声从车上走下来，在叶蜚声越过他身边要走进机场大门的时候拦住了他。

叶蜚声双手插进口袋，站在原地望着易琛，易琛沉默了一会儿，在其他人出来之前说："你也长大了，谈恋爱是好事，但不要因为谈恋爱而影响比赛。"

要是换作以前，叶蜚声可能会对易琛的嘱咐不屑一顾，因为他完全不觉得谈恋爱会影响到他比赛时的发挥。

可现在的易琛随时可能离开他们，哪怕在一起还有半年的时间，但在面临离别的时候，一切言语，哪怕是刻薄的、武断的，都显得难能可贵。

叶蜚声微微点头，在A城刺骨的冷风中，认真地"嗯"了一声，低声道："我知道了。"

易琛像是没料到自己的话会得到回应，有些意外地看着他，脸上的神情说不出是高兴还是难过。但是陆陆续续下了摆渡车的队员们看到这样的表情，心里都有些不舒服，一时间都沉默下来。

大家在易琛的带领下进入机场，拿行李上了接机商务车，一路前往距离比赛场地最近的酒店。

机场到酒店的路途不算近，叶蜚声靠在椅背上闭着眼，不知道是不是睡了，司念观察了好一会儿也不敢断定，但他一直也没什么动静，应该是睡了吧？

夏冰淇估计也这么觉得，所以才偷偷摸摸地坐到了她前面的位置，瞥了一眼叶蜚声之后小声说道："可别怪我不照顾你啊。"她眯着眼睛，"我给你们订的房间是挨着的。"她把双手食指比画在一起，"没几天就要比赛了，琛哥肯定要没日没夜地训练，你们小两口的甜蜜时刻只能靠休息的时候了，我对你好吧？"

司念被她说得有点无奈地笑了，正要反驳，身边的人却忽然睁开眼，盯着夏冰淇来了一句："费心了。"

夏冰淇先是愣了一下，随后吓得蹦起来，这是在车里，所以她这样的动作就直接导致她撞到了头。

"哎哟！"

痛呼声吸引了大家的注意，易琛也看了过来，夏冰淇见到后立刻可怜兮兮地望回去，易琛皱了皱眉，低下头移开视线，手掌握成拳，看上去十分为难。

司念本来还带着调笑的心思，可见到易琛那样的表情，忽然就高兴不起来了。

叶蛰声敏锐地察觉到了司念的情绪变化，侧头看了眼司念，又看了看夏冰淇，在后者得意忘形的时候冷冰冰地说了句："你真的开心吗？"

夏冰淇一怔，不解地望向他。

叶蛰声继续道："看见他那样勉强，你真的开心吗？"

夏冰淇惊讶地望着他，慢慢回头看向自己之前坐的位置，易琛坐在那里，摘掉墨镜的他眼底毫无生气，仿佛失去了对生活的向往。

夏冰淇慢慢握住了拳。

如夏冰淇之前所说，比赛没几天了，到达酒店之后，训练肯定会马上开始。

来之前就特地准备好了训练的地点，队伍一行几人可以到酒店楼下的大型网吧训练，网吧环境很好，是俱乐部老板的产业。为了总决赛，易琛特地申请让网吧停业几天，专门拿来让他们训练。

司念坐到属于她的位置上，换上自己的外设，目光转向周围。

网吧气氛很足，到处都布置着和《英雄联盟》有关的一切，还有很多标语悬挂在楼梯上，看来为了让他们拿到冠军，上面也是费了不少心思、花了不少钱的。

可不知道为什么，越是这样，司念就越不安。

"司念姐，选位置啊！"

郑宇的呼喊声让司念把注意力转移到了训练上，她赶紧选了位置，和大家一起训练。

万事就绪，只欠东风。

年轻人们日夜训练，胳膊长时间放在电脑桌上，都有些酸痛了，但没有一个人真的喊累、喊痛。他们很单纯，只想赢，对他们来说，赢了就可以完成梦想，就有说话的资本，可以跟老板提一些条件。

只是，有很多事情、很多资本利益的变化在他们专心训练的时候发生了。

就在司念刚刚目光所及的二楼，她没发现的是二楼某个房间里面站着几个人，男男女女，站了四五个，其中为首的就是 PU 俱乐部目前的老板，徐冲。

"徐总，这次大手笔啊，网吧停业几天拿来给队员训练。"

有个三十多岁的男人意味深长地提起话题，徐冲也没避讳，直接回答了。

"舍不得孩子套不着狼，为了让他们拿到冠军，花点钱就花点钱。"他淡淡道。

男人接着说："A 城的网吧，还是这种位置，可以说是日进斗金了，徐总您这还叫花'点'钱？这是花了不少钱啊，真的不心疼？"

徐冲微微一笑，平静说道："何必心疼呢？他们夺冠可以为我赚取更多的利益。"

男人愣了一下："哦？您不是说您不打算再搞电竞了吗？"

"是不打算搞了。"徐冲弹了弹烟灰，微挑眉毛道，"所以才要用尽一切力量来让他们拿到冠军，这样我才能在把俱乐部转手的时候卖个好价钱。"

此话一出，众人可算是恍然大悟，而当他们再次看向楼下那些为了梦想拼命训练的少年少女的时候，不知道怎么的，眼神里突然就带了一丝怜悯和不屑的味道。

第九章
巅峰一役

时间不等人，总决赛很快就来临了。

比起之前的比赛，这次的比赛让人有些神思飘忽，大部分时间，一行五人都有点分不清置身何处，说得更直白点，他们有点蒙。

站在舞台上，感受着赛场耀眼的灯光，听着耳边的呐喊，看着对手志在必得的眼神，他们有一种强烈的不真实感。

今天，是一个可以实现梦想的日子。

十一月四号，不管他们未来的生命中还会获得什么样的荣誉，但这一天都将铭记于历史，铭记于他们的骨血之中。

在万众呼唤中坐到属于他们的"作战台"上，鼠标和键盘此刻就是他们的枪与炮，能否改写历史，能否让 LPL 再次站在世界冠军的舞台上，就看这一刻了。

战胜了 ZEC 的 PU 此刻气势如虹，不单单是如此，他们还有着主场优势。现场还有粉丝从黄牛那里花了高价买票，就是为了看到历史性的一刻。

不管之前有过多少波折，今天的比赛，都将为之前所有的波折画上句点。

司念的手心出了很多汗，她取出手帕安静地擦着手，耳机里面是属于队长叶蜚声的声音。

"紧张吗，各位？"队长不咸不淡地问着。

先回答的是纪野，老神在在道："有什么可紧张的？ZEC 都拿下了，难道还拿不下 LO 吗？"

叶蜇声似乎"呵"了一声，又似乎没有。接下来说话的是谢源，语调懒洋洋的，带着志在必得的气势："我都开始考虑打完比赛去哪儿办庆功宴了，夏季赛的庆功宴被你们搞得一点意思都没有，这次可谁都不能缺席，知道了吗？"

司念弯了弯嘴角，放下手帕道："这么自信是不是不太好？太轻敌了吧？"

郑宇笑道："司念姐，我们可是连 ZEC 都拿下了。轻敌？不存在的，吃一堑长一智，就算现在是 LPL 的小队坐在对面，我们也会拿出十二万分的重视，大家说对不对！"

几人一起附和了一声"对"，耳麦里一片温馨，令人心情安定。

司念深呼吸了一下，转过头望向台下的方向。赛场的大小自然不需要赘述，为了今天这场比赛，游戏方请来了许多明星嘉宾和解说来助威，今年又是中国主场，可以说他们五个人坐在这是万众瞩目了。

不能输，司念在心里这样告诉自己，随后转过头，认真地看着电脑屏幕，开始进行 BP。

易琛就站在他们身后，不管什么时候，他总是专业而冷静的。

每锁定一个英雄，就离比赛更近一步。相较于和 ZEC 的比赛，这一场比赛，仿佛是站在云端进行的，脚下始终有一股不踏实感。

双方的第一场比赛，都选择了比较中规中矩的英雄，看得出来彼此都很想赢，没有拿出什么特立独行的奇招来。司念操作着她拿手的皮城女警走上线，身边站着郑宇使用的河流之主塔姆，两人在游戏里的角色面对面，现实中也对视了一眼，尽管什么都没说，但有些话彼此已经收到了。

比赛正式开始。

方青子坐在后台，身边是夏冰淇，身前是易琛，她仰头看着转播屏上的游戏实况，双手紧握，紧张又期待。

遥远的 S 城，陈星航坐在家里的电脑前，一手包着纱布，一手握着罐装啤酒，目光落在电脑屏幕的直播画面上，专注而深邃。

比起 ZEC，来自 LCK 赛区的队伍 LO 就显得有些被遮住了光芒，他们总是存在于 ZEC 的阴影之下，仿佛 LCK 的队伍只有 ZEC 一个，大家永远记不住这位"万年老二"。

这次，他们终于不再是老二了，甚至可能会拿到第一名，自然也不会放过这个一雪前耻的机会。

一开始对线，司念就没有在对面讨到好处，但有利的消息是，比起 ZEC 的中单 Leo，LO 的中单简直太差了，根本招架不住叶蜚声的攻势。叶蜚声拿到的英雄是马尔扎哈，从开始对线就压得 LO 中单不敢补刀，始终站在塔下的位置犹豫要不要出去，勉强可以用技能补兵，可这样太耗蓝了，很快他就完全支撑不下去了。

"他们的打野要来中路了。"耳机里，叶蜚声淡淡道，"谢源，准备好，去下路 Gank 一波，中路这边我可以一打二。"

谢源犹豫道："真的行吗？你才刚刚六级。"

叶蜚声直接打断谢源道："你不要光看我的等级，你倒是看看对面的中单多少级。"

谢源闻言，定睛一看，呵！叶蜚声这边都六级了，LO 的中单才四级！而且谢源发育得要比 LO 的打野好多了，拿的又是比较擅长的皇子，这会儿去下路 Gank 一波，帮司念缓解一下压力，是最好的选择。

"得令！"

谢源吼了一声，直接开始往下路潜伏而去。而叶蜚声这边目光灼灼地盯着屏幕，故意在走位上卖出一个破绽，对面中单果然上当，上来想要控住他，对面打野也从河道草丛露了头，操作着一手盲僧李青摸眼（放置监视守卫并使用 W 技能瞬移到守卫所在位置）上来准备二打一。就在这个时刻，叶蜚声一个闪现到了 LO 中单身后，直接交了 Q、W、E 技能把对方打到残血，然后开大把对方定住瞬间秒杀，对方打野盲僧进入战场的时候，就只来得及上去给个护盾，可惜给了护盾也来不及了。

LO 的中单被单杀，而叶蜚声操作的马尔扎哈 E 技能可以在击杀一名敌人后就近扩散给另一名敌人，所以盲僧也被感染了。

解说激动道："不是吧？是要一打二双杀吗？这种事情不可能发生在职业赛场上吧？我不太相信！"

另一名明星解说道："我倒觉得有可能呢，你看 Kill 完全不怕，一丁点要走的意思都没有啊！"

官方解说屏息道："还真的是啊！等等！Kill 要越塔杀盲僧吗？这太嚣张了吧？"

就是这么嚣张。

盲僧此刻的耳机里全是下路队友用韩语不断求援的声音，他回到中路塔下才发现，PU 的皇子居然不来中路帮忙，直接放叶蜚声一打二，趁着这个机会，偷他们家下路去了！

"哎？什么情况？"

游戏画面上忽然冒出一个皮城女警双杀提醒，解说这边也才反应过来，随着游戏实况迅速切到下路，看比赛的观众们这才发现：PU玩了一套声东击西！故意让中路卖破绽给Gank，其实目的在下路啊！

　　"可以啊，兄弟！Nice！"耳机里，谢源激动道，"我刚才还担心你搞不定呢，声哥到底是声哥，总决赛一打二都完全不慌的！"

　　叶蜚声并没有回应谢源的恭维，微眯着眼睛盯着对面塔下的盲僧，对方还有百分之三十的血，他的蓝完全还足够再次放出一套连招，那么……

　　他起了杀心。

　　对面盲僧可能也看出来了，但他不觉得叶蜚声真的敢那么做，所以对方还挑衅地暂停了一下回城，往前走了几步，操作着英雄踢了踢腿，亮了牌子。赛场上顿时喧声四起。

　　后台，易琛坐在椅子上盯着实况转播，夏冰淇在后面有点担忧道："叶大神可千万别被那小子给激到了，这个时候可不能上啊，上了就亏了！"

　　方青子看了她一眼说："我感觉不太好。"

　　夏冰淇望过去纳闷道："啊？"

　　方青子皱皱眉，慎重说道："以我对蜚声的了解，他怕是……"

　　她的话还没说完，易琛忽然站了起来，两个女生看向实况转播，让他们担心的一幕真的发生了！

　　只见叶蜚声在对面盲僧亮完牌子，再次按下B键在塔下回城的时候，本来也在中路按下回城的他突然中断回城，直接开疾走贴到盲僧脸上丢了连招。盲僧本来站得比较往塔里一些，后来为了挑衅叶蜚声出来了一点，叶蜚声进入防御塔的范围内击杀盲僧，防御塔狠狠地朝他射出红光，一下一下地打在他身上。防御塔的攻击在这个时间点是非常疼的，更要命的是对方中单已经复活，马上就要回到线上了！

　　无数坏消息都在往这边传来，就在大家以为叶蜚声虽然拿下双杀却必死无疑的时候，河道草丛忽然冒出一个女警，快步跑到中路线上，给了叶蜚声一个治疗。

　　清脆的特效音响起，所有人都愣住了。等等，ADC不是应该去下路对线补兵吗？什么时候跑到中路来了？

　　游戏实况开始回放，原来，在大家担心叶蜚声会死的时候，司念操作的女警直接改变回到线上的路线往中路跑了过来，在叶蜚声即将被塔打死的时候，相当极限地交了一个治疗！

太默契了！所有人都惊呆了。叶蜇声靠着司念回复血量，再配上他身上的药和疾走，成功在对方中单的追捕下回到基地，守住了 2：0 的战绩。

几个召唤师技能换一个双杀和一波兵线深推，真的是赚了，赛场瞬间沸腾了。

后台，易琛看着眼前的一切，不知道该哭还是该笑。

赛场上。

司念瞄了一眼游戏，不疾不徐道："帮你奶了这么极限的一口，脏你几个兵不介意吧？"

叶蜇声嘴角始终挂着温柔的笑，听到她的声音，竟不自觉笑出了声。这在其他三个人看来简直太新鲜了，他们还是第一次听见他的笑声这么开怀，都不由得开始感慨和吐槽。叶蜇声本来还是笑着的，但听到他们说的话后慢慢地冷下了脸，阴沉沉道："闭上你们的嘴，赶紧结束比赛。"

他是队长，在赛场上，谁说话都不好使，就队长说话最好使。

队长发话要赶紧结束比赛，大家自然也要默契配合。

纪野操作着上单的慎，可以随时利用大招到队友身边；叶蜇声还有一个强大控制的大招，再加上今天郑宇操作的河流之主塔姆的 R 可以直接开车带队友传送到超远距离。他们三个人每次一起行动，都会带着人头回来，这样的套路让 Lo 直接蒙了，被打得毫无还手之力。在叶蜇声说了赶紧结束比赛这句话后的十五分钟内，便迅速推毁了对方基地水晶。

PU 非常轻松地取得了第一场比赛的胜利。比起 ZEC，Lo 根本没有反抗的能力，一直被压着打，不管是 PU 全体队员，还是台下观众和解说，此刻都对夺冠抱有百分之九十的信心。

办公室里，看完第一场比赛，秘书赶紧给两位老板添茶，其中一位抿了一口茶，笑呵呵地说道。"老徐，你真的要卖啊？"他指着屏幕道，"这么厉害的队伍，卖了不可惜吗？我觉得他们前途无量。"

坐在他身边的正是徐冲。

徐冲瞥了一眼巨屏上的转播，淡淡笑道："人各有志，几年前我热衷电竞，但现在我已经不想干这一行了。"

那人眨眨眼道："该不会是你之前培养他们的时候赔钱了吧？"

徐冲笑而不语，那人继续道："其实我是真的想不通你为什么要卖掉俱乐部，你真不后悔吗？"

"后悔？不存在的。"徐冲拿起干果，一边吃一边道，"只是到了一定的年纪，想换点别的事情做，刚好陈总这边的收购可以让我拿到一笔启动资金，何乐而不为呢？"

被称为陈总的人笑了，回头继续看巨屏，这会儿已经在播放第二场比赛了，PU势如破竹，这场比赛也打得顺风顺水，没多久就取得了胜利。

接下来他们只要再赢一场，就可以拿到冠军了。

陈总盯着屏幕良久，说了一句："有个女生在，总觉得这支战队碍眼。别的选手倒还好，这个女人想上赛场，去女队不就行了，在男队掺和什么？"

徐冲放下茶杯一脸恭维道："呵呵，陈总要是看不惯的话，比赛结束后换掉就可以了。之后怎么安排都是您的事了，我这担子可算是放下来了，要好好休息几个月才行。"

陈总一笑，并未否认，望着屏幕，眼神志在必得，而徐冲在陈总看不到的地方，不屑地哼了一声，眼神轻蔑，仿佛一点都瞧不上对方。

赛场上。

即将迎来第三场比赛的五个人十分激动，站在台下围在一起，一个一个伸出手，然后一起向下压，坚定地喊道："PU必胜！"

五个人，五双眼睛互相看着，彼此眼底都是沸腾的热血。

这是他们今天第三次上场，也将是今年S系比赛的最后一场，他们要0封LO，以3：0的成绩拿下比赛！

"喂，你们说我们零封LO的话，回去找徐总谈琛哥的事，是不是话语权会更大？"郑宇坐在他的位置上摩拳擦掌道。

谢源应声说："我觉得会，毕竟我们是冠军，LPL多少年没拿到世界冠军了？我不信徐总不给我们这个面子。"

纪野哼了一声，表示赞同。叶蜚声一如既往地没发表意见，但他不发表意见已经很难能可贵了，一般情况来说，他不赞同的话都是直接否定的。

所以，他不说话，等于也是这个想法。

似乎有不同想法的只有司念一个人。

握着鼠标，操纵着角色走到线上，司念内心不安极了，她觉得自己这份不安毫无由头，想要无视，却又不能完全不管不顾。

她突然有点无奈自己是个女人，如果她是个男人，这会儿可能就不会想这么多了吧。

闭了闭眼，喘了口气，司念告诉自己，一切都会很顺利的，不会有什么变故，只要拿出最好的状态比赛就行了！

令她没想到的是她的预感会那么准确，而在未来发生的事也改写了她的命运。

第三场比赛对 LO 来说是生死局，他们为了取得战斗胜利，做出了一件让大家啼笑皆非的事情——全部的 Ban 位都给了中单。

是的，在 BP 阶段，他们所有 Ban 的英雄，都是中单位置。

看到这样的行为，解说的语调里带着点隐晦的笑意：“这可以看得出来，LO 是真的非常‘尊重’Kill 啊。”

明星解说咳了一声道：“那个，这算是把目前版本最优势的中单全部 Ban 掉了吧，Kill 接下来还能拿出什么英雄打这场比赛呢？”

官方解说笑道：“我觉得 Kill 会给大家惊喜的，毕竟这是一个深不可测的选手啊。”

解说说得一点都没错。

最后一次选择英雄，是 PU 这边为叶蜇声选择中单，耳机里，易琛都有点担心道：“打算用什么？Ban 了全部优势中单，不太好拿了。”

马尔扎哈、岩雀、发条、加里奥、辛德拉，所有叶蜇声发挥优秀的中单英雄都没有了，看着英雄池，叶蜇声淡定地翻选着，闲着的手随意地摩挲了一下唇瓣道：“他们是不是觉得我绝对不会选劫，所以没有 Ban？”

易琛一怔：“这个阵容用劫不太好，后期打不出伤害。”

叶蜇声没说话，但在游戏画面里他亮出了一手影流之主劫，他的本命英雄。

劫一出现，现场的观众们都尖叫起来。解说的反应和易琛也是一样，都在讨论这样的阵容，拿劫对于零封 LO 的重要时刻是否合适。

易琛沉吟片刻，冷静说道：“你真想用劫？我还是觉得这种情况下小鱼人都好过劫。我们上单是杰斯，下路辅助还是牛头，打野猪妹得出肉，缺少 AP（法术伤害为主的英雄）伤害。”

叶蜇声好像被易琛认真的模样逗笑了，抬手在唇边掩了一下，清了清嗓子道：“教练，你认真的样子挺帅的。”

易琛眯起眼，很快就看见叶蜇声改掉了劫，选择了虚空行者卡萨丁，他顿时恨不得揍这小子一顿。

可惜，现在是在台上。双方 BP 完毕，他只能和 LO 教练握个手然后一起下台，要不然的话，他真的会揍叶蜇声一顿，毕竟他早就想那么干了。

易琛不情不愿地离开，比赛一触即发，叶蜇声操作着他本场使用的英雄，也是他本次参加职业联赛第一次使用的英雄——卡萨丁来到中路，相当自信地跳着舞。

他使用的皮肤是掠星魔刃。这套皮肤下的卡萨丁非常潇洒，一身白色的星光披风，手中握着虚空之刃，眸中满是深邃星光，如他的称号一样，神秘莫测。

卡萨丁是一个擅长魔法攻击的刺客型 AP 英雄，和叶蜇声拿手的其他英雄一样，这个英雄操作起来就一个字——秀。

作为后期型的强大 AP 之一，卡萨丁的 R 技能大招可以用来自由出入战场，输出高额伤害的同时又很难被杀死和追踪，相当令人头疼。

与 LO 中单面对面，对方把叶蜇声拿手的英雄全部 Ban 掉的同时，也拿到了一个相对来说比较秀的英雄——诡术妖姬乐芙兰。这可是叶蜇声比较有名的招牌英雄，对方选择了这个，我国的弹幕大神们自然免不得要来一句"叶门弄姬"了。

与妖姬对线，偏向于后期的卡萨丁前期有点弱势，很容易被克制，也很容易被抓崩，看得出来 LO 这盘的攻势是要把全部的宝押在叶蜇声身上了。局势一开始，LO 打野刚刚到达二级就直接去了中路草丛，准备来一波 Gank。

"你要小心了，我觉得他们要针对你了。"

司念有预感，一边在河道打信号，一边在耳机里提醒叶蜇声。

叶蜇声很冷静，语调沉着道："两局了，我把仇恨拉得很稳，你可以稳定发育了。"

司念笑道："那我可得好好谢谢你了？这局请你也把仇恨拉稳一点，我会抽时间再去给你治疗的。"

提起那个治疗，叶蜇声心里便冒出一股又酸又甜的感觉，他微微抿唇，半晌才道："我知道他们打野肯定会打完了蓝就来蹲我。谢源，你走开，不用管我，我们这一局靠 AD carry（团队输出最厉害的）就行了。"

已经蹲在草丛中准备帮忙的谢源一脸蒙地道："真的不用我吗？"

叶蜇声果断道："不用。有这个时间和他们对峙，你不如去偷那小子的野，等他蹲完我回去，你最好把他的野区全部吃光。"

谢源立刻道："没问题，刷野我是认真的！"

说完后谢源便麻利地转身离开，去对方野区溜达了，这让观众和解说看得有点着急了。

"PU 这边猪妹怎么走了啊？这不太好吧？现在 Kill 才两级，妖姬都三级了，LO 打野一直在那蹲着不走，猪妹走了的话，不到六级的卡萨丁在前期一旦被妖姬的 E 链住必死无疑啊。"

解说分析得很精确，LO 脑海中的 Gank 路线也的确是如此，但是只能说他们的想象力太丰富，现实根本不是如此。

叶蓳声真的有点皮，明知道有人在 Gank，他还非常皮地上去补兵，好像完全不怕死。

LO 的打野很快就被激怒了，念叨了一句"他怕是没死过"就冲出了草丛，要和妖姬一起把他弄死。

妖姬第一时间出了 E，就要链住正在补炮车的叶蓳声，但是就在链子几乎链住叶蓳声的一瞬间，叶蓳声果断交出闪现，回到了塔下，一个扭头，丢出一枚虚空法球，还打了他们一下。

"操作太快了吧！反应真的是极限了！"解说激动道，"这个反应真的只有 Kill 能做到了！这一把秀得我头疼！"

真的是秀得人头疼。

叶蓳声这一场的卡萨丁，猥琐又气人地到达六级之后，简直就像是开了挂一样，游走于各个线上，仿佛死神一样，不断地拿下人头。

这一局，LO 的中单没有被养猪，战绩一直很稳定，稳定地保持在 0。

再看看我们的叶大神，战绩的第一位数字不断更新变化，随之而来的是装备不断更新增强，很快就已经无人可当了。

"You are null and void（你微不足道，一无是处）。"

卡萨丁切入战场，嚣张地说着上面的台词，然而最气人的并不是他。

如他最初所说的一样，本场负责 Carry 的不是中单法师，而是下路 ADC。

司念这一局拿到的 AD 英雄是寒冰射手艾希，相较于上一场输给 ZEC 的艾希，她这一场的艾希真是一雪前耻。

在郑宇的辅助和谢源的 Gank 之下，司念在 LO 下路滚起了巨大的雪球。在游戏进入二十七分钟的时候，战绩已经达到 8 / 0，超神了。

连输两局，本来以为第三局可以扳回一城的 LO 此刻已经陷入垂死挣扎，尽管三路高地全被破，但他们还是希望能在大龙上做一做文章，也许拿到这条大龙，他们就可以有一点点翻盘的力量，哪怕是守住基地水晶也是好的。

然而司念一个 AD，不去秒大龙，反而和中路卡萨丁一起埋伏在龙区的草丛里，LO 的人一露头，就直接被削了脑袋。

毫无疑问，这场比赛，PU 再次获得胜利。

掌声和欢呼声瞬间响起。这一次放下耳机，他们所感受到的是真正实现了梦想的喜悦，那种喜悦让人根本无暇顾及其他。

他们拿到了冠军！LPL！PU！是全球总冠军！

三年了，已经三年没有再拿到这样的荣誉，今年的 PU 终于让 LPL 再一次在国际赛场上崛起！

所有人都热泪盈眶，解说们拥抱着彼此，为彼此抹去眼泪，哽咽地说着结束词。画面转到舞台中央的主持人的时候，主持人用话筒发出的声音甚至都无法盖过现场观众们的欢呼声。

就连在后台看比赛的易琛都忍不住掉了眼泪，这次，他比之前每一次胜利都要开心，毕竟这可是全球冠军。

他做了这么多年的教练，为 PU 付出了那么多的青春与热血，终于再次换来了一个冠军，他圆满了。

如果他的职业生涯止步于此，也没有任何遗憾了。

夏冰淇和方青子站在他身后，两个女孩不断为今天的胜利鼓掌，这一刻她们不是敌人，而单纯只是 PU 的一员，为这场胜利由衷地感到高兴。

电脑前面，看着舞台上鞠躬致谢的五个人，陈星航拿起啤酒一饮而尽，眼角含着热泪，将酒全部咽下去后深呼吸，在空荡荡的房间里高声喊道："PU 是最棒的！"

虽然这份荣誉与他毫无干系，但他仍与有荣焉。

唯一不为此感到高兴的，大概只有已经失去一切的任烟雨。

坐在家里，任烟雨看着电脑屏幕上司念热泪盈眶的模样，不知为何，记忆倒退回了三年前。

三年前的那一天，她也是这样在电脑上看着司念，看着她闪耀夺目的样子。

不同的是，三年前的她可以打击到那个满脸得意的女孩，可现在的她已经没有那个能力了。

她拿出手机不断给方青子打电话，得到的却都是对方已关机的机械式回答，任烟雨一手握着酒瓶，一手摔了手机，咒骂道："都是浑蛋！"

"本来官方和徐总那边都说要请我们吃饭的。"易琛坐在椅子上，手里端着酒杯，脸上难得不那么严肃，挂着点轻松的笑，"不过我拒绝了，我想你们肯定也不希望有领导和外人在，所以……"

郑宇眼巴巴地看着易琛，易琛瞥了他一眼，淡淡道："所以今晚他们不来了，批了一笔预算让我们好好庆祝一下，你们今天晚上想怎么玩就怎么玩。"

"琛哥万岁！"

郑宇在易琛说完后立马发出激动的吼声，连带着他身边的谢源都被感染了，也跟着不着调地喊。易琛竟然没有阻止，任由他们这么欢呼着，他坐在椅子上，端起酒杯喝了一口，微醺的同时，眼底流露处一丝晦涩。

其实真的没必要再阻拦什么了，他们是冠军，冠军有资格任性。

而且这可能是他最后一次为这些孩子争取福利，也不需要拦着他们不让他们高兴。

又喝了一口酒，易琛自嘲地勾勾嘴角，保持着沉默，余光一点点放在了坐在他对面的司念身上。

司念身边不会有别人，只有叶蜇声。

作为这次决赛的首要功臣，叶蜇声一点骄傲得意的样子都没有，他懒洋洋地靠在那，好整以暇地抱着胳膊，薄唇微微张着，目光灼灼地指使司念喂他吃东西。

易琛看了几秒钟就有点看不下去，狼狈地转开了视线。夏冰淇见他这样，忽然就想起了叶蜇声之前在车上说的话。

看到易琛这样，她真的高兴吗？这真是她想要的吗？

"这样不太好吧？"谢源端着酒杯绕到司念和叶蜇声身后，有点生气道，"你们这么'虐狗'，问过我们这些'单身狗'的意见吗？"他举高酒杯送到叶蜇声嘴边道，"不行！你们必须弥补一下我们，要知道天天被你们虐，我们几个憋得都快可以去少林寺修佛了！"

叶蜇声还没说话呢，纪野就凉飕飕道："呵，就你还少林寺，高家庄待着去吧。"

谢源眼睛圆睁："你说我是猪？"

纪野挑眉："你反应还不算太慢。"

谢源不高兴了，直接跑到纪野面前，把酒往前一推道："能白骂我吗？喝酒！不喝我就坐在这不走了！"说完他就直接坐到了纪野的腿上。

纪野身边坐着的是方青子，她心里本来还因为司念和叶蜇声的亲密交流有点不舒服，但见到谢源和纪野这对活宝，忍不住笑了。

叶蜇声看了方青子一眼，慢慢收回视线，微微低下头凑到司念耳边低声道："你有没有觉得纪野跟青子挺合适？"

司念怔住，下意识看向那一对，正瞧见青子被纪野和谢源逗笑，司念迟疑许久才低声道："好像是有点合适，但……"

她话还没说完，就被叶蜇声拉了起来，趁着纪野那边正热闹没人关注他俩偷偷溜了出去。

"这是要去哪儿？"司念好奇地看着他的背影。

叶蜇声身上还穿着队服，背后PUKill的名字落在她眼中，让他本就坚实的背影显得更加可靠。

这样优秀的他，这样前途不可限量的他，是属于她的。很多时候，司念都觉得像做梦一样，一点也不真实。

"现在觉得真实了吗？"

叶蜇声把司念拉到一处僻静处，将手撑在墙上，微眯着眼睛意味深长地问。

司念睁大眼睛："我不小心把心里话说出来了？"

叶蜇声轻哼一声，勾着嘴角，在司念还没反应过来的时候低头吻了下去。

第十章
We are family（我们是一家人）

正午时分司念才慢慢醒过来，没急着起床洗漱，司念侧躺在床上摸出枕头底下的手机，揉着眼睛将手机解锁，习惯性地翻开微博，查看昨天漏掉的消息。

突然，司念握在手中的手机振动起来，惊得她立刻回神。

她瞥了一眼手机上显示的名字，按下了接听键。

"喂？"司念低声道，"有什么事吗？我以为你们今天要睡到下午呢。"

她的语调颇为轻松，但电话那头的夏冰淇就不一样了。

"睡到下午？大概是不可能了。"

夏冰淇的语气让司念意识到了不对劲。

"发生了什么？"她打起精神蹙眉问道。

夏冰淇并未在电话里回答，而是长舒一口气，语气疲惫道："你还是自己回网吧看吧。"

说完，她便挂了电话。

看着陷入忙音的手机，司念想了一下，给叶蜇声打了个电话，让他也一起回网吧。

两人以最快的速度赶回网吧，这里依然没有对外营业，里面很安静，但安静得有些诡异。

不确定大家在哪儿，司念和叶蜇声暂时停下脚步，给夏冰淇打了电话。

电话响了几秒钟就被那边挂断了，司念想继续打，结果就看见不远处的门被打开，夏冰淇从里面走了出来。

"你们回来了。"她慢慢走过来，脸色有些苍白，看上去很憔悴，不知道是不是宿醉的关系。

司念和叶蜇声对视一眼，问她："到底发生了什么事？其他人呢？"

夏冰淇慢慢吸了口气说："他们都在徐总的办公室。"

司念愣了愣："徐总过来了？"

夏冰淇点点头："一大早就过来了，我给你打电话的时候，大家已经在他的办公室待了一会儿了。"

叶蜇声直接道："他们跑去提教练的事了？"

夏冰淇闻言笑了一下，视线转到他身上说道："叶大神不愧是叶大神啊，一猜就知道了。你说得一点都没错，大家昨天兴奋过度，早上才回来，睡了没几个小时，听说徐总来了就兴冲冲集合起来，想要去替琛哥讨个说法。"顿了顿，她垂下眼睑说，"他们觉得自己是冠军，怎么着也该有点话语权，想尽快把事情敲定，但是……"

到了关键时刻，夏冰淇突然不说了，司念有点着急道："但是什么？你快说啊。"

夏冰淇抬起眼，认真地看了她好一会儿才说："但是我也不知道结果到底会如何，我不是队员，没资格进入那间办公室。琛哥现在又不在这里，如果你想知道，就和叶大神一起去看看吧，弄明白之后告诉我一声。"

司念思索了几秒钟后便拉着叶蜇声的手腕朝电梯的方向快步走去，夏冰淇站在他们背后，看着他们双手交握走入电梯。

其实很多时候她都很羡慕司念，司念看上去失去了很多，但其实她也得到了很多。

如果可以让她也得到一个优秀的、彼此相爱的爱人，得到自己梦寐以求的事业，那么就算让她经历遍人世间所有的不幸，她也是愿意的。

司念根本不知道夏冰淇此刻的想法，她和叶蜇声马不停蹄地赶到了徐冲的办公室门口。办公室门没有关严，留了一道细微的缝隙，透过缝隙可以看到里面的情形，而里面的对话，站在门口也可以清晰地听见。

"徐总，是不是我们说什么你都不肯改变主意？"

纪野冷漠的声音在办公室里响起，司念欲敲门的手顿了顿，没有立刻落下去。

徐冲语气淡漠地回应了纪野。"纪野，我都跟你说了三遍了，你跟我说这些是没有用的，我决定的事情是绝对不会改变的。"顿了顿，他带着笑意道，"而且你们一大堆人来找我，好像要跟我打架一样。你们找我没用，找错人了，可以决定易琛能不能继续担任教练的人已经不是我了。"

郑宇急切的声音传来："可你是老板啊，不找你找谁？"

徐冲略显嘲讽地笑了笑。"不好意思啊，有件事一直没通知你们，因为你们忙着打比赛，这件事情我就想着等比赛结束后再告诉你们，免得你们分心。"他提高音量，一字一顿道，"俱乐部已经被卖掉了。"

"什么？！"

司念几乎是在徐冲说完这句话的同时便推门冲了进去，办公室里所有人的目光立刻转到了她和她身边的叶蛰声身上。

徐冲坐在办公桌后面，好整以暇地看着她，微微挑眉道："哎呀，我说呢，怎么都觉得缺点人，原来是缺了另外两位大功臣。还真是要感谢你们俩，司念和叶蛰声对吗？蛰声我最熟悉了，你真是没辜负我对你的期望，易琛把你从韩国找回来的时候，我还觉得你要价贵，现在看来是物有所值啊！"

他像是在评价一件商品一样评价叶蛰声，看向叶蛰声的眼神也带着不尊重。叶蛰声皱起眉，清冷的眼睛里闪过锐利的光，徐冲见此，话锋一转道："不过现在说这些都没用啦，PU 电子竞技俱乐部已经彻底和我没关系了，我已经把它整个出售给另外一家公司，不管你们有什么诉求，都可以去找你们的新老板，而我今天只是来做交接的。"

他说完，忽然看向众人身后，站起来微微倾身笑道："真是说曹操曹操到，来，大伙儿快认识一下，这位是陈旭阳陈总，你们的新老板。"

所有人的目光都随着徐冲的视线看去，在办公室门口看见了带着三个下属来交接的陈旭阳。他年纪和徐冲相仿，相较于徐冲的精明外露，他还要多一些刻薄的感觉。

"这是在做什么？"陈旭阳走进来惊讶道，"徐总，今天不是来做高层交接的吗？怎么队员也都在这？"

徐冲微笑道："这不是大家太热情了嘛，知道陈总要来，一定要来迎接您。毕竟你们以后就是一家人了，搞好关系也是有必要的，所以我也没拒绝。"他给所有人使眼色，"来，大伙儿跟陈总打个招呼吧。"

作为 PU 的队员，此刻的他们在公司高层发生变动的时候就好像砧板上的肉，只能任人摆布。

他们希望可以留下易琛，希望有话语权，但他们的老板换了，不再是徐冲，而是这个新出现的一脸阴险奸诈的陈旭阳，他们真的要和这样的人谈吗？他们以后真的就要在这种人手底下打比赛了吗？

大家各怀心事，却还是耐着性子和陈旭阳打了招呼。司念和叶蜇声站在门口，在其他人打招呼的时候也朝陈旭阳点了点头。陈旭阳一个个看过去，在看到叶蜇声的时候眼睛一亮，但下一秒看到司念就沉下了脸。

"我都认识，在领奖台上见过了，都是英雄啊。"陈旭阳笑容满面地和所有人握手，却独独把司念忽略了。徐冲看在眼里，笑而不语。司念的手僵在半空，只能尴尬地收回去。

叶蜇声见此，伸手握住了她的手，司念朝他笑了笑，笑意有些牵强。

"这样吧，忙完公事我请大家吃饭，一定都要来啊。"陈旭阳豪爽地说完，就先行一步去了会议室，徐冲跟上要和他一起离开，却被郑宇拦住了。

"徐总。"郑宇红着眼睛说道，"您经营 PU 已经这么多年了，为什么突然要卖掉俱乐部？我们刚刚拿到冠军，前途不可限量，您为什么要在这种时候放弃我们？"

好像被触动到什么，徐冲的表情终于不那么虚假了，他似是叹了一口气，抬手拍了拍郑宇的肩膀。

"郑宇，你是最年轻的，进队的时候我最担心你，但你表现得很好。"徐冲勾勾嘴角，苦笑道，"其实我也不想放弃你们啊，电子竞技也曾经是我的梦想，可是……"他收回苦笑，目露光芒，"可是你们要知道，梦想和情怀不能当饭吃。其实不管你们夺不夺冠，我对俱乐部的去留问题都已经做了决定。我这么明确地告诉你们吧，我不是要放弃你们，而是要放弃整个电竞行业，这年头最赚钱的不是端游，而是手游，试问还有多少人愿意在下班回家之后还打开电脑来一局排位赛？那太累了不是吗？当有一天电竞行业不能给我带来我想要的利益的时候，我自然会放弃它。"

徐冲的话好像一把刀一样，砍掉了所有人心目中最后的希望。郑宇目光呆滞地望着他，徐冲冲他一笑，语气淡淡地说道："好孩子，加油吧。至少现在，这个游戏还有人在玩。相信我，就算游戏真正的进入寒冬期，你们的比赛也还是有人看。"

说完，徐冲再没犹豫，转身就走。郑宇望着他的背影，最后一个问题没来得及问：就算要卖俱乐部，那能不能不卖给陈旭阳那种一看就不是什么好人的家伙？

没来得及问的、没来得及说的，都已经没机会了，作为砧板上的鱼肉，他们可以做的事非常有限。

易琛这会儿如果在这里，也不会让他们做出这样的傻事。

傍晚，陈旭阳忙完公事，依照承诺请所有队员吃饭，这个所有队员里，并不包括易琛，不仅如此，他还带了一位他高薪聘请、会说韩语的教练参加饭局。

偌大的包间里，陈旭阳举起酒杯，依次敬过每一个人，却唯独漏掉了司念。

叶蕈声坐在司念身边，时不时担心地看她一眼。司念吐了口气，有点无奈地笑了笑，自己都说不出自己现在是什么感觉。

她有种不祥的预感，而这种预感很快变为现实。

酒过三巡，陈旭阳开始介绍来自韩国的新人总教练，表示他将彻底取代易琛的位置，另外，他还宣布了一件事。

"我收购 PU 之后打算把 PU 做成全球最强的《英雄联盟》男子队伍。"

男子队伍，他特别强调了这四个字。

司念眉头一跳，手里的水杯慢慢放了下去。

她抬起眼，正对上陈旭阳望过来的视线。

这场饭局，她第一次被新老板重视，却是被告知："真是不好意思了啊，司念。第一次跟你吃饭就是最后一次了。来，咱们干了这杯酒，希望你离开 PU 以后发展越来越好！我会常常看你的直播给你刷礼物的。"

他精明地眨眨眼，司念皮笑肉不笑地看着他敬过来的酒，整颗心都疼得要命，却又不能嘶喊出声。

其实早在决定重回 PU 的时候，司念就已经想过什么时候会离开的问题，后来打比赛的过程中，她也多次产生过"这是最后一次打职业联赛"的想法。

只是她没想到的是，在她前一天还因为完成梦想而高兴的时候，隔天就会被宣告成为一颗弃子。

"陈总，您是开玩笑的吧？"

司念没有回答陈旭阳的话，只是僵硬地坐在那里，她那副被打击到的模样让其他队员看了非常心疼。他们是并肩作战的战友，这种时候不可能不站出来为司念说话。

最先开口的就是郑宇，他站起来说道："陈总，什么叫离开 PU？司念姐为什么要离开？我们可是黄金拍档！您一定看过我们打比赛吧？我们配合那么默契，我不要换 AD（造成物理伤害的英雄）！"

手下的队员因为一个被退队的女队员质问自己，还是用这种语气，这让陈旭阳感觉自己被冒犯了，当下便很不爽地收回了给司念敬酒的手，把酒杯重重地放到了桌上。

"砰"的一声，酒杯里的酒洒了不少，郑宇看着他那副样子，莫名有些胆怯，但为了司念，他还是勇敢地抬头挺胸，像个保护者一样站在那。

司念红着眼睛望着郑宇，她比郑宇大，也更了解这些商人的秉性，他们从来都是利益为重。圈子里比郑宇好的辅助也不是找不到，她不希望郑宇因为自己被陈旭阳冷落，甚至是落得和她同样的下场。陈旭阳现在已经不高兴了，不能再让郑宇继续这么傻下去，她得说点什么。

就在司念站起来想要说些什么的时候，谢源也跟着郑宇站了起来，坚定地表达了他的态度："我也赞同郑宇的说法。陈总，女性选手不一定比不上男选手，司念姐可是把 Star 陈星航都比下去的 ADC 选手，请您相信她的实力。而且我们昨天才拿了冠军，您今天就要开除我们的队友，您这样的做法我们很难接受。"

谢源比郑宇年纪大，话说得也更圆润些，他说完后，纪野也跟着站了起来，无声地表达自己的立场。

陈旭阳看着眼前把他弄得下不来台的这些选手，怒极反笑道："你们这是什么意思？意思是我自己的队伍，我打算用谁或者不用谁，我都没有权力？"

"不是的，陈总。"司念知道她不能再保持沉默，抢在其他人面前说道，"不是您想的那样，他们只是喝了点酒，有点犯糊涂了，您就当他们刚才的话没说过。至于我的事情，随您处置，我没有意见！"

司念的话让大家很受伤，他们不舍地看着她，司念努力露出微笑，想让自己看起来对这一决定无所谓，于是故作镇定道："其实我没告诉你们，就算陈总不说，我也早就想过打完这一届就走的，毕竟我年纪都这么大了，你们见过有谁年纪这么大了还在一线打比赛的吗？"

她想要活跃气氛，但大家完全高兴不起来，她的表情再如何轻松俏皮，落在别人眼中都只让人觉得更加伤感。

"司小姐，你果然比他们成熟些，知道什么时候该做什么。"陈旭阳很满意司念的回答，得意扬扬道，"我很欣赏你，虽然以后不能再在 PU 打比赛了，但以后如果有其他机会我一定第一个举荐你。"说完后他挑起嘴角轻蔑地扫过众人，露出讽刺的微笑。

司念勉强地附和了一声，下意识握住了手里的杯子，想要借此支撑着自己的身体。

就在她以为事情可以就这样糊弄过去的时候，一直坐在她身边从头到尾什么话都没说的叶蜚声忽然站了起来。

司念心头猛地一跳，赶紧拉住他的衣袖，转过头用表情示意他坐回去，可不管她再怎么暗示，他都好像看不见一样。

至于她一直放在他衣袖上的手，也被他温暖的手掌反握住。

看到叶蜚声站起来，陈旭阳得意的笑容收敛了几分，他眯了眯眼，对这位首要功臣、PU 的核心力量，他还是比较客气的。

"Kill，我最喜欢的选手，年轻，反应快，最主要是聪明，懂得什么时候做什么决定对自己最有利。"陈旭阳旁敲侧击地说道，"你站起来是要给我敬酒吗？"他微笑着，精明的双眼似乎在对叶蜚声说"我在给你台阶下，你不要不识抬举"。

然而这个青年今天要做的，就是不识抬举。

"给你敬酒？没必要。"他开口便踢开了陈旭阳给他摆好的台阶，随后更是语调不屑地说，"给一个完全不懂电竞，只为了赚钱的人敬酒，我是疯了吗。"

叶蜚声的话说到在座其他队员的心坎里了，可他们又隐隐替他担心，陈旭阳看上去不是个省油的灯，叶蜚声这样说完后陈旭阳会是什么反应？

众人一齐看向陈旭阳，陈旭阳第一次被人这样不给面子，他站起来隐忍怒火道："你说什么？小伙子，年纪轻轻的不要太张狂，你是有实力，但除了实力还有什么？不要以为除了你，天底下找不到第二个好中单了！"

一旁的助理见老板生气了，赶紧小声安抚道："陈总，别生气，他年纪小不懂事，您别和他一般见识。"

陈旭阳闻言，冷哼一声道："幼稚！以为自己拿了冠军，就可以在这里颐使气指？不要忘了是谁给你们这个资格在赛场上打比赛，我是你们的新老板！脱离了我，你们以后还想打比赛？做梦去吧！"

事情发展到这个地步，已经非常糟糕了。

司念浑身僵硬地坐在那里，这一切都是因为她，如果不是她，他们或许这会儿已经吃完饭离开了。

现在所有人，尤其是叶蜚声，都因为她成了陈旭阳的眼中钉，司念简直内疚得快要疯了。

"对不起陈总。"她站起来，按着叶蜚声的手向陈旭阳道歉，"蜚声只是一时冲动，刚才的话都是无心的，您千万不要放在心上，您就当作什么都没听见吧。"

陈旭阳不屑地盯着她，说道："你以为我不知道你和他什么关系？小伙子年纪轻轻的学人家冲冠一怒为红颜？真是搞笑。也不找准自己的身份，真以为自己很牛吗？"说完这些难听的话后，他情绪好了那么一点，继而换成一脸大发慈悲的模样道："算了，我也不和你这个小辈计较，今天这顿饭我看也没必要吃下去了，我先走了，你们自己慢慢吃吧。"

语毕，他站起来准备离开，临走之前，他指着司念道："至于你，风风光光地走你就别想了。你让我这么难堪，也别想着以后再有什么瓜葛，赶紧收拾东西滚蛋！"

司念从来没有被人这样对待过。

陈旭阳说完话转身就走，但就在他要走出那扇门的时候，门"咚"的一声被人踹上了。

巨大的声响让在场的人都愣住了，司念呆呆地看过去，是纪野站在门口，一脚把门踹上了。

"你疯了？你要干吗？"陈旭阳震惊地看着纪野。

纪野昂着下巴面带讽刺地看着他："我要干什么？你瞎了吗？这还看不出来，怕是个傻子吧？"

他和叶蜚声如出一辙的嘲讽语调，简直让陈旭阳无法忍受。

"一群神经病！为了一个女人跟我作对是吧？"陈旭阳抬起手指着纪野道，"那你跟她一起滚蛋好了！"

原以为自己的话会让对方后悔，可陈旭阳失望了。

他说完刚才的话之后，纪野一丁点后悔和迟疑的意思都没有，仿佛就在等这句话，双臂环胸冷冰冰道："求之不得。"

陈旭阳气得脸都白了，把火全撒在身边的下属身上，跳着脚让对方去把门打开。

纪野也没再阻拦，让开位置让对方把门打开了。

陈旭阳以为自己终于可以走了，可没那么简单。

叶蜚声的声音慢慢响起，相较于陈旭阳的愤怒和激动，他悠闲淡定得不行。

"陈总好像翻来覆去只会说那么几句话，不是让这个人滚蛋，就是让那个人滚蛋。"他靠在桌子边，在司念眼神复杂的注视下，对着转过身的陈旭阳道，"那也请你送我一句滚蛋吧。"

陈旭阳眯起眼望过来："你说什么？"

叶蜚声直起身，面露嘲讽地看着他说："听不懂吗？请陈总也让我滚蛋吧，刚好我今年的合约马上就到期了，也不必支付我余下的工资了，我心甘情愿滚蛋。"

陈旭阳震惊地看着叶蜚声，脸上终于有了一丝慌乱，而就在这个时候，所有人都站了起来，望向他异口同声道："我们也心甘情愿滚蛋！"

陈旭阳不可思议地看着他们，有那么一瞬间，他以为自己会因为情绪过于激动而晕过去。

司念眼眶发红地望着所有人，她不知道自己是该高兴还是该难过，她因为大家对她的维护而感动，又因为自己连累了所有人而落泪，她矛盾极了，双手撑在餐桌上，头埋进双臂之间，耳边嘈杂喧闹，她觉得自己真的快要被折腾疯了。

就在这个时候，一个人从门外走了进来，看了看屋子里的情形，开口道："看来和我预料的差不多，已经谈妥全部离队了吗？"

是易琛的声音！

司念倏地抬头望向门口，易琛一身西装站在那，戴着眼镜，面色平静，似乎对现在发生的一切丝毫不感到惊讶。

站在他身后的是夏冰淇，她换了一身衣服，好像秘书一样跟在后面，面容平静，甚至略带微笑。

司念微微一怔，慢慢握起了拳。

身边有人慢慢靠近，她抬起头，对上叶蜚声的眼睛。他眼底含笑，一点都不觉得难过。被她连累，他似乎完全没放在心上？

司念微微怔住，心情越发复杂。

陈旭阳望向易琛，冷笑道："是你？看来徐冲说得没错，我要想管理好这些硬骨头，就必须得把你换下来。今天这一切都是你指使他们做的吧？"

易琛推了推眼镜，微微勾唇说道："看来陈总还是没发现自己的问题所在。你用'管理'来形容你和这些队员的关系，是你最大的失误。我希望失去这些队员可以让你明白，在电竞行业，战队老板和队员从来不是上下级关系，也不是雇主和雇员的关系。如果不是一开始就有着同样的热血和同样的梦想，迟早是会分道扬镳的。"他朝屋内所有人伸出手，"而现在，我们一家人要走了。"他略顿，半真半假地道，"说实话，在PU这么多年，我是真的不舍得离开战队去喝西北风，但喝西北风就喝西北风吧。一家人最重要的，是整整齐齐。"

所有人的情绪在这一刻被点燃。

郑宇第一个跑出去扑到了易琛怀里，易琛稳稳接住他，随后便是谢源。

纪野比较冷静，走过去站到了易琛身边，装模作样地整理衣服，其实眼底对郑宇可以那么放得开有点羡慕。

司念深深地吸了一口气，转过头看向叶蛰声，叶蛰声直接握住她的手，牵着她走到门口，站在了易琛面前。

"我就知道你会来。"

叶蛰声淡淡开口，语气里带着笃定和得偿所愿的愉悦，黑白分明的眼睛倒映着易琛的模样。易琛朝他一笑，两个男人有着知己般的惺惺相惜。

他们伸出彼此的手，缓缓握住了拳，那是兄弟之间打招呼的方式。

看着这一幕，司念忽然又觉得，其实今天发生的一切未必是一件坏事。

她是一个喜欢安稳的人，向来不喜欢计划之外的事情，改变对她来说很艰难。

可有时候，改变似乎也不是一件坏事，未来从来不是一成不变的。

五个队员加上易琛、夏冰淇，一行七人，就这样在陈旭阳的注视下转身离开，他们身上都还穿着 PU 的队服，队服背后是每个人的 ID 和战队位置。

他们走路的姿势一如昨日在领奖台上一样，潇洒而果断，不曾有任何犹豫，也从不曾回头

他们是 LPL 的英雄，是中国电竞的骄傲。

他们不仅仅是 PU，也是自己本身。

PU 之所以成为 LPL 的梦之队，并不是因为它叫 PU，而是因为他们拥有这样一群人。

A 城的冬天可真冷啊。

坐在酒店外面的台阶上，七个人背对着酒店门口，仰头望着天空，天上除了灰蒙蒙的月亮，什么都没有。

"我们以后就不是 PU 的队员了吧？"

郑宇的声音弱弱地响起，激动过后，是一种即将离开战队的不舍。

说到底，大家对 PU 都有着非常深厚的感情，虽然刚才言之凿凿地说了要离开，平静下来后还是难免会有些不舍。

他的话让大家不知道该如何回答，司念把脸埋进双臂之间，因为内疚而不知该说

些什么。

回答郑宇的是易琛，他慢慢从台阶上站起来。说实话，他一身西装革履，做着和这些青年一样随意的动作其实应该挺违和的，可当这一切真的发生在他身上，一种独特的契合感便油然而生，仿佛他天生就和他们是同一个个体，无论他们一起做什么放肆的事情，都是理所当然的。

"现在的PU已经不是过去的PU了。"易琛双手抄兜，站在台阶上遥望天空淡淡道，"你现在回去收拾东西就会发现所有的一切都变了，不单单是战队的高层，甚至基地的氛围都会和原来完全不一样。"

郑宇懵懵懂懂地望向他的背影："这到底是为什么啊琛哥？"

易琛微微抿唇，沉默了一会儿，长叹一声道："这就是资本的力量。"

郑宇怔住，他还太年轻，不是很懂其中的利害关系，听得也不太明白。谢源瞥了他一眼道："过去的PU像家一样，是因为我们这一群人都在一起；而现在的PU，就算陈旭阳不怪罪我们，允许我们回去，你也感受不到以前的氛围了，搞不好我们会被疯狂压榨。还有他找来的那个韩国教练，看不起我们就算了，居然说我们打赢ZEC全靠运气！"

司念和叶蜚声分别坐在易琛的两边。司念穿得有点少，在夜风里有些发抖，下一秒，叶蜚声的队服就披在了司念的肩上。

司念回头望向身后，叶蜚声不知何时已经坐在她身后的台阶上，正垂着眼给她披外套，神情看上去很认真，就好像这件事比任何事都要重要。

"谢谢。"司念复杂地说了这两个字。她低着头，长发垂下来遮住了她的脸，坐在后面的叶蜚声看不清楚她是什么表情，但从她的语气里就可以感觉出来，她现在心情很低落。

今天的事情多少和她有点关系，她的去留问题是导火索，现在一帮人坐在这里无家可归也全是因为她，她怎么可能轻松得了？

司念长舒一口气，抬头望向天空，慢慢站起来，很想对着月亮许个愿，只要让她身边所有爱着她的人都好好的，她愿意付出任何代价。

易琛是他们这些人里面最年长的一个，他甚至都不需要问就知道他们在想什么。

看看腕表，时间已经不早了，在这里冻着也不是办法，他抬手推了推眼镜，取出手机简单操作了一下，随后收起手机道："我叫了一辆商务车，大家先回酒店休息。"

郑宇缩着肩膀站了起来，抿唇道："教练，酒店都是以战队的名义订的，我们还能回去吗？"

易琛被他的问题逗笑了，拍了拍他的脑袋道："你小子想什么呢？你当这是小孩子过家家吗？惹毛了陈旭阳他就连酒店都不给你们住？放心好了，至少现在还不到转会期，你们的合约还有一段时间，他不会在这个节骨眼上赶尽杀绝，毕竟他也不想被你们的粉丝骂死吧。舆论可是能压死一个人的，更不要说一个注重名誉的商人了。"

易琛的话让郑宇放心不少，少年摸了摸脑袋也笑了，好像也觉得自己有点笨。

他转过身和谢源勾肩搭背，在商务车到了之后就先一步上去了。

叶蜇声在司念前面上车，给她留了位置。

她看了一眼，站在车门口望向易琛，易琛站在那等她上去，她迟疑几秒，低声问道："教练，你不上车吗？"

易琛淡淡道："我还有点事情要处理，你们甩甩袖子就走了，我总得想想咱们接下来吃什么喝什么。"

是啊，虽然说了喝西北风也没事，但作为大家长，易琛绝对不可能让自己的队员们真的喝西北风。虽然司念一直觉得今天的事情都是因为她，可就算没有她，矛盾还是会爆发的，因为有易琛的事情在。

队员之间深厚的感情注定了他们必然会因为某个人的离开而集体出走，易琛觉得无奈又欣慰，看着司念的眼神也有一些矛盾起来。司念抿唇与他对视几秒钟，还是忍不住上前抱了他一下。

易琛表情复杂地站在车边，最终还是舒了口气，抬手拍拍司念的肩膀道："行了，别跟郑宇一样孩子气了，快上车吧，天气冷，别感冒了。"

司念吸吸鼻子，点点头上了车，最后望了一眼易琛，才关上车门，和大家一起离开。

易琛站在原地望着车子慢慢开走，很久都没有动作。

其实他也不想和大家分开，人非草木，孰能无情？当初被告知的时候，他心里就想过很多解决方法，有完美的，有不完美的。

他很想把事情做得完美一点，只是没想到到最后，所有人都选择了那个不完美的结局。

这样也好。

易琛抬眼望着天空闭了闭眼，收回视线一步步迈下台阶，朝路边走去。

夜晚还很长，他需要做的事情还有很多。

比赛已经打完了，接下来就是一年一度的全明星赛。

全明星赛的赛制是由游戏玩家们投票选择五个人前往国外，和其他赛区选出来的五个明星选手比赛，比赛流程和正式比赛没什么太大区别。

作为今年 LPL 出尽风头的选手叶蜇声无疑会当选中单，投票一开始他的票数就始终名列前茅，大家都很期待他在全明星赛上再次战胜 Leo。

至于其他位置的选手，整体票数并不是很高。司念到底是女孩子，在这种事上，肯定不如男选手票数高，作为 ADC 的她不可能去国外参加全明星赛。

她现在也没心思管全明星赛。

他们正在回 S 城的飞机上，几个人位置都是挨着的。司念的位置靠窗，叶蜇声坐在她旁边，这会儿飞机马上就要起飞，透过窗户可以看到飞机正在慢慢上跑道。

"先生，我们的飞机马上就要起飞了，麻烦您关闭手机。"

空姐的声音从身后传来。司念回头看了一眼，见是空姐在和易琛说话，易琛紧锁眉头盯着手机，被空姐提醒之后就关闭了手机，但眉头一直紧锁着，始终没有松开。

发生什么事了吗？

司念有点好奇，一直盯着易琛的姿势。

易琛很快感受到了她的注视，顺着视线看过来，四目相对时，两人默契地转开了视线。

易琛开始闭目养神，可司念这边就没那么顺利了。

她一回头就看见叶蜇声正面无表情地盯着她，吓得她直接站了起来，还撞到了头。

"啊！"司念痛呼一声，一手捂着头一手捂着胸口，尴尬地看了看周围，莫名有点心虚地望向叶蜇声道，"干吗这么盯着我啊？吓死了。"

叶蜇声微勾嘴角，却不是在笑，表情异常严肃："你这是在心虚吗？"叶蜇声开口说话，露出洁白的牙齿，挑眉质疑的模样像吸血鬼一样。司念总觉得他那一口白牙下一秒就要咬在她的脖子上。

摇了摇头，司念收回视线不去看他，装模作样地盯着窗外，咳了一声转移话题道："那个，全明星赛要去国外一段时间，我会在国内好好等你的。"

叶蜇声凉薄的声音从一旁传来："你不跟我一起去的话，我是不会去的。"

司念惊奇地看向他："可是我肯定当选不了呀，怎么陪你一起去？"

叶蛰声一言不发地盯着她，眼神跟抓到她看易琛的时候一样，司念最后忍不住笑了起来，无奈地扑进他怀里，忍俊不禁道："你吃醋的样子真可爱，哈哈哈。"

叶蛰声根本不理她，直接拍了一下坐在他前面的人的后脑勺，极为认真道："刷票你会不会？"

纪野捂着后脑勺回头道："你想帮她刷票？"他指着司念。

司念勉强止住笑，阻拦道："他开玩笑的，你千万别当真。"

叶蛰声直接把她拉到一边，对纪野说："你都竖着耳朵偷听半天了，就问你能不能刷。"

偷听被戳破，纪野哼了一声来掩饰自己的尴尬，半晌才道："你问我能不能刷票，还不如自己去微博上帮她拉票比较实际。"他说完就又哼了一声扭回头，也不知道是不是想发泄，抑或什么别的原因，学着刚才叶蛰声拍自己后脑勺的样子拍了一下坐在他前面的人，那人回过头，皱眉道："干什么？"

是方青子。

纪野哼笑一声，拿起杂志翻看，不理她。

方青子无语道："神经病。"

飞机慢慢飞上蓝天，司念一夜没睡好，渐渐有些困意，便闭上眼睛睡了。

她的头慢慢靠在叶蛰声的肩膀上，叶蛰声转过眼，她凌乱的发丝有几缕飘到了他的脸上，痒痒的，惹得人心烦意乱。

叶蛰声皱了皱眉，抬手将她的发丝绑到一起，随后才收回视线，继续思考刚才的事情。

也许别人都觉得这件事很无聊，也很没必要，但他现在真的在认真考虑给司念拉票的事情。

他很希望可以继续跟司念一起比赛，真的很希望。

飞机平安、准时地到达机场。

一行人从飞机上下来，拿了行李坐上接机车之后都在思考他们接下来要去哪里。

要知道他们跟陈旭阳打了一架，都说好了要退队，再回基地是不是不太好？

但易琛上了车，直接就报了基地的地址。

郑宇犹犹豫豫道："琛哥，还回去呀？"

易琛眼都不抬道："当然要回去，东西不是还没收拾吗？"

郑宇恍然，"哦"了一声没再说话，唯一听不明白这些的方青子坐在前面回过头来，看了半天，最终还是硬生生把目光从叶蜚声身上移到了纪野身上。

"喂。"她拍了一下纪野的肩膀。

纪野酷酷地看过去，方青子压低声音道："怎么回事？收拾什么东西？去全明星赛也不会这么快吧，不是还要一段时间投票吗？"

纪野闻言思索了一下，觉得这也不是秘密了，遂坦白道："没什么，不是去打全明星赛。"

"那是去做什么？"方青子费解道。

纪野直接道："自己上百度查。"

"……"

方青子愤恨地收回目光，迟疑半晌，还真的自己上百度查了。

纪野没难为她，事实上现在不单单是百度上讨论得热火朝天，微博上更甚。

司念这会儿刚好也在看，她现在知道为什么刚上飞机的时候易琛表情难看、眉头紧锁了。

他们集体退队的消息不知道怎么的，已经有媒体曝了出去。不仅仅是旭阳资本收购 PU 电子竞技俱乐部被曝出来，PU《英雄联盟》分部队员全体出走这件事也被曝光了，这简直就是爆炸性新闻，也因此这条新闻已经登上了热搜头条。

还不到转会期，所有冠军选手就要离开 PU，并且是在旭阳资本刚刚接手 PU 的时候。这到底发生了什么事？

一时间，什么明星恋情曝光的热度都赶不上这件事的热度了，PU 所有队员收到的评论和私信已经多到看不过来。

不光光是这件事。

叶蜚声居然真的在微博上给司念拉票了！

打开微博，看到来自互粉好友叶蜚声的"艾特"，司念简直恨不得找个地缝把自己藏起来。

只见叶蜚声的微博上赫然转发了一条全明星赛的投票链接，坦白而直接地跟所有人说："麻烦大家投一下 @《英雄联盟》司念，在 ADC 选手那一页，我想跟女朋友一起打比赛，谢谢各位。"

这么直接！选手亲自下场拉票！这样做真的好吗？真的不会被骂吗？

线上一片混乱，线下也没有好多少。

如易琛之前所说的一样，现在的 PU 基地已经不是过去的基地了，当他们一行人再次站在曾经日夜奋战的地方时，就发现里面已经大变样了。

曾经悬挂着《英雄联盟》海报和他们个人彩照的地方全被扯掉了，换成了旭阳资本的信息，所有写着 PU 名字的地方前面都加上了"旭阳"两个字，就连基地里的工作人员都大换血了，小到基地保安，大到高层，他们一个都不认识。

郑宇手里的行李直接掉在了地上，他瞠目结舌道："这就是人民币的力量吗？"

谢源靠在一边淡淡道："厉害啊，阿宇，你还真的有说对的时候。这可不就是人民币的力量吗？"

司念看了看语带苦涩调侃的两人，手里拖着自己的行李往前走了几步，很快就有人迎了上来，那人的突然出现还把她吓了一跳。

"抱歉，吓到你了吗？"一个看上去四十岁左右的女人穿着职业装站在那里，戴着一副眼镜道，"我现在是 PU 基地的负责人，我叫于娜，你们以后有任何需要都可以跟我说。"

听到于娜这么说，郑宇对司念小声耳语道："司念姐，她好像不知道我们要走了？"

司念还没说话，于娜就道："我知道你们要走的事情，但至少你们现在还没走，你们没走之前就是我的选手。你们有任何需要，我都会尽可能满足你们，现在要回去休息了吗？"她说完就打了个响指，在一众人惊讶的注视之下对围上来的几个人说，"帮选手们把行李搬回房间，我让食堂准备了接风宴，各位回去洗漱一下就可以下来吃了，还有其他要我做的吗？"

大家一起僵硬地摇了摇头，于娜见此很满意，说了句"好好休息"就转身走了。谢源眼巴巴地看着她的背影，半晌才道："陈旭阳自己阴险狡诈，但手下的人做事挺厚道啊。"

司念深以为然道："这位负责人比起咱们之前那个这也不管那也不管的强多了。"

郑宇一脸遗憾道："可惜了，我们享受不到这么好的负责人了。"

司念眨了眨眼，没说话，倒是方青子说了一句："为了这么一个负责人你就要后悔之前所做的选择了吗？"她脸色不是很好看，好像郑宇如果说后悔她就会吃人一样，搞得郑宇很纳闷。

"跟你又没半毛钱关系，你那么激动干什么？"郑宇匪夷所思道。

方青子睐眼道："怎么跟我没关系？我也向陈旭阳辞职了，教练没告诉你们吗？我会跟你们一起离开PU。"

郑宇不可思议地望向一直沉默的易琛，求证道："真的吗？教练，这丫头还要阴魂不散吗？"

他的话让方青子很不高兴，但她还是忍耐道："不需要教练回答你，我自己就可以回答你。"她望向所有人，许久才深吸一口气继续道，"我知道大家都很清楚我一开始来PU的目的是什么。"她压抑着感情，握着双拳道，"但是到了今天，不管你们信不信，我们一起经历过全球总决赛、一起训练、一起庆功，我已经把自己当作这里的一分子，和大家是一家人。我知道在你们看来我是一个图谋不轨的外人，但是时至今日，我已经不能再参加比赛，我和叶蜇声也没可能继续下去，但我……我可以做助教，也算是用另一种方式加入自己曾经疯狂想要做的事情中去，你们可以给我这个机会，让我单纯地、没有任何杂念地开始我的新生活吗？"

她抹掉已经掉下来的眼泪，吸了吸鼻子道："我想重新开始了，忘记过去的人和事，重新开始我的人生，大家可以相信我一次吗？"

很久以前，司念第一次见到方青子的时候就知道，这个女孩有着俘获人心的能力。

叶蜇声喜欢过的姑娘，肯定不会太差劲。

此时此刻，方青子的真诚，让人很难对她说出拒绝的话。

第一个站在方青子面前拥抱她的是司念。

司念心情复杂地抱住方青子，方青子犹豫很久，还是将手臂放了司念的腰上，哽咽着说："司念姐，对不起，之前是我糊涂……"

司念直接打断她道："不用说了，你并没有真的做过什么，不需要对任何人道歉。"她挪开身子，将自己的手放在方青子的头上，凝视方青子许久才说，"你现在的模样让我看见了当初的自己，我不知道别人怎么想，但我第一个欢迎你。"

方青子一直努力克制的眼泪在这一刻决堤了，她捂着嘴巴泣不成声，一帮大男人当然看不下去她这么哭，都上来劝说。

郑宇为难地说道："你快别哭了，好像是我把你弄哭了一样，我可绝对没有那个意思啊！"他拉着谢源，让谢源帮忙，谢源哪里有办法，无奈地看向纪野。纪野站在那双臂抱胸皱着眉，很冷酷的样子，但偏偏就是他从口袋里取出手帕递给了方青子。

方青子愣了愣，惊讶地看向纪野，纪野皱着鼻子转开头，不耐烦地说道："要就接过去！不要就丢掉！麻烦死了！"

方青子怔了良久，最终还是将手帕接了过来，低声说了句："谢谢。"

司念安静地看着眼前这一幕，不着痕迹地望向一直沉默的叶蜇声，叶蜇声靠在墙边单手插兜回望她，两人视线交会，一切尽在不言中。

结束了谈话，最终大家都各自回房间收拾东西。

大家都很清楚，这个地方他们不会待太久了，现在看着基地和宿舍，感觉都和过去不一样了。

躺在床上，司念百无聊赖地盯着屋顶，脑子里什么都没想。但是其他人就不一定了。

一间隐蔽的办公室里坐着几个人，有叶蜇声、纪野和谢源，还有就是几天前跟他们大吵一架，下不来台的陈旭阳。

"怎么就我们三个人？"谢源有点浑身发毛地看向纪野。

纪野翻了个白眼："你问我我问谁？"

谢源咂咂嘴，有点烦恼，跟纪野说话还不如找叶蜇声，于是他缓慢挪动，想要坐到叶蜇声身边，但陈旭阳没给他这个机会。

"谢源啊，有什么想知道的可以直接问我，不用自寻烦恼。"陈旭阳好整以暇地坐在椅子上，抱着个水杯笑道，"今天的确只有你们三个来，其他人我没叫，也不想再跟他们多费口舌，因为他们一根筋，没什么可塑性。"

谢源浑身一哆嗦，只能尴尬地赔笑。

但仅仅是这样的反应，陈旭阳就已经很满意了，他放下水杯，拿出三个信封交给身边的女下属，让她递给他们三个人。

陈旭阳的下属真的是一个比一个漂亮惹眼，前有风韵犹存的于娜，后有年轻青涩的小姑娘。

小姑娘把信封依次递给谢源、纪野和叶蜇声，在叶蜇声面前的时候，多停留了一会儿，如水的眼睛凝视着叶蜇声，那眼底的勾人意味呼之欲出。

叶蜇声皱起眉，没有接信封，女孩也不介意，直接放到了他手边的柜子上，笑着退回了陈旭阳身边。

陈旭阳一直在观察叶蜇声的反应，见他似乎对女孩一点兴趣都没有，不着痕迹地勾了勾嘴角，耐着性子道："你们不妨先打开信封看看，看完后我们再聊，信封里是我的诚意。"

诚意？陈旭阳这样的人会有什么诚意？

带着这样的好奇，谢源和纪野打开了信封，等他们看清楚里面是什么之后，都一脸吃惊地望向彼此。

陈旭阳是个资本家，资本家的诚意是什么？

当然是钱。

信封里是他们续约的基本薪酬，这笔钱比之前徐冲给他们的翻了好几倍。

谢源和纪野看了后表情十分复杂，对视之后就望向了叶蜇声，叶蜇声看了他们一眼，然后慢慢打开信封，瞄了一眼上面惊人的数字之后，直接把信封放回了原处，看上去一点兴趣都没有。

"有意思。"陈旭阳微笑着道，"蜇声啊，说实话，我真的很欣赏你。之前还只是欣赏你的能力和性格，现在就是欣赏你的魄力和远见了。"他意味深长道，"这个数字不满意吗？如果你不满意，我还可以再给你加这个数。"他抬起手，比了一个"五"，一下子就加这么多，连谢源和纪野都有些招架不住，可叶蜇声从头到尾面无表情，不为所动，甚至在陈旭阳提出要加钱的时候，他还直接站了起来，双手插兜散漫道，"如果你找我来只是谈这种事，恕不奉陪了。"

说完，他抬脚就要走。

陈旭阳眯起眼，直接看向身边的女孩，女孩一个箭步冲上前挡在叶蜇声面前，莞尔道："别着急呀，Kill，我爸还没说完呢，听他说完再走也不迟。"

原来，这女孩竟然是陈旭阳的女儿！

男人面对美女，总会留三分情面，叶蜇声却截然不同。

面对女孩的请求，他眼都不抬道："凭什么？"

凭什么？

女孩一怔，惊讶地看着他，随后若有所思地望向自己的父亲。陈旭阳沉默了一会儿，开口道："你真的要敬酒不吃吃罚酒吗？"

叶蜇声这次直接转回头，望着陈旭阳一字一顿道。"挽回一支队伍的办法有很多，并不是非得要一大笔钱才行。"他耐着性子淡淡说道，"我们需要的从来不是几倍的薪酬，而是一个完整的团队，缺一个人都不行。陈总如果连这个都搞不懂，我们也没必要继续谈下去。

说完，叶蜇声便毫不留恋地转身走了。

谢源和纪野见他走了，也毫不犹豫地离开了，无声地抗议着。陈旭阳被他们气得够呛，直接摔了手边的水杯。

他眯起眼阴恻恻笑道："我就不信，我还治不了你们！"

基地表面上看着祥和平静，实则却血雨腥风，风浪跌起。

《英雄联盟》全明星赛在这个时候进行着热火朝天的票选。

意外就发生在这个时候。

本来票数高居榜首的叶蜇声，忽然从排行榜上消失了，和他一起消失的还有PU现役的所有队员。

当疯狂拉票的粉丝发现这件事的时候都炸了，跑到PU官博底下质问到底是怎么回事。他们日日夜夜不停地在各种和LOL有关的微博下面给自己喜爱的选手拉票，可一夜之间这些都功亏一篑，选手们在页面上甚至连名字都找不到，没几个人接受得了这样的场景。

而对此，冠上旭阳资本四个字的PU电子竞技俱乐部，很快给出了官方回复。

回复很简单，直奔主题："现役的五名选手已经主动申请离队，很快将不再是PU的成员，自然也不能代表PU参加全明星票选，撤掉他们既正常又符合规则。"

这个消息一爆出来，所有人都有点接受不了。虽然早就听过不少小道消息，但大家一直觉得那只是谣言，他们根本不相信会发生这种事。作为LPL的梦之队，PU在人们心目中一直是稳定和风范的代名词，但如今官方证实了这件事，大家的心仿佛被提到了嗓子眼，尤其是五名选手的粉丝。

叶蜇声的微博下面挤满了粉丝的留言，大家都表示了自己的伤心，希望偶像不要受到影响，更希望偶像可以主动出来解释一下到底发生了什么，但不管发生什么他们都会支持到底。

叶蜇声并没回应什么，最后一条微博还停留在给司念拉票的内容。很显然，哪怕他们战队发生了变故，可他们曾经真的很想打这场比赛，也真的在用心准备。

叶蜇声一个人坐在门口的台阶上，安静地望着天空。

以前他不屑使用微博这种社交软件，因为司念之前被任烟雨污蔑的时候在微博上受尽辱骂，这一点让他对微博很没好感。

如今他却主动打开了微博，低着头浏览着他个人微博下面的粉丝留言。

留言内容令人动容。

有一位粉丝说："在A城零封LO的那场比赛，Kill把LO中单按在地上摩擦，全场沸腾，因为他是Kill，可以创造奇迹，他是信仰般的存在。所以，不管他在哪支战队，不管他是否还参加比赛，他会一直在我们心里，因为信仰永不消逝。"

还有粉丝说："哪怕队友全部阵亡，Kill也可以一个人守下整座高地，一个人PK五个人，无论明天他是否还在PU，无论召唤师峡谷是否还能看见他的身影，有过这样的经历足以。"

真的足以吗？

其实所有人说的这些话，要表达的意思都是他们不希望叶蜇声离开。

每一条评论都倾注了他们的真情实意，看着这样情真意切的话，哪怕是淡漠如叶蜇声也十分动容。

他放下手机，仰头望向天空，身边忽然坐下一个人，他望过去，是拿着烟的纪野。

纪野递过来一支烟，轻声道："来一根？"

叶蜇声垂下眼盯着那支烟看了许久，才慢慢接过来。

纪野靠过去，用打火机帮他点上烟，两个男人默契地谁也没有开口，只是安静地一起望着天空，互相思考着自己的事情。

也许明天他们就会分开，也许明天就会被赶出基地，也许还有其他更加恶劣的事情。

他们已经做好面对一切的准备，他们不惧资本，更不畏追逐梦想。

深夜，总裁办公室。

一个人影在黑暗的走廊里慢慢行走，走得有些颤颤巍巍的。

他在办公室门口停留了很久，才好像终于鼓起勇气一样，推门走了进去。

办公室里，陈旭阳坐在椅子上，看到来人后惊讶地挑了挑眉，笑道："真让人意外，没想到是你来找我。"

来人停在门口，沉默许久，深吸一口气道："我想打全明星赛。"

陈旭阳眨眨眼，嘴角笑意逐渐加深，眼底满是得意。

变故总是发生在不经意间。

所有人都需要自我调节，司念也不例外。

她收到战队所有人都被撤下全明星票选的消息还是从微博上得知的。

当时她正和大家一起在食堂吃午饭。其他分部的人看着他们的眼神都很奇怪，当时他们还不知道发生了什么，等快吃完饭，有人在玩手机的时候，才知道了事情的来龙去脉。

年轻人的自尊心很奇怪，知道这件事之后，几个人脸色铁青，很快就离开了食堂。尽管他们从来没做过任何错事，但那些人异样的眼神总归让人受不了。

走出食堂，几人上了天台。这会儿天台是最好的放松地点，没有异样的注视，没有人群的围观。

"这可怎么办？"郑宇是最激动的，眼眶发红道，"我们这不是还没走吗？为什么不让我们参加全明星赛？我都已经准备好要去了，这样太不公平了！"

纪野看向郑宇淡淡道："就算让去，你的票数也没比别的战队辅助高多少，搞不好明天就被人家超了，不要那么激动。"

郑宇着急道。"我能不激动吗？什么叫没高多少？我和司念姐的票数都被声哥拉起来了！这会儿已经超过别人很多了，我们本来还可以再在一起打一场大型比赛的！现在全泡汤了！"他含着眼泪道，"这是我入行以来的第一场全明星赛，我很想去，凭什么不让我们去？"

郑宇的话让人无法反驳，谢源有点恨铁不成钢道："这只是一个全明星赛，又不是世界赛！你哭个什么劲儿啊！这要让陈旭阳的人看见还不得笑掉大牙？你的坚持就这么短吗？"

郑宇没说话，但还是在哭。他到底年纪最小，情绪也最容易受到波动，司念看着他难过的样子，心里很不是滋味。

她站在一边，抬手按了按额角道："这都怪我。郑宇，你别哭了。你要是真想去的话，我去求求陈旭阳好了。"

郑宇抬眼望向她，眼底有光，但始终没有开口说什么。

司念深吸一口气，抬脚想要走，但被叶蓥声拉住了。

"现在去找陈旭阳，不是自讨难堪吗？"叶蓥声拉着司念，语调平静，说出来的话却让郑宇既矛盾又羞愧，"当初夸下海口，所有人都做好了绝不妥协的打算，现在对方只是出了这么小小一招，我们就立刻就范，不要说别人了，我都想笑了。"

郑宇抱着头懊恼地蹲下，半晌之后忽然大喊一声，转身跑了。

看到这样的郑宇，司念担心极了。

"他不会出事吧？"她懊恼道，"说到底还是因为我！其实我本来就想过要退役，你们真的没必要为了我而这样做！"

她自责地走到一边用手捂住脸，无比愧疚。

"不仅仅是因为你。"

一个声音响起，司念一怔，放下手望过去，易琛不知道什么时候来了。他的到来让此刻的他们仿佛有了主心骨，至少谢源和纪野的表情都比刚才缓和不少。

叶蜇声看了易琛一眼，没有说话，易琛和他对视了一眼，随后望向司念道："就算没有你，也还有我的事情横在中间。你们的性格如此，结局只会是一样，所以不要再提是因为谁才变成这样，事情已经发生了，就不要再谈论一些有的没的了，想办法筹谋未来才是正题。"他压低声音强调，"这样无意义的自责，不要再有第三次。"

这是司念第二次自责了，易琛都给她记着呢，事不过三，她自己也知道。

司念抿抿唇，点了点头，易琛满意地收回视线，推了推眼镜，看着眼前的队伍，仿佛并未察觉到郑宇不在场。

这时，方青子气喘吁吁地跑上天台，调整了呼吸后站在了纪野身边。

纪野看了她一眼，她额头全是汗珠，现在的季节不能这样糟蹋身体，出了汗后风一吹，容易感冒，于是纪野脱掉外套蒙在了方青子头上。

易琛看了方青子一眼，淡淡道："既然人都到齐了，那我就说说接下来的安排。"

谢源愣了一下道："没到齐啊，教练，阿宇刚才哭着跑了……"

易琛打断他道："我没瞎，看得见，但不用等他了。"

谢源不解道："为什么？"

叶蜇声和司念对视一眼，司念慢慢握紧拳头，什么也没说。

易琛淡淡道："不为什么，你回头可以转告给他，如果他还有机会听的话。"

谢源愣住，满脸茫然。

易琛不再理会谢源，直接道："现在摆在你们面前的有三条路。第一，和陈旭阳服软，跟他续约，重新回到PU，这样你们可以继续参选全明星赛，说不定我们大家还可以一起打最后一场比赛，但那之后，我和司念就会离开。"他望了司念一眼，继续道，"第二，我帮你们物色了两个战队，他们都愿意接受我们全体签约，但强调司念和郑宇要打替补。"

司念眼皮一跳，其实这是最好的结局了吧，能打替补也算是陪伴大家了，她刚来PU不也是替补？她正想说什么，易琛就径自开口了。

"第三条也是最艰难、最辛苦的一条路。"他深吸一口气道，"徐总虽然不做电竞了，但我和他合作多年，这些年他也没亏待过我。我手里有点积蓄，虽然不多，但足够我们度过前期的困难。我的意思是我们自己从零开始，创建一支新战队。"

所有人都满脸不可思议地望向易琛，他们想过全员离开、全员没落，但是……

所有人，从零开始，自己组建一支战队，这是他们从来没有想过的事，他们根本毫无经验。

就算司念在比赛上可以称之为老将，但在经营俱乐部上是实打实的新手，而易琛也一直是在做教练，没有真的参与过俱乐部的构建。

在这件事上，他们真能搞定吗？

不对，明明有三条路，为什么大家好像都在考虑第三条路的可行性呢？

说到底，在他们心里，他们还是希望有一个可以不用考虑一切，只要用心追逐梦想的地方

而创建一支自己的战队后，所有的队友只要认真训练、快乐生活就可以，没有烦恼。

就像是《英雄联盟》中，位于瓦罗兰大陆西端代表着勇敢、积极、荣耀和正能量的德玛西亚一样。

"请问祖安怎么走？"

"顺着这条金属小道，一直走就是了。"

"请问诺克萨斯怎么走？"

"沿着这条沾满鲜血的道路，一直走就是了。"

"请问德玛西亚怎么走？"

"德玛西亚，没有走的方法，德玛西亚就在你心里，如果你有一颗德玛西亚人的心，有草丛的地方，就是德玛西亚了。"

自古以来，开辟一条道路的过程总是艰难的。

创立一个俱乐部并不简单，有强龙在前，说不定还会受到打压，哪怕报了名，也

没有什么比赛可以打。从零开始新建一支战队，是一个冒险的选择。

司念注视着易琛，易琛神情坦荡地站在那里，看上去毫无野心，可这样的他提出了创建一支新战队的建议。

他所做的一切，都只是为了他们，他想给所有人一个家，一个默契、稳定、完整的家。

司念深吸一口气，站出来道："积蓄的话，这些年我也攒了一些，虽然不多，但也可以拿出来补贴。"

谢源望向司念，张了张嘴没说话，倒是叶蜚声在司念说完话之后站到了她身边，面无表情道："钱我有很多，不用你拿。"

司念抬头望向他，叶蜚声气定神闲道："这辈子我什么都缺过，就是没缺过钱。"他略带得意的语气倒让严肃的气氛瞬间缓和不少，别说司念，连易琛都笑了。

"你这小子……"易琛摇头笑道，"也对，你应该赚了不少。之前徐冲给你的签约金，再加上奖金和你的直播收入，你不爱车、不爱表、不爱吃喝玩乐，这样算起来你应该是我们这里最有钱的人了。"

别看叶蜚声年纪不大，比司念小好几岁，但他的确算是他们之中的有钱人。

这个圈子和别的地方不一样，年纪小的人反而更容易赚到钱、受到青睐，所以新一代的年轻人争先恐后迈入电竞圈也不是没有道理。在这里，他们的游戏史就是他们的经验，这个曾经不被人看好、不被家里人认可的爱好反而被大家所认同，变相地在那些曾经看不起他们的人面前证明了自己，何乐而不为？

然而，这条路也是艰难的。像叶蜚声这样的天才型选手屈指可数，传奇之所以称之为传奇，就是因为难得与稀少。

"你们俩呢？"

司念和叶蜚声都做出了选择，就剩下纪野和谢源还没有说话了。

在易琛询问之后，纪野直接道："我选三。"

简练、坦诚、直接的态度让易琛对这个队伍更加充满信心，他深深地看了纪野一眼，慎重地拍了一下他的肩膀，随后轻轻舒了口气道："那谢源……"

谢源赶紧说："教练，我必须跟着你啊，别的教练我完全不服气，就得是你才行。"

谢源平时就爱拍易琛的马屁，以前倒还不觉得有什么，现在却让人感觉异常亲切。

易琛沉默了一会儿，视线移到纪野身边的方青子身上，方青子见他看向自己，立刻表态道："教练，我早就告诉过你我的选择了，大家也都清楚。"

纪野瞥了瞥方青子，她的侧脸美得像水墨画一样温婉宁静，看得他竟有些呆住了。

直至此刻，易琛才算是露出了轻松的笑容，他垂在身侧的手缓缓握成拳，良久之后，忽然红了眼眶。

易琛在他们面前仿佛总是一副云淡风轻的样子，除了比赛上的失误，不会在其他方面有任何情绪上的失控，所以如今易琛这副被感动的样子他们还是第一次见。

司念直接看傻了，叶蜚声戏谑地挑起了眉。谢源甚至惊讶地走上前围观，咳了一声道："琛哥，你别躲啊。我给你照个相吧，你现在这模样还真是难得见到，我不拍下来的话都对不起我这双手。"

话刚说完，谢源就被易琛的冷眼吓得赶紧举起双手笑道："开玩笑的，我开玩笑的。我错了，别揍我。"

气氛仿佛一瞬间回到了过去。

他们欢声笑语地聊着一些不着边际的话，不去担心明天又会发生什么变故，好像在真正决定离开和决裂之后，他们反而轻松了很多。

第十一章
分道扬镳

深夜，司念拎着几瓶啤酒坐在阳台的椅子上慢慢喝着，因为天气渐渐转冷，她披着一条厚厚的羊绒披肩，这会儿没风，倒也不觉得冷。

周围似乎有些不寻常，她转过头看过去，只见叶蜇声站在他房间的阳台上，眯眼瞧着她这边，见她看过来，直接单手撑着跨过阳台，身手异常敏捷。

看着青年翻过来后坐在自己旁边的椅子上随手开了一罐啤酒喝着，司念微微勾唇，用怀念的语气道："看来我要给琛哥发短信建议更换俱乐部选址，哪怕是队员和俱乐部工作人员居住的地方，阳台设置太近也不安全。"

叶蜇声闻言望了过来，这话他再耳熟不过。那时候司念刚刚回到战队，还在做陈星航的替补，一边忙活着她自己的生活，一边还要"报答"他，帮他追回方青子。

当时的他们谁能料到他们会走到一起，更没想到的是他们甚至还要离开这个曾经以为会奋斗到职业生涯结束的地方。

叶蜇声朝司念伸出手臂，司念迟疑了一下，挪动椅子靠了过去。

两人的椅子紧挨着，司念整个人也靠在叶蜇声怀里，两人谁也没说话，就这样安静地喝着啤酒。

这是难得静谧的时刻，一切尘埃落定之后，心里也不再有什么波折。

既然他们选择了这条路，哪怕这条路困难重重，也要负重前行，这是他们的精神。毕竟如果没有这样的精神，也无法战胜 LCK 赛区，重新为 LPL 拿到阔别已久的冠军。

"明天就要走了。"很久之后，微醺的司念在叶蜇声怀里喃喃地说着。

叶蜇声轻轻地"嗯"了一声。

司念带着些笑意的语气说道："很奇怪。明明你比我小好几岁，按照姐弟恋的逻辑来讲，该是我宠着你的，你也应该是不稳定的一方，但是……"她稍微仰起头，在月色和微风下注视着青年的下巴，青年察觉到她的目光，慢慢低下头来，黑白分明的眸子里徜徉着温柔与和煦，司念不禁莞尔，长舒一口气道，"但是我觉得，靠在你怀里，比过去的每个时候都要有安全感。"

也不知过了多久，叶蜇声才漫不经心道："其实，我们早就认识了。"

司念愣住，惊讶道："是吗？什么时候？"

叶蜇声带着怀念的语气道。"太早了。当时你还在 PU 给陈星航打辅助。"他顿了顿，意兴阑珊道，"你们那时候还在一起。"

司念从他怀里坐起来，眨巴着眼睛笑道："那么早？"

叶蜇声加大了揽着她肩膀的力度，让司念不得不再次回到他怀里，确定司念躺好了之后才缓慢说道。"很早。那个时候你们还没拿到冠军，但我已经知道你。LPL 唯一的女选手，我想不认识都难。"他稍稍眯起眼，略皱着眉头说，"那时候你在单排，我不知道你记不记得，你选了辅助，我是 ADC。"

司念听得专心致志，很想知道自己在叶蜇声心里的第一印象是什么，叶蜇声好整以暇地瞄了她一眼，故意拖长音调道："当时下路崩得很厉害，对面的阵容追我们很紧，你可能是因为单排路人局，所以玩得不那么认真，老给我拖后腿，赚到的钱都拿去买血瓶了。"

说到这里，他顿了一下，司念有些无语地扯扯嘴角："我还有那么菜的时候？"

叶蜇声不在意道："我也有被打 0：5 的时候。《英雄联盟》是团队游戏，一个人力挽狂澜的很少，尤其是在路人局。"

司念皱皱鼻子："好吧，你继续说。我把钱都买血瓶了，然后呢？"

叶蜇声挑挑眉道："然后？然后你回到线上被对面打得很快又把血瓶吃完了。"

司念倒吸一口凉气："我不信。"

叶蜇声解释说："你替我挡了很多伤害。"

司念哼了一声："那还情有可原。"

叶蜇声深以为然道："是的，的确情有可原。你很快又把血瓶吃完了，然后就开始打字，不会说韩语，就发英文，英文又不够好，拼写和语句都不通顺，我辨认了半天才看懂，你问我——我可以补个兵吗，钱不够买血瓶了。"

"May I have one soldier? I'm poor."

想想当时蠢蠢地挡在自己面前打出这句蹩脚英文的司念，叶蜚声慢慢地笑了起来，越笑越控制不住，胸腔发出来的清朗笑声震得司念只能皱着眉从他怀里直起身，司念瞧着他现在的样子，觉得叶蜚声太欠揍了！

她有点懊恼地回头望去，他已经不再笑出声，但嘴角还残留着笑意，眼底满满都是温柔。

"我当时就觉得，你真是傻得可爱，和比赛里看到的样子一点都不一样。"他含笑说着，声音里的温和让人不自觉地靠近他，他缓缓将她再次拉入怀中。

"你还记得当时你在韩服的 ID 叫什么吗？"叶蜚声轻声道。

司念怔了怔，许久才抿唇道："记得。"

叶蜚声一笑："叫 star myLOve，尽人皆知。"

司念羞愧地红了脸，那时候她正和陈星航处于热恋中，恨不得向所有人炫耀他们的感情，但谁知道最后会那样狼狈收场，如今还要被现任这样提醒，真是无比羞耻。

"别说了。"司念咬着唇，有点抗拒。

叶蜚声搂着她纤细的腰，一字一顿道："我要说。"他强调道，"虽然你们分手后，那个 ID 你再也没用过，但是你不能差别对待吧。"

司念惊讶地望着他。

叶蜚声慢慢放开她，站起来双手搭在她的肩膀上，不容置喙说道："把你现在的 ID 改掉，就改成 Kill myLOve 好了，要不然……"

"要不然怎样？"司念瑟缩着肩膀问道。

叶蜚声没说话，直接把她打横抱起，三两步跨进房间，将她扔到了床上。

"你说呢？"他居高临下地看着她。

司念赶紧道："我改！我改还不行吗！"

叶蜚声的笑声从她的头顶传来。司念抬头望去，只见他嘴角挂着一抹得逞的笑意，她这才反应过来被他戏弄了，于是不再理他，扯过被子将自己盖了个严严实实。

一个地方待久了肯定会对这个地方有感情，尽管它已经被人所占据，但离开的时候多少还是会有些不舍。

一行人拖着行李站在基地门口集合，易琛站在那清点了一下人数，其实也没什么好清点的，算上方青子，他们不过才六个人。

对，只有六个人。

司念蹙起眉，心里隐约意识到了什么，谢源还在那慢半拍地问："哎？怎么没看见阿宇啊？我昨晚告诉他今天在这里集合了啊。"

的确，谢源昨天跟其他人分开之后就去了郑宇的宿舍，郑宇当时不在，他还等了好长时间。

郑宇回来的时候，看见谢源还一脸紧张，谢源起初还觉得奇怪，但也没放心上，于是就把该说的都说了。

郑宇当时怎么回答的来着？

他说知道了。

谢源满心以为自己传达到了，隔天大家就会一起离开，但是没有。

郑宇没出现，或者说，他没有单独出现。

他后来出现了，和陈旭阳站在一起。

准备好行囊要离开的六个人一齐望向面前浩浩荡荡的人群，有钱人身边总是簇拥着许多人，陈旭阳身边也不例外。只是，其中有一个人实在太扎眼了，扎眼到他们根本无法忽视。

"阿宇？！"谢源是最不能接受的一个，冲上去拽住郑宇的胳膊道，"你怎么回事？你和他站在一起干吗？赶紧过来，咱们该走了，司机都等半个小时了！"

郑宇满脸为难地看着他，眼眶发红，似乎随时都会哭出来。

陈旭阳见此笑眯眯道："谢源啊，你快松手吧，郑宇和你们不是一路人。"

谢源僵硬地站在那，硬着头皮道："你什么意思？他和你才不是一路人！"

陈旭阳耸耸肩，似乎对此很无所谓。他抬了抬手，突然又出现四个人，这四个人司念他们并不陌生，全是在圈子里见过的，其中还有当初和叶蛰声在后台打起来的QW中单沈行。

所有人在这一刻都知道到底发生了什么，看着那四名选手穿着PU的队服出现在这里，还和郑宇站在一起，他们就算再傻都能猜到——

他们被取代了，郑宇叛变了。

不，或许不能称之为叛变，毕竟每个人都有自己的选择，谁也不能强求一个人必须认同另一个人的决定，不是吗？

然而谢源还是有点无法面对这个事实。

"你这个浑蛋！"谢源一拳打在郑宇的脸上，愤怒道，"你疯了吗？！你知不知道自己在做什么？！"

郑宇一直憋着一股劲，随时都可能泄气崩溃，这会儿看见谢源这么激动，他完全守不住了。

"对不起！"郑宇捂着脸蹲在地上，哭着喊道，"我对不起大家！但是，我想打全明星。我不想离开PU，我爸妈好不容易对我印象改观，我不想功亏一篑。"

郑宇的话让所有人面如死灰。

陈旭阳得意地笑起来，笑声那么刺耳，让司念一行人脸色越发白了。

谢源失望地望着郑宇，一步步退回他们的队伍，眼底毫无情绪。

"没事。"易琛抬手放在谢源的肩膀上，淡淡道，"人各有志。"

是啊，多简单的一件事，"人各有志"完美地解释了大家的选择。

司念抿唇走到谢源身边，拍了拍他的肩膀，谢源红着眼眶看过来，哽咽道："司念姐，之前你们关系那么好，他做出这样的事情难道你不生气、不伤心吗？"

谢源的质问让不远处的郑宇无地自容，他紧紧地捂着自己的脸，似乎无法面对他们。

司念深深地看了他一眼，才收回视线压低声音回答谢源："我宁愿相信他只是一时糊涂。"

谢源闻言慢慢低下头，握起了拳头，一字一顿道："就算是一时糊涂，我也不会原谅他了。"他抹掉眼泪，果断道，"我们走。"

司念有点担心谢源，但他似乎很坚强，自从出事之后他从来没有像这一刻一样表现得如此坚定，司念忧心忡忡地看着他转身离开的背影，手放在行李箱上迟疑着是否要就这样离开。

叶蛰声在这个时候替她拉起了行李箱，司念看过去，离开了PU的他自然不会再穿PU的队服，不同于往日的是叶蛰声今天难得没有穿得和平时一样那么随性，他穿了一件简单的黑色西装外套，下半身穿的是同色的裤子，露出了脚踝。司念第一反应竟然不是他这样真是异常帅气，而是这个天气露脚踝他不冷吗？

人总会经历离别，离别就在这一刻。

六个人陆陆续续坐上车，都默契地不去看窗外。司机已经等候多时，见人都坐下了就立刻开车离开。

那个他们曾经奋斗多年、寄予希望和梦想的地方，就这样在车轮声中离他们越来越远。

司念这个时候终于有了一丝伤感，最终还是忍不住朝窗外望了出去，想再看基地一眼。

但是车子开得太快了，等她决定要看一眼的时候，已经什么都看不见了。

突然间，心里空落落的，她收回视线，双手交握，脸上有些茫然，眼底却充满了希望。

电话铃声忽然响起，是易琛的手机。他拿出手机看了许久才决定接起来，车子里这会儿特别安静，司念坐得近，所以听见了来电人的些许声音。

是夏冰淇的声音。

这会儿司念才忽然想起来，似乎出事以来，夏冰淇一直没怎么出现过，好像忽然失踪了一样，在 PU 基地完全看不见她的身影。

后来她在电话里说了什么，司念就听不见了。易琛调小了音量，随着通话时间越来越长，他的脸色越发难看，最后他挂断电话的时候，眼里布满了愁绪。

司念很想知道到底发生了什么，但肯定不可能去问易琛，也不好去问夏冰淇，于是只能作罢。

出租车缓缓停在一幢公寓楼门口。司念一行人下车，仰头看着偏僻郊区的公寓，这里虽然交通不便，离市区也比较远，但环境幽美，小区绿化很好，周围也安静。

"下来吧，这栋楼的七零三，密码一一零五，你们可以去挑自己的房间了。"易琛把他们各自的行李拿下来交给他们，自己又回到了车上。

谢源问道："教练，你不上去吗？"

易琛沉默了一会儿才说："我有点私事要处理。另外，器械明天才能到，今天无聊的话可以去附近的网吧待一会儿，那边环境也可以。"

说完他便拉上车门离开了。

司念和叶蜇声对视一眼，提着行李先一步进了楼。

纪野毫不犹豫地跟了上去，他还拿了方青子的行李，方青子不得不马上跟上。

谢源站在原地愣了一会儿，才追着大家进楼。

易琛选的地方除了位置偏僻以外，什么都很好。

他这样选址的原因，应该也不仅仅是因为节俭，或许还有另外一层意思，比如说，省得和原来的基地离得太近触景伤情。

新基地是一间不算特别大的复式公寓，分两层。一楼摆着电脑桌和一些生活用品，保洁阿姨正在打扫，二楼是他们的宿舍，排列着好几间房，大小基本差不多，里面放着床和一些简单的家具，他们可以随意挑选。

谢源不由分说地占领了一个最佳房间，就在楼梯口的位置，出门就能下楼梯，他兴奋地说："以后我下去训练，只要打开门顺着楼梯扶手滑下去就行了，可不用像在PU 的时候跑那么远了。"

听起来似乎是庆幸的话，但不知道为何，大家却听出了一丝心酸的味道，都低下头没回应这句话。

谢源说完，就自说自话地拉着行李关门进屋了，而他是不是真的如他所表现的那样高兴他们就不知道了。

剩下的纪野正和方青子在抢房间，两人争执着，看似充满火药味，其实颇有打情骂俏的意味。

难得看见这一幕，司念小心地观察叶蜇声的表情，想看看他是否有一丝一毫的不舍和嫉妒，但她什么都没看到，只看到了叶蜇声眼睛里的调侃。

"与其考虑我是不是有什么想法，你倒不如想想教练去做什么了。"

叶蜇声莫名地提醒了她一句，司念立刻就想到易琛在车上接到的那个电话。

事情和夏冰淇有关系，她总觉得不一般。

司念选择的房间自然还是在叶蜇声隔壁，但其实到了这里，大家的房间距离已经很近了，是不是隔壁已经不重要了。

放下自己的东西，司念坐到椅子上，拿了纸和笔清算着自己房间里缺少的东西，打算一会儿去宜家采购，正写着，手机忽然振动起来。她拿出来一看，上面的名字让她倏地紧张起来。

是夏冰淇发来的微信，内容在手机屏幕上没显示，只显示了：夏冰淇发来一条信息。

司念很快解锁，打开微信查看。夏冰淇发来的信息非常非常简短。

夏冰淇说："好久不见。我和易琛到此为止了。"

司念忽然觉得自己这个朋友真是做得不够格。

她立刻丢掉手里的纸笔，拿手机给夏冰淇打电话，电话很快接通，那头传来对方轻松淡定的声音："我就知道你肯定会急急忙忙给我打电话。你不用太自责，虽然我们是最好的朋友，但是我也有不想让你知道的事。你前阵子遇到那么多问题，没顾上我也情有可原啦。"

司念还没说话，夏冰淇就把她要说的都堵了回去，她有点眼眶发热，沉默许久才语气复杂地说："你不是想和教练在一起吗？"

那边安静了一会儿，才响起一个惆怅又无奈的声音："我以前是这样想的，只要可以和琛哥在一起，不管让我做什么我都愿意。但那次叶蛰声问我，琛哥变成现在这样真是我希望的吗？这阵子我一个人待了很长时间，忽然明白了一件事。"

"什么事？"

夏冰淇笑了，笑得十分洒脱："我忽然明白，喜欢并不一定要得到，有时候带有遗憾的感情才能让人怀念终生。与其两个人痛苦地在一起，我宁愿多一个朋友。"

朋友，这是对爱人求而不得后最安全的身份。

司念不知道应该如何安慰夏冰淇，但她好像也不需要安慰，很快就说："我真的没事，就是心里憋着这件事总觉得要告诉你。"

"冰淇……"

"别说我了，说说你吧，最近怎么样？你们的事情我都听说了，现在搬到哪里了？发个地址给我吧，有时间我去看你们。"

夏冰淇并没得到司念的回答，得到的只是电话这头司念有点难受的叹息声，还伴随着吸鼻子的声音。

司念最后还是掉了眼泪。

电话那头的夏冰淇也没好多少，她结束通话，蹲在墙角，抹掉脸颊上的泪水。

"咚咚咚——"急促的敲门声响起，夏冰淇泪眼蒙眬地望向门口，她很清楚是谁来了，但她丝毫没有要去开门的意思。

给司念打电话之前，她给易琛打了电话，告诉他，他们俩之间再也不要有任何瓜葛了，从今往后桥归桥路归路。

易琛是何等人，立马就从夏冰淇不对劲的语气里发现了问题，所以很快就赶过来了。

那一天易琛在夏冰淇家门口等了很久都没有等到那扇门打开。

某个瞬间，易琛忽然意识到，有的人虽然好像时刻站在你身后注视着你，但是如果她要走的话，就真的会走，没有人会一直在原地等你。

他脑海中忽然就出现了第一次见到夏冰淇时的场景，来迎接新教练的她穿着一件漂亮的蓝色裙子，就和她的名字一样，在夏日里看起来像是可口的冰淇淋。

夜晚，易琛依旧没有回新基地。

司念也不知道自己是不是在等他，她没心思收拾房间，就坐在一楼的椅子上漫不经心地看着窗外，想要抽烟，又不想在室内抽。虽然这里大部分是男生，可是这里还有方青子。

不能抽就只能手夹着烟过过烟瘾，司念长舒一口气，将烟放在鼻子下面闭起眼慢慢闻了闻，仅仅是这样，似乎也能削减不少烦恼。

司念摇了摇头，上楼去了。

她走上楼的时候，就觉得自己房间里有动静。她怔了怔，加快脚步跑上去，在房前站定，一眼望过去就看见叶蜇声换了衣服，半蹲在她的床边在帮她收拾行李。

她将房间扫视了一遍，桌子上的电脑已经组装完毕，只等这里拉上网线就可以用。她之前离开屋子的时候，这里面还空空荡荡、乱七八糟，这会儿已经完全大变样了。

甚至她的衣服和一些日常用品，叶蜇声都帮她拿出来摆放得井井有条。司念往洗手间里瞄了一眼，洗漱用品也整理得有模有样。

她忽然觉得特别窝心。

她心烦意乱的时候，叶蜇声并没有做一些面子上比较讨人喜欢的事情，而是默默地在这里帮她整理一切。

想起夏冰淇，再看看眼前的叶蜇声，司念忽然觉得自己特别幸运。

她难以自控地跑上去蹲到叶蜇声身边，伸出双臂抱住了低头忙碌的他，叶蜇声停下动作，扭头看着把下巴枕在他肩上的司念。望了一会儿后，他忽然慢慢靠近她，在她鼻尖上亲了一下。

司念眨巴着眼睛，过了一会儿才说："亲一下十块钱。"

叶蜇声眯起好看的眼睛："那先来一百块的。"说完话，他就要行动。

司念赶紧站起来无奈笑道："开玩笑的，别当真啊。"

叶蜇声没说话，还是保持着刚才的姿势，看了她一眼就继续替她收拾东西。

司念坐到椅子上，就那么注视着叶蜇声忙碌，等他把一切都处理好了，她还保持着原来的姿势。

叶蜇声缓缓站起来，慢步走到她面前，两人对视几秒，他说："心情不好？"

司念没说话。

叶蜇声朝她伸出手："带你出去玩。"

司念没有犹豫，立刻把手放在他的手上，十几分钟后，两人步行到达之前易琛离开时提到的网吧。

坐在沙发上，司念嘴角抽了一下说："你能不能不要每次出来玩都带我到网吧？"

叶蜇声没说话，嘴角却弯了起来，难得带了点无奈的语气说："不然去哪？"

也是，这边位置太偏僻了，没什么好去的地方。就算是在以前的基地，周围有娱乐场所，他也不是会去那种地方的人啊。

两人打开电脑准备玩会儿游戏，好几天没摸电脑，上手都有些生疏了，但打开《英雄联盟》，两人双排打一局排位赛，却如同本能一样，关于游戏的记忆立马苏醒了。

但是由于叶蜇声最近在圈子里实在太火，再加上PU突然集体出走的事情，别说是游戏玩家，就算不是玩家都看过几眼新闻，所以他们就这样出现在网吧时大家也都认出来了，但是刚开始时也没人敢认。随着打游戏的时间越来越长，他们身后站的人也越来越多。

司念和叶蜇声结束一局游戏，想喝点水休息一会儿的时候才发现身后围了很多人，他俩摘了耳机，对视一眼后司念开口说道："请问你们有什么事吗？"

一群人你看我我看你，出来一个年轻小伙子兴致勃勃道："你是PU的司念吧？"

司念沉默了一会儿，纠正道："不好意思啊，我已经不在PU了。"

小伙子继续说："我知道，我知道，说顺嘴了而已。"他很快把注意力放在了叶蜇声身上，眼睛发光道，"这是Kill吧？我没认错吧？"

叶蜇声皱着眉，显然对这样的瞩目不怎么习惯，司念替他说道："抱歉，我们只是出来随便玩两局，没别的事的话麻烦各位散了吧。"

或许是觉得司念这话有点看不起人，又或是被叶蜇声的态度弄得有点没面子，本来还一脸高兴的小伙子有点生气了，皱着眉说道："至于吗？就问问怎么了？都不理人的，现在就这么傲气吗？"

司念缓缓从沙发上站起来，尽可能面带微笑道："并没有别的意思，不是已经回答你了吗？只是出来放松一下随便玩玩，大家都回去坐吧。"

小伙子直接说道："我没跟你说话，我在跟他说话。怎么着，游戏玩得好就鼻孔上天了？一句话都不愿意和我们说？"

他拉起身边的朋友起哄，其实他们算不上是真正的《英雄联盟》玩家，纯粹就是认出他们来看热闹的，本来还兴冲冲打算要合影，瞧见叶蜇声一脸冷漠就被激起了怒火。如果是真正的玩家，就该知道叶蜇声平时是什么性格，对队友他都没和善多少，更别提来打扰他们的陌生人了。

叶蜇声倏地从座位上站起来，光从气势上就吓到了小伙子，对方后退了几步，但看到大家都盯着他后又瞬间爆发了，瞪着眼睛往前走几步道："怎么？还要打架？一个玩破《英雄联盟》的有什么好傲气的，《英雄联盟》说不定哪天就倒闭了，到时候饿死你！"

叶蜇声目不转睛地盯着说话的人，把那人看得心虚又畏惧，但这么多人围在这，就算害怕也不能真的退缩，那人脸红脖子粗地上前道："有本事你就打我啊！"

话越说越过分，司念不想和他过多纠缠，她看到已经有人拿起了手机，怕这样会被人大做文章，于是直接拉住叶蜇声的手腕转身就走。那小伙子见他们不敢回应，瞬间有了底气，在他们背后阴阳怪气道："搞不好以后还要我们'吃鸡'玩家收留呢，有本事就一直吊在《英雄联盟》那棵树上，永远别另谋出路，你们要是敢直播打别的游戏就是尿！"

他这句话说出来，本来还跟着司念的脚步走的叶蜇声立刻停在了那里，这回连司念也不走了。

她抬头看向叶蜇声，后者直接转过身望向那个趾高气扬的年轻人。叶蜇声一步步往回走。那人刚才的底气和气势瞬间消失，叶蜇声站定在他面前，许多人举起手机对着他拍，他一个个看过去，拿起手机的人虽然面露迟疑，但还是没有收回手机。

"《英雄联盟》要凉了？"他开口说话，带着可笑的语气。

"你是第二个跟我说这句话的人。"上一个还是徐冲，但他不可能在这种场合说出来。

叶蜇声弯下腰，和眼前的男人对视，手放在对方的肩膀上，对方的身体开始颤抖。

"让我来告诉你。好像现在人人都在说《英雄联盟》要凉了，人人都觉得它支撑不了多长时间，但你知道它已经存在多长时间了吗？"

他在男人面前笑了一下："很多年。"

他直起身，放开那个男人，望着所有人道："有什么游戏可以持续多年依然热度不减？这么多年，又有多少游戏真正撼动了它的地位？"他不屑一笑，"你刚才说什么？'吃鸡'？"他冷淡道，"《英雄联盟》的玩家，不需要其他游戏收留。"他一字一顿道，"'吃鸡'也好，《王者荣耀》也罢，电子竞技这一行，每天都在进行各种各样的比赛，但是又有哪一个游戏的哪一场比赛真的被人至今铭记？"

男人愣在那里惊讶地看着叶蜇声，被问得哑口无言，哆哆嗦嗦不知道该如何回答。叶蜇声最后笑了一下，转身想和司念一起离开，但现场忽然有人放了一首歌。

Legends Never Die——传奇永不逝去。

这是2017《英雄联盟》全球总决赛的主题曲，是他们在鸟巢听到过的声音。

司念和叶蜇声一起回头望去，是一个拿着手机的女孩，她放了这首歌，红着眼睛说道："Kill说得对！《英雄联盟》的玩家不需要别人收留！传奇永远不会逝去！英雄永远不会散场！"

这一幕让司念十分动容，她有些呼吸加快地看向身边的叶蜇声，这一看，就看到了叶蜇声脸上的笑容。

叶蜇声说得一点都没错，《英雄联盟》的玩家，永远不需要别的游戏收留。

你也许有一天真的会衰落倒闭，无人问津，但你曾经陪伴无数人度过他们的青春，人们经历了你的辉煌，也会陪你走到终结。

两人回到新基地的时候时间已经不早了，因为设备明天才能送来，所以这会儿大家都在各自的房间里休息。他们需要时间调整心态，哪怕这会儿设备齐全，应该也不会有心思训练

司念站在自己的房间门口，看了一眼打开门准备进屋的叶蜇声，开口说道："喂，等等。"

叶蜇声侧头看向司念，她看上去有点不一样，嘴角带着些笑意，眉梢眼角展现出来的都是浓厚的兴趣。叶蜇声忽然觉得被她这样看着有点不自在，于是先一步进了房间，只探出头来皱眉道："怎么了？"

司念好笑地看着他："你在害怕吗？"

怕？叶蜇声从出生开始就不知道"怕"字怎么写，天底下谁都可能会怕，唯独他不会。

直接打开门重新站在房间门口，叶蜇声一字一顿道："你想干吗？"

司念一步步走到他面前，虽然他们身高有差距，现在的她在气势上却压倒了他。

这是非常难得的事情。

叶蜇声仿佛总是站在云巅之上，总是高高在上地看着所有人，唯独这一刻，他望着司念的眼神落了地。

司念目不转睛地凝视着他，看了好一会儿才抬起手轻抚过他的脸颊，微笑道："没什么，我什么都不想做。只是想说，跟你在一起真好。"

叶蜇声低头看着她放在他脸颊上的手，听见她语调悠长地说："好像我也跟着变得年轻了。"

真讨厌。

叶蜇声非常讨厌司念这副样子，一副"我是姐姐"的模样。

他抬起手，用手臂环绕住她的后脖颈，吻住了她的唇。

霸道而让人流连忘返。

"晚安。"叶蜇声意犹未尽的松开了司念。

次日早上六点，司念从自己房间里出来，准备去吃早饭，哪知一出门就撞见了易琛。

他看上去不太好，黑眼圈很重，面无表情，整个人毫无精神，跟过去无懈可击的样子大相径庭。

"琛哥。"司念迟疑了几秒才开口。面前的这个易琛让她不太敢认。

易琛站在那盯着司念看了许久，表情说不上有什么变化，眼神却让司念渐渐有点无地自容。

"没什么事的话我先去吃早饭了。"

司念强说了这么一句后想离开，却被身后的人拉住了手腕。

她诧异地回过头去，看见易琛眼神极其复杂地望着她，一时间，她忘记了挣扎。

"你和他在一起幸福吗？"易琛抿唇问道。

司念忽然就想起了昨天夏冰淇说过的话，易琛喜欢她她却不自知。

司念是真的不知道。

她甚至到昨晚为止都不觉得易琛喜欢自己，但这一刻，她不能否认。

他看她的眼神，她很熟悉，她在叶蜇声的眼睛里也看到过。

司念使劲拽回自己的手，看了易琛一眼，抬脚下楼。

易琛默契地跟上来，两人出了房间，一路下楼，到了小区的凉亭里。

现在是早上，小区里本来人就不多，这会儿就更看不见人。快到十二月的S城已经很冷了，司念只穿了件薄外套，只得拉紧领口来保暖。

"教练刚才问我和他在一起幸福吗，你是问我和茧声吗？"

司念坐下就开门见山，倒是让一开始很有勇气的易琛沉默了下来。

司念没管他的沉默，直接道："我和他在一起很幸福，比我过去人生中的每一刻都要幸福。也是到现在我才明白，不管我曾经爱过谁，不管我曾经怎样觉得'我再也不会比爱这个人更爱其他人了'，但那都是当时的自以为而已。"她目不转睛地望着易琛，"很多时候我们都以为某个人就是自己的最爱了，可过一段时间想想，根本不是那样。对的人或许就在前路等着我们，也可能就在我们身边，只要你愿意放开手用心去看，就知道谁是最适合自己的人。"

司念的每句话都在暗示些什么，易琛根本无法忽视，他自嘲道："你是在说我吧？让我无视我此刻的真心，去按照你说的，跟身边的那个人修成正果？"

司念淡淡道："我没这么说，你也不要这么想，我只是就事论事。"

司念知道，每个人都有每个人的性格和经历，她不能以她看到的情况去妄自评价一个人，因为她不知道他身上究竟发生过什么。

易琛最近一直没有出现在新基地。但如他所说，在他们到达基地的第二天，设备就都送了过来，网线也拉好了。设备配置比他们在原基地的还要好，操作感也极好，叶茧声他们最讲究操作感，有好的设备心情都好了很多。

可惜主心骨一直不在，尽管他们很自律地每天分拨双排训练，还是有点招架不住。

他们目前的队伍，算上方青子，也就五个人。

方青子是助教，不是队员，也就是说，他们只有四个队员。

第二十天了，易琛还是没出现。眼看着全明星赛要开打了，其他战队的朋友也都去洛杉矶备战了，他们在这边甚至凑不齐一支战队的人数。

"我们怎么算都少一个辅助，这样训练我也觉得没意义。"谢源有点烦躁道，"琛哥到底去干吗了啊？都好长时间联系不上了，难不成是把我们放养了？"

叶茧声瞥了他一眼道："他的手机摔坏了，放在基地没拿走，前几天用新号码打给我过。"

谢源靠上去问道："声哥，教练到底怎么了啊？他去做什么了？"

叶董声沉声说道："处理一些私人事务。你又不是三岁小孩，没教练自己就活不下去了？"

谢源撇撇嘴，意兴阑珊地回到自己的位置上，一点要继续训练的意思都没有。

司念抬头望向站在一边的方青子，开口说道："不然青子和我们一起练习吧，她的技术不错，之前不是还把谢源按在地上打？"

谢源被提起"辉煌往事"非常懊恼，抬手捂住脸。司念嘴角微勾，以为这是个很好的主意，但方青子直接拒绝了。

"我不行。"方青子特别认真道，"司念姐，虽然我以前一直很想下场打比赛，但我自己知道，我只要一站在赛场上，一坐在那张椅子上，整个人就会开始发抖。"她捂着心口摇头道，"我心理素质不行，只能做做幕后。只要不让我上赛场摸键盘，我都会做得很好。而且……"她诚恳道，"女选手，我们队有你一个就够了，我不想给大家拖后腿。如果真因为我出了什么问题，我会内疚一辈子的。"

司念还想说什么，结果纪野开口了："我赞成她。"

司念惊讶地望过去，纪野难得长篇大论道："我们重新组战队这件事非常受关注，我们将来参加的第一场比赛也非常关键，必须打出气势、打出好成绩。如果失败了，或者出现什么失误，今后的日子只会比现在更难过。我们现在甚至还不如那些毫无背景的小战队，至少他们没被人针对，没有对手。陈旭阳被我们羞辱过，以他的性格，绝对不会善罢甘休。

"说得一点都没错。"

这句话，不是在场的任何一个人说的，而是打开房门的人说的。

有人来了，不是他们在场的任何一个人，就只能是易琛。

易琛站在门口，缓缓地关上门，他换了衣服，面貌一如往昔，仿佛司念那天早上见到的失魂落魄的人根本就是幻觉。

"琛哥！"

见到易琛，谢源是最激动的，像小孩子一样冲过去要抱他。易琛敏捷地躲开，谢源直接撞到了他身后的门上。

"啊！"

谢源惨叫一声，易琛不为所动，一边整理衣服一边道："青子还是做我的助教，至于我们缺的那一个队员……"他望向司念意有所指，"司念，我记得你发过誓，再也不给任何人打辅助。"

司念心里稍微猜到了他这句话的意思，但并没有说话，易琛继续道："那如果我请你打辅助，你现在还愿意吗？"

谢源从地上爬起来激动道："琛哥！难不成你要亲自打比赛了吗？"

易琛直接把谢源又按回了地上："你是撞傻了吗？我都快四十了还下场打比赛，你疯了我可没疯。"

叶蜇声看着眼前这一幕，开口说了第一句话："那教练是什么意思？"

易琛望向叶蜇声，一字一顿道："有一个人，非常适合这支队伍。"

阔别许久，再次踏入年少时熟悉的院落，司念心情异常复杂。

还好这次不是她一个人来的，他们一行六人难得齐全地出现在这个地方。

"如果你们有意见，我们可以重新考虑这件事。我的话不是圣旨，你们没必要勉强自己按照我说的做。"快到达目的地的时候，易琛转过身来跟大家说了这句话。

谢源听完后偷瞄了一下司念和叶蜇声，弱弱地说道："喀，教练，我个人是没意见，主要还是看大家了。"

他当然不会有意见，这件事跟他没半毛钱关系，有关系的是他偷瞄的那两个人。

叶蜇声从出门到现在一直保持着面无表情。司念抬手按了一下突突直跳的额角，勉强地笑了一下。

一直沉默的纪野见此，直接拉住叶蜇声的手腕说："你怎么想？大局为重吧？"

恐怕真的是要以大局为重，他们想要一炮打响名号，重新出现在大众的视野里，就必须在第一场比赛中完美谢幕。

要有这样的成效，就必须有一个和他们一直非常默契的人加入进来。

郑宇是不可能了，他都跟着PU的新成员跑到洛杉矶参加全明星赛了，所以他们目前唯一可以找到的合适人选，就是这个人。

但是……

用余光瞥了瞥司念，叶蜇声轻不可见地皱了一下眉，良久才道："这件事也不该问我。"

也不该问他？

纪野眨眨眼，视线最后落在司念身上。司念抬起手放在唇边，尴尬地笑了笑，许久后才说："当初我回到 PU，他没有拒绝，如今只要他愿意再加入我们的新战队，我也没理由拒绝。"

几人达成共识，易琛便带着他们上楼去了。

这栋楼，司念少女时期来过无数次，每次都有一些好或不好的回忆。

她童年里唯一美好的记忆是跟陈星航一起打游戏，或者偶尔和母亲单独相处的温存时光。

没错，他们这次要见的人，就是陈星航。

三年前，司念发过誓，这辈子都不会再给任何人打辅助，就更不要说给令她发出这样誓言的那个"罪魁祸首"打辅助了。

但是如今时过境迁，她竟然又出现在这里，并且很有可能再一次给对方打辅助。这样的变化让司念不由得长舒一口气，莫名感叹。

易琛抬手按下了门铃。六个人站在楼道里有点挤，司念下意识站在人群最后，甚至下了几级台阶，叶蛰声站在她旁边，没有看她，也没有说话。

司念抿抿唇，看了他一眼就转移视线望向楼道的窗户外面。

不多时，开门声响了起来，司念很意外那个人竟然还住在这里。要知道陈星航家境很好，只要他愿意，他随时可以回到位于市中心的豪华别墅里享受用人的侍奉，可是他没有。

他依旧一个人住在这个老旧的小区，住在这间残破不堪但是充满回忆的旧屋子里。

司念咬着下唇透过人群的缝隙望过去，看见了久违的陈星航。

司念眨了眨眼，不自觉握紧了拳。眼前这个人，好像怎么样都无法跟几年前的那个男人联系在一起。他一头乱糟糟的头发，脸上是没有修剪过的杂乱胡须，眼底毫无光芒，眼珠混浊虚无，看见门口站着的一群人时，眼神茫然了几秒才渐渐找回一点神志。

"是你们……"他说着话，同时将手中握着的啤酒藏到身后，慌张地转开头望向一边，身上灰色的休闲衬衫脏兮兮的，看上去很久都没有清洗过了。司念紧蹙眉头望着这一切，而陈星航也很快找到她的身影。

两人颇有一眼万年的意味。

陈星航眼神复杂地看了她一眼，很快也看见了站在她身边，仿佛被万丈光芒所覆盖的叶蜇声。

今年的比赛让叶蜇声名声大噪，他成了众人眼里最新的传奇，完全盖过了过去所有精英选手的光彩。他出色到仿佛战神一样，只要他出场的比赛，就一定会取得胜利。

他是最适合司念的人。

比起叶蜇声，他实在太差劲了，陈星航紧张地后退一步，低着头对所有人说："家里有点乱，你们有什么事就在门口说吧，我就不请你们进来了。"

开口回答的是易琛："我站在门口就看见里面有多乱了，你还有什么可掩盖的？让开。"

作为陈星航多年的教练，易琛算得上是他另一种意义上的"父亲"，陈星航根本无法拒绝易琛的要求，立刻便侧开了身。做完这一切后，他自己都有点发怔，随后扯起一个自嘲的笑容，握着啤酒的手紧了紧，直接将啤酒罐扔进了硕大的垃圾桶里。

是的，房间里有个非常大的垃圾桶，里面放满了垃圾，整间屋子都被垃圾的味道充斥着。方青子是女生，看见这一幕实在受不了，也不等易琛说什么，就先开始给陈星航收拾了。

司念站在房间里总觉得不自在，干脆也跟着方青子开始收拾杂乱的房间；纪野虽然跟着来了，但这件事跟他关系不大，所以他也去帮两个女孩子整理房间了。

谢源见此，也加入队伍，不想让自己和气场可怕的三个人待在一起。

陈星航看着曾经的队友兼朋友为他整理房间，眼底渐渐有了泪意，但他吸了吸鼻子，将泪意收了回去。

"我也不跟你兜圈子了。"易琛随意拉过一张椅子坐下，开门见山道，"你看上去过得不怎么样，目前来看大家的处境都差不多，你有没有兴趣继续跟我一起干？"

听见这句话的陈星航愣住了，他想过很多种今天在这里见到大家的原因，却从来没敢往这方面想，他不可思议地看着易琛，结结巴巴地说道："我……我还可以回PU 吗？"

易琛皱皱眉，随后一笑道："你多久没有上网了？"

陈星航抿抿唇，过了一会儿才说："看完全球总决赛后我就没上过网。"

他也看了他们的比赛。

想到这一点，坐在一边的叶蜇声一直紧绷的脸色忽然缓和了一些。

也许是选手之间的惺惺相惜，也许是对于一个曾经辉煌的选手变成如今这样的惋惜和恨铁不成钢，叶蜚声曾经还因为司念对陈星航心怀抗拒。但此刻，这些情绪都消失了。

在他眼前的，不过是一个曾经的传奇 AD 而已。

"那就不奇怪了。"易琛继续道，"我们已经离开 PU 了。"他解释道，"徐总把 PU 卖给了旭阳资本的老板，去搞手游了。他认为 PU 不能再给他赚钱，所以想趁着还有最后一点热度把俱乐部卖掉赚一笔钱，去做他认为赚钱的行业了。"

听到这个消息，陈星航激动地站了起来，不可思议道："什么？！"

易琛淡淡道："一切已成定局。旭阳资本的人不打算再聘用我做总教练，他们认为我的存在会让选手们不好管理。在他们眼中，大家只是赚钱的工具，不是一家人，所以……"他丝毫不提陈旭阳要开除司念的问题，把原因全拉到自己身上，平静说道，"所以我们都出来了，现在打算重新组建一支战队，还缺个 AD，你愿意加入吗？"

陈星航做梦都没有想到易琛他们的到来是为了让自己重回战队。

他睁大眼睛，无神的眼睛里仿佛一点点重新聚集光芒。他紧张得双手握拳，深呼吸道："可是……"他飞快地看了一眼正在忙碌的司念，有些为难，"司念不是在打 AD 吗？"

他的意思再明显不过，哪怕他做梦都想回到职业联赛的舞台上，但是他不想再让司念为难。如果伤害到司念，他宁可老死在这间破房子里，也不愿意重新出现在大众视野里。

回答他这个问题的不是易琛，是司念。

司念缓缓直起身，转过头来微笑着说了一句仿佛再平常不过的话。

"郑宇想打全明星赛，没和我们一起走，所以我们现在缺一个人，我可以重新回到辅助的位置上，如果你愿意回来，继续打 AD 的话。"

陈星航根本没想到司念会主动和他说话，更没想到她还会说出这样的话。

他几乎一瞬间就僵在了那里，甚至都有些不知该如何自处了，手脚也不知道如何摆放，想要努力地露出一个微笑，但很快就低下头，一个字都说不出来。

叶蜚声蹙眉睨着他，注视着他的一切变化，忽然觉得有些乏味："你现在是连一点自信都没有了吗？"

突兀的问话响起，陈星航倏地抬起头，对上叶蜚声的眼睛。

叶蜚声"啧"了一声，似乎极度不耐烦地说道："我还记得当初刚到PU时那个Star的样子。他是队伍的核心，所有人都围着他转，但你现在这副样子，我很难不猜测你是不是承受不住目前的角色转变。"

一针见血的话让陈星航无法反驳，他耳根开始泛红，几乎有些喘不过气来。

叶蜚声站直身体，朝前走了一步，微微低头看着陈星航："你过去所有的荣耀现在都属于我了，你甘心吗？不谈感情问题，你就不想重新站在赛场上证明自己，让你的粉丝知道他们没喜欢错人吗？"

陈星航诧异地看着叶蜚声，沉默了很久才说："我以为你是最不希望我回去的。"

叶蜚声闻言眯了眯眼，不屑道："我没有那种狭隘的思想。司念和我在一起已经很久了，你们也正式道过别，现在的我们只是曾经或者即将再次重逢的队友。如果你没自信恢复到巅峰状态打赢今后的每一场比赛，现在认输也可以。我不会再跟你说一句话，因为那会降低我的水准。"

陈星航抿着唇，皱着眉没说话。叶蜚声见他这副样子，直接对易琛说："看，你最终还是看错了人。来之前你跟我们保证什么来着？你说只要可以打比赛，他一定可以变回过去的Star，但你瞧瞧，眼前这个流浪汉真的还可以成为那颗明星吗？"

易琛看着陈星航，陈星航一直不说话，易琛也有些失望。

"也许是我的错。"他从椅子上站起来，对其他人说，"抱歉，耽误大家的时间，我们走吧。"

叶蜚声跟在易琛后面离开，身后突然响起陈星航语气坚定的声音。

他掷地有声道："我可以！"他大声告诉所有人，"我可以打！我可以变回过去的Star，我跟你们一起回去！"

所有人都在这一刻回过头，易琛满意地冲着陈星航露出微笑，司念也情不自禁地笑了起来。唯独叶蜚声，达到目的，他反而闷闷不乐起来，微皱着眉头盯着陈星航道："先说好了，回去是回去，但不准打司念的主意，否则兄弟都没的做。"

"兄弟都没的做"这句话说明叶蜚声一直把他当作兄弟。

陈星航红着眼睛，许久才露出一个笑容。

"我没多少时间了，在退役之前，我想再拿一次全球总冠军，现在我心里就只有这个，再没有其他。再也没有了。"

听到这句话的叶蜚声嘴角微微勾起，弧度虽然很小，却也融合了温和。

他们是一个队伍。

他们终于又是一个队伍了。

明天仿佛就在眼前，胜利对他们来说，仿佛唾手可得。

第十二章
以 Win（胜）为名

客厅的壁挂电视打开着，连接了网络数据台，上面正在播放着全明星比赛的转播视频，打比赛的是 LPL 和 LCK 赛区。再次遇上 ZEC 中单大魔王 Leo 的 PU 看上去一点应对之策都没有，换上去的中单沈行被虐得体无完肤，哪怕上路和下路 AD 都是其他战队的优秀选手，依然无力回天。

第一场比赛就在观众的嘘声中快速结束，甚至不到二十分钟，这让所有到场的华人粉丝感到非常愤怒。大家不由得想起在票选时突然被撤去资格的叶萤声，全球总决赛上他把 Leo 牵制得多严密，这次沈行的表现就有多差。不拿两人对比还好，一对比这比赛就没法看了，现场甚至已经有观众提前离场了。

"真是废物。"纪野冷哼一声，说出来的话仿佛恨不得把屏幕上的沈行给咬碎，"成事不足败事有余。"

谢源抱着双臂看向纪野，叹了口气说道："行了，他不垃圾怎么突出咱们声哥的强大？你没看到解说刚才差点把脏话说漏嘴吗？这要是 Kill 在场……哈哈哈，幸好他及时收回去了，要不然陈旭阳肯定气炸了，搞不好还得拿钱砸死官方，你们说呢？"

他回头去看身后，叶萤声跟司念站在一起，陈星航站在另一边。这会儿陈星航已经修剪好凌乱的头发，换上了干净的衣服，胡子也刮掉了，一眼望去神采焕发，仿佛还是过去那个战无不胜的 Star。

"到底也是代表咱们赛区去比赛的，他们输了对我们也没什么好处，你快别幸灾乐祸了，被琛哥看见该打你了。"

司念无奈地拍了一下谢源的肩膀，谢源佯装害怕地瑟缩了一下，观察了一下周围才再次开口："你们说教练最近怎么老是神龙见首不见尾的？白天给我们训练完就跑了，以前他可是二十四小时待在基地哪也不去的，别说是没事了，有事他也会全部推掉了。"

谢源说得没错，最近易琛变化很大，除非必要的训练时间会在基地以外，其他时间谁也不知道他去了哪里。大家心里都有疑问，但唯一可以解答的似乎只有司念。

司念抿着唇没有说话，只是微笑了一下，但站在她旁边的叶蜇声仿佛知道什么，意味深长地睨着她。司念本来还挺淡定的，被这么看了半天也有点心虚了。

"干吗用这种眼神看我？"司念干巴巴道。

叶蜇声随意道："没什么，随便看看，不行吗？"

司念睐眼瞧他："行，怎么不行啊。随便看，使劲看。"说完，她便转身先一步朝楼上走去，叶蜇声见此，立刻跟了上去，两人前后脚回了房间。陈星航望了一眼他俩，也不继续看比赛了，一个人回到电脑面前，打开游戏开始单排训练。

他已经离开《英雄联盟》太久了，需要比别人更加努力地训练才能跟上进度。他不希望投入到真正的比赛当中时给大家拖后腿，在他目前的阶段，比赛将是他最在意的一切。

沙发上只留下了纪野和谢源，纪野伸了个懒腰，摸出烟盒溜出去抽烟了，显然是烟瘾又犯了。

人都走了，谢源一个人坐在沙发上。当电视画面上出现郑宇的时候，他本来还十分轻松自在的表情一点点沉了下去，最后直接面无表情。

谢源低下头，抬手按住额角，长长地舒了口气，无视了解说调侃郑宇的话，起身关了电视，也回到自己的电脑前，和陈星航双排训练。

日子就这样一天天过去，随着时间的推移，重新组建起来的新战队也需要一个新名字来报比赛了。

"你们每人想一个，明天我们一起从其中选一个，怎么样？"易琛坐在大家对面，非常严肃地说，"队名很重要。我个人认为队名关乎一个队伍的发展，所以你们一定要认真考虑，不要敷衍了事，知道吗？"

易琛的话让大家有点为难，纪野直接道："教练，我哪有那本事想队名啊？我要是有那本事，这会儿就该坐在陈旭阳的办公室里把他骂得狗血淋头了。"

听了纪野的话，方青子忍俊不禁地道："教练，我替他想吧。我可以想两个，算他一个。"

易琛望过去，嘴角微勾算是认可了这个决定。纪野看向方青子，眼底涌动着什么，随后又表情奇怪地看了看叶蜚声，这个行为让三人都有点尴尬。

看到这些小细节的司念倒是十分自在，嘴角扬起还有点看热闹的意思，结果直接被叶蜚声从后面掐了一下腰，但司念又不能喊出声来，只能恨恨地瞪他一眼。

"你疯了？"司念凑到他耳边小声说道。

叶蜚声理都不理她，直视前方仿佛在认真参与会议，但其实他根本就是在装模作样而已。

易琛看着他们的小动作，好像发现了好动的学生的老师一样推了推眼镜道："蜚声。"

被点了名，叶蜚声特别淡定道："在。"

易琛直接道："你是不是已经想到名字了？我看到你在笑。"

在笑就一定是想到名字了吗？司念虽然觉得有点为难叶蜚声，却也忍不住露出笑容，心说：看你这下怎么应对。

然而，司念所想到的叶蜚声被噎住的画面并没有出现。相反，叶蜚声对易琛的问题给出了肯定的回答。

"对，我已经想到了。"

他直起身，走到大家中央，在立在那里的黑板上慢慢写下三个字母，这三个字母组合在一起是一个单词，意思非常简单，大家一眼就能看懂。

Win——胜利。

"这就是我想到的。"

叶蜚声放下笔，侧开身让所有人看到这个单词，大家看到之后表情也都不太一样。

谢源比较保守，直接道："Win，胜利，会不会太高调了？"

易琛看了他一眼，没说话，倒是纪野说道："要的不就是高调吗？想要打赢这场仗、打赢陈旭阳，我们就必须高调，要让我们的一切暴露在大众的视野中，这样才能让陈旭阳想动手脚都动不了。"他指着那个单词道，"我倒觉得这个名字非常好，直指核心。我们需要一场比赛来证明自己，打出名号，这场比赛不能让陈旭阳捣乱。'有钱能使鬼推磨'，如果他愿意花大价钱让我们的报名不被审核通过，我们也只能自认倒霉。"

他说得有理有据，但他的话一说完，大家都保持了沉默，最后还是易琛做出决定。

"我也觉得可以。"易琛慎重道，"除了纪野说的理由，这个名字也的确不错。我们这次的目的就是要赢，通常来讲别人念战队的名字也不会连着念，而是分开字母念，所以……"

"所以还是比较含蓄的。W、I、N，我也觉得很好。"司念接下了易琛的话，也赞成叶蜇声起的名字，易琛望向她，点了一下头说，"司念说的就是我想说的。"

几人互相看一眼，谁也没有再反驳。那么，他们的战队名字就算是定下来了。

Win，胜利。

定下了名字，方青子就立刻去给战队定制队服以及一切战队所需用品，她本来只是助教，不需要做这些事情。但现在是非常时期，大家都一个人顶两个人用，她总不能让选手们去做这些事，所以自己全包揽了。

忙碌的日子总是过得很快，走上正轨以后，他们需要做的事情还有很多很多。

夜晚，一波训练结束，大家又聚集在了一起。

坐在电脑前，易琛给大家展示了报名表。

"这是'金银杯'的一场比赛。"他指着屏幕道，"S系列正式比赛还没开始，这是农历年前的一场比赛，是由海成电子商务赞助的，资历并不低，很多正规战队都会参加，比如QW。赢了这场比赛除了有奖金，还可以让我们战队尽快出现在大众视野里。"

他解释了一下才说："我现在要替战队报名这场比赛，大家没意见吧？"

陈星航走上前，看了一眼已经成功报名参赛的几支战队，的确都是业内正规战队，参加这样的比赛不算掉他们的身价，于是点了点头。

大家关注的无非也就是这一点，看清楚了之后也都表示了赞成。

易琛舒了口气，点了点头就开始填写报名表。当大家看到WIN的名字出现在报名申请列表当中的时候，心情都异常复杂。

谢源笑了笑说："还是第一次看见怎么报名比赛，以前好像都是比赛找上我们。"

易琛淡淡道："以前你看不见是因为有底下的人做这些事，但现在得我们亲力亲为了。"

谢源抿抿唇，眼神有点愣怔，他平时看上去和以前没两样，但很多时候还是会走神。

因为现在的训练都是和路人打比赛，没有陪练队伍了，所以他们打的时候还是比较轻松的，但这就会让他们产生一个假象：我们练习得很好，真正开始比赛的时候也可以轻松取胜。

　　他们的比赛申请很快就被通过了，看样子没人从中作梗。

　　而他们要参赛的消息也很快传到了所有的圈内粉丝耳中，毕竟这是他们重新组建战队后第一次出现在大众视野里。

　　比赛时间在全明星赛结束后不久，举办地点就在 S 城。比赛当天，他们换上新定制的队服，一群人在新基地的门口拍了一张合影。

　　看着拍立得里显现的照片，司念感慨道："这就是我们战队的第一张照片了，今天赢了比赛回来就把它挂起来吧？"

　　大家当然没有意见，相对来说都很轻松地上了车，前往比赛地点。

　　他们今天的比赛在下午四点开始，对手是之前遇到的一个战队，但名字听起来有点陌生，这样一来，他们心中必须取胜的压力好像就更小了。

　　然而，变化总会在你措手不及的时候袭来，很多你以为唾手可得的东西，也可能会和你擦肩而过。

　　今天这场比赛的观众非常多。

　　或许是第一次看见自己参加的比赛有这么多观众，司念他们的对手落座的时候甚至有些发愣地耳语了几句，他们看向司念这边的眼神带着一丝忐忑和一抹坚定。那种眼神司念很熟悉，当初他们看着 ZEC 的人时，也露出过那样的眼神。

　　后来，他们就战胜了 ZEC。

　　司念莫名有些不踏实，坐在位置上捏着鼠标，甚至手心都出汗了。这不正常，不应该是这样的，打世界联赛的时候她都没有这样过，难不成是因为这场比赛关乎他们离开 PU 之后的未来吗？

　　司念算是一个老选手了，连她都如此紧张，更别提其他人了。好像身边坐着的这五个人，目前来说最淡定的就是叶蜇声了。

　　他好像很少有不淡定的时候，坐在那里，平静地擦拭着双手，一会儿比赛的时候，他必须保持双手干燥稳定、温度和缓，所以他还要活动一下手掌。

　　天气冷了，手容易冻僵，一旦僵硬了就会影响发挥，他们都需要这么做。

只是这样的动作似乎只有叶蜚声做起来才那么赏心悦目,他那样平和安静地做着赛前准备,像是打斯诺克的选手们在赛场上胸有成竹地给自己的球杆顶端擦上巧克粉。

司念的心情稍稍平静了一些,她都一把年纪了,要是还不如叶蜚声一个年轻人,倒有些枉为前辈。

暗自吐槽了自己几句,司念收回视线开始登录比赛客户端,顺便检查自己的外设。她可不希望这至关重要的一场比赛因为外设而出现意外。

一切准备就绪,比赛一触即发,久违赛场的五个人心情各异地选择了自己的英雄,与对面没怎么听过名字的战队展开比赛。

这是陈星航回到赛场的第一场比赛,司念再次给他打辅助,一切仿佛回到了几年前他们在韩国取得世界冠军的时刻。

不管是现场还是屏幕前,所有的观众的心情都非常微妙,他们一开始是抱着八卦的心在看比赛,到了后来,却真的被比赛吸引了注意力。

这种比赛的初选阶段,是一场定输赢的,他们只要打赢这场比赛,就可以晋级。

司念很久没打辅助了,虽然在赛前训练了很长时间,却还是有点生疏,和对面一直专业打辅助的选手相比还是有点小失误。

但这都可以接受,无伤大雅的失误在中路叶蜚声的强势 Carry 之下显得微不足道。

而且,陈星航的发挥也非常好,手臂上的伤痊愈之后他仿佛重新回到巅峰状态,他再次成为赛场上最闪耀的那颗明星,又一次成为所有粉丝心目中那个 Star。

舞台下方,他的粉丝们声嘶力竭地喊着他的名字。

司念在回城休整的时候快速看了一眼坐在她身边的陈星航,他全神贯注地盯着屏幕,握着鼠标的手很紧。以她对他的了解,他是在紧张,但她相信,他完全可以维持目前的好状态。

然而,意外就发生在一瞬间。

本来连解说都觉得他们会毫无疑问地取得比赛胜利,所以解说都意兴阑珊开始说八卦了,可就在第一条大龙刷新的时候,作为打野需要带节奏的谢源,出现了毁灭性的失误。

这场比赛从一开始,谢源就有点梦游,不但野区被对手霸占,还从来没有去 Gank 过,鲜有的一次 Gank 也以失败告终。

他的状态一直不是很好,只是其他队友表现出色,他那点小问题也就被忽略不计了。

可是，毕竟不是一个人的游戏，他的表现在前期看不出什么，可在大龙坑里的其他人准备诱惑对方来打龙，然后将他们团灭的时候，他犯下了致命的错误。叶蜇声作为队长，不断在耳机里告诉谢源看好龙的血量，对手有他们盯着，他只要把大龙稳稳拿下就行了。

只是……谢源连这件事都没做好。

在关键时刻，对面的打野螳螂本来已经逃跑，又突然折返，使用技能飞下龙坑惩戒掉了只剩下一丝丝血的大龙，然后又点了对方辅助锤石的灯笼成功逃跑。

这一幕，简直让新战队WIN的老成员们身败名裂。

这一波团战叶蜇声双杀，陈星航杀了一个，对方只剩下两个人在，分别是辅助和打野。

但对方单凭这两个人配合，抢下了关键的大龙。

一瞬间，谢源的心态就崩了，他颤颤巍巍道："抱歉，都怪我。我以为他们都走了，想省技能，这都是我的错。"

比赛期间最怕的就是心态崩盘和互相埋怨，谢源状态本来就差，要是还被责备的话下半场肯定都不知道该怎么打。作为队友，大家都没有责备他，司念只说："没事，顺风局丢一条就丢了，下面好好打就行了。振作点，谢源。"

她的本意是激励谢源，可谢源好像因此更内疚了，红着眼睛，握着鼠标的手都在颤抖，好像特别想要摘掉耳机趴在桌子上大哭一场。

一直以来，离队重组战队也好，郑宇的叛离也好，都给谢源带来了不小的打击。其实他的家境一般，做这一行之前父母都不愿意，还骂他有毛病，他在PU赚到了钱，证明了自己，家里才一点点承认他。

到目前为止，他们在这个名叫WIN的新战队里，打比赛是没有薪资的。易琛拿出积蓄给他们组战队已经非常不容易，他们怎么好意思再收酬劳？

他们目前真的是在靠梦想支撑着，可没有物质的梦想可以坚持多久呢？

脑子里越想越乱，父母的电话和战队的现实因素让谢源整个人都有些窒息，他根本不知道自己在干什么，一次又一次失误，自己崩了不说，还把纪野本来就抗压的上路给带崩了。

"完了。"解说有点紧张道，"不对劲啊，WIN的打野今天怎么全程梦游呢？一直在出错，再这样下去就算中路下路都Carry也扛不住啊，这又不是路人局，是正式比赛，对手可不是吃素的，他们会抓到一切机会进攻的！"

解说说得没错，对手是职业战队，不是什么路人，他们最擅长抓住对手的失误来挽回失败的局面。所以，赛场上的风向很快就转变了，他们所有的优势都被对方打了回去，不但丢掉了第二条大龙，还丢掉了中路高地塔，对方甚至嚣张地直逼他们高地门牙，意欲一波灭了他们。

"这把我们当什么了？"

纪野愤怒了，他本来就脾气不好，再加上还是第一次在打比赛的时候被不知名的小战队骑在头上，脾气一上来，操作就有点极端，颇有仗着自己肉，硬要和对方打的意思。

司念着急地在耳机里说："纪野，你别着急啊，你不能那么打，你就一个人他们四个人，你那不是送人头吗？"

纪野根本不听司念的劝告，操作着肉装还没有攒全的大树和敌人混战在一起，很快就下了半血，眼见这会儿他们这边只有叶蜚声、司念和陈星航活着。其中陈星航还在下路收兵发育，他自己一个人在上路孤立无援，司念和叶蜚声只能往上路赶去。

"WIN的上路这是怎么了？现在不应该和对面打吧，大树的肉装还没起来，靠着现在这点程度根本扛不住对方四个人的输出啊。"解说急切道，"Nian和Kill正在往上路赶，但是怎么感觉有点来不及啊。"

的确有点来不及，他们距离太远，哪怕司念使用的风女有顺风而行的被动可以给队友加移速，但还是来不及去救纪野。

纪野几乎就要死了。

司念没有办法，直接闪现上去开大尝试着挽救纪野最后一次，他们现在不能再死一个人。一旦死了就守不住高地了。随着时间的推移，对方拿的小龙越来越多，装备和经济差距越来越大，他们很不想承认，可他们真的就要输了！

在司念闪现进来的一瞬间，本来已经快要死掉的纪野被奶了起来，风女的大招形成的风将所有人从他身边推开，为叶蜚声的到来争取了时间。

叶蜚声操作的沙皇在这一版本是热门，他放出沙兵直逼对方脆皮C位，瞬间秒掉了对方的中单。可是，对方的ADC经过一段时间的发育已经快要六神装了，比陈星航的装备不知道好多少，要知道他们下路之前可是很有优势的，现在被人家这样找回去，心里别提多憋屈了！

他们能打赢这一波团战吗？

司念满脑子都是这句话，手上在不断操作着，救赎、鸟盾全开了出来，治疗也给了纪野，纪野终于意识到自己上了头，开始尝试挽救，但是……

于事无补。

他的血量实在太低了。司念的所有防御都给了他，也仅仅是稍有起色。对方死命地集火他，剩下的三个人甚至还有人给他套了点燃，纪野最后还是死在了那里。

看着黑白的屏幕，纪野脸色都变了，颤抖地握着鼠标，一言不发。耳机里突然就安静下来，安静到大家都开始心虚、发抖。

司念的血量在急速下降，哪怕是三打二，人数相差不是特别大，但已经交了所有技能和双招的她毫无招架之力，很快也被对方三个人集火杀死。

赛场上唯一还活着的，就是叶蛰声和陈星航了。

陈星航刚才就已经从下路往这边赶，这会儿还差一些距离。叶蛰声一个人，又是法师中单，哪怕沙漠皇帝阿兹尔这个皇帝还算灵活，伤害也比较高，可是……

他毕竟只有一个人，对方有三个人。

看得出来，叶蛰声已经竭尽全力了，他在死掉之前，又杀了对方一个ADC。对方只剩下两个人，但他们……只剩下一个陈星航。

陈星航赶到，想要挽救叶蛰声，却已经没有机会，叶蛰声拼尽全力，杀死对方两人，打残对方两人，却还是死在战场上。

那一瞬间，叶蛰声把鼠标重重地摔在了桌子上，直接靠到椅背上，面无表情地看着电脑屏幕，紧盯着陈星航操作的麦林炮手。

陈星航飞身上来，跳到对方残血的两个敌人身上，很快就秒掉了对方的打野螳螂。但是，对方还活着上单，对方的上单还是大虫子这种很肉又有强控的英雄，他们甚至不确定，对方大虫子有没有大招。

就在这个关键的时刻，叶蛰声开口说："离他远点，他大招应该一直没用，不要被他咬。"

他提醒着陈星航，陈星航也在努力保持着安全距离不被大虫子吃掉。他的血量也逐渐减少，一点点到了危险的程度。他有点想要撤退，可大虫子丝毫不退缩，一个预判直接Q到了陈星航下一步走的位置，将他弹了起来，而紧接着……他就被大虫子一口吃掉了。

ACE！团灭。

五个人坐在椅子上，全部面如死灰。在这个时候团灭，代表着什么，谁都知道。

　　谢源是第一个死掉的，他这会儿已经要复活了，紧接着十几秒就是纪野，可对方也复活了。

　　对方的装备已经超越他们太多，大虫子的狂徒铠甲给他迅速回了许多血，他根本就不回家，直接 T 到了他们的基地，开始拆门牙。

　　最让人崩溃的是，此刻 WIN 的基地里聚满了敌人的超级兵，他们无视一切使劲拆着 WIN 的门牙。等纪野复活帮着谢源一起抵抗敌人的时候，两颗门牙都已经掉了，别说是状态良好的敌人，就连超级兵都够他们喝一壶。

　　他们从来没有想过这场比赛会以这样的结果结束，当画面停止，硕大的"失败"出现在电脑屏幕上，整个比赛现场都安静了下来。

　　那么多的观众，没有一个愿意相信自己的眼睛，他们无法相信不久前的世界冠军竟然会输给一支名不见经传的小战队，他们根本不敢相信刚才自己看到了什么！

　　当解说一点点找回自己的声音，僵硬地说着解说词的时候，观众们依然没有任何声音。

　　音乐声响起，程序还是要走。胜利者们到舞台中央谢过所有的观众，他们激动地互相拥抱，给彼此鼓励，他们战胜了老 PU 的成员，那可是取得了世界冠军、打败 ZEC 的战队，他们打败了老 PU 的成员，可以说是一战成名，前途无量！

　　而失败者这一方呢？

　　起名为 WIN 的他们，第一场比赛就输掉了，是否还有机会、是否还有脸参加接下来的比赛？

　　流程还是要进行，输了不能继续赖在舞台上，已经有工作人员来催他们下去。

　　所有人都开始收拾自己的外设，除了叶萤声。

　　叶萤声在椅子上坐了很久很久，久到工作人员都到他身边催促，他始终盯着电脑屏幕，片刻后，在催促声中，一点点闭上眼睛。

　　那个仿佛时时刻刻都无所不能的青年，那个在赛场上始终占据着领先地位、总是给团队贡献输出的人，仿佛永远不会低头的人，终究还是弯下腰，低下了他高贵的头。

　　司念站在那里，手里拿着他的鼠标和键盘，看到叶萤声弯下腰，用手捂住了脸。

　　他在哭。

　　似乎一瞬间，所有的程序都进行不下去了，工作人员愣住了，主持人和解说沉默了，现场观众安静了，一切的一切，都在为叶蕈声的难过沉郁地迁就着。

那是取得过世界冠军的人，是一个冠军团队的核心，他今天在比赛上的表现依旧亮眼，可终究还是无力回天。

这一刻，转身想要下台的谢源和纪野才真正意识到他们刚刚做了什么，两个人站在不远处看着趴在桌子上的叶蕈声，他们看不到叶蕈声的脸和眼泪，却可以轻而易举地感受到他浓烈的悲伤。

谢源的眼圈很快就红了，从一开始就憋着的眼泪瞬间喷涌而出，他咬着唇走到叶蕈声身边，张张嘴，似乎想道歉，但他最终还是什么也没说。

其实他没必要和任何人道歉，因为今天的比赛对他来说同样很重要。是他自己没有把握住，使得整个团队落败，成为别人的笑柄，做出这样事情的他，其实更应该对自己道歉，是他一手毁了自己和整个团队。

谢源几乎将下唇咬出血，他实在有点无法面对身边的队友，在几近崩溃的时候转身跑了。

纪野看了一眼他的背影，深呼吸了一下，走到叶蕈声身边低声道："该走了。"

是的，真的该走了。他们已经浪费很长时间，记者和媒体们已经有足够的话题和照片来把今天的事情报道得天花乱坠，现场观众和屏幕前的观众们也将这场戏看了个十足，那些抱着八卦之心而来的观众，此刻内心无比满足。

只是，那些真正希望WIN可以取得胜利，再次制造传奇的粉丝看到落泪的叶蕈声、自责的谢源和不再冷酷变得无奈的纪野的时候，心里难受极了。

从变故发生到现在，司念一直站在叶蕈声身边，有人来催他，有人来委婉地提醒，带着怜悯、带着自责，但司念什么也没说。

她并没有被跌落神坛的叶蕈声吓到，相反，她非常清醒、冷静。

她很清楚此刻谁也不应该去打扰他，他需要的只是一个人安静地待几秒钟。

那什么时候走呢？差不多就是这个时候了。

司念微微上前，轻轻拍了一下他的肩膀。叶蕈声的身体很僵硬，他似乎沉浸在一片荒芜之中，但他又很快直起了身。

就在他直起身的那一刻，所有的镜头都定在了他身上。他的眼睛很红，眼底似乎还凝着水光，但他已经不再流泪了。他站直身子，接过司念手中属于他的鼠标和键盘，抬手抹掉脸颊上的湿润，毫不犹豫地离开。

他走得非常快，快到媒体的镜头都来不及捕捉他的身影。

突然，仿佛终于醒过来一样，台下所有的观众都开始疯狂地高喊他的名字："Kill！"

一直疾步前行，几乎就要走下舞台的叶蜇声在那一刻停住了脚步。

他背对着屏幕，队服肩膀处写着他的 ID：Kill。

他是《英雄联盟》S 赛季的传奇，一出现就包揽了 KDA 排行榜和贡献榜的第一名。除却今天，过去的每一场比赛他都可以拿下 MVP，发挥出令人惊叹的专业水准。

其实今天也不例外，只是这场比赛并没有再一次以胜利结束。

万人呐喊的那种震撼，不是用言语可以描绘的。

那一刻，内心一直很平静的司念热泪盈眶，更不要说心中本来就饱含复杂情绪的叶蜇声。

他一直背对着镜头，所以镜头只能拍到他的背影，但他站起来之后一直昂首挺胸的背影却在观众们声嘶力竭的呐喊中缓缓产生了变化。

他再次低下了头，接着几秒钟之后，走下了舞台。

他下台了，司念和其他人也陆陆续续走下舞台。

一切在他们走下去之后，似乎就该恢复如常。

但是没有，解说和主持人依旧没有说什么，现场的呐喊声依旧没有停止，甚至还夹杂着许多粉丝的哭泣声。

他们不知道事情为什么会变成这样，连 WIN 的队员自己都不知道为什么会这样。

后台，易琛关闭了转播画面，点了一根烟，走出房间。

方青子哭得像个泪人，坐在沙发上茫然地看着空空荡荡的房间。

几乎所有人都是魂不守舍地上的车，他们不知道自己是怎么回到基地的，只知道回去的路上下了很大的雨，车子在前往郊区的新基地时陷入了水坑中，几次都停滞不前，他们却一点要下去帮司机的心思都没有，只是麻木地在车上坐着。

最冷静的还是易琛，下车帮司机，两人合力搞定了车子，最后好不容易才回到基地。雨依然在下，且越下越大。

所有人都没说话，下了车就一起上楼，分别回了各自的房间，他们甚至没有对话，因为不知道该跟对方说什么，去比赛之前他们还在想着结束后去哪里庆功，结果呢？

一败涂地，身败名裂。

司念坐在床上，正在点眼药水。

最近训练得比较紧急，他们没有多长时间准备，高强度的训练弄得身体和眼睛都有些吃不消。

她点了眼药水，看了一眼侧面的墙壁，隔壁房间住着叶蜇声，他在回来的路上都没和大家说过一句话，虽然大家都没说什么，但总感觉他比所有人都要痛苦。

站起来走到墙边，司念的手放在墙上，窗外电闪雷鸣，闪电划过的时候，她在黑暗里看见了自己苍白的手。

慢慢地收回手，司念长舒一口气，来到窗边看着外面的大风大雨。这一切就像他们今天在赛场上经历的一样，那些无形的风雨一点都不比这些小。

PU 电子竞技俱乐部。

陈旭阳坐在办公室里，看着实况转播的结果，点了支烟得意道："你看！我说什么来着，这就是帮废物，离开了 PU，什么都不是！"

坐在电视机旁边的还有徐冲，端着茶杯，面无表情地听着陈旭阳破口大骂。

看到徐冲一句话也不说，陈旭阳有些不满意："徐总，你怎么不说话呀？我说句实话，你别觉得难听。就你之前这帮队员，拿了冠军也是侥幸，都是一群不识时务的小兔崽子。你等着瞧吧，用不了多久，我保准他们会卷铺盖回家种地去。"

陈旭阳的话说完，徐冲就不自觉地笑了一下，他嘴角的笑实在太刺眼，带着讽刺和不屑的味道，看得陈旭阳更不满了。

"徐冲，你那副表情是什么意思？"他冷漠地问。

徐冲放下茶杯，伸了个懒腰说："你今天叫我来看比赛是什么意思，我刚才的表情就是什么意思。"

"你！"

"别你我地喊了，你我其实根本就不是一路人。"徐冲站起来，淡淡地看着他说，"陈总，您的确很有钱，但我得诚恳地说一句，您千万别生气。我啊，觉得您这个人根本就没有梦想。"

陈旭阳不可思议地看着他："你疯了吧？！"

徐冲笑笑道："我没疯啊，我们的交易已经结束了，咱俩现在什么关系都没有，我也没必要勉强自己跟你继续瞎扯了不是吗？我说几句实话。"他意味深长道，"别怪我没提醒你，你手下现在那帮人，我敢保证他们会比离开的那帮孩子更快地赔光你的钱。"

陈旭阳僵硬地坐在那里："呵，我觉得他们可比你那帮'孩子'强多了，至少不会输给一支名不见经传的小战队。"

徐冲耸耸肩道："每个人在经历变故之后都需要一段时间来缓和心情，他们还是孩子，需要的时间会比成人更长。你现在看他们输给了小战队，但你没看到那支小战队的亮眼之处，他们输给对方也是有原因的。我敢说用不了多久那支战队也会变成强大的战队。而你赶走的那些孩子，他们也很快就会调整过来，这是我对我用了数年的队员的一点信心。"

徐冲的话让陈旭阳无地自容，他压低声音道："你那么有信心，为什么要卖掉俱乐部？你要是不卖掉俱乐部，他们根本不会变成今天这样！"

徐冲一脸遗憾。"我毕竟不是慈善家，我是个商人。在我看来，现在什么比较赚钱我就去做什么。事实也不出我所料不是吗？每一个行业、每一个新鲜事物都会从鼎盛时期慢慢的走下坡路，《英雄联盟》就算现在不走，未来也会这样。所以我无法预测它还可以坚持多久，但走下坡路是一定的。陈总应该也感觉到了吧？电竞是不是并没有外表上看起来那么容易捞钱？"他走到门口，笑眯眯道，"听我一句劝。陈总，真想挽回点损失，就早点把他们找回来，否则你很快就会完蛋，这是我的忠告。言尽于此，以后咱们就别联系了。"

说完最后一句话，徐冲掉头就走，在门口还碰见了一个女孩，女孩微微笑道："您好，徐总。"

徐冲点头道："陈萱啊，快去安慰一下你爸爸吧，他看上去不太高兴呢。"

陈萱点头道："我会的，徐总慢走，还请您不要和我爸一般见识。"

徐冲说了句"当然"，随后就转身走了。陈萱看着他离开的背影，等终于看不见他了，才收起脸上的和善。她微勾嘴角冷漠地笑了笑，推开办公室的门走了进去。

"你来干什么？"陈旭阳没好气道。

陈萱淡淡道："我来帮您啊。"

陈旭阳冷笑："你还帮我？你不给我添乱就不错了！不好好去美国上学就算了，非要来掺和这些事，你倒是掺和出点成效也好，结果呢？人你一个也没给我留下，还耽误了学业！"

陈萱不以为然道："我之所以放他们走，没有任何动作，是因为我知道时机没到。"

陈旭阳望着女儿皱起眉，陈萱自信道。"而我等待的时机，现在已经到了。"她弯下腰，在父亲面前举着一张纸道，"这是他们新基地的地址，在郊区的公寓楼里，易琛比我想象的小气，连个像样的地方都不肯租。其他的人我其实并不怎么在意，他们在离开后的比赛中表现得一塌糊涂。倒是叶蜇声……"想起转播画面上叶蜇声挺拔的背影，陈萱露出志在必得的眼神，"现在是他回来为您效力的时候了，我相信我现在去找他，他一定不会拒绝。"

陈旭阳疑惑道："你确定？"

陈萱笃定道："一定。如果是爸爸，您会忍受一群蠢队友把您拉下神坛吗？"

陈旭阳没有说话。

陈萱微微一笑。

雨下了一整夜，第二天早上雨才渐渐停下来，但还是有蒙蒙细雨伴随着一些小雪花掉落下来。

算算时间，快要元旦了，阖家团圆的日子。要是在过去的 PU，大家肯定会放假，回到各自家中享受家庭的温暖。

然而，现在的他们恐怕回了家也会被父母骂一顿，老人家都希望孩子的事业稳固安定，肯定会责备他们好好的地方不待，非要出来自己组建战队，不过是哗众取宠罢了。

所以，哪怕临近元旦，大家仍然窝在基地里，哪儿也不打算去。

"航哥，你今年也不回家了？"谢源问陈星航。

距离上一次比赛已经过去一段时间，大家相对来说都恢复了一些，但跟以前还是没法比，尤其是叶蜇声。

哪怕大家有意讨好他，他还是很冷漠，就连对司念也变得疏离起来。

比如说现在，所有人都在屋子的左边待着，只有他一个人在右边坐着。单排训练，他不理会任何人，戴着耳机沉浸在自己的世界里，司念已经有很多天没有和他正经地说上一句话。

她没理会其他队友，径直走到叶蜇声身边想和他说点什么，可就在这个时候，他放在桌上的手机响了。

他在打游戏，手机是在振动，不知他发现没。司念犹豫许久，还是拍了拍他的胳膊，想要提醒他。

但也就是这个动作，好像彻底点燃了叶蜇声心中的怒火一样，他直接站了起来，盯着司念道："你干什么？"

司念愣住，怔怔地看着他在游戏里使用的英雄被杀死，沉默了一会儿道："抱歉，我不是有意的，我只是想提醒你有电话打进来了。"

叶蜇声直接退了游戏，拿起手机打断她道："电话什么时候都可以回复，一局比赛输了就是真的输了。"

司念诧异地看着他，眼底有些受伤的情绪，其他人也看了过来，目不转睛地看着他。

叶蜇声扫过众人，将电脑关闭，拿着不断振动的手机，最后对司念说了一句话。

"其实你们都一样，看上去很投入这个游戏、很投入那些比赛，可在你们心目中，它根本不是最重要的东西。你们根本没有尽全力，包括你，司念。"他冷漠地说，"手机响了又如何？它会比比赛重要吗？你为了提醒我来电话了，打断了我的操作，这在以前，你根本不会这么做。"

司念像傻子一样愣在那，一句话也说不出口，心虚几乎要将她摧毁。

陈星航有点看不过去，走过来道："蜇声，别那么说司念，她上次比赛表现得已经足够好了。"

"足够好？"叶蜇声刻薄道，"那种操作如果算足够好的话，那郑宇就是顶级辅助水平了。"他视线扫过所有人，"她从比赛一开始就在失误，虽说没有谢源的漏洞大，但依旧很水。你们所有人，没有一个把那场比赛当作生死局来打，你们自信地以为自己是冠军，自己的水平可以轻易灭掉小战队，但是你们错了。比赛的魅力就在于你无法预测到比赛的结果。"他转开身往外走，"也许我的话很难听，但我希望你们可以听进去。最近一段时间我会单独训练，下次比赛之前，希望你们可以找回以前的状态。"

司念面无表情看着推门离开的叶蜇声，她从未觉得之前哪一刻的叶蜇声如现在这般遥远。她忽然意识到，叶蜇声是一个在事业上有强烈洁癖的人，她需要足够优秀才可以得到他的认可和欣赏，她只要稍微懈怠，他就会立刻改变态度。

她以为两情相悦可以包容对方的优点与缺点。但在叶蜇声看来，似乎只有满是优点的那个司念，才是他心目中爱慕的那个人。

莫名其妙地，雨又下大了，司念在那一刻，感觉到了前所未有的疲惫。

第十三章
蝴蝶效应

你会觉得自己时时刻刻都是无所不能的吗?

当然不是。

你实现目标和梦想其实只有那么一次机会而已,只要有那么一次站到顶点,就不想再那么拼命了。你是人,会累、会痛,也会怯懦地想要懒惰和稳定。

这就是司念的想法。

随着年龄的增长,她越来越要求安稳,她知道自己的梦想是再一次站在职业联赛的舞台上证明女选手也可以打职业比赛,证明女选手不用非得去打女队,证明她还可以,证明她这辈子还能拿到一个冠军。

现在这一切她都做到了,她已经快要三十岁,偶尔也会产生想要休息的念头。这就好比在 PU 的时候,哪怕陈旭阳那时候不说要放弃她,她也会在一段时间之后自己提出退役。

在这个圈子,选手的寿命就那么几年,赖着不走并不够体面,恰当地离开反而会被人铭记。

而且,每个人在每个年龄段都有不同的需要和追求。

这都是她自己决定的,可一旦这些成为别人衡量你甚至决定对你付出多少感情的因素,就完全不同了。

司念坐在台阶上,看着外面阴沉沉的天空,抽着烟,很久没说话。

纪野无声地坐在她旁边，两人一起坐在楼道的台阶上看着窗口外面，抽了几根烟之后，纪野先开了口。

"Kill的脾气你也知道，不要太在意他说的话，他只是还沉浸在输掉比赛的情绪里，等过了这段时间，一切都会好起来。"

纪野说完，司念就笑了，她弹了弹烟灰淡淡道："想不到你也会安慰人。"

纪野板着脸道："我没安慰人，我说的是事实。"

司念不为所动地看着他："你确定？"她怀疑的眼神太过明显，明显到纪野不得不好好思考自己说的话是否有可信度。

思考了许久，他自己都无法反驳。

司念眼底流露出些许悲哀，但很快就被掩盖了，她很平静地说："一直以来，是我太乐观了。我觉得我们之间的感情超脱我们目前的关系，但其实从一开始，我和叶蛰声会有瓜葛，也是因为《英雄联盟》和比赛。我在这上面体现出来的天赋让他感叹原来女性也可以达到这个程度，他才会不自觉地关注我，从而喜欢我。一旦我不再是那个天才女选手了，他的感情就会一点点被失望淹没，但那时候我都不知道我该如何自处了。"

她站起来走到窗前，盯着楼下的花草道。"这次的事只是一个预示，哪怕我们和好了，我也无法确定这样的状况下一次什么时候会到来，也许是再次输掉比赛的时候。"她有点伤感地看向纪野，"简单来说，我觉得在他心里，比赛可能比我们的感情更重要。他一定不会承认这一点，但他绝对会在我一次又一次的失误中逐渐失望，像这次一样。感情上最怕的就是这个，我经历过，我最清楚。两个人对彼此的耐心一旦消耗完了，就会消耗感情。"

纪野目不转睛地看着她，好像第一天认识她一样。司念笑了一下，望着他的眼睛说道。"你看，这次比赛明明谢源的失误更致命，但他更不满意的是我，这就是原因。他不希望我变成现在这个样子，希望我越来越优秀，可以和他一起奋斗到退役，但是我做不到的。"她垂下眸子，"我马上就要三十岁了，你见过哪个选手三十岁还在赛场上坚持？哪怕是自己的战队，自己人不提这个，外面的人又会怎么说？而且，我这个年纪在赛场上一旦犯了错，立刻就会成为众矢之的，所有的利箭都会射向我，我不是无所不能的，我也会畏惧。其实我没告诉过任何人，我原本打算总决赛打完就退役的，只是没想到发生了这样的事。"她熄了烟，一步步往回走，走到门口开门之前，最后对纪野说，"目前战队需要人手，我不会提这件事，但我会开始寻找可以替代我的人，希望你也能帮我。"

说完，司念没再迟疑，开门进了房间。

纪野始终坐在门口的台阶上，拧眉望着窗外，沉默良久。

日子还是一天天地走过，世界级全明星赛打完了，LPL惨败，所有人都成为大家嘲笑的谈资。看着网上那些调侃和愤怒的宣言，司念几乎可以预见自己这样强撑下去的话未来会是什么样子。

其实她不是不想继续打比赛，不是不想继续和大家一起站在赛场上创造历史，可她得面对现实，生活不是电视剧，不可能那么圆满。

司念捧着脸，对身边的谢源道："我有点累，先休息一会儿，待会儿继续。"

他们正在进行训练，没有叶蜚声的训练。

谢源看了她一眼，欲言又止，司念没放在心上，拿了烟盒离开了房间。

方青子看着她的状态，担忧地望向易琛，易琛盯着司念的背影，微微摇了摇头。

傍晚，大家都开始吃晚饭，司念吃得快，很快就回了屋。叶蜚声已经好几天没有回基地，也没人敢提起他的名字，可在训练之中大家还是可以感觉到，失去了叶蜚声的他们，脆弱得不堪一击。

房门被人敲响，司念愣住，诧异地望过去，几乎有些不敢开门。

"咚咚咚"的敲门声不断传来，司念深呼吸了一下，有些脚步不稳地走到门口，沉默了许久才慢慢打开门。

在门外，她没有看见自己心里所想的那个人，而是看见了易琛。

"我就知道你会是这个表情。"

易琛淡淡地说完，直接走进她的房间，手里端着一碗蛋炒饭："你晚上都没吃什么，给你开个小灶。"

易琛把蛋炒饭放到桌上，指着椅子让司念坐过去。

司念抿抿唇，顺从地走过去，坐到椅子上开始吃饭。

易琛的厨艺无须过多赘述，她以前是非常喜欢吃他做的饭的，可现在越吃越心酸。

看着她几乎要哭出来的表情，易琛很平静地说："是不是觉得自己不配吃这顿饭，以后也没机会再吃了？"

司念惊讶地望向他，没想到他会猜出自己的想法。

不对，易琛是何等人，认识这么多年，她被他猜到心思的次数还少吗？

再次低下头，司念忽然就食不知味了，看着往日垂涎的美食，只能慢慢放下筷子。

易琛看着她这副样子，波澜不惊道："准备什么时间离开？"

司念没动，也没说话。

易琛继续道："你应该想越快越好吧？现在这样的生活对你来说是不是很累？"

司念终于抬起了头，有些茫然无措地望着他勉强笑道："我可以觉得累吗？"

易琛微微弯腰，与她四目相对："你当然可以。"

司念愣了愣，竟有些无所适从。

"你这个年纪，本来早就该退役了。我没告诉你吧？星航虽然决定回来继续打比赛，但也早已经决定打完这季 S 系比赛就正式退役。"

司念错愕道："什么？"

易琛："并不是只有你累。大家都在为同一个梦想而奋斗，这个目标实现之后，当然也会想要有可以什么都不想、每天都很放松的时间。我也如此。"

"你也这样？"

"对，我也这样。我和星航的想法一样，这一次，也会是我最后一次执教战队，不管这次 S 系比赛 WIN 可以取得什么样的成绩，我都会在那之后正式离开这一行。"

司念说不出话来了。

沉默在两人之间漫延，又过了一会儿，易琛才坐到椅子上沉声说："你选择现在离开，原因只是你和我们的目标不同。你的目标已经完成了，我们的还没有。"

司念不断眨眼，不知是在心虚还是在难过。

易琛微微蹙眉道："人到了一定年纪，也会疲于奋斗，电子竞技这一行和其他的体育竞技都是一样的，它对年龄和反应的要求非常高，到了年纪后选择离开，是对自己和行业的负责，你不用觉得有心理负担。"

又是一阵沉默。

过了许久，好像时间静止了一般，司念终于开口，说出了这段日子以来，她心中最怕的事情。

"可是大家是因为我才从 PU 出来的，如果不是我，大家可能还可以去打全明星赛，如果在这个时候离开，我简直是……"司念哽咽地说着不敢向任何人吐露的真心话，易琛听完就笑了。

"怕什么？"他平静道，"不仅仅是你不是吗？还有我。"

司念望向易琛，没有说话，易琛盯着她一字一顿道："这是第三次。从一开始你就以为他们是为了你而选择这样，但这里面还有我的原因。我会陪着他们，所以你可以选择先离开。这是一个机会，你强撑着和我跟星航选择在同一时间离开，只会让你在今后的比赛里发挥更差，你知道那会带来什么。"

无非就是比此刻更严重的身败名裂。

司念仰起头，望着天花板上的吊灯，依旧不说话。

易琛站起来，似乎言尽于此，准备转身离开，但在拉开门出去之前说了一句话。

"人很多时候都是为了别人而活，为自己而活的时间很少。你现在可以选择继续待下去被人诟病或者在合适的时候离开，哪怕是跟我一起做幕后。如果你想好了可以来找我，我带你去找那个能比你做得更好的人。"

说完这句话，易琛就毫不犹豫地离开了。

司念坐在椅子上，看着桌上的蛋炒饭，就那么僵直地坐在那，整整一夜。

隔天司念一大早就敲响了易琛的房门，易琛打开门看见她，两人交换了个眼神，什么都不用说就知道对方的意思了。

其他的都如常进行，仿佛没有受到任何影响一样。缺少了叶蜚声的战队仍然在运转，但是不是强弩之末，只有他们自己知道。

在和司念一起出去之前，望着坐在电脑前的其他三人，易琛平声平气道："颓丧这么长时间也够久了，我会为你们报名下一场比赛，能不能一洗前耻就看你们自己了。"

他一个个望过去，郑重道，"记住你们是谁，你们是老PU的成员。在没有叶蜚声的时候也创造过辉煌的战绩，有时候我在想他这次暂时离开是对的，至少能够让你们看清楚自己的水平在哪里。一直以来你们都太依赖他，在他的光芒之下打比赛，现在你们该改变这种状态，找回属于自己的光芒。"

易琛的话让坐在椅子上的三个人陷入了沉思，他最后看了他们一眼，和司念一起离开基地。

看着他们离开的背影，谢源有些担忧道："琛哥带司念出去是要做什么？"

纪野看了他一眼，没说话。陈星航之前一直很安静，这会儿才说："去做该做的事情。"

谢源似懂非懂地望着陈星航，最后还是没有继续问下去。

易琛坐在驾驶座上，司念坐在后座，易琛透过后视镜看着司念："决定好了就不要轻易改变，我身边的位置永远留给你。"

司念眨了一下眼。

"别误会，我是指助教，或者未来圈内的第一个女性总教练。"

司念愣了一下，失笑道："我没有误会。"

易琛抿唇道："那就好。"他眼底有笑意，显然，他刚刚只是开玩笑。

连易琛这种平时不苟言笑的人都在为了让她开心一点而开起玩笑，司念哪里还能继续消沉下去？

每个年龄都有新的目标，现在看来，她的新的人生，就此要展开了。

车子启动，缓缓驶出小区，而他们并不知道就在他们开车离开基地的时候叶蜚声刚好与他们擦肩而过，回到基地。

"琛哥，你说的那个可以替代我并且做得比我更好的人是谁？"

"到了你就知道了。"

"是我认识的人吗？"

"不仅你认识，其他人也认识，你们还非常熟悉。"

"是我猜到的那个人吗？"

"你说呢？"

在茶馆包间看见郑宇的时候，司念一点也不惊讶。

她站在门口，一直没有进去，易琛走进去坐在椅子上，见她还愣在那，朝她招了招手。

"过来。"他声音沉稳地说，似乎不觉得郑宇走了又回来这件事有什么不妥。

司念沉默良久，还是没有动作，思索半晌，还是忍不住道："虽然我猜到你要带我来见的人是谁，但是当我真的看见他的时候还是有点惊讶。"她冷漠道，"就跟我们当初要离开 PU 的时候发现他没来时一样惊讶。"

司念的话让本来就非常紧张的郑宇脸上露出绝望的表情，他看到昔日对他无比包容和照顾的司念这样冷漠地看着他，尽管已经预料到了但还是很难过。

"司念姐，对不起。"

他站起来往前走，可他一走司念就退一步，她站在那漠然道："别走过来，有话就说。"

郑宇怔住，呆呆地看着司念，许久才收回想要迈出去的步伐。

"我知道我做了让大家看不起我的事情，我也知道我犯了错，我想过自己今天出现在这里会被如何对待。我很担心，我不想来也不敢来的，但是……"郑宇抬起头，哭得满脸都是眼泪，紧握双拳道，"司念姐，我还是想来，我还是想你们。"

司念冷漠地看着他："你选择了陈旭阳，选择了继续留在 PU，你就该知道回不去了。"

好像所有的隐忍都因为这句话而爆发了一样，郑宇崩溃道："我知道！我都知道！可是我不想待在那里了！我到现在才明白，没有了你们的 PU 再也不是过去的 PU 了！是我天真，为了人生中的第一次全明星赛背叛了你们，我知道你们肯定很难受，可是、可是……"他泣不成声道，"可是我也很难受，我难受得根本没办法打比赛，队伍里都是其他战队来的人，他们都跟以前的队友走在一起，没有人在意我，没有人关注我，就连新来的韩国教练，眼里也没有我。"

司念一直安静地听着郑宇的哭诉，听到这里的时候她终于听不下去了，用匪夷所思的语气道："所以呢？所以你今天来这的原因只是他们不关注你、不在意你、眼里没有你？是不是如果他们对你好，你今天就不会来？"

每一句质问的话都直指心头，郑宇目瞪口呆地看着司念，司念恨铁不成钢道："郑宇，如果到现在你还没弄明白你今天站在这里的真正原因，那我也帮不了你。"

话一说完，司念直接转身就走。

郑宇呆滞地愣在原地，许久都没有动作。

易琛慢慢坐起来，拿了东西准备离开。

路过郑宇身边时，易琛拍了一下他的肩膀，淡淡说道："你约我过来，还让我带上司念，责备你的话我什么都没说，因为我没资格。我不是你过去的队友，也不是你愧对的人，我只是一个教练，并没有真正和你并肩作战过，所以有些话，司念说得很好，她也有资格那么说。"

郑宇讷讷地看向易琛，懵懂的眼睛里闪烁着茫然，易琛最后说："你自己想清楚再给我打电话吧。"

说完，他头也不回地走了。

这一刻，郑宇才真正意识到自己犯下了什么错误，伤了多少人的心。曾经他只是想打完人生中的第一次全明星赛，然后离开，可是事情远没有他想的那么简单。

不管是陈旭阳，还是老 PU，大家都没放过他。

而他自己，也并没有真正放过自己。

基地里，叶蜇声进门的时候，基地里的三个人都在训练，认真地敲击着键盘，全神贯注地盯着电脑屏幕。

就是这种状态，如果之前的比赛他们能保持这种状态，根本不会输得那么惨。

叶蜇声立在那里不言不语，谢源他们结束了一场游戏之后才发现已经在那里站了很长时间的他，可是看到他了，却不知道该和他说些什么。

三个人的目光落在他身上，却没一个人说话。叶蜇声望着他们，也不主动说话，沉默就这样蔓延开来。最后，开口的竟然是往日说话最少的纪野。

"如果你在找司念，她不在。"纪野淡淡道，"她和琛哥出去了，就在你回来之前。"

司念这个名字，只不过几天没有听到，竟然有些久违了的感觉，叶蜇声像是忽然意识到什么，可眼底的坚决丝毫没有减少。

"我去洗漱，一会儿下来训练。"

他说完就直接上楼去了，他的状态并不是很好，住了几天网吧，也没地方洗漱和整理自己，那张脸都有点被糟蹋了。

方青子坐在沙发上看着他走上楼，欲言又止。其实她想找叶蜇声说点什么，关于战队，关于司念。

可仔细想想，这些事她也没资格插手，她要是插手了，搞不好还会起反作用。

所有人就这样默契地相处着。

晚上，易琛一个人回到了基地，方青子一瞧见易琛就问："司念姐呢？"

她问了这句话后，坐在椅子上喝水的叶蜇声眉头轻不可见地一跳，但也仅仅是这样。

易琛简短回答道："我们很早就分开走了，她说有私事要处理，还没回来吗？"

方青子摇摇头，看了看挂钟道："这都十点了，这么晚了她怎么还不回来？"

连一个不怎么相干的人都这么关心司念，叶蜇声却只是坐在那里从头到尾没问过一句话。易琛看着他那副样子就觉得很烦，最后干脆说："她是成年人，想去哪就去哪，没人能干涉她的选择。她能照顾好自己，你不用担心。"

方青子愣住，第一次听到易琛说这样的话还有些反应不过来，但反应过来之后，她就知道这话其实不是对她说的，是对叶蜇声说的。

她转头看向训练区，叶蜇声依旧坐在椅子上，目不转睛地盯着电脑屏幕，手不断晃动鼠标，看似在认真看什么，皱着的眉头却出卖了他。

逛夜店这种事对司念来说，真是久违了，记得上一次在夜店喝醉被夏冰淇领回家，还是几年前的事情。

那时候她刚被陈星航背叛，又逢母亲离世。加以父亲的不负责任，让一个年纪轻轻的小女孩仿佛一夜之间就长大了。

她以为长大了之后，她就不会再有那样的烦恼，不会再烦躁到逛夜店买醉，但她还是太想当然了。

司念坐在高脚凳上，晃动着手里的酒杯，耳边是吵闹的音乐，手机振动的声音在这样的环境下显得微不足道。所以不管对方打了多少次电话，她都没有听到，酒一杯接一杯地下肚。

基地里，方青子一次又一次地给司念打电话。

四人训练还在继续，时间已经到了晚上十一点钟，方青子有点担忧道："教练，我们出去找找司念姐吧，她会不会出什么事啊？她从来没有离开过基地这么长时间。"

易琛面无表情地坐在那里道："大家正在训练，怎么可能出去找她？"

他的声音不高不低，却足以让戴着耳机的几个人都听见，有三个人闻言都抬头望向了他，唯独叶萤声没有。

易琛见此继续道："训练是最重要的，比赛的胜负关系到一切，怎么能因为一个成年人的晚归而暂停训练？"

方青子怔怔地看向易琛，又看向叶萤声，叶萤声紧蹙着眉头，手上紧握着鼠标，游戏画面里，他完成了五杀。

"这位美女的酒我请了。"

一个男人在司念旁边坐下。司念已经有点醉意，但还清醒，她嘴角带笑地看着眼前明显不怀好意的男人。他打扮得很时髦，但那掩盖不了他颜值低的事实，他猥琐的眼神更是毫不掩饰，这样的男人别说是司念，怕是所有女孩都看不上。

"几杯酒的酒钱，我自己还是付得起的。"

拿出钱包，司念自己付了钱，转身离开。

男人见此，不依不饶地追上来道："怎么了？我是好意啊，美女，你一个人晚上出来喝闷酒，肯定是遇上什么事儿了吧？要不然跟我说说，说不定我能帮你呢？"

司念回头看向他，他们已经走到夜店门口的走廊，再走几步就可以出门了。

她看着男人说："你？帮我？"

男人十分积极地说道："是啊，我可以帮你的，就算帮不到你，我还可以做一个好的听众，让你可以发发火，放松一下心情啊。"

司念闻言笑了，笑得讽刺，她紧紧盯着那个男人，一字一顿道。"我不需要这么猥琐丑陋的听众。"她抬手指着男人的脸，"回去撒泡尿照照镜子，行吗？"

男人愣了一下，没料到自己会被骂，反应过来后瞬间愤怒道："你说什么？真是给你脸了！"

他说着就要对司念动粗，门口的保安看到后立刻往这边走。司念浑身上下都在抵抗，脚下利落地踢中他的要害，男人被踢中疼得不行，恨恨地扯住了司念的头发。司念瞬间撞到了旁边的墙壁上，赶来的保安立刻扶住了她，紧张地询问她有没有事。司念眼冒金星，却还强撑着说没事，说完了就想离开。但被踢的男人嚷嚷着要报警，他的朋友也很快赶到，拦住了司念的去路。

看着挡在面前的人，司念嘴角的笑意一点点加深，她想，今天晚上得很晚才能回基地了。

的确弄到挺晚，直到凌晨一点，司念才从派出所走出来。

还好夜店的保安给她做证，证明是男人先试图猥亵她她才动的手，属于正当防卫，不然她恐怕还得因为故意伤人被拘留几天。

走出派出所，一身酒气的司念顺着路边的台阶坐下。尽管已经凌晨，但 S 城街道上依然繁华热闹，她看着来来往往的行人和车辆，满眼都是灯火，却不知道哪一盏是为她亮起来的，那种老公孩子热炕头的生活，她有时候也很向往。

她喜欢电子竞技，喜欢赛场上的刺激与新鲜，喜欢胜利的兴奋与失败的经验。但她也会老，也会累，到了一定时间，她也希望可以体面地离开，但也许她的离开，不会被那个她当作终身伴侣来相处的人所赞同。

甚至，他们会因此分手。

司念感觉到了手机的振动，慢慢从口袋里摸出手机，恍惚间她以为打来电话的是叶蜇声，但方青子的名字显示在手机上。

司念眨眨眼，按下了接听键，懒洋洋道："喂。"

电话那头的方青子都快哭出来了："司念姐！你终于接电话了！你在哪啊？你怎么还不回来？"

"我在哪儿？"司念抬眼看着自己周围，愣笑道，"我也不知道我在哪。"

一个小时之后，一辆车子缓缓停在她面前，司念已经快睡着了，头埋在膝盖里，身上衣着单薄，看上去快要冻僵了。

有人从车上走下来，把外套披在她的肩膀上，将她扶了起来。

司念睁开眼，看见扶着她的人是易琛。

他把司念扶上车，司念上了车就歪倒在后座上，一袭长发盖住了脸，看不出是什么表情。

坐在驾驶座上，易琛沉声道："位置太远了，我开过来都要一个小时。"

司念没有回答。

过了一会儿，易琛继续道："蜚声想过来的，但他的性格你知道，他不懂得如何表达自己内心的想法，所以往往最后做出来的事都很伤人。"

他以为这句话得不到回答，但是没有，司念回答了他。

她声音和缓地说："没事。"

他以为到这里就结束了，但她还没说完，很快就接着说："不重要了。"

易琛握着方向盘的手一紧。

司念是被易琛抱回来的，她已经睡着了，一身酒气，染得易琛也浑身酒气。

她看上去很狼狈，头发散乱，身上穿着易琛的外套。易琛把她放下来开门的时候，她靠在他的肩膀上，额角的伤口特别显眼。

"怎么回事？"方青子一直在等他们回来，她有心理准备，但没想到情况会这么糟糕。

她下意识看向仍然坐在电脑前的叶蜚声，其他人都去休息了，唯独他还坐在那里，看上去是在认真打游戏，但其实他在关注什么，大家都很清楚。

"有点事，一时半会儿说不清楚，你去把医药箱拿来，我送她回房间。"

易琛根本没看训练区，也不知道叶蜚声还没睡觉，他关好门径直抱起司念上楼。司念靠在他怀里，自始至终闭着眼睛，看上去睡得很安稳。

叶蜚声握着鼠标的手一紧，耳机里是队友打出的警告信号，叶蜚声倏地回神，屏幕上，他因为走神已经被人单杀了。

单杀他的人还在所有人的频道发了一句："单杀Kill，我可以吹一年。"

"砰"的关门声响起，随着司念的房门被易琛关上，叶蜚声也随之烦躁地退出了游戏。他摘掉耳机站起来，看见了送完药箱下来的方青子。

他停住脚步，面无表情地看着她，方青子注视他很久，长长地吐了口气说："你知道你现在的样子让我想到了什么吗？"

叶蜚声皱起眉。

方青子："想到了我们分手时我的样子。"

叶蜚声眉头越皱越紧。

"为什么说是我们分手时我的样子呢？因为我那时根本不想分手，我是想用暂时的分别或者疏离来让你明白我想让你明白的事，想让你对我妥协，但我得到了什么结果，你应该最清楚了吧。"

叶蜚声一言不发地望着她，甚至连表情变化都没有。

"蜚声，我以为你找到了真爱，可以好好过一辈子，可你现在这副样子让我充满怀疑，哪怕你遇到了真爱，你又是不是可以守住这份感情？"方青子有点好笑道，"你知道吗，很多时候你觉得好像都是别人对不起你，但你有没有站在别人的角度考虑过？你还年轻，但司念姐呢？"她有点难过道，"她快三十岁了，她老家的同龄人在她这个年纪孩子都满地跑了。"

叶蜚声的表情在她说到这些的时候才有了稍微的变化，方青子见此，放缓了语调说："你了解这个圈子，应该知道司念姐这个年纪还可以打多久的比赛，赖着不走又有什么后果。她承担的压力是你的双倍，付出的努力也不比你少，但人到了一定阶段，总得退位让贤。电竞是年轻人的战场，它热血、疯狂，可以创造无数传奇，但它也残忍冷酷、充满硝烟。"

走上前拍了拍叶蜚声的肩膀，方青子特别诚恳地说："我想了很久要不要跟你说这些话，最后还是忍不住跟你说了。至于最后怎么做，没人能干涉你的选择，我希望你可以幸福，也希望司念姐可以幸福，就这么简单。"

说完话，方青子转身回了房间，偌大的一层只剩下叶蜚声。他站在原地，双手握拳，清澈的眼睛盯着刺眼的吊灯，哪怕光芒刺得他几乎睁不开眼睛，他却没动丝毫。

司念这一觉睡得出奇安稳，或许是因为想通了一些事，做了自己的选择，或许是因为喝醉了。

第二天起来的时候并没有宿醉之后的头痛欲裂，她照着镜子，仔细地摘掉额角包扎的纱布，观察了一下伤口，简单重新上过药之后就放弃了包纱布。

其实就是磕了一下，流了点血有点肿，给她包扎的人实在有点小题大做，包扎得很细心，肯定是仿佛什么都可以搞定的易琛。

洗漱完毕，司念下楼吃饭，煮饭阿姨一早就来了，还准备了丰盛的早餐给他们。对于一个电竞战队来说，吃得好不好直接关乎到他们的比赛发挥水平和训练时的心情，所以易琛千挑万选选出来的这位煮饭阿姨，做的饭超级好吃。

"司念姐。"

方青子一眼就看见了下楼的司念，也看到她拆了纱布。"你怎么把纱布拆了啊？"她有点担心道，"伤口这样暴露在外面搞不好会感染的。"

司念不在意道："其实伤口不大啦，就是我不小心撞了一下而已，完全没必要包扎，不包扎反而好得更快。"

方青子还想说什么，司念直接拉着她说："今天吃什么？我都快饿死了。"

看她好像和平时没两样，丝毫没受到叶蜇声的影响，方青子反而有点不放心，皱眉看向坐在桌子另一边的叶蜇声。他靠在那里，面前摆着谢源用来讨好他的早餐，可方青子看见他的视线总是若有若无地放在司念身上，哪怕他掩饰得很好。

就在方青子替他们发愁烦恼的时候，司念主动和叶蜇声说话了。

她拿了豆浆，一边喝一边对他说："你回来了？"

叶蜇声似乎也没料到她会主动和自己说话，沉默了一会儿才敢真正望向她，然后点了点头以示回应。

司念丝毫不意外他的沉默，笑了一下说："昨天回来的？"

叶蜇声继续点头，眼睛直直地凝视着她，竟让人不知道说点什么才好。

司念嘴角笑意加深，对他说："知道了，先吃饭吧。吃完饭你跟我到楼下买点东西，我有话跟你说。"

叶蜇声微微皱眉，对即将到来的谈话感到些许不安，现在的司念容易让人联想到暴风雨前的宁静。

方青子是过来人，也是女人，非常了解司念这会儿的状态是要做什么。

她看着眼前的饭菜，忽然就没有了胃口，再看看其他男人，一个个跟傻子一样，完全不知道司念要做什么。谢源甚至还傻了吧唧地说："司念姐真大方，这样太好了，你都不知道你昨晚一直没回来声哥有多担心，他训练都心不在焉呢。"

司念淡淡道："是吗？不可能的吧？他最在意训练了，任何事情都不会影响到训练的。"

这话似乎在暗示什么，大家听了都不由得想起叶蛰声发火那天的场景，互相对视几眼后沉默下来。司念见此，笑道："而且我这么大的人了，他有什么好担心我的。专心训练就对了，我现在不是好好的吗？"

她这话是在解围，大家听完都松了口气，笑着附和说是，偏偏煮饭阿姨把菜端上来的时候说了句："哎？司小姐，你的额头怎么受伤了？"

所以啊，她哪有好好的？她受伤了，甚至还进了局子。

当她坐在路边，看到接她的人只有易琛的时候，她就已经做好决定了。

一顿饭吃得人五味杂陈，大家似乎都嗅到了风雨欲来的味道。吃完了饭，司念就招呼叶蛰声走了，两人一前一后离开基地，易琛从楼上下来看见这一幕，心里什么都猜到了。

今天外面的天气好得出奇，风和日丽。

走在去小区超市的路上，司念解开大衣的扣子说道："一晃眼都过完元旦了，一直忙着训练都没过节，你不回家看你爸妈没关系吗？"

叶蛰声沉默了好一会儿才说："没事。"

司念闻言，也不看他，只一直往前走，顺手和小区保安打了招呼才若无其事道："那就好，我们去超市买点东西，顺便我有句话想告诉你。"

叶蛰声脚步一顿，那种不好的感觉又来了，明明两人是心平气和地去逛街，可他就是感觉即将发生什么事，别说是她接下来的话了，就是超市他都不想去了。

但他并没有主导权。

司念加快了脚步，两人很快就到了超市，一进超市门，她就拉了推车，和往常一样问他想吃什么，一切都和从前一样，除了她脸上的笑容。

她笑得和以前不一样了，他在她眼底和脸上看不到半分甜蜜与温存。

接下来就是结账。

叶蜇声拿出钱包想要付款，司念直接先他一步把手机递了过去，冲着收银员礼貌笑道："你好，微信支付。"

叶蜇声的手僵在那里，半晌没有动作。

支付完毕，司念就自己提着东西出了超市。叶蜇声想帮忙，但她下意识躲开了手，一点机会都不给他。

他慢慢收回手，空着的手握成拳，一种浓郁的不安在他胸腔里逐渐膨胀，很快，这些不安一瞬间被点燃。

买好东西回去的路上，路过小区花亭，司念直接迈步走了进去，站定之后就对缓缓跟上的叶蜇声和和气气地说："蜇声啊，我们分手吧。"

我们分手吧。

没有吵，没有闹，没有恨，甚至没有爱。

她就那么笑着，那么漂亮，那么平和，仿佛在说"喝点水吗"那样简单。

叶蜇声仿佛不会说话了，错愕、震惊地看着她，好像根本没意识到事情会变成这样。

司念往前一步，帮他拍去肩膀上的落叶，随口道："冬天就是没有夏天好啊，树叶全部凋落了，天气又那么冷，不能穿好看的裙子，简直是处处不招人待见。这是不是就跟现在的我一样？我已经进入我人生的冬天，该做出我的选择。跟你在一起，我曾经开心过，觉得自己好像都跟着你一样年轻了，但是蜇声啊，我忽然发现，我只是看上去年轻了，我的心还是越来越老了。"

她抬起手，像一个长辈一样轻轻抚过他的脸颊和眉眼，柔声说道："以后还是做我的弟弟吧，我还是会像以前那样照顾你。我不会离开战队，我想试着做教练的工作，兴许以后琛哥当总教练了，我还能混个主教练当当，你觉得呢？"她语调轻松，"这就是我的选择，我决定退出，我有点累了。不是我不想努力，而是我已经使不上劲了，我对不起你，让你失望了，希望你下次可以找到能跟你志趣相投的年轻人，她会有资本跟你永远并肩战斗的。"

说完后司念摸了摸他的头，往常的叶蜇声总会抗拒着说不要，但是今天他一动没动，望着她，眼眶发红，紧抿双唇。他或许是想要解释和挽留的，但他几次张嘴却一个字都说不出来。

"不用难受，没那么难熬的。我经历过，我明白，要不了多久你就可以恢复如初，就像你和青子，现在依旧可以做很好的朋友，我们也可以那样。"

司念最后看了他一眼，朝他露出笑容，随后转过身头也不回地离开了。

她走得很干脆，没多久就进了单元楼。

她不会迟疑的，因为她清楚地知道，叶蜚声需要的是女性中的强者。过去的方青子，现在的她，都是这方面的佼佼者；一个是年轻有为的女解说，一个是拿过两次世界冠军的女选手。

但是她明白自己不可能永远强大。一旦她不够强大，他就不会再把她放在心中最倾慕的位置，他就会开始后悔。

叶蜚声不会喜欢弱者，而到时不强大的她，也不会再有资格站在他身边。

与其到时候难以割舍，还不如现在分开，快刀斩乱麻。

司念按下密码，推开门走进基地，扬扬手里的袋子笑道："来，请大家吃东西。"

小区花亭里，叶蜚声坐在那，整整抽完了一包烟。

坐在这也三四个小时了，他却始终不知道两人究竟为什么会走到今天。

零食虽然不健康，却是大家的最爱。

桌子上摆满了司念买来的零食，口中喝着香醇的奶茶，大家的心情比往日好了许多。一来是因为叶蜚声回来了；二来嘛，貌似有矛盾的司念和叶蜚声一起出门后变得和以前一样了，担心他们的人也就放心了。

但仅仅是那些只看得到表面的"直男"放心了，真正明白到底发生了什么的人，是根本高兴不起来的。

叶蜚声很晚才回到基地，他回来的时候大家正在吃晚饭。

司念坐在众人当中，甚至还有心情和别人开玩笑，她笑靥如花的模样看起来那么刺眼，看得他想要立刻离开。

但纪野没给他机会。

"声哥回来了。"

他从满桌的饭菜中抬起头，看着门口说了一句，大家的视线瞬间都集中到门口。

谢源立刻让开自己的位置，他本来是坐在司念身边的，如今这样做的意图非常明显。

司念见此，淡淡地笑了一下，随手夹了一筷子菜，不在意地吃着。

叶蜚声看着她的一举一动，迟疑许久，终于还是抬脚走了过去。

他缓缓落座在司念身边，两人一如既往地挨着坐，可坐在一起的感觉和过去完全不同了。

方青子是过来人，看见这一幕连饭都吃不下去了，放下筷子有点头疼地按了按额角。

司念望了一眼桌子对面坐着的易琛，易琛淡淡地回看她一眼，司念抿抿唇，慢慢放下筷子，望着众人道："其实，我有件事想和大家说。"

司念一开口，大家都安静下来，叶蛰声绷直脊背坐在她身边，她甚至都没看他一眼，直接道："我已经决定退出战队了。"

她此话一出，最激动的是陈星航。

"你说什么？"

作为 AD 选手，对辅助选手的关心无可厚非，司念恳切地解释道："我意识到自己年龄到了，应该退役了。就算我勉强上场，表现也不会太好，可能还会给大家拖后腿，所以我决定，我要退役。"

"不行，这怎么可以？"随后反应过来的谢源紧张道，"司念姐，你千万别退役啊！之前那场比赛输掉是我的错！我会很快调整状态的，如果你因此退役，那我也不能继续厚着脸皮赖在队里了！"

司念站起来，走到谢源背后拍了拍他的肩膀，过了一会儿才说。"我退役跟你没关系。就像之前蛰声说的，那场比赛我发挥得的确不好，我已经很久不打辅助了，哪怕紧急练习，但真正打起比赛来甚至还不如一个小战队的专业辅助。"她轻声道，"我是时候该离开赛场了，但你们不要担心，我虽然退役，但不会离开大家。"

她的话让大家眼睛一亮，司念抓了抓头发说："我还得继续赖在这，因为我也没地方可以去，所以要是有一天我做了大家的教练，大家会不会嫌弃我太水了？"

她这话说得半真半假，带着开玩笑的意味，但听在别人耳中，却是欣喜莫名。

"对啊，司念姐可以做教练的。"方青子惊喜地站起来道，"我怎么没想到呢？不做选手了，可以做教练啊，琛哥当年也是选手转教练的，我相信司念姐可以做得很好！"

她的话让大家都放宽了心，纷纷祝福司念未来成为好教练，并且特别仗义地表示就算她再水，对外他们也会护着她，说每一座奖杯都有她的功劳。

司念真的很感动，眼圈很快就红了，但她还是笑着的。

等大家稍微安静一些了，司念沉吟片刻，再次开口道："另外还有一件事，也应该告诉大家，毕竟我们朝夕相处，有些事还是早些说开了好。"

还没完吗？担心再次听到噩耗，大家表情都有点紧张，司念思索了一下道："其实这和大家关系不大，是我的私事，但大家和我、和蜚声都很熟，所以这样的事还是告诉你们比较好，免得以后闹误会。"

这是她今晚第二次开口提到叶蜚声。

司念轻声道："我和蜚声分手了，以后我和他的关系就跟和大家的关系一样了，所以希望大家以后不要再开我们的玩笑，如果我们未来再遇见对的人，大家也不要太排斥了。"

她这话说得太直接，一丁点余地都没给彼此留，看起来司念是铁了心要分开，完全没有商量的余地。

终于意识到这一点的叶蜚声根本没办法继续听司念说下去，直接站起来快步走出了基地，巨大的关门声响起，仿佛在告诉所有人，他从头到尾根本就没想过要分手。

司念轻飘飘地看了一眼被他摔上的门，慢慢回到自己的位置上坐下，问大家："还想吃点什么？阿姨走了，但我的手艺你们还没试过吧，要不我给大家露一手？"

她看上去太平静了，一点失恋女人该有的样子都没有，大家甚至开始困惑，他们真的在一起过吗？

其实，她怎么没有难受过呢？只是她难受的时候，他们都没看见罢了。

唯一看见这些的人，只有坐在她对面的易琛。

纪野实在放心不下叶蜚声，在他离开之后很快也追了出去，方青子担忧地看了一眼他的背影，慢慢握起了拳。

司念瞥了一眼方青子，两个曾经是情敌的女孩要重新毫无芥蒂地做好朋友并没有那么简单，这件事的前提就是两人喜欢的人不再是同一个。

方青子目前喜欢的人，肯定不是叶蜚声了。

S城今天的天气倒是很好，晚上也不觉得冷。

叶蜚声不知道自己是怎么了，闷着声一直往前走，他根本不知道自己要去哪里，但他能做的就是在街边漫无目的地不停地往前走。

纪野一路奔跑才追上叶蜚声，他拉住叶蜚声，喘着粗气道："你走得也太快了，我再慢一点就追不上你了！"

叶蜚声面无表情地拍开纪野的手，继续往前走，漠然道："你不用来追我。"

纪野无语地跟着他："我不来谁来？难道大家都不管你才好吗？"

叶蜇声固执道："对，都不管我才好。没有必要管我，讨厌我才好。"

这明显是气话，纪野直接被他气笑了，拉住他的胳膊阻止他继续走下去。

"你疯了吗？你这么走下去打算一条道走到哪？你走下去就能解决问题了？你为什么老是这么固执，不肯服软说一句好话呢？"

纪野的质问何尝不是叶蜇声对自己的质问，他这会儿甚至无法面对纪野，转身想要离开。纪野直接挡在他面前道："你现在是不是心里一股子邪火，就是找不到方法发泄？"

叶蜇声蹙着眉看向他。

"我有办法，跟我来。"

纪野二话不说拉着叶蜇声就走了。

半个小时后，两人从出租车上下来，进了一间酒吧。

纪野掏钱，单独开了一个包间，要了一桌子啤酒，直接打开"失恋的人不能听"歌单，把话筒塞给叶蜇声让他唱。叶蜇声立刻拒绝，纪野也不含糊，自己拿起话筒开始唱。

那叶蜇声呢？

他在喝酒，一桌子的酒都是给他准备的。

他一瓶接一瓶地喝，哪怕酒量再好，这么喝下去非得醉死不可。

他终于醉了，靠在 KTV 包间的沙发上，盯着大屏幕上的歌词，是一首《说散就散》。

纪野唱累了，开了原唱，女声唱出来的歌词，让叶蜇声根本无法忽视。

抱一抱

就当作从没有在一起

好不好

要解释都已经来不及

一字一句，都让他心中的郁结越发僵凝，他觉得自己好像快要死了一样，闭着眼睛，抬手按着眼窝，头疼得像要炸裂一样。

"怎么样？爽了吗？"纪野也开了一瓶酒，一边喝一边问他。

叶蜇声缓缓睁开眼，眼前模模糊糊的，似乎出现了司念的脸。她笑得那么平静轻松，好像毫不留恋，好像他们曾经的一切都不值一提。

"凭什么？"叶蜇声一把拉过纪野，像是把他当作了司念，"凭什么你那么淡定，我就要这么难受？"

纪野麻木地说："你认错人了，我不是司念。"

叶蜇声冷漠道。"我知道！"他将纪野推到一边，又开了一瓶酒灌下去，连话都说不利索了，"凭什么？这女人凭什么？我不就说了她几句吗？就算是我错了，她就一次机会都不给，直接分手吗？"他看向被推倒刚爬起来的纪野，"你到底把我当什么？"他冲纪野吼道。

纪野浑身一震，莫名其妙道："把你当爹行了吧！"

叶蜇声自嘲地一笑，继续喝酒，喝着喝着，眼泪就出来了。

或许是酒精的作用，清醒的时候怎么都不可能说出口的话这会儿全说了出来，叶蜇声抱着纪野哭着道："不分开行吗？"

纪野僵在那："你又认错人了。"

叶蜇声毫不理会道："我错了，是我的错，我没站在你的立场考虑。我给不了你安全感，我可以改，你别这么干脆地分开，我不想分开。"

他说这句话的时候声音一直很小，纪野有点无语地拉着他，本想再提醒他一下，谁知道他下一秒语调就提高了许多。

"我不想和你分开！"

凌晨三点，两个醉醺醺的男人回到基地。

纪野还好，叶蜇声就不行了，早已醉得不省人事。

纪野进了屋，打开灯正愁怎么把叶蜇声送进房间，就看见了坐在沙发上等着他们的易琛。

易琛放下手里的资料，抬头望向门口，站起身走过去道："你回房间吧，我把他送上去。"

纪野一脸终于得救了的表情，放开叶蜇声就摇摇晃晃回了房间。易琛扶着叶蜇声，将他扶进他的房间，缓缓把他放在床上。叶蜇声一直闭着眼，含含糊糊不知道在说什么。

易琛站在床边看着他，叹了口气，最后转身离开，关灯关门。

一切恢复安静。

门外，司念从房间里出来，看向易琛。

易琛立在那淡淡道："喝醉了，已经睡了。"

司念沉默。

易琛："我只帮你这一次，下次你自己等。"

司念没说话。

易琛回了房间。

司念转头看着隔壁的房门，面无表情地在那站了一会儿就转身回了房间。

叶蜇声的房间里，原本躺在床上，该醉得睡着的人倏地睁开了眼，他眼底有些醉意，但也还算清醒。

与司念的回忆历历在目，叶蜇声控制不住地转过身对着床铺靠墙的那一边，那边住着的是司念。

他抬起手，手轻轻地放在墙上。

许久后，他闭上眼睛，放下了手，眼角再次流下了泪水。

回想过去的几个月，竟好像找不出自己一丝一毫的优点，似乎从开始到现在，他一直在自以为是地对她好，以前她不讨厌，最后却伤了她的心。

他并不想那样的，可于事无补。

一个在赛场上永远无所不能，连 ZEC 中单 Leo 都直言是"强劲对手"的人，终于还是输了。

不是输给那个小战队，也没输给别人，他输给了自己爱的人，也输给了自己。

一次又一次经历感情上的失败，或许他根本不适合谈恋爱。

意识渐渐模糊，酒精的作用让人哪怕痛彻心扉也能睡着，他渐渐进入睡眠，不知道过了多久，他似乎看见司念坐在他身边，轻抚着他的脸颊，温柔地在说："别难过，一切都会好起来的。"

基地里忽然来了不速之客。

其实也不能算是不速之客，因为来的人并不是毫无由头。

那天早上保洁阿姨来上班，煮饭阿姨还没到，所以有人按门铃的时候她就以为是煮饭阿姨到了，没问就打开了门。

司念当时正从楼上下来，洗漱完了打算在楼下等饭吃。

她瞧见从门外进来的人，一男一女，看起来三十多岁，打扮得很时髦。尤其是男的，高大挺拔，五官精致，看上去还有点说不出的熟悉感。

"你们找谁啊？"保洁阿姨奇怪道。

这里是新基地，知道地址的没几个，他们搬过来之后从没外人来过，所以保洁阿姨奇怪很正常。

男人和女人对视一眼，女人往前走了一步，礼貌得体道："我们来找人的。"

保洁阿姨看向身后，一楼这会儿只有司念在，司念算是基地的半个主人，所以保洁阿姨看向了她。

司念迟疑了一下，站起来走到门口，笑着说道："请问二位找谁？"

她一出现，之前说话的女人反而沉默了，眯着眼睛打量司念，像是在看商品一样，看得司念浑身不舒服。

"抱歉，请问二位找谁？"司念只得提高音量又问了一次。

女人微微敛眸，这时才再次开口说："我们找叶蜇声。"

从"外人"口中听到叶蜇声的名字，司念还愣了一下，过了一会儿才说："你们是？"

女人看上去对司念的追问有点不耐烦，似乎觉得司念很失礼。司念尴尬地站在那，还是男人解了围："不好意思，我太太有点个性。我们是来找蜇声的，我是他的父亲，这是他的母亲。"男人的手搭在身边的妻子身上，两人看上去那么般配，司念终于知道他为什么看上去那么眼熟了。

叶蜇声长得和他有七分相似。

司念瞬间愣在了那里。

怎么说呢？认识叶蜇声以来，她从来没听他提起过自己的家人，他甚至从未想过要回去看看父母。

现在叶蜇声的父母突然出现在她面前，她还有点反应不过来。

但好在她也不是小孩子了，很快就调整好情绪，让开位置道："原来是蜇声的父母，快进来吧，我帮你们叫他。"

司念转身就要替他们去找人，叶母直接淡淡道。"不用了。"她微抬下巴高傲地望向司念身后，"这不是下来了吗？"

司念转身望过去，叶蜇声站在楼梯上没什么表情地看着突然造访的父母，似乎连楼梯都不想下了。

叶母直接越过司念，催促道："愣在那干什么？快下来啊，我和你爸千里迢迢找到这里来看你，你还傻乎乎站在那干吗？"

她一边说话一边朝丈夫招手："叶玄，快去车上把我给儿子带的东西拿过来。"

确定孩子真的在这里，他们才把东西拿过来，看来一开始他们觉得叶蜇声不会住在这种偏僻的郊区，即便这里的居住环境看上去还不错。

直到此刻，叶蜇声终于有了点动静，他站在楼梯上居高临下道："你们来干什么？"

冷漠疏离的言语，让人下不来台。

叶母稍显尴尬地瞥了一眼站在一边的司念，淡淡道："这位小姐，如果没事的话可以请你回避一下吗？"

司念正要回答，就听见叶蜇声直接道："她不用回避，我的事没有什么需要背着她的。"

两人分手之后，司念还是第一次听见叶蜇声说这样的话，一时有点尴尬。

叶母脸色不太好看，定定地望着司念道："这就是你跟我说的那个女朋友？"

司念这下更尴尬了。

好在去拿东西的叶父很快赶了回来，替她解了围。

"别站在门口说了。"叶父推着叶母往里走，"那不是有沙发吗，到那里去说。"他朝叶蜇声招招手，"蜇声，下来，你妈从韩国大包小包给你背过来不容易，别那么固执。"

对父亲，叶蜇声的态度要好很多，至少不那么抗拒，也肯听两句话。

他一步步从台阶上走下来，没有去沙发那边，而是走到司念身边，抿唇迟疑了一下才说："你……"

司念直接打断他道："我回避一下，你们聊。"

说完后她立刻上楼回了自己的房间，还顺便在群内发了消息，让大家暂时不要下楼打扰他们。

微信群里，谢源有点激动道："声哥的爸妈来了？他们不是在韩国吗？哇！真想下去看看是什么样的父母培养出声哥这么强的人。"

陈星航在底下说："你消停点儿吧，老老实实待着，别下去捣乱。"

谢源："我就说说，我哪能真下去啊。"

易琛："闲的话就琢磨一下新比赛，别在那整这些没用的。"

易琛成功地把话题转移了。司念看到群里开始讨论自己退役之后谁来打辅助，要不要招一个，她不由得想起那天在茶馆看见的郑宇。距离那天也有一段时间了，郑宇一直没有什么消息，难不成是因为她的话而直接放弃了？如果真是这样，那他不回来也罢。

他必须成长。如果还是老样子，觉得被为难了才回到这里，他永远不知道自己想要的到底是什么。

过了十几分钟，司念的房门被人敲响，她下床打开门，看到叶蛰声站在外面，看了她一会儿说："我有些话想和你说。"

司念扫了一眼楼下，叶蛰声直接道："他们走了。"

司念："那么远过来看你，不聊一会儿就走了？"

叶蛰声没什么情绪道："他们去酒店了，晚点我会和他们联系。现在我想说一下我们的事。"

司念站在门口道："我记得我们好像已经说完了，没什么要说的了。"

叶蛰声目不转睛地盯着她道："那是你单方面说的话。我从开始到现在，一句都没说过。"

司念缄默不语，叶蛰声也等得不耐烦，直接拉着她的手腕朝外走，司念有些无奈地说道："你等一下，我还没穿外套……"

话音未落，叶蛰声的外套就披在了她的身上，带着些烟草味道，他这几天似乎抽烟抽得有点多。

司念皱着眉没说话，跟着他一起走出了基地，两人在楼下花园绕了一圈，停在一个花亭里。

这地方还真是熟悉，记得之前她说分手的时候，就是在这里。

司念有点尴尬地坐到花亭边，摩挲了一下手臂道："有什么话你就快说吧，出来的时候我看阿姨快做好早饭了，早说完早回去。"

看到她那副急不可耐想要离开的样子，叶蛰声一肚子的话噎在口中说不出来，薄唇微启，半晌没说出一个字来。

司念等了一会儿，尽量避免和他有视线对视，这也就导致她老是左顾右盼地回避他，重要的是他还不说话，司念更尴尬了。

"你没话说我就先走了。"

她站起来想逃跑，叶蛰声直接扣住了她的手腕。

"你怕我？"

他侧目看过来，目光灼灼，像是可以在她身上烧出一个窟窿。

司念失笑道："怎么可能？我为什么要怕你？"

"那你为什么急着走？"叶蜇声面无表情，步步紧逼。

司念一点点收起脸上的笑意，沉下眸子道："我以为我们早就说清楚了，所以不想大冬天的在外面冻着，不行吗？"

叶蜇声沉默了一会儿，道："可以。"

司念闻言，立刻要走，叶蜇声却再次拉住她。

"你……"司念懊恼地回头。

叶蜇声直接道："听我说完我的话。"

司念不耐烦道："你一直不说话，我怎么听？"

叶蜇声："我这次肯定说。"

司念深呼吸了一下："好，那我听着。"

她站在那，不再回避他的注视，坦坦荡荡地望回去，好像真的不管他再说什么，她都不会回心转意了。

叶蜇声就这样注视着她的眼睛，深深地吸了一口气，仿佛下了全部的决心，闭了闭眼开口道：

"我错了。"

什么？他说什么？

司念的眼神瞬间变得惊讶，她有些错愕地看着眼前这个永远不会低头的青年，只见他一改往日的淡定与运筹帷幄，双手握住她的手臂，直视她的眼睛加重语气再次道："我错了！"

我错了。

这是在情侣吵架时最常用的道歉语，平常的情侣吵架之后，男方说出这样的话，女方根本不会有什么特别的感觉。

但叶蜇声不一样。

司念从没见过叶蜇声现在的样子，他看上去别扭极了，极度想要说些什么来挽回眼前的人，可话到嘴边只能说出这三个字，但这三个字对于他来说，已是非常难得。

其实叶蜇声之前说的话一点都没错，他只是点醒了司念而已，让司念知道现实会如何发展，也帮她更快地做好了决定。

看着眼前为了挽留自己而说出对不起的叶蜇声，司念莫名地红了眼眶。

她笑了笑，红着眼睛说。"不，你没错。"她反握住叶蜇声的手，轻柔地说，"蜇声，你并没有错，错的是我。"她特别认真道，"你那天说的话的确让我有点难过，但你说得没错。你提醒了我，让我及时刹住了车，没有被名誉冲昏头脑，让我知道该离开了。"她微笑着，"是你帮了我，你没有错。"

叶蜇声怔了怔，看着她有些不知道该怎么办，半晌才道："可是你要跟我分手。"

司念闻言，点了点头说："对，我要和你分手。"

"既然我没错，为什么要和我分手？"他皱着眉，闪亮的眼睛里满是困惑，她以前从未见过他这个样子，他仿佛总是对一切了如指掌，不会迷失、不会困惑，他现在这个样子，让司念甚至觉得，自己让他变脆弱了。

很长一段时间里，司念都没有说话，像是在等他平静下来。

后来，司念开了口："你没错，但我还是要和你分手。因为我知道，你需要的不是宣告结束职业生涯的我。"

叶蜇声凝视着她，像在无声地说：我没有。

司念固执道："你需要的是过去那个强大的司念，但我不会一直那么强大，我会努力做到最好，可够不上你要的高度了。我已经累了，需要停下脚步休息一下，你现在会觉得难过是因为你还不习惯被人提分手，等你度过这段时间，你会和忘记青子一样很快忘记我。"

快速说完后，像是怕他再问出什么问题她无法回答，司念逃似的扯开了他握着自己的手，转身跑回了楼里。

叶蜇声站在花亭里看着她落荒而逃的背影，回想着她刚才说的话，自嘲地笑了。

半个小时后，叶蜇声回了基地。

他站在门口，抬头望过去，原以为大家已经吃完饭了，但是并没有。

因为继他父母到来后，又一个不该出现在这里的人来了。

所有人都坐在会客区，沙发上坐满了，就靠在沙发边，大家的视线都汇集在一处，那里坐着一个人——郑宇。

叶蜇声微微眯起眼。

郑宇听见开门声后望向门口，看见叶蜇声走进来，本来就紧张得双拳紧握的他，直接一腿软，从沙发上滑了下去，半跪在地上。

周围顿时鸦雀无声，安静得落针可闻。

当初的郑宇选择离开他们去打全明星赛，像一只小鸟，头也不回地飞走了，再也不是那个需要人喂养照顾的孩子，大家尽管心里难过，却也替他高兴。

那是他第一次为自己做出选择，作为朋友和队友，他们管不了那么多，人生的路要自己决定，强迫他并没有什么好处。

可如今他又回来了，像飞了一圈疲倦了，想要缩回那个温暖的巢穴里，但巢穴已经不再是过去那个巢穴，照顾他的人也都变了。

"声哥……"郑宇有些颤抖地喊着叶蜇声的名字，叶蜇声只看了他一眼便收回视线准备上楼走人，郑宇立刻红着眼睛爬起来追了上去，拉住他的手腕道，"声哥，你别走，我错了，我真的错了。以前是我糊涂，我被陈旭阳诱惑了，根本没弄明白自己真正想要的是什么就做了选择，我现在后悔了，我再也不要那样错下去了。"

叶蜇声背对着郑宇，他的话一字不落地传到了叶蜇声耳中。坐在沙发上的队友们面露不忍，似乎不愿意看到郑宇这么难过，他们应该已经听郑宇哭诉过一番了。虽然曾经有过一些矛盾，但他们终究还是兄弟，感情摆在那，没人真的忍心为难郑宇。

但是叶蜇声不一样。

他转过身，拉开郑宇握着他的手腕说："你现在知道自己想要的是什么了？"

叶蜇声的话听在耳中，郑宇只觉得十分熟悉，下意识回头看向客厅里的司念，她环抱双臂安静地注视着他，没有排斥，也没有接纳。

他知道，她和叶蜇声以及在场所有人一样在等待他的决心和表态。

郑宇忽然就不哭哭啼啼了，站直了身子，抹掉脸上的眼泪，深吸一口气，一步步从楼梯上下去，双手紧握拳头，站在那望着所有人。

"大家都看了全明星赛吧。"他开口说话，声音略带沙哑。

对郑宇的回归，谢源是最激动也最纠结的。一个人，要么就一直执迷不悟，要么就悬崖勒马，这样才值得人钦佩，可他总是这样半途而废算什么呢？

听到郑宇的话，谢源烦躁道："当然看了！为什么不看？你在全明星赛上的表现真是让我们大开眼界，你都在做些什么？还有你那些队友，我一度怀疑你们是收了钱打假赛，演得太拙劣了！"

郑宇调整了心态，对于谢源的话，他不但没有再哭，还自嘲地笑了出来："你怎么猜得这么准呢？"

郑宇的一句话让大家都炸开了锅，连司念都无法再置身事外。

"你说什么？"她三两步走上前，惊讶地问道，"你们真的打假赛？"

郑宇垂下眸子道。"对，没错。陈旭阳从一开始就没打算让我们赢，他说PU刚拿了世界冠军，就不需要全明星赛冠军了，不如利益最大化，所以……"他深吸一口气抬起头，一字一顿道，"所以他收了钱，命令三个进入全明星赛的PU成员打假赛。"

打假赛在圈内不算是新鲜事，但也绝对不常见，但凡这样做过的战队和选手都早早地退役了，有的是怕晚节不保，有的是玩脱了被看出来了。

像陈旭阳这样让刚拿了世界冠军的选手集体出走就算了，留下的、新招纳的居然还被要求打假赛，简直可恶。

方青子激动地走上前道："你是说沈行也打了假赛？"

郑宇看着方青子，依稀记得沈行喜欢了她很久，可能现在心里还有她，毕竟之前为了她还和叶蜚声在后台大打出手。

莫名地，郑宇看了一眼叶蜚声，叶蜚声转头望向一边，郑宇又去看司念，司念咳了一声，看向叶蜚声，叶蜚声顺势望向她，两人对视一眼，都移开了视线。

气氛太过微妙，郑宇这么迟钝的人都意识到了不对劲，沉默了一会儿，对方青子点了点头："他也打了。算上我，三个人，全打了。"

他这句话一说出来，一直坐在一边旁观的易琛站了起来。

他望着郑宇，淡淡。："郑宇，一开始你想要回来，直到刚刚，我都没想过要拒绝你，但是现在……"他慢慢走到郑宇面前，望着他的眼睛里充满失望，"但是现在我不希望你回来了。"他把手放在郑宇的肩膀上，"退队，选择对你更有利的战队，这都没什么，这是你自己的事。但打假赛这件事已经上升到原则问题，我无法接受自己的选手打过假赛，你好自为之。"

说完话，易琛转身就要走，郑宇几步上前挡在了他面前。

"教练。"郑宇吸着鼻子，豁出去似的说，"我来之前就已经猜到了，如果我说出这件事，你肯定会这样说。"

易琛皱皱眉。

"可是我还是要说。"郑宇绝望地笑了笑，低声说道，"因为这是我的诚意，我把我所有的好与不好都摆在大家面前，让大家选择是否还要接受我。我不想打假赛，其他两个选手也不想，陈旭阳拿钱塞给我们，还说我们跟他是一根绳上的蚂蚱，我们不答应他就会请水军黑我们，让我们在他手下时被雪藏，离开之后也没有战队肯要，逼我们就范。"

这的确是陈旭阳做得出来的事，他是标准的资本家，根本没有底线可言。年轻的小伙子们根本斗不过他，在那样的情况下，除了答应之外，没有任何办法。

"我们只能答应。"郑宇说着说着就笑了，笑得特别冷静，"但是我也有我的原则。比赛结束之后，我特别难受，想把这件事说出去，陈旭阳发现了，他女儿找到我……"

"对，就是我。"

郑宇的话还没说完，一个女声突然响起，那声音十分陌生。

所有人都望向了门口，刚才司念和叶蜇声回来的时候没关好门，因为一进门就看见郑宇在这里，惊讶之余就忘关门了。

这也就给了这个女人机会，让她在门口听到了一切。

"很抱歉打扰你们了，我也不是故意偷听的，门没关好。"女人笑了一下，摘掉墨镜语气亲切道，"大家好，你们当中应该有人见过我，我是陈萱，陈旭阳的女儿，幸会了。"

她顺势朝离她最近的人伸出手，站在那的是纪野，纪野淡漠地看着她，不但没和她握手，还直接转身走开了。

被人家避如蛇蝎，陈萱非但不生气，还很开心道："很有骨气，我喜欢。"她抿唇看向所有人，笑吟吟地继续说，"大家不要对我这么有敌意，我来这里并不是跟你们吵架或是宣战的，相反，我是来帮你们的。"

谢源无语道："谁会相信你的鬼话？你是陈旭阳的女儿，怎么会帮我们？"说到这他望向郑宇，直接问他，"这女人找你说什么了？是不是威胁你了？"

郑宇愣住，下意识摇头，谢源愤怒道："你怕什么啊？我们都在这里她还能把你怎么样？有什么你就说！"

郑宇咬住下唇，认真地摇了摇头，说："她没威胁我。"

司念看看郑宇，又望向陈萱，最后将视线移到了叶蜇声身上。

叶蜇声正好也在看她，虽然他们之间已经因为司念单方面说分手而暂时分开了，但他们的默契依旧在，只要一个眼神，就能知道彼此的想法了。

叶蜇声一步步走下楼，将谢源拉到一边，越过陈萱把门关了起来，随后扭头道："既然你是来帮我们的，那就坐下说话吧。"

谢源吃惊地看着叶蜇声："声哥，你……"

叶蜇声望向易琛："教练觉得呢？"

易琛和他交换眼神，也点了头。

谢源蒙了，还是郑宇拉住了他小声道："你就听听她怎么说。"

谢源一口气憋在嗓子眼里，看看这个看看那个，最后只好忍了。

方青子拉着纪野坐到一边，有点好奇接下来会发生什么事。

陈萱就在大家的质疑声中坐了下来，司念给她倒了茶，她客气地说："谢谢。"

司念礼貌道："不客气。"

陈萱面露欣赏地望着司念："司小姐，其实一直没机会跟你交谈，我看过你的比赛，非常棒，你是女性的骄傲。如果我是我爸，一定不会把你赶出去，不但不会，我还会主推你，这样才能突出 PU 的不同。"

这话听起来的确比陈旭阳那个老奸巨猾的人说的话顺耳，但司念也只是笑了一下，没有任何表示。

陈萱也不生气，喝了口茶就开门见山道："为了表示诚意，我大概需要先讲一下我的故事。"她靠到沙发背上，带着回忆的神色道，"那是多少年前呢？我爸为了发达，抛弃了陪他度过艰苦岁月的原配妻子，娶了现在有钱有势的老婆，靠着老婆家给的第一桶金创办了旭阳资本，一路做到今天，有声有色，十分红火。"她微微笑着，像在讲述别人的故事，"很老套不是吗？很多电视剧里都会出现的情节，但它就真的发生在我们身边。"她指着自己，优雅地说道，"而我，就是那个被他抛弃的原配生的女儿。"

所有人都惊呆了，大家都以为陈萱这么受宠，肯定是他后来老婆生的女儿，怎么会是前妻的女儿？

说到这里，陈萱的表情一点点沉了下去，放在膝盖上的手缓缓握成了拳。

这故事听完，真是让人无比感慨。那种原本以为离自己很遥远的故事，竟然就时时刻刻发生在他们身边。

司念沉默了一会儿，低声道："陈小姐隐忍这么多年，为的就是现在这一刻吗？"

听了司念的话，陈萱眼睛一亮，仿佛着魔一般看着她说："果然，只有女人才最懂女人！没错，我等的就是这一天！我就是想问问大家，收钱强迫队员打假赛，不打就要雪藏队员甚至让他们在约满后无处可去这种事情一旦被所有人知道，是不是会身败名裂啊？"

谢源看着眼前的女人，仿佛第一次认识到女人原来也有这么可怕的时候，傻呆呆地说了句："何止身败名裂，这是犯法的，甚至侵犯到了 LPL 和整个游戏赛制的尊严。"

陈萱望向一开始很抵触自己的青年，温柔地笑了笑，谢源看着，倏地一脸红，赶紧转开了头。

陈萱觉得有趣，但现在不是逗弄谢源的时候，她直接看向叶蜇声，说道："我有个好东西给你们。"她从背包里拿出一个包装精美的小盒子，放到桌上笑靥如花道，"猜猜这是什么？"她玩笑般说道。

大家对视一眼，都猜不出那是什么，司念沉吟片刻，道："我猜，是录像吧。"

陈萱望着她，笑吟吟道："答对了！"她将盒子拆开，然后在盒子里拿出一个 U 盘，举起来冲大家晃晃道，"这里面有陈旭阳命令选手打假赛那天的全部录像，他是如何利诱威逼的，大家是如何反对拒绝的，这里面都有，一旦它被公布出去，选手们不但不会有事，还会被大家觉得十分可怜，被逼迫打假赛，身不由己。唯一有事的，就只有陈旭阳。"她眼中闪烁着明亮慑人的光芒，"现在，大家相信我的诚意了吗？"

豪门大戏在自己面前上演，大家都需要一段时间消化。陈萱也不着急，表示了自己的诚意就留下 U 盘走了，压根就没提需要他们怎么做，看上去挺靠谱。

郑宇忧心忡忡地看过所有队友，试探性道："大家觉得她可以相信吗？"

司念望向郑宇，郑宇缩了缩脖子，小声道："我还没答应她什么，就是想着大家一起讨论可能更好，所以我今天才带她来的。"他红着眼睛，"你们不会怪我吧？"他吸了吸气道。

司念无奈地摇摇头，没说话，倒是易琛，直接对他说道："也许你之前做过错误的决定，但今天这个决定我认为是对的。"他看向其他人，"你们怎么看？陈萱的话听起来离我们有点遥远，但我觉得她的表情不像是在作假。之前在 PU 基地的时候，我也见过她，她在陈旭阳身边的时候看似恭敬，眼神总带着一股桀骜不驯，我那时候猜不透是什么，现在似乎有些理解了。"

说完话后，不等大家对他的话发表看法，易琛便弯腰拿起陈萱放在桌上的 U 盘，淡淡道："不过她可不可信，还是要等看过 U 盘里的内容之后再做决定。"

易琛拿了 U 盘就去了训练区，大家三两步跟上，围在他身后看他将 U 盘插在电脑上，开始读取里面的内容。

叶蜇声拉了一把椅子坐在易琛身边，易琛将 U 盘打开就看到了里面的视频文件，他直接点开播放，画面是彩色的画面，非常清晰，要不怎么说是有钱人呢。

视频里，郑宇和其他两个队员站着，陈旭阳站在他们面前，随着易琛拔了耳机插上音响，把声音调大，大家也听见了陈旭阳充满铜臭味的声音。

"你们还在犹豫什么呢？有什么可拒绝的呢？"他望着郑宇道，"阿宇啊，你难道不应该是最识时务的那个吗？为什么也跟着他俩一起拒绝我啊？当初你都没跟着你那些不识抬举的前队友滚蛋，难道不知道现在该选择什么才是对的吗？"

画面里，郑宇低着头，画面外，在他们身边的郑宇却抬起了头，紧蹙眉头盯着视频画面，双拳紧握，像是在努力克制自己心中的怒火。

果然，视频画面上很快就出现了让人无法接受的一幕。

陈旭阳直接一巴掌打在了郑宇头上，完全把火气撒在了他身上。

"你个浑小子！"陈旭阳微怒道，"你该不会是留下给你那些前队友当间谍的吧？那都是一群不知感恩的王八蛋！我给他们高薪水、高回报，让他们留在队伍里好好发挥，他们居然为了一个队友和一个教练就要集体出走！真是不知道自己姓什么！你信不信明天我一个电话就可以让所有比赛主办方拒绝他们参赛？"

视频里的郑宇听到这句话抬起了头，生气道："你打我就算了，为什么要断了他们未来的路？！"

陈旭阳啼笑皆非道："为什么？！当然是因为你不听话了！你知道我弄垮他们有多简单吗？我只要让比赛的主办方以一个小小的理由拒绝他们参赛就可以了，比如说资质不够，比如说报名表填写错误或者提交失败，你看看多简单，不是吗？"

郑宇愤怒地望着陈旭阳，气得哭都哭不出来，陈旭阳看到他这样笑得更开心了："怎么样？你到底肯不肯？你不肯的话，我可就真的那么做了。据我所知，他们接下来要参加海成赞助的一场比赛，你信不信我让他们连报名页面都提交不了？"

陈旭阳的表情太自信，语气太自然，仿佛做过无数次这样的事，郑宇一个小孩子，所有时间都在比赛和训练，怎么和他斗？

两人僵持了数十秒，郑宇再次低下头，咬着牙道："是不是只要我答应你打假赛，输给LCK的队伍，你就不会再对他们使阴招？"

他这话问得太直接，听着看视频的众人都白了脸，易琛目不转睛地盯着视频画面，双手交握放在唇边，呼吸都有些凝滞。

叶萤声直接转过头，似乎视频画面太污秽，根本不想让它们进入自己的视线。

司念则沉默地望向身边的郑宇，他浑身都在发抖，这样的画面被重放，他仿佛又回到了那日为难的境地里，几乎有些窒息，脸色通红，看上去不是很好。

犹豫再三，司念闭了闭眼，终究还是伸手握住了他垂在身侧的手。他的手攥着拳，被司念握住的时候他惊了一下，猛地看向了她。司念慢慢叹了口气，加大了握着他的手的力度，郑宇忽然眼睛一热。

接下来，视频里就是陈旭阳威胁其他两个人的画面了，他们无一例外都被陈旭阳抓到了把柄，最终不得不答应他的要求，在全明星赛上故意犯错，输给 LCK 赛区的队伍，然后惨败而归，被大家骂得抬不起头。

其他两个人被威胁，无非因为平日里的一些事情或者未来的规划。郑宇被威胁，却是不想再因为自己而让曾经并肩作战如家人一样的队友被陷害。

他冒着自己无法在圈子里走下去的风险，保障了他们可以参加海成那场比赛的资格。然而他们输掉了那场比赛，等于说输掉了郑宇为他们千辛万苦争取的机会。

易琛直接关了视频，坐在椅子上不说话，大家也没说话，他们都不知道现在该说点什么才好。事已至此，似乎总要有个人站出来说话，但谁也没站出来，他们沉默了许久，每个人心里都有自己的想法。最后，是易琛先动了。

他依旧没说话，只是站起身转过头看着郑宇，上前抱住了郑宇，手掌在郑宇的肩膀上拍了拍。那种安抚的感觉郑宇已经很久没有感受过了，他今天一直在努力克制自己，但这会儿，被教练抱在怀里的时候，郑宇终于还是忍不住哭出了声。

到了这一刻，他已经清楚意识到他真正需要的是什么，不是什么见鬼的比赛，不是什么垃圾名誉，而是这些并肩作战的队友，是和他们一起获得胜利的那种体验。

第十四章
执手到老

当天郑宇没有再离开。

他什么行李都没带，别说是衣服了，洗漱用品也没有。

晚上七点，易琛把车钥匙给了司念，对她说："去给他买点日用品和换洗衣物，现在的 PU 已经不是过去的 PU 了，那种地方他就不要再回去了，放在那里的东西也不用拿了。"

司念毫不犹豫地接过钥匙答应下来，直接就要下楼去办事。叶蜚声却不知道从哪冒了出来，挡在她面前说："我也有事要出去，你顺路的话带我一段。"

司念愣了一下，望向易琛，迟疑了几秒才回答说："我去商场，大概和你不顺路。"

叶蜚声看着她平静道："我也去商场附近。"

司念："你可以打车去，我还要带东西，恐怕没你坐的地方。"

"教练的是商务车，你放多少东西也有我坐的地方，而且打车要钱，顺风车不用钱。"

看着叶蜚声一脸吝啬的样子，司念仿佛看见了刚认识时的他，嘴角不由得勾了勾，点了点头道："那行吧，带你一段。"

说完，她便转身下楼了。

叶蜚声站在原地回头看向一直围观的易琛，沉默了一会儿说："教练会不会觉得我们暂时分手了，你就有机会了？"

易琛安静地看着他，脸上不悲不喜："你觉得呢？"

283

叶蜇声干脆地摇头："你不会。"

易琛闻言微微笑了一下，似乎无奈又似乎欣慰，语重心长道："知道自己错在哪之后就不要再犯同样的错误，没有人会原谅你两次。当然，我也不是说你错了，只是你以后要学会如何表达自己的想法，不要那么直接地说出来，会让人误解你的真心，也会很伤人。"

叶蜇声平常都挺不服管教的，但今天没有。

他认真听完易琛的话，最后郑重地点了一下头。

易琛满意地笑了："快去吧。"他说完，进了自己的房间。

叶蜇声凝眸，不再迟疑，下楼追上司念。

今晚天气不错，没有那么冷，司念上了车，过了一会儿，叶蜇声也跟上来了。

他上车系好安全带，司念好整以暇地看着，跟他说："我都没说我去哪个商场，你怎么就知道我们顺路呢？"

叶蜇声目视前方淡定地说道："这附近就一家银泰算是比较大的商场，你肯定是去那里，还用问吗？"

司念惊奇地看着他："我都不知道你除了打游戏好之外，推理也不错。"

叶蜇声："这算什么推理？我要是推理好的话，就该知道什么话该怎么说，不然也不会说出来惹你生气。"

司念闻言笑了一下，一边发动车子一边道："那不一样。会推理和情商低并不矛盾，你看福尔摩斯情商也并不高，不是吗？"

叶蜇声纠正道："他的情商并不低，只是不屑对其他人和善罢了。"

司念愣了一下，竟然觉得他说得很有道理。

两人这个时候的谈话就跟他们还在一起的时候一样和谐，有一瞬间司念甚至觉得，其实他们并没有分开。

想到这些，本来还不错的心情瞬间低落了几分，司念开车的时候就不说话了，叶蜇声多少也感觉到了，于是一直保持着安静，直到她行驶的路线接近他的目的地。

"到前面停车场停车就可以了。"叶蜇声这样说道。

司念看了一眼说："我不去停车场了，路边把你放下我就走，我要去前面的商场。"

本以为这话不会被拒绝，但司念想错了。

叶蜇声执意道："把我放在停车场，我有事。"

司念皱皱眉："那边不好进去，你直接自己走过去反而更快不是吗？"她有点懊恼地望向副驾驶座，这一看，就有点愣住了。

叶蜇声坐在那，夜幕的路灯下，他的面庞忽明忽暗，带着些说不出的味道。他目不转睛地盯着她，眼底浓厚的感情让她有点慌乱。大概有很多女生喜欢被 Kill 用这样的眼神看着吧，深情中带着一点执念，司念却有点害怕。

"我开进去就是了。"莫名地，司念妥协了，选择把车子开到停车场。她说了这句话之后，叶蜇声的表情也和缓了一些，这让司念踏实许多。

当她好不容易找到停车位停下车的时候，叶蜇声却依然不打算下车。

"还不走吗？"司念道，"时间不早了，我买了东西还要回去，你不走的话，我就来不及了。"

叶蜇声靠在车椅背上，沉默了许久，望着前方跟她说："我爸妈就住在这家酒店。"

他让司念停车的地方就是商场附近一家酒店的车库。

司念听到他的话怔了怔，没有说话，似乎不明白他说这句话的用意是什么。

叶蜇声很快转过头看向她，眼睛里满满都是恳求："跟我去见我爸妈吧。"

司念直接惊呆了。

不管是叶蜇声突然认真的表情，还是他难得一见的恳求语气。

她愣在那，手握着方向盘，不可思议地看着他，半晌才道："你疯了吗？"

叶蜇声特别认真地说："我没疯，我很清楚自己在做什么。我知道，我一直给不了你安全感，你觉得我年纪小，觉得我只需要最强的伴侣，但那都是你以为的。"

司念诧异地望着他。

叶蜇声解开安全带，转过身，倾身越过挡位，司念下意识后退。

她靠在驾驶座的车窗上，眨巴着眼睛看着他，眼睛倒映出他的模样。他看着这一幕，忽然就不知道哪来的本事，把心里话用一种相对温和的方式说出来了。

"你知道我爸妈为什么会突然到这里来吗？"他问着，也不需要回答，径自道，"是我叫他们来的。我觉得时候差不多了，也想不出别的办法再来证明自己的感情和诚意。"他伸出手，不知何时，手心里已经握着一枚戒指，"你嫁给我吧，我想只有这样，你才能感觉到我是真的爱你。我承认我有时候对你有点苛刻，但现在当你想要选择其他路走的时候，我……"他深吸一口气，掷地有声道，"我会支持你。"

司念整个人都傻在了那里，但叶蜇声见她沉默，直接下了车，绕到驾驶座拉开车门把她牵下来。司念几乎忘了拒绝，等反应过来的时候人已经站在他父母的房间门口了。

"不行。"她慌忙中开始后退，抗拒着和他们见面，紧张道，"我不能去！"

叶蜇声拉住她的手不准她后退，问得很直接："为什么不能去？"

司念急得眼睛都红了，呼吸急促道："说了不行就是不行，如果今天真的让我见了你爸妈，决定了某些事，你以后一定会后悔的！"

司念说得特别诚恳，眼底流露出来的感情也不是假的，叶蜇声看着，不但没生气，反而笑了。

"你觉得我会后悔？"他问道。

司念有点生气道："你肯定会后悔的！你现在才多大？二十二岁啊！你现在刚满法定年龄就要和我结婚，你都还没定性呢，用不了多久你就会后悔的！和你分手我还可以恢复如初，可是和你离婚，我一定会疯的！"

她话里全是她最害怕的一切，可叶蜇声似乎只抓住了一点。

"和我离婚，你一定会疯？"

他紧紧地盯着她，眼神几乎有点着魔。司念为难地望着他，转身又想走，叶蜇声直接从背后抱住了她。

"是，我现在的确只有二十二岁。"他声音沙哑，语调却异常坚定，"可是司念，那又怎么样呢？不管我是二十二岁，还是三十二岁，我心中的那个人永远只会是你，不会再变了。我以前喜欢过别人，我知道喜欢一个人和爱一个人的感觉是不同的，我对你是爱，在我现在这个年纪是如此，在我未来的年纪也会如此。"

他的声音就在她耳边，一句句听在耳中，那其中包含的意义，让司念溃不成军。

"可是……"她哽咽着想说什么，叶蜇声直接将她的身子转了过来，让她看着他的眼睛。

"看着我的眼睛，记住我的眼神。"他一字一顿道，"这是我爱你的眼神，十年后、二十年后、五十年后，我们老死的时候，我依然会用这种眼神看着你。"

司念诧异地望着他，眼底是她无法忽视的浓烈感情，像漆黑的夜幕里挂满了星星的夜空，他的瞳孔放大又缩小，像在无声地表述着他对她的感情。

司念所有的担心和慌张，在这一刻，似乎都消失不见了。

你相信有爱情吗？

我相信，因为我看到了他的眼睛。

　　眼泪不受控制地流下来，司念看着叶蜇声，很长时间没说话，她要考虑很多事，考虑是不是真的要就这样跟叶蜇声草率地结婚，其实这样真的挺草率不是吗？因为一次争吵或者分手，为了复合而结合的婚姻，难道不草率吗？

　　司念低下头，看着自己的手，那双手被叶蜇声的手握着，那么真实、温暖，他总是用那双手打出别人想都不敢想仿佛开挂了一般的操作。他现在用这双手握着她，并且，未来的某一天，这双手还会为她戴上戒指。

　　司念深吸一口气，抬头再次与叶蜇声对视，他看上去认真极了，眼睛里没有急切和紧迫，有的只是坚定。司念微微启唇，想要说什么，又不知道该怎么说。

　　就在她左右为难的时候，身后的房门打开了，从里面走出一男一女，看着他们，眼神各不相同。

　　是叶蜇声的父母。

　　叶母淡淡地看着站在门口的两个年轻人，平静地说：“我都不知道我古板保守的儿子有一天还会在酒店走廊里上演偶像剧情节。”

　　这话把叶蜇声说得害臊，他尴尬地转过头，耳根浮上红色。

　　他这副样子，司念还是第一次瞧见，她原本还没有下定决心，但是看到他这样的神情，突然又冷静下来。

　　就在这个时候，叶母再次开口，在叶父温柔的眼神攻势下，微微凝眸道：“行了，别在外面给人家现场直播了，进屋再说吧！”

　　叶母转身进了房间，叶父看了看她的背影，对司念道：“你阿姨就是刀子嘴豆腐心，其实她挺喜欢你的，你可千万不要误会她讨厌你。”

　　司念看看叶蜇声，叶蜇声时不时偷瞄她一眼，好像在观察她的反应，这可不像是他会做的事，好几次司念都以为自己看错了，这次却被她逮住了。

　　被逮到了，叶蜇声反而不闪躲了，就那么正大光明地看着她。

　　良久，司念慢慢舒了口气，对叶父苦笑了一下，轻声道：“叔叔，不用安慰我的，我看得出来阿姨对我不是很满意，其实我也觉得自己配蜇声年龄上是大了些，但是……”她转头看着叶蜇声，叶蜇声故作镇定，但他的眼神出卖了他，他全神贯注地等待着她的

"但是"，比过去对待每一场职业比赛还要专注认真。

司念慢慢勾起嘴角，低声道："但是，我还是想试一试，希望阿姨可以喜欢我，也希望叔叔能帮帮忙。"

叶父惊讶地看着司念，随后瞥了一眼叶蜚声，叶蜚声心领神会地和父亲交换眼神。叶父欣慰地笑了，叶蜚声也有点兴奋地握了握拳。

"我一定会帮你们的。"叶父笑着侧开身，"现在快进去吧，别让你阿姨等久了，她最不喜欢的就是等人了。"

叶父这会儿似乎已经开始充当他们的帮手了，司念感激地笑笑，犹豫几秒，还是主动拉住了叶蜚声的手。

叶蜚声已经失宠很久了，上次得到司念这样的对待好像是很久前的事了，有那么一瞬间他几乎有些反应不过来，还是司念把傻呆呆的他给拉进房间的。

他们一进房间，叶母就望向了他们，观察了一会儿自己的儿子，过了一会儿微微笑道："真是惊讶啊，我那个榆木脑袋的儿子，现在被你调教得这么好。"

司念愣了一下，觉得叶母对"调教"这个词用得有点过于严重。

"阿姨，您误会了，蜚声其实很优秀。"司念尽量用正常的语气说。

叶母淡淡道："他什么样我心里很清楚，读书读不好，打游戏倒是打出了一番事业。也罢，人都有自己的路要走，我管得了他一时，管不了他一辈子。"

这话说得太对，司念都不知道该说什么了，只能站在那一言不发。

叶父听了，就道："没错，我媳妇儿说得特别对，所以今天咱们的主题是……"

叶母白了他一眼，对着司念和叶蜚声说："所以今天的主题是，我见过你了，也调查过你，你母亲几年前去世了，你父亲是个赌鬼，近些日子收敛了一点，但还是你的负担，你每个月都会固定给他打钱，我没说错吧？"

家人的事情，司念一个字都没跟叶蜚声提过，如今被他的母亲这么直白地摆在所有人面前谈论，司念心里有点不舒服。

叶蜚声看她表情尴尬，立刻开口说："妈，你为什么要擅自调查别人？你知不知道你这样很不礼貌？"

叶母哼了一声道："我还不是为了你好？我要让你考虑清楚你是不是做好了准备要一辈子赡养一个只会讨债的老人，你知不知道她的母亲都是被她父亲给气死的？"

叶蜚声怔住，惊讶地看向司念，司念僵硬地站在那，一个字也没说。叶母继续道：

"孩子，我也不是为难你，就是想把这些话摆在台面上先说清楚。你听着，我们家有的是钱，你父亲糟蹋的那点钱我还真没放在眼里，但是你得解决问题啊，谁的钱都不是大风刮来的，你的也不是。你这样一直纵容他，迟早有一天他会给你捅大娄子，我可不希望我儿子被你连累，你知道吗？"

伤口被人血淋淋地扒开，司念心里难受极了。

但除了难受，还有解脱。

司念深吸一口气，竟然露出了笑容，既然都说出来了，她也没什么需要隐瞒的了，坦坦荡荡道："是。我的确每个月都会给我爸打一笔固定数额的钱，我不在他身边，不可能时时刻刻看着他，但我找了人帮我盯着他，一旦他去赌钱了就会告诉我。我只能做到这样，我有自己的生活要过，不可能为了他放弃自己的事业和生活，整天待在家里看着他。"

司念承认了自己的不堪，叶母有点意外。

她饶有兴致地看司念："我以为你会怪我说话难听呢。你看我儿子，要不是他爸拉着，都要上来跟我这个当妈的打一架。"

她这么一说，司念才转移视线去看叶蜇声，她诧异地看向叶蜇声，叶蜇声的手被他父亲按着，他站在那，紧抿双唇，似乎在极力忍耐着什么，看着他母亲的眼神很尖锐。

见司念看过来，叶蜇声倏地换了表情，转换得太突然，导致他看上去甚至有点滑稽。

司念心头一动，突然有个大胆的想法。

"你是不是早就知道我家的事情了？"

司念这样问了一句。

她这么一问，倒让叶母也有点惊讶，叶母看向叶蜇声："你早就知道了？"

叶蜇声挣开父亲的手，瞥了一眼自己的母亲，视线最终落在司念身上。

"这些事情，稍微问一下就知道了。"他平静地说。

司念否认："不对，没人知道这些事，我谁也没告诉。"

叶蜇声放缓声音说："有些事在你看来是污点和麻烦，但想要帮你的人不会这么以为。你是没告诉别人，但我的确早就知道了。"他抬起手放在司念的肩膀上，感受到她的颤抖，一字一顿道，"不仅仅是我，教练也知道这件事。"

司念这下彻底说不出话来了。

尽管她猜到了一些，可真的被叶蜇声这样说出来，还是有点难以消化。

叶母倒是没多想，直接说："既然你知道了，你怎么想？"

叶蜇声看向母亲："我喜欢的是司念，和她的父亲没关系。"

叶母有点生气地说："你这想法太幼稚！婚姻是两个家庭的结合，除非你不想和她结婚，否则她的父亲怎么样都跟你有关系！"

叶蜇声直接道："有关系就有关系吧，我不差那点钱。"

叶母被他固执的言语气得都快冒烟，狠狠地咬牙指着他，叶父赶紧上前安慰道："蜇声这么说话也不是一天两天了，他从小到大都这样，你快别生气了。"

在丈夫面前，叶母难得有些小女生的模样："我还以为他恋爱了就会成熟一点！没想到什么都没变！真是太傻了！蠢蛋！不像我生出来的儿子！"

叶父还没说什么，叶蜇声就说："就是你生的，赖不掉。"

在叶母爆粗口的那一瞬间，司念目瞪口呆地看着叶母用不同国家的语言数落叶蜇声，那豪放的样子让她不由得联想到打游戏时的自己，颇有亲切感。

叶父一直在旁边看着，似乎很无可奈何，等了好一会儿，才拉住妻子提醒道："注意一下场合，注意一下形象，还有别人在呢！"

叶母仿佛突然反应过来一样，瞬间看向司念，看了半晌，破罐子破摔道："反正都看见了！还装什么装！不装了！累死了！"叶母直接坐到椅子上，用手当扇子不耐烦道，"我说白了吧，司念，我不讨厌你，虽然你比蜇声大几岁，但我觉得这倒是好事，我儿子太幼稚了，看看他那副样子，就得找个年纪大的管着他。"狠狠白了一眼自己儿子，叶母继续道，"不过我觉得你父亲那事儿还是要解决一下，我私下替你做了决定，你应该不会介意吧？"

司念愣了一下，问道："您替我做了决定？"

叶母点头说："是啊，我回国就不是打算来反对你们的，你们的比赛我也看了，挺精彩。我对你印象还可以，虽然我之前装得比较严肃，但那都是考验你的。"

司念直接听蒙了，傻乎乎地站在那。

叶母安然道："你就放心吧，你爸的事情我会给你处理好的，保证他以后绝对不会再碰那些东西。"

司念迟疑许久，还是说："可是我爸都那么多年的毛病了，我……"

叶母微微一笑，直接打断她的话："你也不问问我和你叔叔都是干什么的？那点小事儿而已，我们还能搞不定？"

司念满眼疑惑地看着眼前这对夫妻，真的是俊男靓女的搭配，难怪可以生出叶蜚声这样优秀的儿子。不过，以前她总觉得他们很高贵儒雅，现在怎么看都觉得像是道上的。

从酒店出来的时候，司念还处于困惑状态。

叶蜚声完全相反，自在得不行，他的问题都解决了，接下来就是享受了。

看司念一直闷着头不说话，叶蜚声问："你还在想我爸妈到底是做什么的？"

司念点头："到底是做什么的？看起来……"

"看起来不像是好人。"

叶蜚声替她补充了她没说完的话，吓得司念赶紧偷瞄他身后，生怕这些话被他爸妈听见。

"他们是律师，都是好人，只是擅长应付各种各样的人而已。"叶蜚声笑着说话，清隽的脸庞上露出的那抹笑那么好看，仿佛前阵子消沉颓丧的人不是他。

司念看着他这副样子，心里的那点小烦恼瞬间都消散了。

她脸上露出笑容，两个年轻人看着对方，昨日的那些分手和伤痛都成了今日甜蜜的修炼。只要他们在一起，曾经有过什么、未来要有什么，都已经不重要了。

司念扑到了叶蜚声怀里，叶蜚声紧紧抱住了她。

酒店门口，来来往往的人看着两人，只觉欣羡不已。

基地的人都知道司念出去给郑宇买日用品了。

但他们不知道，她买完日用品后和叶蜚声之间的关系又奇妙地回到了过去的状态，不是那种假装和睦的状态，而是真的很和睦。

而且叶蜚声看上去也比之前那种压抑消沉的状态好得多，他和人说话时甚至会露出笑容。

陈星航站在一边看着，谢源偷偷问他："航哥，声哥和念姐这是和好了吗？"

陈星航多了解司念啊，只看了一眼就说："肯定是。"

谢源"啧"了一声道："果然是天上下雨地上愁，小两口打架不记仇啊。"

陈星航白了他一眼："你哪那么多话说，好好想想你上次的发挥吧，下一场比赛绝对不能再那样。你要是再那样，信不信下了赛场蜚声和琛哥能把你弄死？"

听了这话的谢源浑身一凛，几乎可以想象到那个场面，瞬间面色苍白道："信……"

陈星航："那还不赶紧去练习？看什么热闹，也不看看都几点了！"

谢源耸耸肩，虽然有点怨念，但还是老老实实去练习了。

郑宇从房间下来拿自己的东西，眼睛还很红，他小心翼翼地和所有人交换视线，最后站在易琛面前，吸了口气说："教练，我……我拿了这些东西，是不是可以不走了？"

易琛没看他，一边低头整理文件一边道："这个你不应该问我，你去问大家。"

这里不像过去的老 PU 一样是以易琛和队长叶蜚声为首的一个团队，这里已经变成了一个家，大家都是新战队 WIN 的老板。郑宇自然不该只问易琛，也该问问大家的意见。

郑宇充满期盼地看向所有人，目光一个个扫过去，先看了纪野，纪野淡淡地勾勾嘴角，算是给了回应，他有了点信心，又去看方青子，方青子叹息点头，郑宇慢慢握起了拳。

然后，他就看向了叶蜚声。

司念和叶蜚声对视一眼，转过头看着郑宇道："你这次是认真的吗？不会再因为一些挫折就想逃了吧？"

郑宇飞快地摇头，特别坚定地说。"司念姐，你上次跟我说的话我全听进去了，我今天会回来也不仅仅是因为陈萱或者被逼着打假赛，我……"他哽咽道，"我是真的想念大家，我是真的想和大家在一起。"

人的眼神是最直接的，眼神做不了假。司念注视着郑宇的眼睛良久，抬手拍了一下叶蜚声的肩膀，叶蜚声从口袋里取出一把钥匙丢给郑宇，郑宇怔怔接住，听到叶蜚声平静道："这是你房间的钥匙，你自己拿着吧。"他略顿，又随意道，"你的队服我已经下了订单正在做，几天内会送过来，在这之前，你就先穿谢源的吧。"

谢源和郑宇年纪相近，身材也差不多，穿他的队服也合适。

但是，唯一还没有认可郑宇的，也是谢源。

郑宇低头沉默了许久，才鼓起勇气望向谢源，曾经和他关系最好，可也是被他伤害得最深的人。

谢源站在角落，半靠在一张桌子边，面上的表情并不好看。

他抗拒地望着角落，不回应郑宇的视线。郑宇犹豫了一下，终于还是迈出步子走了过去。

看见这一幕，司念朝大家使了个眼色，所有人都识趣地回了自己的房间。

易琛上楼的时候拉住了叶蛰声，跟他耳语了几句，叶蛰声便跟着他进了屋。

司念离得并不远，简单地听了一下，似乎听到了"比赛"两个字。

是有新比赛要参加了吗？

她想问清楚，但现在不是时候。易琛既然没告诉所有人，肯定是还没确定，她问了也是白问。

透过二楼扶梯看了一眼站在一起的两个少年，司念叹了口气，心事重重地回了自己的房间。

偌大的一层只剩下郑宇和谢源两个人。

谢源倏地抬头，冷漠地看着郑宇道："你现在回来还有什么好说的？当初你把我当傻子一样骗，所有人都猜到了你不会跟我们一起走，就我一个人在那眼巴巴地等着你，你那时候是不是在心里觉得我就是个白痴？"

郑宇抿唇道："不是，我们是兄弟，我怎么可能那么想？你明明知道我不会。"

谢源刻薄道："我知道个什么？我什么都不知道！我以前自以为很懂你！可是现在我不那么以为了！"他激动地抬起双手，"我受了骗！我被兄弟背叛了！你让我现在还怎么相信你？为了一个全明星赛你就能放弃大家，你让我怎么再接受你？"

郑宇到底还是哭了，泪流满面道："阿源，是我错了，我真的知道错。我当时鬼迷心窍，我现在真的后悔了，我后悔的不是被逼着打假赛、被不公平对待、被人排斥，我后悔的是我太晚明白我生命中最重要的到底是什么！我真的知道错了，我求你再给我一次机会，如果我这次还让你失望，那我后半辈子都不会再出现在你的视野里！"

谢源看着他痛哭流涕的样子，双拳紧握道："你知不知道你在承诺什么？后半辈子不出现在我的视野里？难不成你是不想再打比赛了？"

郑宇一字一顿道："如果我再犯同样的错误，那我也没颜面继续留在这个圈子里了，你可以把我今天说的一切都曝光出去，到那时候就算我不想离开，也不得不离开！"

郑宇这话说得重了，几乎是把自己最巅峰的职业生涯拿来做赌注。

谢源目不转睛地盯着他，郑宇坦坦荡荡地让他看，尽管依然有怯懦和紧张，可他此时此刻的模样比过去成熟了许多。

过了许久，久到郑宇以为谢源已经不会原谅自己了，不会给自己机会的时候，他终于听见了谢源的回应。

谢源深呼吸一下，抬手把他推开，一步步朝楼梯上走。

郑宇回过头看着他的背影，也不阻拦。

当谢源站在楼梯口往下看的时候，就看见郑宇茫然地望着这边，一脸绝望。

扶着楼梯扶手的手紧了紧，谢源收回视线冷声道："我没你那么卑鄙，做得出坑害兄弟的事情。如果未来你真的违背了你说的话，就算你不走，我自己也会走。"

说完，谢源快步走回自己的房间，郑宇站在楼梯下半晌，才明白他话里的意思。

谢源这算是原谅他了吧，至少算是给了他一次机会。

郑宇先是哭了，后来又笑了，笑得痛苦又快乐。

一切似乎尘埃落定，队伍重新回到了最初的模样，没有了司念，回来了郑宇。

司念当然也没有离开，作为教练团队的一员，她每天同样参与选手们的训练和日常生活，一切看上去变了，又似乎没有变。

房间里，电脑前坐着一个人，她不断刷新着微博上所有关于 WIN 战队的消息，看见了陈星航归队、粉丝落泪的新闻，也看见了司念退役选择成为 WIN 副教练的事。

这所有的所有，似乎都在嘲笑她，他们都可以开始新生活，她的影响力却只能随着时间的流逝渐渐消弭。

电脑屏幕前，任烟雨的手紧紧地握成拳，狠狠地砸了一下鼠标。

就在这个时候，她放在桌上的手机响了起来，是个陌生号码，她瞥了一眼，慢慢接了起来。

"是谁？"她冷淡地问。

现在还给她打电话的无非就是推销员，抑或"人肉"到了她新号码的粉丝。

但这次电话那头是个男人的声音，带着些资本家与生俱来的高傲："我是谁不重要，重要的是你是谁。"

男人的话让人迷惑，任烟雨故作镇定道："不要故弄玄虚，我现在没工夫跟你浪费时间。"

男人笑了一下，意味深长道："那就出来见个面吧，任小姐。我相信你也一定很想改变现状，哪怕不让自己过得好一点，也得让抛弃你的男人和那个男人的前女友痛苦一生。"

任烟雨瞬间清醒过来，谨慎地问："你到底是谁？"

电话那头只传来一句："可以帮你的人。"随后便挂断了电话。

看着被挂掉的电话，任烟雨半晌没有动作，接着她又收到了那个电话号码发来的短信。短信里写着时间和地点，意思很明确。

看着手机屏幕，任烟雨渐渐陷入沉思。

几天之后，易琛召集大家到一起，宣布了一件事："春季赛在即，大家必须加紧训练了。"

这话听起来简单，却让人兴奋，谢源最激动，问得也最直接："琛哥，我们能打比赛吗？你报上名了？"

这问题直接把易琛问住了，他半晌没说话，这样的反应让众人从兴奋中渐渐清醒过来。

"琛哥，是不是没成？"纪野谨慎地问道。

易琛慢慢地叹了口气，对大家说："也不是没成，还在谈。你们知道，有的人不希望我们参加这次比赛，哪怕我们上次的比赛惨败而归。"

叶蜚声眼都不眨道："早就料到陈旭阳会这么做。"

易琛看了他一眼，点头说："的确是他没错，但就算他从中作梗，我也有些人脉在，而且我也找到了帮手。"

陈星航道："不会是那个陈萱吧？她能不能相信我们还不知道……"

他的话还没说完，就有人打断了他，是司念："不是陈萱。"

司念打开门，从外面走进来，她一早就出去了，大家还以为她有别的事，没想到回来得这么快。

所有人都望向门口的司念，司念和叶蜚声、易琛交换眼神之后，对大家笑道："是一个大家都非常熟悉的人。"

她说完后就缓缓挪开身子，将门彻底打开。

门口的人西装革履，一脸笑意，的确是一个他们再熟悉不过的人。

一个曾经带领他们许多年的人。

"徐总？"纪野不可思议道。

来的人正是徐冲。

这么久了，再次见到徐冲，还真是久违了。

"没错，就是我。"徐冲走进来，十分绅士地替司念关了门，随后对大家道，"看到我很意外吧？也不知道你们还有没有在恨我，如果有的话，也请原谅。"他诚恳道，"毕竟我这次来，是来帮忙的。"

大家对徐冲的感情很复杂。

一方面，恨他为了赚钱而放弃经营多年的战队；另一方面，又对他真的恨不起来，毕竟那么多年的奋斗，他没苛待过他们一分。

看到他出现，大家心里既矛盾，又不可避免地生出信心，毕竟对付资本家，最有经验的还是资本家。

徐冲的到来给了大家巨大的信心。

同样，似乎是老天爷终于开眼了，在春季赛即将开打的时候，他们再次见到了失踪已久的陈萱。

这天，大家正在吃午饭，准备吃完午饭继续训练，哪怕他们还没获得比赛名额。

门就是这个时候被人敲响的，保洁阿姨开了门，看到门外身材高挑的小姐，纳闷地问道："您找谁呀？"

陈萱摘了墨镜微笑道："阿姨，这么快就不认识我了呀？我之前来过啊。"

她悦耳的声音吸引了不少人的注意，谢源是第一个发现她的，大老远就望了过去。

两人一对视，陈萱眯眯眼，谢源迅速转开头，和郑宇耳语："陈老头的女儿来了。"

看他那样子，陈萱莫名地笑了笑，谢过开门的阿姨之后款步走进屋，冲着坐在那边吃饭的所有人说："大家不用因为我耽误吃饭，我也不算是外人了，咱们是统一战线的队友，不是吗？"

"这话说得有点早吧？"谢源皱着眉道，"我们还没决定信不信你呢。"

司念望着陈萱，并没反驳谢源的话，其他人也没有。陈萱一笑，说道："看来我之前送来的诚意还不够，那就再来一份吧。"她从背包里取出一个信封，几步走到餐桌前，拆开放到桌上，笑吟吟道，"再加上这份，应该够了吧。"她特别指定道，"我觉得这些内容由司念小姐来看更好。"

司念闻言微微凝眸，先是看了一眼叶蜇声，又看了看易琛，最后思索了一下，拿起了信封。

信封拆开来看，是一沓照片，照片上的人，司念十分熟悉。

她二话不说，直接把照片递给了陈星航，陈星航疑惑地低头一看，看完后脸色瞬间变了。

照片上的人，正是任烟雨，和任烟雨见面的人，是陈旭阳。

他们在谋划什么，稍微想想就知道了。

他们的前路，还真是布满荆棘。

春季赛在即，备受争议的新PU在参赛之前忽然要对外举行记者发布会，说是要澄清线上所有PU的负面传闻，并且解释为何老PU成员集体出走，一改过去对此只字不提的态度，实在令人惊讶。

除此之外，网络上还流传出一段据说是在PU现任老板陈旭阳不知情的情况下录的视频。视频里陈旭阳一脸惋惜和遗憾，仿佛对队员的离去很伤心、很无奈，言语之间更是不断暗示自己受了欺骗和要挟，甚至还有一堆叶蜚声以及其他成员要求高薪否则就离队的消息放出来。一时间，所有矛头都指向了那群没权没势的年轻人。

看着舆论渐渐倒向陈旭阳，还有不少粉丝脱粉回踩，说他们拿了冠军就膨胀，现在打不好比赛不说，还满脑子只想着钱，对他们非常失望。

谢源和郑宇第一个忍不住了。尤其是谢源，激动地拍着桌子道："这个王八蛋，不用说我都知道这肯定是他搞出来的东西！真是太卑鄙了，居然请水军黑我们！还好意思说我们拿高薪要挟他，明明是他拿高薪诱惑我们！"

郑宇坐在他旁边说："我还在那边的时候就看到好多营销公司的人去见过他，他应该是早有预谋，我们总不能就这么放任他继续黑我们啊，要不然……"

"要不然我们就不可能参加春季赛了。"纪野冷不丁地开口，补充了郑宇没说完也不敢说完的话。

郑宇望着他，纪野直接看向叶蜚声："上次陈萱带来的东西，估计会对司念和航哥很不利，同样很可能还会连累你。声哥你怎么看？"

叶蜚声这会儿正在吃水果，一盘草莓被司念洗得干干净净，吃进嘴里美味极了，所以哪怕发生了不愉快的事情，叶蜚声也没有过于生气。

他脸上甚至还带点笑意，淡淡地说："稍安毋躁。"

"怎么稍安毋躁啊？声哥！"谢源着急地说，"再这样稍安毋躁下去，我们就没比赛可打，彻底无法翻身了！"

郑宇拍了拍谢源的手，安抚道："你别慌啊，这不还有机会吗？前不久徐总也来过，徐总虽然不做电竞了，但关系还是在的，他说会帮我们，就肯定有机会。"

谢源泄气地坐在沙发上，抱怨道："真郁闷！这过的是什么日子！我只是想安安心心打比赛而已！为什么要管这些弯弯绕绕？"

好像这句话引起了叶蜇声的兴趣，易琛出去忙了，留在基地安抚队员们的事移交到了他这个队长头上。

抽了张纸擦擦手，叶蜇声抬头望着谢源道："我们都有同一个梦想，只可惜现在圈子里混进了一颗老鼠屎，坏了一锅粥，我们现在必须处理好这件事，以后才能过自己想要的生活。"

司念走到谢源身边，温和道："蜇声说得对，处理好这次的麻烦，以后我们都可以顺顺利利、安安稳稳了。"

谢源有点迟疑地看着司念："真的可以吗？"

司念没说话，而是望向叶蜇声，叶蜇声睨着谢源，笃定地说道："我认为可以。"

司念耸耸肩笑道："那你相信 Kill 的话吗？"

这话说得！谢源直接笑了，挠挠头道："不信的话，打比赛的时候是不是要被中单放养？"

司念直接笑出了声，气氛也没那么僵凝了，司念和叶蜇声对视一眼，两人默契地选择了沉默。

等人都散了，司念才去了叶蜇声的房间，她回身关上门，看到叶蜇声坐在床边，手里捏着个精致的小盒子在打量。

"你看什么呢？"她问着，却也不在意，直接换了话题说，"琛哥那边想好了要怎么处理这些事吗？刚才听你说得那么笃定，我都觉得你们早就计划好了，只是没告诉我们。"

叶蜇声握紧手里的盒子，转头凝视司念道："我不会瞒你任何事，就算我们有什么决定，我也会立刻告诉你。"

司念意外道："你今天看起来和平时不太一样。"

叶蜇声收回目光，有点自嘲地笑了笑说："大概是现在的生活太理想化了，觉得有点不真实，整个人有些飘忽。"

司念坐到他身边，说道："你也会有那种感觉吗？我以为只有我们凡人才会有那样的感觉，原来神仙也会有吗？"

叶蜚声抬手按在她的肩上："我不修仙很多年了。"

司念笑望着他："那以后要做人类了吗？"

叶蜚声问她："做人类是不是就要问红尘了？"

司念："那当然了，人类总是被红尘俗世困扰，你下了凡可就落下神坛了，考虑清楚了？"

不知道是这句话里哪个词戳到了叶蜚声，他忽然变得很严肃，搞得司念都不得不收起脸上的笑容。

"怎么了？"她轻声道，"我哪里说错话了吗？"

这样的状态让人回忆起前段时间那次几乎真的导致分手的意外。

大概也意识到这一点，叶蜚声渐渐缓和了脸色，但依旧很严肃。

他用从未有过的谨慎眼神看着司念，然后突然起身，单膝跪在了她面前。

司念瞬间愣在那里，不可思议地望着他。

叶蜚声握着她的手，另一只手举起了刚才一直紧紧握着的精致小盒子。

他一眨不眨地盯着司念，眼底映着她有些紧张的影子，说出口的话不自觉压低，带了些沙哑的味道。

"司念。"他郑重其事地连名带姓叫她。

司念晃了晃神，被他握着的手缩了一下，但被他再次坚定地握住。

"别动。"他开口，司念立马不动了。

一点点握住司念的手，手指摩挲过她的手心，像是在慎重地画上属于自己的标志。许久后，叶蜚声再次抬起头，司念忐忑不安地和他对视，紧张道："你怎么了？奇奇怪怪的。"

"奇怪吗？"他反问着，漫不经心的样子。

司念干笑："嗯，很奇怪。"

叶蜚声缓缓勾起嘴角，单手打开了那个一直握着的盒子，当里面的东西展现出来的时候，司念所有的疑惑都消失了。

他此刻所有的行为，都显得无比合理。

"我曾经说过的话，不是说说而已。"他开口，语调认真严肃，"我的确很年轻，比你小好几岁，但我不觉得我像你说过的那样还没定性。我很清楚自己想要什么，或许曾经糊涂过，但以后再也不会了。"他拉长语调，"我说过要和你结婚，给你安全感，所以……"他把盒子举到司念面前，毫无疑问，里面是一枚戒指。

司念立刻便热泪盈眶了，空着的手抬起来捂住嘴，眼底满是不可思议。

"所以，这是给你的。如果你愿意，我就给你戴上，有了这个我们就算订婚了。我不喜欢搞那些形式，但只要你想，我可以给你你想要的那种婚礼。"

他的言语太过真诚，司念心底的那种不真实感全部消失得无影无踪。她看着他，吸了吸鼻子笑道："你这是干吗呀，突然这样搞得我一点防备都没有，我都不知道该怎么回答你了。"

叶蜚声皱皱眉，轻声嘟囔了一句"这个纪野果然又出馊主意"，等司念想要追问的时候，立刻转口道："为什么不知道怎么回答我？你现在只要点头然后让我把戒指给你戴上就好了。"

司念眨着眼看着他："就这么简单吗？"

叶蜚声理所当然道："当然。"

司念沉默几秒，道："但那是不是太便宜你了？"

叶蜚声脸上渐渐露出错愕诧异的表情，看得司念开心不已。

她破涕为笑，接过他手上的首饰盒，打量着里面的戒指，不管怎么说，叶蜚声虽然每天都忙着训练，穿衣打扮也总是一种风格，但审美观还是有的。

他买的戒指很漂亮，克拉数不小也不会太土豪，戴在手上很日常又不会扎眼，不管从哪个角度来看，都完美无缺了。

不过，虽然心里这样想，司念嘴上却说道："别人求婚都一堆人见证，还有鲜花和气球，你呢？"她有点委屈道，"就我们俩，房间里跪一下就算完了？"

如果说之前叶蜚声的表情只是带着些微的诧异，现在就是极度诧异了。

他愣了半晌，才试探性道："还要那样吗？"

司念看着他的眼睛，再看看手里的戒指，好整以暇地沉默了许久，才一脸严肃地对他说："不管那些了，把戒指给我戴上吧。就像你说的，我们这样算是订婚了。"她稍微靠近他，"蜚声，这样的订婚就我们俩知道，如果你以后要反悔，也是可以的。"

叶蜚声立马说："我绝对不会反悔，你最好也不要。"

叶蜚声扣住她的肩膀，不让她动弹，用双手虔诚地把戒指给她戴上，然后变魔术似的又从口袋里取出一个盒子，打开之后递给她道，"现在轮到你给我戴了。"

司念接过盒子，并没立刻给他戴上，反而安静了下来。

叶蜇声看着她，问："怎么了？现在就想反悔了？"

司念摇摇头，没看他，只是看着戒指，过了一会儿才说："戒指戴上可就不能摘了，你真想好了？"她看着他，"我已经不需要上台了，戴上戒指也没什么，但你不一样，你还是选手。"她认真道，"你的手备受关注，你要戴着它上台吗？"

对于一个知名职业选手来说，操作键盘的左手无名指上戴了结婚戒指，在比赛直播中根本无法避免不被大家看到。

一旦这样的画面播出去，很多事情就尘埃落定，无法更改了。

司念的慎重和担忧都是因为他，她的犹豫同样也是因为他。看起来他还真是个不成熟的男朋友，需要女朋友为他考虑那么多。

叶蜇声缓缓站了起来，也把司念拉了起来。

他什么也没说，只是自己握着她的手，把戒指给自己戴上了。

当戒指戴在他左手上那一刻，两个人的心情都瞬间有了变化。

叶蜇声把司念的手和自己的手放在一起，阳光透过窗户的镜子洒进来，司念怔怔的没说话，叶蜇声沉默着，时间静悄悄流逝。很久后，他才开口说："从今往后，你站在幕后，由我代我们一起，在台前熠熠生辉。"

一切犹如暴风雨来临之前那般平静，谁也没再提过那件事该怎么办，大家仿佛都很有默契地保持着沉默。直到有一天，易琛忽然开口了。

"吃完饭大家都穿上队服，收拾一下跟我出去一趟。"

司念正在夹菜，听到这话便问："有什么事吗？"

春季赛马上就要开打了，他们依然没拿到名额。有关系不错的人直接挑明说了，陈旭阳不让他们参赛，如果他们要参赛，就让新PU的战队退赛。要知道目前来说，WIN只能算是个不知名的新战队，相较于PU这种老牌战队可以带来的效益是不能相提并论的。这种决策之下，大家会怎么选择显而易见。

"不是很重要的事，但需要大家一起去，不要想那么多，很简单，就当出去玩了。"易琛淡淡道，"我们也好久没一起出去玩了不是吗？"

司念看向叶蜇声，两人对视一眼，谁也没再说什么，倒是谢源毫无兴致道："我根本没心思出去玩，被认识的人看到还不够丢脸的吗？我们练了这么久，我敢保证再打一次 ZEC 都可以赢了，结果却连比赛名额都拿不到！"

谢源说得太直白了，直白到大家脸上的表情都不太好看。但易琛好像没受任何影响，继续温和平静道："不要满嘴怨气，就是担心你们心态崩，才要提前带你们出去走走，听我的话，你今天回来一定会高兴。"

谢源怀疑道："真的吗？"

这下倒轮到郑宇来安慰他了："肯定的，琛哥什么时候骗过人啊？走吧，咱们一起上去收拾收拾，好久没出门了，我得好好洗个头。"

话题转移，气氛好了不少。吃完饭，谢源就和郑宇一起上楼了；陈星航也去收拾东西，纪野看着方青子，起身和她一起去帮煮饭阿姨收拾桌子。

"你们俩也去准备一下吧。"

等人都走了，易琛对司念和叶蜇声说："我也不瞒你们，今天有重要的事，到了之后你们记得安抚一下大家的情绪，别出什么乱子。"

或许是对他们俩比较有信心，易琛坦白说了今天的事情："是陈萱让我安排大家过去，直到现在我也无法确定她到底可不可信。但我想，事已至此，我们怎么也得搏一搏。"他推了推眼镜，慎重道，"我以前从来不会做这种选择，但今天想要试一试，你们会支持我吗？"

会支持他吗？这问题其实根本不是问题。

司念在他问完之后就笑了，直接伸出手，手心朝上。易琛看着，眨了一下眼，缓缓伸出手，手心朝下，握住了她的手。

司念看向叶蜇声，叶蜇声勾勾嘴角，也伸出手，放在了最上面。

三个人，紧握着对方的手，有些话即便不说，大家心里也很清楚了。

一切收拾妥当，所有人乘车出发。

易琛的商务车简直就是为了战队而购买的，空间很大，所有人坐在里面也不觉得挤。

易琛开得很稳，但目的地似乎很远。

谢源看着窗外，有点不确定道："我们这是去哪啊？怎么感觉路线有点熟悉？"

是啊，这路线简直太熟悉了，过去的一段日子里，他们几乎都不敢走这条路，因为只要一走，就会想起过去在 PU 的一切。

这是去 PU 基地的路。

"我们不会是要去那个地方吧？"谢源茫然道。

易琛并没回答他，叶蛰声见状，直接拍了一下谢源的肩膀道："去哪不都可以吗？难不成你不敢去那儿？"

谢源不服输的劲儿上来了："谁说我不敢了？我又没做亏心事！"

叶蛰声淡淡道："那不就行了？"

话是这样说，心里还是有点忐忑，谢源表情复杂地看向身边的郑宇，他坐在那里，脸色比自己还白。

左右为难、五味陈杂，难以描述大家此时的心情，当车子真的停在那熟悉的基地门口时，他们都不约而同地红了眼眶。

"瞒着你们，是担心你们来之前会拒绝。既然已经到了这儿，就告诉你们是什么事情吧。"停好车，易琛转过头望着大家，"今天这里要召开发布会，就是你们之前在网上看到的那个，陈旭阳要对媒体公开一些消息，目的是洗白自己和现在的PU。"顿了顿，他强调道，"当然，还有彻底毁了我们。"

易琛说这话的时候表情特别平静，虽然语调略有起伏，但也仅仅是略有起伏而已。

谢源当时就有些站不住，但还来不及和易琛说什么，一个女声就传了过来。

"大家都准时到了，真好，我还担心你们会因为怀疑我而不来呢。"

是陈萱。

所有人朝那个方向望去，陈萱一身职业装，身姿娇美，脸上挂着自信诚恳的笑容。

"看谢选手的样子，应该是吓到了吧？真可爱。"她掩唇轻笑，意味深长地看了一眼谢源。她那眼神一针见血，谢源瞬间挺直了脊背。

瞧见这一幕，陈萱眼睛一亮，深深地看了他一眼之后再次开口道："我知道大家一定对今天的事情有诸多不安。但请相信我，我将我的一切都摊开在你们面前让你们看，我自己都不怕，你们更不必担心。"

谢源硬着头皮说："谁说我们怕了？"

陈萱莞尔一笑："不怕啊？那最好了，就请一起跟我来吧，现在到需要你们出场的时刻了。"

他们出场的时刻？那是怎样的时刻呢？

当司念等人一起站在一扇门前的时候，陈萱立在门边，温和问道："大家准备好了吗？"

司念看看身边，叶莹声笔直地站在那，她心中那一丁点小小的忐忑，都被他的身影无声地安抚了。

"陈小姐安排就是，既然来了，我们就选择相信你。"易琛简单地说了句。

陈萱微微一怔，眼底闪过一些情绪，不是那种精心装饰后的运筹帷幄，而是一种被人信任，并且终于可以得偿所愿的痛快。

"多谢。"

她简单地回了一句，随后便朝身边的人抬抬下巴，那人立刻推开了他们面前的大门。

当大门推开之后，大家也看清楚了里面的情形，房间里坐满了来自各地的媒体。大家的镜头都正对着房间中央的陈旭阳和任烟雨，任烟雨正哭得梨花带雨，听见开门声也没理会，倒是媒体们先发现了司念他们。

"那不是 WIN 的选手吗？"有媒体低声道，"他们怎么来了？不知道今天的发布会是毁他们的吗？还有那不是陈萱吗？陈旭阳的女儿怎么和他们站在一起？"

最后这个问题，陈旭阳也有点搞不懂。

他眯眼望向门口，清了清嗓子，对着话筒道："萱萱，怎么回事？这边在开发布会，不要把闲杂人等带进来。"

这话说得正中陈萱下怀，陈萱微微一笑，从下属手里接过话筒，意有所指道："爸，你这话说得对，他们对你来说的确就是闲杂人等，否则你也不会拆不散他们就要搞得他们彻底在圈子里混不下去。"

陈萱的话一出，立刻引起了轩然大波，大家吃惊地看看她又看看陈旭阳。这对父女相残再加上新旧 PU 的纠葛简直不要太火爆。几乎是一瞬间，本来对着任烟雨和陈旭阳的镜头全部对向了陈萱，陈旭阳紧张地想说什么，陈萱直接抢在前面道："那位任小姐也演得差不多了，大家该直播的都直播出去了吧？那到我和 WIN 成员的时间了。"

她让开身，让司念他们都走进来，穿着 WIN 队服的大家在这扇门打开之前或许有各种担忧，可当这扇门打开之后，他们立刻就拿出了最无懈可击的状态面对所有人。

看着他们，陈萱十分满意，直接几步走到郑宇身边，拍着郑宇的肩膀道："这位大家应该都不陌生吧？不错，这就是目前还在 PU 担任辅助选手的郑宇。他之前在全球总决赛上和他身边站着的这些老队友一起拿到了世界冠军，可在全明星赛上表现极差，你们猜猜这是为什么呢？"

这的确是大众非常关注的问题，明明是同一个选手，前后表现却相差甚多，让人根本摸不着头脑。

"放心，大家无须困惑，由我来告诉大家一切究竟是怎么回事。"陈萱抬起手，操作着遥控器，很快，陈旭阳身后的大屏幕就变了画面，出现的视频司念他们再熟悉不过，正是陈旭阳威胁郑宇他们打假赛的视频。

在场的现任 PU 队员，包括沈行，就是视频里的一员，他们看见那画面都慌乱不已，生怕自己从此再也没机会打比赛，瞬间倒戈道："我们都是被逼的！不是视频里面那样的！我们也是迫于无奈才打假赛的，不然陈总会毁了我们！"

打假赛，这三个字太敏感了，简直是爆炸性的。

媒体都疯了，一窝蜂地冲向陈旭阳，陈萱看着那一幕，脸上并没什么战胜之后的得意，反而有一股淡淡的失落。

谢源看到她那样，皱皱眉，犹豫许久，还是走过去说了句："你不高兴吗？得偿所愿了。"

陈萱一怔，似乎没料到他会和自己说话，迟疑了几秒才说："还不够。"

谢源不解："什么？"

陈萱摇摇头说："还远远不够。"

谢源惊讶地看着她。随后，他就了解到了这个女人的厉害。

铁证如山的视频播放完毕，另一个视频紧接着跟上，是陈旭阳跟任烟雨谈话的视频。两个视频的拍摄位置一样，应该是陈旭阳办公室里的同一个摄像头录制下来的。

陈旭阳对女儿根本不设防，完全没料到自己的言语会被偷拍。眼看着他和任烟雨一起想要黑司念跟陈星航的那些恶心话语全曝光了出来，任烟雨尖叫一声，想要逃跑，结果直接被陈星航给拦住了。

"我给过你机会了，你自己不珍惜，现在，我们连朋友也没的做了。"他看着任烟雨道，"今天的事情没结束之前，你一步也别想离开这里。"

任烟雨看着眼前这个男人，诧异的眸子里映着他的身影，他面容冷峻，话里完全不留情面。她仿佛回到了他得到世界冠军的那一刻，他站在荣誉之巅，那般光辉荣耀，又离她那般遥远。

司念收回注视他们的视线，下意识握住了身边人的手，叶萤声反握住她，摩挲着她手指上的订婚戒指。

"你疯了吗？你知不知道自己在做什么？"陈旭阳接近癫狂地从人群中冲出来，

拉住陈萱一顿质问，那模样看起来疯的分明是他自己。

陈萱直至此刻才笑了，笑得也危险极了。

"我疯了吗？这问题不该问问你吗？你当初是怎么对我妈的，你现在就要有什么下场，明白了吗？"她近乎质问的语气让陈旭阳浑身发抖，看上去随时可能对陈萱做出危险举动，陈萱就站在那盯着他，根本不闪躲。

就在这个时候，谢源冲了上去，挡在她面前，以保护的姿态道："陈总，这么多媒体看着呢，你已经这样了，最好还是保持一下风度吧，旭阳资本的人都看着呢。"

陈萱惊讶地看着谢源的背影，这么多年了，还是第一次有男人保护她，她恍惚地站在那，陈旭阳直接被突然出现的旭阳资本董事会成员们给吓傻了。

"陈总，本来我们就不支持你涉足这个行业，如今你做了也就算了，居然还干出这样的事情，要不是你女儿提醒，我们这些股东还被蒙在鼓里，让你把旭阳资本给连累了！"一个大股东站出来道，"我们已经商量过了，决定紧急召开董事局会议，投票撤掉你的董事长职务！"

陈旭阳怒目道："你没资格！我持有公司百分之四十八的股份！你只有百分之四十，你凭什么这么决定？"

大股东淡淡笑道："凭什么？就凭你女儿已经把手里百分之十的股份卖给我了，我现在持有公司百分之五十的股份，可以了吗？"

太多刺激的消息传来，年纪大了的陈旭阳根本承受不住，在这个时候晕了过去。

或许，这样的时候晕过去对他来说，才是最好的。

第十五章
扬帆起航

一切似乎都从陈旭阳晕倒在发布会之后发生了转变。

几乎是一瞬间，司念他们几个人就被推到了风口浪尖上，但这次他们没有被骂，没有被谴责，而是被心疼。

"如果之前，我看这些留言肯定觉得十分肉麻。"谢源拿着手机，已经保持这个动作一上午没变过了，他一边不断刷新留言一边感慨道，"但是现在看着这些留言啊，只觉得心里舒服多了，这都是我们应得的。"

被误解、被辱骂，过去那些让人觉得不美好的回忆大家嘴上不提，其实心里都记得。

没人愿意一直被人误会，有今天这样的转机，是大家以前只敢在梦里想想的事情。

郑宇坐在谢源身边，借着他的手机看内容，脸上既期待又忐忑，好在那些内容并没有指责他没和大家一起退队的。郑宇看着，心中既庆幸又落寞。

他抬头望向不远处，易琛和司念还有叶蜇声三个人在一起。易琛坐在椅子上正在操作电脑，叶蜇声和司念站在他身后，方青子正在给大家泡咖啡，泡好了就一个个发过去，最后发到他们三个人。

"在研究什么呢？"方青子好奇道。

司念挪开了一点，看向同样很关心这个问题的其他人，微勾嘴角笑道："研究报名表呢。"

"报名表？"方青子面上一喜，凑近电脑看了看，瞬间激动道，"我们可以参加春季赛了？"

　　她的话成功地让其他人装不下去了，一溜烟地跑到这边围住易琛，谢源激动地嚷嚷："真的吗？我们可以参加春季赛了？不用再看人家打了！"

　　司念望向易琛，易琛抬起头，推了推眼镜道："徐总已经搞定一切，我们只要提交表格就可以了。刚才我已经把表格提交了，现在，我可以确切地告诉你们，我们可以参加春季赛了，你们一定要好好准备。"

　　易琛从来说一不二，他说可以参加了，那必然是可以参加了。

　　谢源激动得热泪盈眶，和郑宇抱在一起，纪野看看他俩，又看看方青子，方青子脸一红，赶紧跑了。司念收回视线瞄了一眼身边的叶蜇声，还不等她有什么动作，叶蜇声便长臂一伸霸道地揽住了她。

　　他甚至还故作镇定道："需要那么激动吗？这不是迟早的事情吗？从一开始我们参赛的阻力就只是陈旭阳，现在陈旭阳完蛋了，我们当然可以参加了。"

　　叶大神就是这样，哪怕心里面特别激动、特别高兴，面上也要冷淡三分，仿佛只有这样才能彰显出他的与众不同。司念笑着抬手捏了捏他的脸，叶蜇声皱着眉躲开，看上去不太喜欢，嘴角却扬着。

　　"不装你会死吗？"司念笑骂了一句。

　　叶蜇声抬手捏住她胡作非为的手，用眼神威胁她，司念立马投降了。

　　训练的时光总是过得飞快，在他们训练到手感最好的时刻，他们终于迎来了春季赛。

　　换上崭新的队服，男生们一个个意气风发，女生们也都神采飞扬。

　　司念换好衣服从房间里慢慢走了出来，瞥了瞥盯着自己的其他人，尴尬道："我这样穿是不是很奇怪？"

　　奇怪吗？其实一点都不奇怪，只是她第一次尝试穿得这么正式。

　　司念穿着平时易琛才会穿的正装，蓝色的条纹衬衫和黑色的西装外套，加上一条牛仔裤，其实挺混搭的，但是总比套上一条 A 字裙或者西装裤来得舒服。

　　低头望了望自己的裤子，司念看着易琛为难道："不穿西装裤可不可以啊？我记得上次别的战队的教练也没穿得那么正式。"

　　易琛站在不远处看着她，嘴角始终挂着笑，听见她的话，他眼镜片后的眸子都弯了："可以，也不是一定要你穿得那么齐全，穿着齐全只是我的个人习惯。"

　　好像真的是这样，司念仔细想想，过去易琛每一次上台的时候都是西装革履或者衬衫西裤。

听到自己不用穿西裤，司念松了口气，脸上堆满了笑容，望向自己最重要的人。叶蜇声就站在易琛不远处，单手托腮望着这边，面上的表情看不出什么来，但作为爱人，司念很清楚他此刻在想什么。

清了清嗓子，司念走上前，替他整理了一下队服。春天了，S城已经暖和起来，穿着短袖T恤的男生们在外面再搭一件外套就可以了。司念看着他外套上WIN的队标和直播平台的赞助标志，这些东西那么熟悉，却也那么难得。

这一切都预示着，他们将会越来越好。

"准备好了吗？"

给叶蜇声稍微整理了一下队服，司念开口说了这样一句话，并不仅仅是对叶蜇声一个人说的，而是对所有人。

谢源和郑宇对视一眼，纪野脸上难得挂了笑容，陈星航靠在易琛身边勾着嘴角，方青子抱着背包随时准备出发。司念伸了个懒腰，朝大家伸出手，所有人默契地将手放在一起。那久违了的口号，从每一个意气风发的人口中喊出："WIN必胜！"

这是阔别赛场已久的老PU成员再一次参加比赛，这是具有历史意义的一幕。

人们几乎忘记了和他们对战的是哪一支战队，那一支被忽略的战队也并不觉得受到轻视，他们同样十分尊重自己的对手。

当所有人完完整整站在舞台上接受大家的欢呼声时，司念站在后台，悄悄地抹了抹眼角的泪水。

她今天不是作为选手来参加比赛了，但她并没有离开这个舞台，只是换了一种更长久的方式留在了这里。

她感慨于自己选择的正确性，也并不觉得站在幕后没什么不好。

当选手们坐到比赛的位置上，作为教练她该上台了。

司念下意识后退了几步，把位置让给旁边的易琛。易琛和往常一样西装革履，戴着无线耳机，永远是一副最专业的教练模样，仿佛只要有他的存在，WIN就可以所向披靡。

然而这一次，易琛并没有像往常一样潇洒利落地走出去，他站在甬道尽头，在司念让开位置的时候按住了她的肩膀。

司念惊讶地看过去，易琛没说话，只是安静地摘掉了自己的无线耳机替她戴上，司念整个人都愣在了那里。

"该你上场了。"做完这一切，易琛这样说道。

司念慌了，紧张道："琛哥，我……"

易琛直接打断司念的话："你已经学习得够久了，这段时间你表现得非常好，可以做好这一切，相信我，快去吧，别让大家等你。"

司念根本没办法就这样上台，她眼神复杂地看着易琛道："琛哥，这是你的位置，我刚接触教练这个职位，你让我就这样上台，我做不好。"

易琛严厉道："你觉得我看人的眼光有问题吗？"

司念赶紧摇头。

易琛："那你就该相信我的选择。"

司念难过："可是，你怎么办？"

易琛闻言一怔，随后微微笑道："我当然还在这里啊，难道一个战队要让总教练上台才能打好比赛吗？你这个主教练是不是太没用了？"

司念无奈一笑："可是琛哥，你都不告诉我一声，我一点准备都没有啊。"

易琛将她上下一扫："这不是让你准备了吗？"

司念："……"

"快去。"易琛直接把司念推了出去，当聚光灯落在她身上的时候，她已经无法闪躲。

既然已经出来了，就没必要再畏畏缩缩，她也是 WIN 的一员。易琛的话没说错，他总不能一辈子跟战队上台，就像司念一样。他也有他的选择，他身兼数职，既是他们的教练也是他们的战队经理，他总会陪在他们身边，用他喜欢的方式。

司念抬头挺胸，面带微笑地走到选手们身后。叶蜚声回头看了一眼，嘴角微勾的英俊脸庞被镜头捕捉到，台下的观众们看见这一幕都尖叫出来，隔着屏幕看直播的观众们八卦之火也在熊熊燃烧。

紧接着，镜头就切到了叶蜚声放在键盘上的左手上，那上面的戒指太显眼，显眼到让人根本无法忽视。它代表的意义，大家也都很清楚。

而他们，也在司念的左手无名指上看到了那枚戒指。

他们要结婚了，至少已经订婚了。

真好啊，经历了那么多起起伏伏，终于修成正果，这是所有人都喜欢的圆满结局。

坐在后台，看着大屏幕上转播着纪野华丽的操作、冷酷的面容，方青子也甜蜜地笑了。易琛看看她，觉得放眼望去，这队伍里的每一个人都好起来了，除了他。

是的，除了他。

低下头，易琛想起了夏冰淇，想起她因为他受过的伤害，他有些烦恼地按按额角，闭上了眼睛。不多时，他听见开门声响起，以为是司念回来了，但睁开眼看过去的时候，站在门口的人不是司念。

是……夏冰淇。

几乎觉得是自己产生幻觉了，易琛还摘掉眼镜揉了揉眼睛，但揉完之后再戴上，看见的还是夏冰淇。

"就是我，你没看错。休息了好一阵子，我也得复工了。"夏冰淇大大方方地走进来，找了个位置坐下，伸了个懒腰道，"就是不知道琛哥能不能收留我啊？PU 都快解散了，我没地方可去了。"

很难形容易琛当时是什么表情。

那是夏冰淇第一次在他脸上看到他因为她而产生的喜悦和欣慰。

她怔了一下，随后便笑了，上前几步与他对视。她本没想做什么，但几秒钟之后，易琛朝前一步，抬手揽住了她的肩膀将她抱在怀中。

夏冰淇愣在那里，不可思议地看着眼前的人，他的相貌一点变化都没有，还是原来的样子。但是他给她的感觉与以前截然不同，因为他已经浑身不再充满拒绝的气息。

夏冰淇微微低头，尝试性地把下巴放在了易琛的肩膀上。易琛的身体一点都没有僵硬，他仿佛全身心地在接纳她，这个信息让夏冰淇红了眼睛。

"那个，我不想再误会你的意思，所以，你现在抱我，只是因为久别重逢，还是……"最后的话她没说出口，因为不知道该怎么说，也不好意思再说。

过去的她直接、张扬，什么都表现在脸上，现在的她已经不是以前的她了。她已经不想再自以为是了。

然而就在她变得越来越小心翼翼的时候，易琛拉开两人之间的距离，紧盯着她的双眸说："虽然我不敢说我现在对你是百分百的喜欢还是其他什么，但是……"他抬手抹去她脸颊上的泪水，柔声道，"我想试着去喜欢你，这样的话，未来大家都会很快乐。"

夏冰淇满脸错愕地看着他，连声音都带着颤抖："琛哥，你……你是说真的吗？"

真的吗？当然是真的，因为易琛从不开玩笑。

他甚至不需要回答，再次抱住她。

方青子在不远处看着这一幕，不由自主地拿起了手机。手机画面停留在短信页面上，是某人上赛场之前发来的。

很久以前，她以为自己这辈子都不可能像喜欢叶蛰声那样喜欢上另外一个人，现在看来，那不过是当时的自以为是罢了。

人的感情真的会变，情感是需要经营的，长久以来的陪伴，早就换了她心里的那个人。看着短信页面上停留着的一行字，方青子眼底盈满了笑意。

发信人是纪野，他说，等他再拿到冠军那一天，会向她求婚。

一栋豪宅里，没有了恶心的继母与父亲，陈萱坐在空荡荡的一楼的沙发上，看着巨幕电视转播的比赛实况。

比赛画面常常会切换到对节奏把控非常完美的谢源身上，他操作的打野皇子特别强势，完全一改海成杯比赛上的姿态，成了让对手跪下投降的打野之王。

晃了晃手里的高脚杯，陈萱微笑着抿了一口红酒，想起谢源那副单纯的样子，嘴角意味深长地勾了起来。这是她人生中第一次对异性产生某方面的兴趣。

画面再次切换回赛场上，第一场比赛已经结束，毫无疑问，WIN 大获全胜。

第二次比赛马上要开始，作为目前 WIN 的主教练，司念再次上台与大家见面。她慢慢走到队员们身后，戴着耳机的她听不见台下观众们的尖叫声。

耳机里，她镇定地对大家说："下面，我们来看要 Ban 掉哪个英雄吧。"

一切都是最好的安排，各司其主，每个人都在未来自己想要发展的道路上往前走着。

当然，他们也会有走下舞台的那一天。退役是每个选手都要面临的现实，哪怕是叶蛰声这样的天才型选手。

不过哪怕退役了，他们依然可以在不同的领域续写他们的传奇。

若干年后。

盛满阳光的房间里，地面上铺满了卡通垫子，小男孩和父亲依靠着坐在那儿，仰头看着电视机上转播的《英雄联盟》比赛。

小男孩眨巴着眼睛道："爸爸，他们在干什么啊？"

父亲说："他们在比赛。"

小男孩不解地道："这是什么比赛啊？"

父亲："《英雄联盟》职业联赛。"

"他们穿的衣服和爸爸柜子里的好像哦。"小男孩懵懵懂懂地说。

父亲想起衣柜里封存起来的队服，笑着摸了摸儿子的头说："好看吗？"

小男孩点点头，颤颤巍巍地爬起来，到抽屉里拿出一张照片，跑到父亲面前道："我长大也要像这样！"

父亲低头看着孩子手中的照片，那是他们很多年前重新回到赛场上时一起夺得世界冠军的留影。

看着照片，记忆仿佛就回到了那个时候。

"爸爸？"看父亲不说话，小男孩催促着，但回答他的不是父亲。

他的母亲从门外走进来，手里拿着烤好的蛋糕。母亲走过去，蹲在他旁边问："宝贝儿，你手上拿着什么？"

小男孩说："不知道，但里面有爸爸！爸爸说他们在比赛。"

母亲接过孩子手里的照片，指腹轻轻抚过相框，微勾嘴角道："你也想这样吗？"

小男孩不断点头，眼睛亮晶晶的，说："我也想比赛！妈妈，我听到电视上的叔叔提到爸爸的名字！他说爸爸是传奇！"

母亲闻言看向电视屏幕，新 WIN 的成员们正在进行激烈的比赛，解说们不由得回忆起了老 WIN 的成员。她慢慢看向自己的丈夫，见他盯着屏幕，不知在想些什么。

"妈妈，传奇是什么意思啊？"小男孩不解地问道。

孩子的母亲喃喃道："传奇？传奇就是……"

她有点不知该如何解释，犹豫了几秒钟，孩子父亲的声音响了起来："当你成为传奇那一天，你就会明白它的意思了。"顿了顿，他平静地望向爱人，"念念，做饭吧，我饿了。"

司念一怔，笑了。